BELVA PLAIN

Née à New York, Belva Plain a fait des études d'histoire à l'université de Barnard. Elle a publié plusieurs best-sellers, parmi lesquels *Les cèdres de Beau-Jardin* (1984), *Les silences du cœur* (1994), *Et soudain le silence* (1996), *Promesse* (1997) et *À force d'oubli* (1998), tous parus aux éditions Belfond. Ses trois derniers romans, chez Belfond également, ont connu le même succès : *Le plus beau des mensonges* (2003), *Les saisons du bonheur* (2004) et *Tous les fleuves vont à la mer* (1982, puis nouvelle édition en 2005). Ses histoires, intenses et vraies, ont conquis un public mondial.

Belva Plain vit dans le New Jersey avec son mari.

LA TENTATION DE L'OUBLI

BELVA PLAIN

LA TENTATION DE L'OUBLI

*Traduit de l'américain
par Rebecca Satz*

BELFOND

Titre original :
LOOKING BACK
publié par Delacorte Press,
a division of Random House, Inc., New York.

© Bar-Nan Creations Inc., 2001. Tous droits réservés.
© Belfond 2002 pour la traduction française.
ISBN 978-2-266-17882-2

PROLOGUE

Au bord de la mer, dans le Maine, deux hommes d'un certain âge sont assis sur la terrasse d'une auberge à quelques mètres l'un de l'autre. Ils regardent les grosses vagues vert olive de l'Atlantique s'écraser sur les rochers en contrebas. Leur milieu social, pour peu qu'on y prête attention, se devine à leurs vieilles vestes de tweed bien coupées, à leurs mocassins cirés, et à leur réserve de bon ton. Ils n'ont pas encore échangé un mot.

Brusquement, l'un d'eux lance :

— Tu connaissais cet endroit ?

— Oui. J'y viens depuis des années, dès que la mer me manque trop. La dernière fois, je suis allé vers l'ouest, sur la côte pacifique.

Le bruit du ressac et le bruissement du vent à travers les arbres se font réentendre quand ils se taisent. Au bout d'un moment, comme s'il pensait à voix haute, l'autre homme reprend la parole, les yeux perdus dans le lointain.

— J'ai lu une chose intéressante hier. Balzac a dit, paraît-il, que derrière toute grande fortune se cache un crime.

— Intéressant, en effet.

— Oui, il me semble. À ce propos, permets-moi de te raconter ma version d'une histoire fort étrange.

— Très volontiers, je suis tout ouïe.

1

Des livres, des sacs à main, trois bouteilles vides de Coca light et les restes d'une grande pizza encombraient la table pliante dressée près de la fenêtre ouverte. Dehors, le mois de mai était en fleurs, l'air embaumait le lilas et l'herbe humide. Sur le campus, les étudiants sillonnaient les sentiers et les pelouses en direction de la bibliothèque de style gothique, des verrières du récent bâtiment des sciences, ou du vieux musée de brique.

— On appelle la remise des diplômes le « commencement », moi je dirais plutôt que c'est une conclusion, une sorte d'enterrement.

Surprises, ses deux amies se tournèrent vers Amanda. Cette remarque morose ne lui ressemblait pas. Son visage vif et charmant, encadré de boucles blond doré, pétillait toujours de joie. Elle rayonnait. Des trois jeunes filles, elle était celle qui attirait le plus l'attention.

Mais, bien sûr, on pouvait lui préférer Cécile, avec son calme et son élégance classique. Elle intervint justement pour nuancer d'une note plus optimiste ce commentaire.

— C'est le début d'autre chose, Amanda.

— Oui, pour toi, bien sûr. Tu es la seule de notre promotion à te marier cet été.

— Je le sais. Vous ne trouvez pas ça bizarre ? Je me fais l'effet d'être ma grand-mère. De son temps, c'était tout à fait normal, il y avait même un dicton : « Bague au printemps, mariage florissant. »

Un sourire aux lèvres, Cécile se moquait d'elle-même.

— Mais peu importe, poursuivit-elle, nous avons attendu quatre ans que Peter finisse son diplôme d'archi à New York, ce qui est bien suffisant. Nous ne nous sommes pas vus depuis les vacances de février, quand je suis allée sur la côte Est, et j'ai vraiment hâte de le retrouver. Enfin, je reconnais que si je n'avais pas cette perspective, je serais certainement très triste de partir.

— *Ave atque vale*, intervint Norma.

— Ce qui veut dire ? s'enquit Amanda.

— « Salut et bon vent » en latin.

— À quoi bon se remplir la tête d'une langue morte pour passer le restant de ses jours à l'enseigner à des élèves qui ne s'en serviront jamais, sauf pour la transmettre à leur tour à d'autres qui n'en auront rien à faire ?

— Sûrement pas tout le restant de ses jours ! protesta Cécile.

— Et pourquoi pas ? Si ça me plaît, à moi, rétorqua Norma. De toute façon, j'ai toujours été l'excentrique de la famille.

Avec sa silhouette massive et son visage trop large, Norma n'était pas jolie à proprement parler. Pourtant, son expression était si éveillée, son regard si vif et si intelligent qu'en la voyant pour la première fois les gens éprouvaient souvent un choc.

— Tu n'es pas excentrique du tout, répliqua Amanda avec véhémence.

— Mais si. Même mon frère, qui m'aime vraiment, vraiment beaucoup, dit que je suis bizarre parce qu'il m'arrive de continuer à lire plutôt que de dîner... Bon, assez parlé de moi. Alors, tu sais ce que tu vas faire, Amanda ? Tu vas venir vivre par ici, ou redescendre dans le Sud ?

— Je n'arrive pas à me décider. En tout cas, je suis furieuse que personne ne m'ait jamais avertie qu'une licence, ça ne valait plus rien. Celle que j'ai passée, en tout cas. Si j'avais appris quelque chose d'utile, comme toi le latin, par exemple, je pourrais tout de suite trouver un poste de prof, moi aussi. Au moins dans le privé, où on n'a pas forcément besoin d'avoir passé de concours. Mais là, sans spécialité, il ne me reste pas grand choix. (Elle soupira.) Je n'ai qu'à tirer à pile ou face : soit je passe l'été à cramer ici dans la canicule du Missouri, soit je traverse le Mississippi et je retourne dans la moiteur de ma terre natale chercher du travail – mais pour trouver quoi ?

— En tout cas, tu assistes à mon mariage, rappela Cécile. Je tiens à ce que tu sois demoiselle d'honneur. Et c'est moi qui finance ton billet d'avion et ta robe, alors pas de discussion.

— Viens passer les vacances chez moi, intervint Norma, qui le proposait à Amanda pour la centième fois. J'ai comme l'impression que ça t'aidera à résoudre ton dilemme, si tu vois où je veux en venir.

Amanda pouvait, sautant d'une rive à l'autre du Mississippi, reprendre son adorable accent du Sud. Elle ouvrit de grands yeux d'ingénue et lança :

— Moi ? Mais non, non, je ne vois vraiment pas...

— Bien sûr que si, riposta Norma avec un rire. Tu sais bien que mon frère Larry est fou de toi. Il te trouve divinement belle.

— Comme tout le monde ! renchérit Cécile.

— Larry ne me connaît pas. Je ne suis allée que deux fois chez toi, pour une quinzaine de jours. On ne peut pas se faire une idée sur les gens en si peu de temps.

— Pas si sûr, affirma Cécile avec autorité. Regarde, Peter et moi. Il ne nous a fallu que trois jours, quand nous nous sommes rencontrés sur le campus. Peter Mack, étudiant de dernière année, et Cécile Newman, la petite nouvelle ! Ça n'arrive jamais, et pourtant nous n'avons pas eu le moindre doute, malgré tout ce que les gens ont pu trouver à redire.

Amanda contemplait ses ongles. Des coquillages roses d'un bel ovale, qu'elle manucurait elle-même en laissant la pointe transparente. Elle pensait à la dernière lettre de Larry, arrivée la veille. Elle en aurait eu plus d'une douzaine, si elle les avait toutes gardées, mais ce n'était pas le cas. Ces missives, sérieuses et tout à fait correctes, n'en étaient pas moins beaucoup trop franches, trop expansives. Il était bien agréable d'être admirée, mais cet engouement confinait à l'absurde. Et dire que Cécile prétendait être tombée amoureuse en trois jours…

Comme Amanda semblait plongée dans ses pensées, Cécile changea de sujet.

— Est-ce qu'on ne devait pas se faire prendre en photo en bas, avant notre départ ?

— Si, mais aujourd'hui je ne peux pas, objecta vivement Norma. Il faut que je mette une jupe longue et je dois la repasser avant.

Le regard de ses deux amies se porta automatiquement sur ses jambes, et s'en détourna tout aussi vite. Norma avait les chevilles aussi larges que ses genoux. Pour elle, ces jambes épaisses et informes étaient un calvaire et lui empoisonnaient l'existence…

À l'école primaire, les garçons disaient que j'avais des « gros poteaux », jusqu'à ce que mon frère Larry devienne assez fort pour taper sur ceux qui se moquaient de moi.

— De toute façon, je n'ai pas le temps maintenant, intervint Amanda. Mon salon de thé m'attend ! Vous allez passer me voir chez Sundale ?

— Tu es sûre que cela ne te dérange pas que nous venions ? demanda gentiment Cécile.

— Non, quelle idée ! Au contraire. J'adore qu'on m'admire dans mon uniforme bleu layette.

— D'accord. Je viendrai si j'arrive à finir mes valises. Mais tu as vu ce fouillis ?

Le petit studio, déjà très encombré en temps normal, était plein à craquer. Les coins de Cécile et de Norma débordaient de vêtements, de livres, entassés sans ordre ni raison sur les lits ou empilés par terre dans des cartons. Les valises ouvertes attendaient d'être remplies ; de très jolis bagages de cuir et de tweed, dont Amanda ne pouvait s'empêcher d'évaluer le prix.

— Bien, je vous mettrai des éclairs de côté, promit-elle en partant. Si vous ne passez pas, je les rapporterai et je les rangerai dans le frigo.

— C'est drôle, elle me fait de la peine, tout à coup, observa Cécile dès que la porte se fut refermée sur Amanda. Pourtant, ce n'est pas une fille qui inspire la pitié. Depuis que nous la connaissons, elle ne s'était jamais plainte. C'est la première fois.

— Tu n'as pas pensé que c'était une façon de se protéger, ce masque de gaieté permanent ?

— Tu crois ? Mais elle a tellement l'air de se réjouir de tout ce qui l'entoure. Son enthousiasme est contagieux ; avec elle, on apprécie les plus petits plaisirs.

— Ce qui te paraît peu à toi compte beaucoup pour elle. Elle a vraiment dû manquer de tout. Je n'en reviens pas que tu n'aies jamais remarqué ça !

— Non, sans doute est-ce parce que j'ai toujours été très gâtée, reconnut Cécile avec un sourire penaud.

— Mais non, malgré ton milieu, tu n'es pas du tout égoïste. Tu manques d'expérience, voilà tout.

— Je sais quand même que ça ne doit pas être facile de poursuivre ses études avec juste une bourse et d'avoir à travailler en même temps. Seulement, tant de gens sont dans cette situation que je n'avais pas réalisé...

— Il n'y a pas que cet aspect qui la préoccupe, interrompit Norma. La vie chez elle n'est pas rose, et vue d'ici elle doit lui faire redouter d'autant plus le retour. Rentrer ou partir pour de bon, je crois que ce choix la déchire. Je l'ai deviné quand elle est venue chez moi, mais elle ne veut pas en parler.

— C'est bizarre. Elle est tellement belle, tellement intelligente. Apparemment, elle a tout pour être heureuse.

À onze heures, quand Amanda quitta Sundale, après la fermeture, la nuit était claire et douce. La plupart des employés vivaient dans la grande ville voisine et empruntaient l'avenue pour attraper le dernier bus. Seule une jeune serveuse, originaire du bourg, prit la direction de l'université avec elle. Faire ce trajet de quinze minutes ensemble les avait beaucoup rapprochées. Pourtant, Terry était plus jeune – elle terminait sa scolarité au lycée. Sans doute le silence des rues obscures et désertes où résonnaient leurs pas avait-il favorisé cette intimité.

— Tes amies ne sont pas venues, ce soir, remarqua Terry.

— Non. Elles n'ont pas fini leurs valises. Moi, je pourrais pratiquement emporter toutes mes affaires dans deux sacs.

— Ça t'ennuie de partir ?

— Oui, d'une certaine façon. Mais parfois, aussi, je regrette d'être venue.

— Là, je ne te crois pas. Moi, je donnerais n'importe quoi pour entrer dans cette fac, même si je suis déjà très contente d'avoir décroché une place à l'université d'État. Ici, c'est au moins deux fois plus cher. C'est fou l'importance de l'argent, hein ?

Sous la faible lueur du ciel nocturne, Amanda devina le regard candide tourné vers elle. Devant tant d'innocence, elle se fit l'effet d'avoir quarante ans de plus que la lycéenne, et non pas quatre. Presque maternelle, elle répondit gentiment :

— Ne t'en fais pas, Terry, tout va très bien se passer pour toi.

Et elle le pensait très sincèrement. Un samedi après-midi, Amanda avait répondu à l'invitation de Terry et lui avait rendu visite chez elle. La maison était petite et simple, mais très bien entretenue par son père, menuisier de son état, et par sa mère qui travaillait dans une pâtisserie et remplissait la jolie cuisine de délicieuses odeurs et de bons petits plats. Sur la table du séjour, le jeune frère faisait ses devoirs, un fox-terrier à ses pieds dans son panier. En s'éloignant de la maison, ce jour-là, Amanda n'avait pu s'empêcher de se retourner. Pendant un instant, elle avait éprouvé un sentiment étrange, comme de la jalousie, et avait eu l'impression qu'un cercle magique protégeait cette famille.

— Comment t'es-tu débrouillée pour obtenir une bourse ? demanda Terry avec curiosité. Tu devais être la première de ta classe.

— En fait, oui. Je n'avais que des A, mais tous les A ne se valent pas. Chez moi, il n'y avait pas beaucoup de concurrence. Ici, mes meilleures notes ont été des B+, et, crois-moi, il a fallu que je me batte pour les décrocher.

— Et la chambre que tu partages avec tes amies, comment l'as-tu obtenue ?

— Je suivais trois cours avec Norma. Nous nous sommes parlé, et nous nous sommes bien entendues. Alors, quand on a attribué à Norma et Cécile ce grand studio pour trois, elles ont demandé qu'on me donne la troisième place.

— Laquelle des deux est la jolie brune qui porte des kilts ? Plutôt sportive et BCBG ?

— Cécile. Elle adore le sport. Elle joue au hockey.

— Et l'autre, ses jambes, qu'est-ce qu'elles ont ?

— C'est un dérèglement hormonal, d'après ce que m'a raconté Cécile. L'hypophyse, ou la thyroïde, je ne sais plus.

— Ça doit être l'horreur d'avoir des jambes comme ça. C'est affreux, hein ?

— Je ne sais pas. Tout ce que je peux te dire, c'est que Norma est une des filles les plus sympas que j'aie jamais rencontrées.

— Ah bon.

Après un silence, Terry enchaîna :

— Pourquoi as-tu dit que tu regrettais presque d'être venue ici ?

— Quand je le saurai, je te le dirai… Voilà ma rue. Bon retour.

Oui, pourquoi ce regret ? Deux envies d'une force égale écartelaient Amanda : rentrer chez elle, ou ne plus y remettre les pieds et commencer une nouvelle vie. Ce conflit intérieur l'épuisait littéralement, d'autant plus qu'elle s'efforçait de garder ses soucis pour elle. Aujourd'hui, elle s'était trop livrée. Cela ne devrait pas se reproduire.

Quand elle arriva au bâtiment des étudiantes, seule la faible lumière de la veilleuse luisait dans l'obscurité du couloir. Sur la pointe des pieds, elle entra dans la kitchenette et rangea les éclairs dans le réfrigérateur, puis elle referma la porte sans bruit pour ne pas réveiller les dormeuses. À prendre tant de précautions, elle avait parfois la vague sensation d'être une intruse, ce qui ne se justifiait en rien. Globalement, cette année dans le studio avait été merveilleuse. Elle s'en souviendrait comme d'une suitc d'images heureuses : la neige qui glissait sur les vitres, la musique du lecteur de CD de Norma, leurs festins de bretzels, de chips, de bière, le concert de voix d'étudiantes. Elles avaient vécu là une période étrange, presque exclusivement féminine. Norma n'avait pas de soupirant ; avec le diamant de Peter à la main gauche, Cécile ne songeait vraiment pas à en avoir ; et moi, se dit Amanda, je n'ai pas pu faire de rencontres parce que je consacrais tout mon temps libre à étudier pour avoir de bonnes notes, et que je travaillais à Sundale les week-ends et la moitié de mes vacances. Non, on ne se serait jamais douté qu'une année passée dans de telles conditions puisse être aussi heureuse, ni qu'on se sente aussi triste de partir.

Incapable d'aller dormir malgré l'heure tardive et bien qu'elle n'ait pas arrêté une minute depuis cinq heures du matin, Amanda accomplit lentement son rituel quotidien, revernissant ses ongles, s'enduisant les pieds de lotion et se brossant longuement les dents, qu'elle avait saines et régulières.

— Ta lèvre supérieure est plutôt mince, avait remarqué Norma qui s'intéressait aux détails, et ça te fait un joli sourire. Tu as de la chance que tes dents soient si parfaites.

De la chance. Finalement, elle en avait eu beaucoup. Elle ne se serait jamais retrouvée là si elle n'était pas venue de Mill River et n'avait été un peu – non, très – différente du reste de sa classe. Elle devait être la seule à autant aimer lire. Elle aussi était l'excentrique de la famille, comme Norma chez elle. Et que le principal de son lycée soit un vieil ami d'université de certains professeurs bien placés ici avait également joué en sa faveur…

Oui, elle avait de la chance. Sans compter qu'elle s'était fait deux vraies amies, des amies comme elle n'en avait jamais eues. Elle se sentait parfois plus proche d'elles que de ses propres sœurs, même si elle avait un peu honte de se l'avouer. C'était la vérité, et cela n'avait rien à voir avec la générosité de Norma et de Cécile à son égard.

Quand même, on ne pouvait pas empêcher les gens de penser ce qu'ils voulaient, se disait-elle. Mais, au fond, peut-être que si Cécile n'avait pas eu autant de gestes adorables, comme de lui donner ce pull…

Le petit trésor de laine bleu était encore plié dans sa jolie boîte, sur le dessus de sa valise. Il était identique à un des pulls de Cécile qu'elle avait, un jour, innocemment admiré. Sa convoitise devait se lire sur son visage, car le jour de son anniversaire Cécile lui avait tendu le carton satiné entouré d'un ruban. Elle avait gardé le nœud ; il était à présent rangé sous le pull.

Cécile et Norma, elles, venaient d'un autre univers. Elles se connaissaient depuis la maternelle – une petite école privée en pleine verdure, d'après les photos qu'Amanda avait vues. Ce qu'elles pouvaient avoir en commun ne sautait pas aux yeux ; mais, une fois qu'on les connaissait, on le remarquait. Norma se distinguait par des capacités assez extraordinaires. Elle était douée d'une mémoire photographique, par exemple. Il fallait le voir pour le croire. Elle n'avait qu'à parcourir une page pour pouvoir la réciter par cœur. Elle jouait aussi très bien du piano, avait beaucoup d'esprit et savait être très amusante. Peut-être tous ces dons n'existaient-ils que pour faire oublier ses jambes difformes. Comment savoir ?

Mais il se pouvait aussi que Cécile soit attirée par le mode de vie de Norma. Les deux fois qu'Amanda avait séjourné chez celle-ci, Cécile leur avait rendu visite ; sans doute aimait-elle s'échapper de la ferme où elle vivait, à quelque vingt-cinq kilomètres de la ville. Norma habitait dans une belle rue de banlieue, une maison magnifique entourée d'un jardin très agréable, avec une chambre d'amis qui disposait d'une salle de bains. Il y avait même une dame, Elsa, qui venait faire le ménage et la cuisine. Amanda avait adoré ces vacances...

Mon frère est complètement fou de toi.

Larry était plutôt gentil, très calme et agréable. C'était un garçon robuste paraissant plus que ses vingt-six ans, avec des cheveux déjà clairsemés, un visage carré, et des yeux bruns qui ressemblaient à ceux de Norma. Ni l'un ni l'autre n'avait hérité de la beauté sévère et digne de leur père, Lawrence Balsan.

Larry détestait porter le même prénom que lui. Un soir, sur la véranda, il s'en était ouvert à Amanda. Il aurait utilisé son second prénom, Daniel, si son père n'avait tant insisté pour qu'il reste Lawrence Junior. Une concession peut-être un peu excessive de sa part, mais Larry devait préférer ne pas contrarier un père dont l'agence immobilière – l'agence Balsan – parsemait toute la région de panneaux publicitaires.

Lawrence Balsan avait trois bureaux, et Larry en dirigeait deux. Cinq ans plus tôt, il avait obtenu son diplôme avec mention très bien dans cette même université. Quel honneur ! Norma avait pour son frère une fierté toute maternelle qui s'expliquait facilement, car la mort de leur mère et le caractère distant de leur père les avaient beaucoup rapprochés.

Tout en se brossant énergiquement les cheveux, Amanda réfléchissait. Les gens la fascinaient, et elle adorait s'interroger sur leurs motivations, leurs manies. Par exemple, pourquoi Larry Balsan était-il tombé amoureux d'elle ? Il devait pourtant connaître des dizaines de jolies filles.

En tout cas, elle se sentait capable, si elle le voulait, de lui « passer la corde au cou ». On sentait très bien quand un homme était prêt à franchir le pas. Mais, comme aurait dit Norma, elle-même n'en avait pas vraiment, vraiment envie. Les quelques baisers échangés sur la balancelle de la véranda le lui avaient amplement prouvé : elle n'avait rien ressenti ; rien du transport dont elle rêvait.

À midi, quelques jours plus tard, Amanda descendit du car et se retrouva sous un soleil éclatant au cœur du Mississippi. Dans la grand-rue, seule une dizaine de voitures stationnait, et il n'y avait guère plus de monde sur le trottoir. Quatre ans plus tôt, elle aurait certainement reconnu la plupart de ces passants ; mais, après une si longue absence, à peine entrecoupée de visites éclairs, elle était presque devenue une étrangère.

Amanda se mit en route, sans un regard pour ces vitrines qui, elles, étaient demeurées inchangées : les jambons du charcutier, les articles de parfumerie de la coiffeuse, les pyramides de boîtes de conserve, les chemises et les jeans chez Ben, l'épicier... Dans la torpeur, la bourgade assoupie était d'une épouvantable laideur, excepté peut-être le ciel couleur saphir au-dessus de sa tête. Rien ici d'accueillant, ou de plaisant au regard. Jamais elle n'en avait eu autant conscience auparavant.

Sa grosse valise trop pleine pesait lourd : elle devait changer de main tous les cent mètres. Dommage qu'elle n'ait pas eu le temps d'en réparer les roulettes. Elle portait en bandoulière le sac de voyage léger que lui avaient offert Cécile et Norma en cadeau d'adieu. Rayé de noir et de blanc, il était si joli qu'elle n'avait cessé de le regarder pendant ce long voyage. Elle y avait mis un livre pour l'avion et le trajet en car, qui comptait trois changements avant d'arriver dans son village ; elle y avait aussi rangé son diplôme.

Ses parents comme ses frères et sœurs n'avaient pas la moindre idée de ce que représentait ce bout de papier, mais ils étaient fiers parce que les gens qu'ils connaissaient n'en possédaient pas. Accablée de chaleur, son chemisier trempé de sueur, Amanda n'avait qu'un seul regret : sa famille n'avait pu assister à l'impressionnante procession d'universitaires portant toque carrée et toge noire marquée de leur rang, ni entendre la fanfare jouer son air solennel. Ils ne l'avaient pas vue non plus se lever à l'appel de son nom pour recevoir ce document qui lui faisait tant honneur.

Le voyage revenait trop cher. Le billet d'avion, l'hôtel, le congé que son père et sa sœur Lorena auraient pris pour s'absenter de l'usine de chemises où ils travaillaient, tout cela coûtait de l'argent. Et pourtant, si son père ne s'était pas cassé la jambe en tombant au début de la semaine, lui et sa mère se seraient arrangés pour réunir de quoi payer le voyage en car.

Amanda s'arrêta au premier coin d'ombre qu'elle trouva sur la route et s'assit sur une grosse pierre pour se reposer. Elle connaissait tous les embranchements du trajet. L'usine était à l'autre bout du village, l'école à droite, et la maison de ses parents encore à trois kilomètres en continuant tout droit. Autour d'elle, tout lui semblait gris. Il n'avait pas dû pleuvoir depuis longtemps ; la route était couverte de poussière et les maisons, qui auraient presque toutes eu besoin d'une couche de peinture, étaient grises, elles aussi.

La jeune fille se sentait déchirée. Elle le dit même à voix haute : « Déchirée. » Ici et là-bas. Ici, on pouvait être soi-même sans se demander quelle impression on faisait.

— Quand on est belle, avait un jour observé Norma dans un moment d'abattement, on n'a pas besoin de se demander ce que les gens pensent de vous.

Mais Norma se trompait. L'apparence physique n'était pas seule à compter. Par exemple, quelle impression Amanda ferait-elle au patron de son père ou à son fils ? Ils ne la remarqueraient même pas – ou à peine deux secondes. Et, pour ce faire, il aurait déjà fallu les rencontrer, ce qui ne risquait guère d'arriver, car ces gens-là vivaient à l'écart de la ville dans des demeures à colonnade. Ils évoluaient dans un autre monde. Autant être réaliste.

Elle avait posé ses bagages à ses pieds. Soudain, elle eut peur de les avoir salis et souleva son sac neuf pour vérifier. Dieu merci, il n'avait rien. À l'intérieur se trouvaient un parapluie pliant et le pull bleu, au cas où sa valise serait égarée. Tout ce à quoi elle tenait le plus, le bracelet porte-bonheur aux pende-loques d'argent, le peignoir de bain à fleurs et les gants doublés de fourrure très douce – stric-tement inutiles ici – étaient des cadeaux de Norma et de Cécile. Surtout de Norma, qui semblait avoir beaucoup plus d'argent que Cécile.

Amanda se releva. Une de ses sœurs devait l'attendre sous le chêne après le tournant suivant. Elles avaient consulté l'horaire du car et calculé le temps qu'il lui faudrait pour arriver jusque-là. En général, la famille se retrouvait à cet endroit quand il n'y avait pas de voiture disponible, et il n'y avait jamais assez de véhicules pour une aussi grande famille, où chacun travaillait à droite, à gauche. Nous ne sommes pas pauvres à proprement parler, pensa Amanda, et pourtant nous manquons toujours de tout.

Enfin, elle vit arriver Lorena, un grand sourire sur son visage encore enfantin. Elles s'élancèrent l'une vers l'autre en poussant des cris de joie.

Dans la chambre de Lorena, il y avait un lit et un berceau pour le bébé. On y avait ajouté un lit pliant pour Amanda puisque Tommy, devenu trop grand pour partager la chambre, dormait maintenant avec Hank et Bub. La maison était pleine à craquer, surtout depuis que Lorena était revenue y vivre avec ses trois enfants. La pièce manquait d'air, la fenêtre étant fermée à cause d'une pluie torrentielle. Ce soir-là, Amanda n'avait pas pu prendre de bain. Son père, ses frères, sa plus jeune sœur, Baby, ainsi que les enfants de Lorena avaient occupé la salle de bains jusqu'à une heure tardive, si bien qu'elle avait abandonné, épuisée.

L'orage éclata. Un coup de tonnerre ébranla la maison et le bébé se réveilla. Dans la pénombre, Amanda vit Lorena se lever, le prendre dans ses bras et le bercer en chantonnant pour essayer de calmer ses hurlements. Il devait être au moins deux heures du matin. Lorena se levait chaque jour à cinq heures et demie et préparait le petit déjeuner avant de partir à l'usine avec leur père. Sa vie aurait été impossible si leur mère n'avait pas pu rester à la maison pour s'occuper des enfants.

— Tu as changé, lui avait tout de suite dit Lorena.

— Ah bon ?

— Oui. Je ne sais pas à quoi ça tient, mais tu n'es plus comme la dernière fois, à Noël. Tu as toujours été différente de nous, mais tu l'es de plus en plus.

— Eh bien, toi, tu n'as pas changé du tout. Toujours aussi jolie.

Mais ce n'était pas tout à fait vrai. Lorena avait des poches sous les yeux et les joues creuses ; elle était trop maigre ; elle avait vieilli. Vieilli, à vingt-sept ans ! Un sursaut de compassion serra la gorge d'Amanda.

Bien entendu, devenir comme Lorena simplement parce qu'on vivait à Mill River n'était pas une fatalité. On n'était pas obligé d'épouser un bon à rien pour un coup de foudre de gamins, ni de faire plus d'enfants qu'on ne pouvait en assumer, comme leur père et leur mère. L'avenir dépendait de soi, des choix qu'on faisait, en toute connaissance de cause.

Luttant contre l'insomnie, Amanda, sur son mauvais matelas, revenait en esprit à la table du dîner où, quelques heures plus tôt, sa famille l'avait accueillie avec chaleur. Comme elle s'y attendait, ils la croyaient revenue pour de bon, persuadés qu'elle allait vivre avec eux.

— On a l'impression de ne plus te connaître, avait grommelé son père. Tu n'es pas restée plus d'une semaine l'été dernier, et tu es aussitôt repartie dans ton université.

On voyait que sa peine était sincère. Avec autant de tact que possible, Amanda tâcha de s'expliquer.

— Tu sais bien que je devais travailler, papa. Mon job n'était pas mal, avec des pourboires et un repas gratuit, mais ça m'obligeait à rentrer plus tôt.

— Avec ton diplôme, tu pourrais trouver un bon emploi ici, intervint sa mère.

Son front était marqué, ridé par l'inquiétude, et sa voix prenait souvent un ton plaintif. À plusieurs reprises, elle était allée remplir leurs assiettes à la cuisine, où mijotait le ragoût, avant de reprendre sa litanie.

— Un bon poste de secrétaire au collège. On te prendrait si tu te présentais, j'en suis sûre et certaine...

Son père s'y était mis aussi.

— Peut-être même à l'usine, dans les bureaux. Ça serait bien, non ? Toi, Lorena et moi, on partirait ensemble au travail – moi et Lorena en bleu, et toi qui grimperais à l'étage en talons hauts, des diamants aux oreilles ! (Il eut un petit rire.) Qu'est-ce que vous dites de ça ?

— Oui, mais ne te marie pas avec un débile, et ne reviens pas ici avec des flopées de gosses comme Lorena ! s'exclama son frère qui hurlait même pour dire « Passez-moi le beurre ». On ne peut plus faire un pas dans cette baraque.

Lorena, le bébé sur les genoux, se pencha et essuya une trace de sauce sur le menton de Dottie. De toute évidence, elle était trop fatiguée pour lui clouer le bec.

Comme toujours, leur mère s'inquiétait, essayait de les apaiser.

— Ne dis pas ça, Bub. Nos filles pourront toujours revenir ici avec leurs enfants si elles en ont besoin.

— Surtout s'ils sont aussi mignons que ces trois-là, renchérit leur père. Regardez-moi ça. Ils vont tous devenir acteurs, c'est sûr. Et nous, on n'aura plus besoin de travailler.

— Nous aussi, on jouera dans des films, décréta leur mère. Toi, papa, tu chanteras, et moi je danserai.

Amanda n'en revenait pas qu'ils arrivent encore à plaisanter et à s'amuser en de tels lieux ! Et pourtant, c'était là qu'elle avait grandi ; elle s'était habituée au décor, à l'odeur de friture et à la saleté de la cuisine, au désordre. Sans doute pourrait-elle de nouveau s'y accoutumer, s'il le fallait. Et se contenter du village, où il ne se passait jamais rien. Les jours se suivraient, identiques les uns aux autres. Elle

29

ne s'était jamais intégrée ici, et s'y sentait plus étrangère que jamais.

Une pluie triste battait les carreaux. Comme la nuit s'écoulait lentement, Amanda eut l'étrange sensation de perdre pied, de flotter en même temps qu'elle ressentait le besoin terrifiant de se raccrocher à quelque chose de stable. Enfin, il lui sembla que le seul élément concret et solide qu'elle eût était son amitié avec Norma et Cécile. Leurs familles, surtout celle de Norma – avec ou sans son frère –, détenaient la clé qui ouvrait toutes les portes.

Bien avant l'aube grise et pluvieuse, Amanda avait pris sa décision. Norma l'avait invitée à passer quelques semaines chez elle avant le mariage de Cécile. Elle resterait donc chez ses parents jusqu'au lundi ; puis, morose et pleine de regrets, elle ferait ses adieux à sa famille et partirait pour le Michigan.

2

La balancelle de la véranda grinçait en bougeant. Larry avait la désagréable habitude de lui imprimer trop d'élan avec les pieds, et Amanda, assise à côté de lui, aurait bien voulu qu'il arrête. Après sa troisième semaine chez Norma, ces soirées commençaient à l'angoisser. Tout semblait demeurer en suspens, dans l'attente d'un dénouement. Aucun d'eux n'ignorait de quoi il s'agissait.

— Demain, ce sera la nuit la plus courte de l'année, remarqua Norma pour animer la conversation. Il est déjà plus de dix heures, et il ne fait pas encore complètement noir.

— Je voudrais bien pouvoir me libérer pour passer la journée avec vous au soleil, dit Larry, mais nous avons deux ventes en cours, et je ne peux pas les laisser me filer sous le nez. J'aurais dû être prof, comme toi, Norma.

J'aurais deux mois de vacances l'été. Tu as vraiment été maligne de choisir ce métier.

Lui aussi parlait pour ne rien dire, mais il s'exprimait avec affection, et Norma eut un rire comme s'il était drôle. Ensuite elle se leva et les pria de l'excuser en étouffant un bâillement.

— J'espère que vous ne m'en voudrez pas, mais j'ai envie de monter me coucher.

— Tu abandonnes ton invitée ?

Le père de Larry formulait cette critique pour la troisième fois depuis l'arrivée d'Amanda. Elle les avait comptées. Lawrence Balsan était, apparemment, très à cheval sur les convenances.

— Ce n'est pas grave, s'empressa de déclarer Amanda. Je connais Norma. Elle était toujours la première de tout notre bâtiment à aller se coucher. Et pourquoi pas, si elle a sommeil ?

— Amanda me connaît par cœur, approuva Norma gaiement.

— Ce n'est pas très poli, insista M. Balsan comme si sa fille avait besoin qu'on lui fasse la leçon.

— Je n'arrive plus à garder les yeux ouverts, affirma Norma en ouvrant la porte moustiquaire sans relever le reproche.

Amanda savait très bien qu'elle montait pour laisser le champ libre à son frère. Larry lui avait certainement demandé de leur fausser compagnie. Mais leur père ne l'entendait pas de cette oreille. Il ne perdait pas une occasion de faire des sous-entendus, songeait Amanda. Il multipliait les remarques sur son désir de trouver des acheteurs « d'un bon milieu », « comme il faut ». Ce n'était pas un hasard s'il lui posait toutes sortes de questions – toujours polies, bien entendu – sur sa famille, l'endroit où elle vivait. Dieu sait que je suis bien placée pour le comprendre, se dit-elle. Il a monté son affaire tout seul, et il veut que son fils trouve un bon parti. C'est limpide. Et le plus drôle, c'est qu'il se doute que j'en suis consciente. Ses regards sont très éloquents.

La lumière qui venait de l'intérieur de la maison éclairait Lawrence, assis bien droit dans son fauteuil, portant costume et cravate malgré la chaleur. Il avait un visage au fin modelé qu'aucune rondeur n'amollissait, un nez légèrement aquilin, un menton décidé, et des pommettes qui mettaient en valeur un regard vif et perçant. Avec de tels traits, il impressionnait certainement les employés de l'agence.

Un sourire involontaire vint aux lèvres d'Amanda, à la pensée que cette scène aurait très bien pu figurer dans un roman du XIXe siècle. Trollope ou Dickens l'auraient décrite à merveille, avec ses ferments possibles de tragédie et de comédie ; les ambitions, les déceptions, la multiplicité de désirs contradictoires qui se cachaient dans la calme nuit d'été.

Qu'elle était douce, cette nuit ! D'un bleu profond, avec des ombres sous les arbres et, entre ces zones obscures, de vastes espaces éclairés par la lune. Un oiseau, effrayé dans son nid, poussa un piaillement d'alarme. Des iris blancs brillaient le long du chemin, sous les lanternes.

— Je me disais, Larry, déclara son père, que nous devrions acheter quelques parts dans la résidence sur jardin. Bien sûr, les promoteurs voudraient que nous investissions une somme importante, mais je préfère rester prudent. Notre offre sera certainement très suffisante, cependant nous courons le risque de ne pas être les seuls sur l'affaire.

— L'immeuble qui va être construit sur le terrain au coin de la rue ? Oui, je pensais bien qu'ils allaient commencer les ventes sur plan tôt ou tard. Mais les travaux ne débuteront pas avant un ou deux ans.

Contrairement à son père qui parlait vite et sur un ton sec, Larry s'exprimait avec calme et lenteur. Jusqu'à cette semaine, Amanda ne s'en était pas aperçue ; elle n'avait pas songé non plus que cette caractéristique était très révélatrice de sa personnalité.

— Même notre père se rend compte que Larry apporte beaucoup à l'agence, lui avait dit Norma. Tout le monde l'adore.

Oui, ce n'était pas étonnant. Il faisait preuve d'une aisance et d'un naturel qui mettaient à l'aise. Toutefois, tout en gardant sa sérénité, il pouvait se montrer ferme. Amanda était étonnée de se mettre soudain à remarquer si bien ses qualités.

Le grincement de la balancelle qui l'avait tant agacée quelques instants plus tôt la berçait maintenant. Cela aussi la surprit. Et elle savait que, sitôt son père sorti, Larry la serrerait dans ses bras pour l'embrasser. Il en avait pris l'habitude, et elle n'y voyait aucune objection. Quoi de plus naturel ? Il la désirait. La seule chance de réussite qu'il lui offrait passait par lui. Et seul le fait qu'ils vivaient sous le toit familial les avait empêchés de dépasser le stade des baisers. Larry n'était pas du genre à se contenter de l'arrière d'une voiture, ce dont se félicitait Amanda. Elle avait déjà vécu quelques expériences de ce genre et n'avait pas du tout apprécié.

En dépit de leur proximité, les deux voix masculines lui semblaient si lointaines qu'elle en avait à peine conscience ; son esprit se remplissait de pensées très étranges. Si Larry la demandait en mariage – et elle avait l'impression que cela allait arriver bientôt, sans doute ce soir –, serait-il bien raisonnable de refuser ? Je pourrais éprouver de l'affection pour lui, avec le temps, songea-t-elle. Mais elle fut aussitôt honteuse d'avoir pu, même furtivement, envisager la possibilité de l'utiliser pour rencontrer plus tard quelqu'un de mieux.

La tendresse pouvait facilement se transformer en amour, peut-être même en amour plus solide que celui des coups de foudre, des passions soudaines comme celle que Larry éprouvait à l'évidence pour elle. Les gens se mariaient beaucoup pour des raisons pratiques, et ces unions étaient heureuses, souvent plus réussies que les autres. Il en allait ainsi depuis la nuit des temps.

Tout en se balançant, elle commença à trouver plutôt agréable de sentir l'épaule d'un homme contre la sienne. L'épaule se rapprocha encore, laissant supposer que Larry percevait ses sentiments. Son after-shave sentait le pin, ou une plante aromatique. Oui, pensa-t-elle, je pourrais vraiment avoir de l'affection pour lui. Des scènes idylliques de vie de femme parfaite passèrent devant ses yeux ; elle le comblerait tout en ayant les moyens de poursuivre ses études. Cette vision lui réchauffa le cœur, et elle s'appuya plus fort contre lui. Oui, je m'occuperais bien de lui, je lui ferais du bien, songea-t-elle. Je ne tromperais jamais un homme aussi bon. Il est aussi confiant que Norma.

Curieusement, la réticence du père de Larry rendait plus séduisante encore la vie qu'elle imaginait, la difficulté ajoutant du piment à sa rêverie.

Tant de choses avaient changé, et si vite, au cours de ces quelques semaines !

— Je vais me coucher, annonça enfin Lawrence. Tu te lèves tôt demain, Larry, et il faut que tu aies les idées claires. Tu n'oublies pas, j'espère, que les Fleming ont rendez-vous avec nous à neuf heures précises.

— Non, papa, je m'en souviens.

Quand la porte moustiquaire se fut refermée, Larry sourit.

— Il est moins dur qu'il n'en a l'air. Il te fait peur ?

— Non, pas du tout.

36

— Il a bon cœur. Il faut apprendre à le connaître. Après la mort de maman, il nous a servi de père et de mère, à Norma et à moi.

Il se leva et, l'aidant à se mettre sur pied, il la prit dans ses bras.

— Viens... Amanda, viens. Si seulement nous pouvions avoir un endroit tranquille où aller... Tu sais que je t'aime ? Tu le sais, j'espère... ?

Ils restèrent longtemps dans les bras l'un de l'autre. Quand Amanda rouvrit les yeux, elle vit par-dessus l'épaule de Larry des milliers d'étoiles dans le ciel. Elle savait fort bien que c'était la beauté de la nuit qui l'émouvait tant – la douceur de l'air, le bruissement du vent dans le feuillage. Elle avait l'impression de se contempler de loin : s'étant échappée de son corps, elle regardait une femme émerger de la forêt et arriver sous les étoiles.

— C'est comme un rêve, souffla-t-elle.

— Non, ce n'est pas un rêve. La première fois que je t'ai vue, quand tu es arrivée avec ma sœur, je me suis dit : « J'ai envie de l'épouser. » Et je n'ai pas cessé de penser à toi depuis ce jour. Norma le sait. Elle m'a tellement parlé de toi en bien... ta puissance de travail, ton intelligence... Mais je n'avais pas besoin de ses encouragements pour t'aimer. Alors... tu veux ? Tu voudrais m'épouser, Amanda ?

— Tu ne m'as pas vue plus de six semaines en tout. Tu es sûr de toi ?

— Je ne serais pas plus sûr de moi si je t'avais connue depuis ta naissance.

Quand il se détacha d'elle, il lui saisit les mains. Son visage assez ordinaire était illuminé de bonheur. Elle fut touchée par la joie qu'elle y lisait. Son regard brillait d'espoir, mais on y devinait aussi une certaine mélancolie qui l'emplit de tendresse. Elle en eut les larmes aux yeux.

Plus tard, bien après minuit, Larry se préoccupa des aspects matériels du mariage.

— Nous le ferons juste après la cérémonie de ton amie Cécile. Ce ne serait pas juste de leur voler la vedette. Tu ne me croiras peut-être pas, et ne te moque pas de moi, mais ces derniers mois j'ai souvent rêvé que j'achetais une maison pour nous. Il y a quatre ou cinq jolies petites propriétés qui feraient l'affaire, deux ou trois de style colonial, et des pavillons de plain-pied qui te plairaient peut-être. Tous avec de beaux jardins et des arbres anciens. J'ai remarqué que tu adorais les arbres.

Une maison comme ça, si vite ! Le mariage et une maison, dès le départ...

— Tu as l'air heureuse.

— Oui, je suis très heureuse.

Et c'était vrai, un sentiment de bonheur l'envahissait. Les événements incroyables des dernières heures prenaient de la réalité, et l'émotion la faisait vibrer.

Ils s'arrêtèrent en chuchotant devant la chambre d'amis.

— Si tu savais comme j'ai envie d'entrer là avec toi, Amanda !

— Ce ne serait pas très apprécié, commenta-t-elle avec malice en jetant un coup d'œil à la porte du maître de maison.

— J'ai hâte de voir leur réaction demain matin ! Norma ne sera pas surprise, mais mon père n'en reviendra pas… ou peut-être que si, après tout : il sait que j'ai l'habitude de prendre mes décisions très vite.

— Et d'y rester fidèle ?

— Oui, mon amour.

Quelle que fût sa réelle opinion, et Amanda ne se faisait aucune illusion à ce sujet, Lawrence Balsan réagit comme il convenait le lendemain. En tout cas, devant elle.

— Tu t'es choisi une très jolie femme, assura-t-il à son fils. Pour ce qui est du mariage lui-même, cette maison et ce jardin sont les vôtres. Vous pouvez recevoir à l'intérieur ou à l'extérieur, à vous de choisir.

Amanda avait bien fait comprendre à Larry qu'un mariage chez elle était hors de question, et il en avait de toute évidence averti son père. Il eut aussi de longues conversations téléphoniques avec la famille d'Amanda, insistant cordialement auprès des parents, sœurs et frères pour qu'ils viennent au mariage, et les invitant à rester aussi longtemps qu'ils le souhaiteraient. Mais il accepta facilement leurs excuses et leurs explications, et promit, à défaut de les voir, de garder le contact avec eux et de les considérer comme des membres de sa propre famille.

— Ça te fait de la peine qu'ils ne puissent pas venir ? demanda-t-il à Amanda.

— Oui, bien sûr, mais pas autant que j'aurais pu le croire à une certaine époque. Après quatre ans d'université, on s'habitue à l'absence. Maintenant, je me sens presque plus proche de Norma que d'eux : c'est vrai, tu vois, j'ai été plus intime avec elle parce que nous vivions ensemble.

Très généreusement, Larry avait proposé de financer le voyage de la famille d'Amanda jusqu'au Michigan, et avait accepté avec beaucoup d'amabilité les raisons qu'ils avançaient pour ne pas venir : une jambe douloureuse, et les jours de travail déjà perdus à cause de l'accident. À cela Amanda aurait pu ajouter la peur de ne pas être assez bien habillés pour l'occasion et une grande timidité, car ils ne s'étaient jamais éloignés à plus de trois cents kilomètres de chez eux.

Mais sa mère n'avait pas eu besoin de le lui expliquer : elles se comprenaient.

— Amanda, tu sais que nous sommes très heureux pour toi. Plus tard, dès que toi et Larry vous serez installés dans votre nouvelle maison, ce sera plus tranquille, tu comprends. Il avait vraiment l'air gentil, au téléphone, il sera bien pour toi, ce garçon.

C'était en été que le travail de Larry dans l'immobilier était le plus prenant. Très souvent, il devait sortir le soir et le dimanche pour faire visiter des propriétés. Amanda passait donc le plus clair de son temps avec Norma et ses amies à la piscine municipale ou au tennis. Elle vécut des moments très agréables, les premières vacances de sa vie sans aucune obligation.

Larry lui avait offert la bague de fiançailles de sa mère, un diamant rond qui avait suscité l'admiration, et certainement une légère jalousie discrète de la part des amies de Norma. Amanda n'avait pas la moindre idée de sa valeur, car, elle l'avait lu quelque part, la taille ne signifiait rien. Elle avait aussi entendu dire que les cabochons brillaient d'un éclat tout particulier. Quoi qu'il en soit, elle éprouvait un immense plaisir à tendre sa main pour voir étinceler sa bague à la lumière. Le diamant de Cécile était trop petit pour produire le même effet.

Cécile ne leur avait pas fait signe depuis la fin de l'année universitaire. D'abord elle était partie assister à la remise du diplôme d'architecture de Peter à New York, puis elle avait passé tout son temps à préparer le mariage et à aménager l'appartement qu'ils avaient trouvé près du travail de Peter, à une trentaine de kilomètres de chez les Newman.

— Nous devrions prendre plus souvent la voiture pour nous promener, décida Norma un jour. Tu ne connais encore que notre quartier, et il faut que tu visites la ville et la région, puisque tu vas vivre ici. Nous n'aurons qu'à aller jusque chez les parents de Cécile, mais comme elle n'y est jamais, nous devrons nous contenter de passer devant la maison... À propos, je lui ai envoyé la coupure de journal – l'annonce que papa a mise pour toi et Larry.

Amanda se mit à rire.

— Je la lui ai envoyée aussi.

Elle remarqua alors combien il était étrange que de tels détails, avoir son nom dans le journal comme Cécile, porter une bague de fiançailles comme Cécile, puissent lui donner à ce point une impression d'égalité.

— La ville s'est développée, commenta Norma. Autrefois, c'était une grosse agglomération, la plus importante du Michigan, et maintenant c'est devenu une grande ville – très grande même. C'est ici, le long de la rivière, que tout a commencé, avec le transport maritime. Surtout celui des céréales, et plus tard celui des pneus, de l'acier, du ciment... et de bien d'autres choses. Aujourd'hui, toutes les grandes entreprises de l'ouest du Mississippi ont investi chez nous. Et depuis quelques années, l'informatique arrive. Regarde là-bas : chaque mois ou presque s'élève une nouvelle tour...

Adorant l'histoire et étant bon professeur, Norma profita de sa promenade en voiture avec Amanda pour lui donner des explications.

— Et bien sûr, avec les nouveaux habitants, la banlieue s'étend de plus en plus loin de la rivière, alors que le quartier par lequel nous allons passer se dégrade terriblement. Là, c'est l'ancienne gare. Tu vois comme elle était élégante ? Aussi majestueuse que des thermes romains antiques. J'espère vraiment qu'on va la restaurer un jour, et la gare de triage aussi. Imagine qu'il y a vingt hectares de voies ferrées rouillées et de hangars qui tombent en ruine. Évidemment, la compagnie des chemins de fer ne veut pas brader le terrain, et les écologistes se battent pour l'avoir, si bien que c'est un vrai sac de nœuds et que la situation reste au point mort. De toute façon, ce n'est qu'une question de politique locale. Ici, on arrive à Lane Avenue. Je trouve honteux que des gens vivent dans de tels taudis. Regarde l'école ! Tu te verrais passer tes journées dans cette poubelle ? La seule activité qui anime un peu le coin, c'est la prostitution… Je ne plaisante pas. Regarde ces deux filles : elles sont peut-être prostituées, mais au moins elles sont jolies, non ?

— Qui a assez d'argent dans le quartier pour se payer leurs services ?

— Les clients ne sont pas forcément d'ici. Ils arrivent de partout. Dans certains de ces immeubles, il y a des chambres à louer, même des appartements si on veut. En une demi-heure, on peut venir de sa propriété à la campagne. Pratique…

— Là, tu m'étonnes. Je ne savais pas que ça se passait de cette façon.

Norma se mit à rire. Elle ne croyait pas Amanda si naïve.

— Petite innocente ! D'où sors-tu ? Eh bien, n'accepte pas d'invitation dans Lane Avenue, tu es prévenue.

— Je m'en souviendrai !

— Voilà, on emprunte le pont, et à nous le bon air.

Le décor passa brusquement du béton à la verdure. En quittant la ville, on traversait quelques kilomètres de banlieue avec de jolis petits jardins, puis, comme on lève un rideau ou on ouvre une porte, on se retrouvait dans la campagne. Une campagne sauvage, désordonnée et luxuriante.

De longues allées privées conduisaient à des demeures bien cachées derrière de hauts bosquets touffus. Norma et Amanda longèrent une barrière blanche qui entourait un pré où des chevaux trottaient en rond, à l'exercice. Des canards barbotaient dans une mare. Des vaches brun et blanc broutaient près de leur belle étable de pierre avec sa girouette sur le toit. Une grande sérénité émanait de ce paysage vallonné aux reflets dorés.

Le silence d'Amanda était tel que Norma se demanda si son amie appréciait le paysage.

— Ça te plaît, cette balade ? Dis-le-moi franchement. On peut rentrer, si tu veux.

— Surtout pas ! C'est très beau. On se croirait au paradis.

Cette émotion toucha Norma au plus haut point.

— Je suis tellement contente que mon frère t'ait trouvée !

— Moi aussi, répondit Amanda avec un sourire.

— Vous allez si bien ensemble ! Tu es démonstrative alors qu'il est timide, décidée alors qu'il est timoré. Rien de tel que la complémentarité.

— Larry n'est pas toujours timide, je t'assure.

— Non, mais je voulais dire... Bon, autant te donner franchement mon opinion. Larry est un homme très capable, seulement il ne se sert pas de toute sa force. C'est difficile pour moi de l'admettre, cependant il faut voir la vérité en face : quand on travaille dans l'entreprise de son père, ce n'est pas toujours simple. Notre père nous adore, mais... Bon, tu l'as vu ; tu as partagé assez souvent nos repas pour comprendre ce que je veux t'expliquer. C'est lui qui commande. En fait, voilà, tout bêtement : c'est lui le chef. Il a dû traverser des moments très difficiles, quand maman est morte en lui laissant un garçon de douze ans et une fille de huit ans à élever. Néanmoins, il a fait de son mieux, et nous n'avons vraiment pas à nous plaindre, car on s'est bien occupé de nous. Mais on ne peut pas dire que la joie régnait dans la maison ; nous n'étions pas heureux... Tu comprends pourquoi je suis si contente pour Larry ? Bon, assez parlé de tout ça. Tu veux passer devant chez Cécile ? Ce n'est qu'à quelques minutes d'ici.

La bâtisse, tout en longueur et de plain-pied, brillait sous le soleil. Norma s'arrêta au début de l'allée, devant un portail flanqué de piliers de pierre, qui était ouvert.

Amanda poussa une exclamation étouffée.

— Quoi ? C'est la maison de Cécile ?

— Jolie, non ?

— Je pensais… Elle prétendait qu'elle vivait dans une ferme ! Je n'avais pas la moindre idée… Je n'ai jamais vu de ferme comme ça.

— C'est une sorte de ferme, on appelle ça une maison de gentleman-farmer. Si tu avais passé des vacances plus longues chez moi, je t'y aurais amenée plus tôt… C'est bien, hein ? Ils ont des animaux et des champs cultivés, et l'intérieur est décoré dans le style rustique.

— On ne pourrait pas entrer cinq minutes, juste pour jeter un coup d'œil ? supplia Amanda, à la fois stupéfaite et ravie. Ce n'est vraiment pas possible ?

Norma n'aurait jamais imaginé une telle réaction de la part d'Amanda. Un bref instant, elle vit le monde à travers les yeux de son amie et eut l'impression de porter l'uniforme bleu de Sundale.

— On ne va pas se contenter de jeter un coup d'œil : on va carrément aller sonner à la porte. Les Newman m'ont connue quand j'avais cinq ans, et s'ils ne sont pas là, la bonne ne sera pas étonnée. Allez, viens.

Ce fut Harriet, la mère de Cécile, qui leur ouvrit et, comme chaque fois qu'elle ne l'avait pas vue depuis longtemps, Norma fut frappée par sa ressemblance avec sa fille. Harriet avait les mêmes cheveux fins et noirs que Cécile, la même silhouette, à peine un peu plus épaisse, et portait de plus, ce jour-là, un kilt fermé par sa grosse épingle. De son côté, Amanda, qui avait le sens de l'observation, avait elle aussi enregistré ce détail, ainsi que l'air de bienvenue inscrit sur le visage de Mme Newman. La maison, quant à elle, était très accueillante, avec ses fauteuils confortables, ses pots de fleurs, et les deux retrievers qui aboyaient en remuant la queue.

— Je vous présente Amanda, déclara Norma. Vous l'avez croisée le jour de la remise des diplômes, et maintenant elle va venir vivre ici.

— Amanda ! J'ai tellement entendu parler de vous, avant même de vous avoir aperçue l'autre fois ; vous venez du Sud, vous êtes très intelligente, très sympathique et très jolie, c'est ce que nous a dit Cécile… Je suis vraiment désolée qu'elle ne soit pas là pour vous recevoir.

— J'espère que vous ne nous en voudrez pas d'être passées vous saluer sans prévenir, intervint Norma.

— Mais bien sûr que non. Attendez, je vais chercher Amos. Il est dans le jardin, comme d'habitude. Il aurait dû se faire jardinier. Suivez-moi. Je vais vous montrer où nous allons recevoir les invités pour le mariage. Je prie le ciel qu'il ne pleuve pas. Enfin, s'il pleut, on se serrera à l'intérieur. Comment va ta famille, Norma ? Ton père, ton frère… ?

— Ils vont très bien tous les deux, je vous remercie. Larry, surtout. Il va se marier cet été.

— Magnifique ! Je ne l'ai rencontré qu'une seule fois, mais je me rappelle à quel point il était charmant. Un garçon remarquable. Qui est l'heureuse élue ?

— Vous l'avez devant vous : c'est Amanda.

— Ah ? Parfait ! Bravo, Amanda. Nos trois petites étudiantes ne vont pas se quitter, comme une vraie famille. Je me souviens que tous mes meilleurs amis se sont dispersés aux quatre coins du pays après nos études. Je suis vraiment contente pour vous trois.

Elles avaient traversé le hall d'entrée pour sortir sur la terrasse, où quelques marches conduisaient à un grand jardin. À l'arrière s'étendait un magnifique panorama de collines.

En atteignant les marches, Amanda s'arrêta net.

— Je n'ai jamais vu de collines pareilles. Il n'y en a pas, d'où je viens.

— Oui, tout le monde croit que le Midwest n'est qu'une vaste étendue couverte de champs de maïs et de blé – et c'est vrai, dans l'ensemble. Voilà pourquoi nous tenons tant à nos collines… Tenez, Amos est dans la roseraie. On aperçoit le haut de son chapeau de paille. Allons-y.

Amos Newman était si grand, en effet, que le dessus de son chapeau dépassait de l'enclos de brique. Son visage mince était, comme le reste de sa silhouette, tout en longueur. Quand Norma et Cécile étaient enfants, il les avait portées à tour de rôle à cheval sur ses épaules. Cette image revenait à Norma dès qu'elle le voyait. Douces réminiscences, songea-t-elle, en annonçant les fiançailles d'Amanda et de Larry, et en échangeant les formules de politesse habituelles. Ce sont des souvenirs aussi agréables que ces gens – des gens simples et sans prétention qui menaient pourtant une vie de privilégiés, auraient jugé certains.

Amanda ne tarissait pas d'éloges sur les roses.

— Quelles couleurs merveilleuses ! Et c'est ici que le mariage aura lieu ?

— Oh non, le jardin clos est trop petit. C'est mon jardin anglais, les murs servent à protéger les plantes du vent. Je l'ai construit pour mes roses, et aussi, regardez, je me suis lancé dans les fruitiers, en espaliers, mais je n'ai pas encore de très bonnes récoltes. J'avais oublié qu'ici nous n'avons pas le climat tempéré de la France ou de l'Angleterre…

Amos eut un petit sourire de regret et attendit que son auditoire le relance. Amanda se montra à la hauteur de ses espérances.

— Ces rosiers sont très originaux, monsieur Newman, je n'en ai jamais vu de semblables.

— Ça ne m'étonne pas. Ce sont des rosiers du Proche-Orient, des phœnicia, fort bien nommés. Ils sont extrêmement rares. Je les multiplie dans ma petite serre. Et là, venez voir, ce sont des roses de Damas, des roses d'automne. Elles fleurissent tout l'été jusqu'en octobre. J'en ai planté deux rangées dans le grand jardin, qui formeront une allée pour le mariage. On pourrait croire qu'ils ont été placés là exprès, mais je vous assure que non. Suivez-moi, je vais vous montrer.

— Amos, protesta sa femme, tout le monde ne s'intéresse pas aux roses autant que toi !

— Mais si, s'empressa d'intervenir Amanda. Je n'y connais rien, mais j'adore les couleurs. Et quel parfum !

— Il n'y a que les rosiers anciens pour sentir aussi bon, expliqua Amos en guidant la petite procession hors du jardin clos. Les énormes roses thé hybrides qui sont si belles n'ont presque aucun parfum.

Pleines d'égards pour sa passion, les trois femmes le suivirent, dépassant des massifs de plantes vivaces, des haies taillées, et des buissons d'althæa qui, comme il leur indiqua, étaient de la même famille que les roses, même si les fleurs ne se ressemblaient pas.

Amanda buvait ses paroles et Norma s'en amusa, présumant qu'elle porterait la même attention aux projets immobiliers de Larry. Amanda savait flatter les autres en mettant en valeur leurs centres d'intérêt.

Quand la visite du jardin prit fin, elles furent très fermement conviées à prendre le thé sur la terrasse. Rien n'avait changé depuis l'enfance de Norma. Dans le champ de gauche, des vaches de Guernesey ruminaient, couchées sous les arbres. Près de la table, les chiens attendaient des friandises. Une employée de maison apporta la théière en argent, les tasses bleues de porcelaine Wedgwood, et le grand plat en forme de coquillage avec les petits gâteaux dont Norma se souvenait bien.

— Des madeleines ! s'exclama-t-elle.

Amanda s'émerveilla.

— Voilà donc à quoi ressemblent les madeleines ! Je me suis toujours demandé comment c'était, en lisant *À la recherche du temps perdu*. Cela n'a rien à voir avec des biscuits.

— Vous avez lu Proust ? s'enquit Mme Newman, impressionnée.

— Pas les sept volumes, mais je ne l'avoue pas, en général. C'est plus chic de laisser croire qu'on a tout lu.

Amanda avait une façon vraiment charmante de froncer le nez en se moquant d'elle-même.

L'après-midi invitait à la paresse. J'aimerais pouvoir m'allonger dans l'herbe, songea Norma, et regarder les branches d'arbre s'agiter au-dessus de moi. La conversation devint un doux murmure dont elle ne saisissait qu'une phrase de temps en temps.

— Une vache s'est cassé la patte, il a fallu l'abattre, entendit-elle Amos annoncer avec regret.

— Peter a trouvé un premier travail pas très loin d'ici, expliqua un peu plus tard Mme Newman. Je ne serais pas surprise que

Cécile et lui s'adressent à l'agence Balsan d'ici peu pour leur chercher une maison.

Puis les chaises raclèrent le sol de la terrasse, annonçant que les convives se levaient, et Norma sortit de sa rêverie. Amanda embrassa Mme Newman et la remercia de son accueil.

— C'était tellement agréable. Je ne l'oublierai jamais.

— Mais il n'est question ni de nous oublier ni de se souvenir de nous. Vous reviendrez très souvent, bien entendu, dès que Cécile sera de retour.

— Attendez, je veux regarder le jardin une dernière fois ! s'écria Amanda de sa voix claire.

Elle avança jusqu'au bord de la terrasse et resta un moment, toute gracieuse, à contempler les collines mauves.

— Quelle jeune femme charmante, murmura Amos. Ton frère a bon goût, Norma.

C'est vraiment bizarre, pensa la jeune fille, qu'en toute innocence cet homme s'autorise à me vanter la beauté d'une autre femme. Il se figure, et combien d'autres avec lui, que je n'établis aucune comparaison avec moi. Je me demande si Amanda réalise sa chance.

De retour dans la chambre d'amis des Balsan, Amanda s'assit à la fenêtre. Elle demeura là, le menton entre les mains, à observer la maison, située de l'autre côté de la rue, que Larry appelait la « jumelle » de celle de sa famille. Ces constructions carrées, qui dataient d'avant la Première Guerre mondiale, étaient solides, avait-il expliqué ; elles avaient été bâties pour durer. Sans doute, pensa Amanda, mais soudain elles lui semblaient laides, pareilles à des grenouilles tassées sur elles-mêmes, avec des bay-windows qui ressortaient comme des yeux, et le ventre gonflé de la véranda sur le devant. Des enfants sur des tricycles pédalaient sur le trottoir, s'interpellant à grands cris. D'autres plus âgés fonçaient sur leurs skates avec un vacarme à vous faire grincer des dents. Une rue triste et trop passante.

La jeune fille se sentait déprimée, ou plutôt oppressée. Comme elle était d'humeur changeante ! Elle se sentait si bien, dans la maison et le jardin des Newman, cet après-midi ! Et dire qu'elle avait cru Cécile fille de fermier...

Norma avait qualifié Amos de « gentleman-farmer », ajoutant : « En fait, c'est pour lui un passe-temps. Leur fortune est ancienne, pas comme la nôtre. Ils sont connus pour leur générosité dans toute la région ; gentils avec tout le monde, dévoués et serviables, ils ont très bonne réputation. »

Je les vois bien, songea Amanda, prendre le thé avec des madeleines sur leur terrasse tous les après-midi en contemplant leurs roses et les collines. Les jours de pluie, par temps froid, ils restent à l'intérieur devant un feu crépitant. Qui aurait pu supposer que Cécile, si simple, vivait dans un tel cadre ?

Chez eux, où que se porte le regard, tout était tellement beau… La pelouse où couraient les chiens, la théière avec son monogramme, l'assiette à gâteaux en forme de coquillage ; la mère de Cécile, si calme et si aimable, qui versait le thé… C'était cela, la vraie élégance, oui, vraiment.

Amanda était encore à la fenêtre quand on frappa à la porte, et aussitôt une pensée lui traversa l'esprit : À la maison, personne ne frappe jamais avant d'entrer.

Norma apparut, les bras chargés d'une grande boîte plate.

— Nos robes viennent d'arriver ! Ne les sortons pas complètement pour l'instant, jetons juste un coup d'œil sous le papier de soie. Demain, nous les porterons à retoucher… Regarde ça !

Un tissu brillant jaune citron était couché entre les épaisseurs de papier. La soie glissa sous les doigts d'Amanda comme une caresse pleine de fraîcheur.

— Nous devons porter des boutons de rose blancs, je crois ? murmura-t-elle.

— Oui. Ce sera vraiment joli… C'est la première fois que je suis demoiselle d'honneur.

— Moi aussi.

— Une de mes cousines m'a demandé de l'être un jour, mais la robe était tellement courte, bien au-dessus du genou, que je ne me voyais pas du tout la mettre. J'ai refusé. Je suis sûre qu'elle en a été soulagée.

— Les robes longues, c'est toujours plus beau.

Prise d'un soudain élan de pitié pour son amie, Amanda serra Norma dans ses bras, et celle-ci, émue, s'écria pour la seconde fois de la journée, toute joyeuse :

— Je suis tellement contente que mon frère t'ait trouvée !

3

Mariage ensoleillé, mariée gâtée, songea Norma. Dans tous les mariages, il y avait quelqu'un pour citer ce dicton, souvent une gentille vieille dame. Mais aujourd'hui, elle l'avait déjà entendu de la bouche de trois personnes.

Le soleil, en descendant vers l'ouest, était passé derrière la noce. Ses rayons qui n'éblouissaient plus éclairaient les vieux ifs au bord de la pelouse, le lierre sur le mur du jardin, les invités assis en arc de cercle, et, de tous côtés, les fleurs. Une brise soufflait doucement, juste assez pour rafraîchir l'atmosphère sans causer de désordre dans le voile de Cécile. Dans le silence, les mots graves et poétiques d'un service de tradition ancienne résonnaient comme de la musique.

Cécile est bénie des dieux, pensa Amanda, fascinée au point que son bouquet de roses en boutons tremblait dans ses mains.

Elle est émerveillée, constata Norma en l'observant. Totalement émerveillée. Pourquoi pas ? Elle chercha un mot pour décrire le rituel auquel elles assistaient : l'apogée ? le summum du bonheur ? Et toute cette émotion mêlée de solennité, toute cette beauté trouveraient leur accomplissement dans l'acte d'amour, au creux du lit nuptial. Peu importait si pour Peter et Cécile cette nuit serait loin d'être la première passée ensemble : elle serait tout de même différente, un point culminant. Et en pensée, au beau milieu de la cérémonie, Norma les vit débarrassés de leurs vêtements et de leur solennité.

Presque aussitôt prise de honte, elle se fit la leçon : N'oublie pas de sourire. Les demoiselles et les garçons d'honneur sourient tous. Tu ne vois pas l'air béat d'Amanda ?

De son côté, Amanda enregistrait chaque détail, ne voulant rien perdre d'une cérémonie aussi courte. Il fallait absolument qu'elle remarque et se rappelle tout. Cécile était vraiment resplendissante, avec sa silhouette superbe, ses yeux sombres, sa peau très blanche et ses perles… Elle était la perfection faite femme dans ce nuage d'organdi. Elle avait de la classe. À quoi cela tenait-il ? À une élégance innée ? Ou au simple avantage d'avoir grandi dans une maison comme celle-ci ?

Peter glissa la bague au doigt de Cécile et la regarda droit dans les yeux en prononçant la formule consacrée :

— Par cette bague, je te prends pour femme.

C'était un homme séduisant, avec des cheveux épais, une voix chaude pleine de caractère, et des traits réguliers. Comme Cécile, il donnait une impression de force tout en restant sensible. Il devait être très sensible, même, se dit Amanda. Son regard attentif et ses silences pensifs en témoignaient. Après tout, les architectes étaient des artistes. C'était sans nul doute un homme intéressant...

Parmi les mères qui, assises au premier rang, se tamponnaient les yeux, Harriet Newman se distinguait par son allure. Toute cette famille était étonnante de beauté et de dignité – respirant l'équilibre et la droiture. Au moment choisi, les musiciens, cachés par les buissons, attaquèrent la *Marche triomphale* de Mendelssohn, et tout le monde se leva pour voir la procession descendre l'allée fleurie. La cérémonie avait été réglée, avec le plus parfait décorum, dans ses moindres détails – jusqu'à l'alignement de la famille à l'ombre des sycomores géants qui attendait de recevoir les félicitations des invités.

Cécile avait les joues toutes roses de joie.

— Peter, Amanda, vous vous connaissez déjà bien, évidemment, mais toi, Larry, tu as à peine vu Peter. Il va falloir rattraper ça...

— On s'est vus deux fois, précisa Peter. Un jour où tu emmenais Norma en visite ici, tu m'as pris en voiture. C'était ma dernière année de fac, et tu m'as beaucoup impressionné : un homme d'affaires déjà dans la vie active.

Larry se mit à rire.

— Je me souviens que nous avions plaisanté en parlant des filles, Norma, Cécile et Amanda, même si je n'avais pas encore rencontré Amanda. Nous les avions surnommées les trois mousquetaires.

— Oui, et nous allons rester les trois mousquetaires, maintenant que je viens vivre ici, affirma Amanda.

— Tu peux leur annoncer, interrompit Larry. Non seulement tu viens vivre ici, mais tu vas te marier.

— C'est magnifique comme tout s'est arrangé ! s'exclama Cécile. Je n'ai pas eu une seconde pour vous féliciter, tous les deux.

— Les gens attendent, lui rappela Peter.

— Oui, bien sûr, dit aussitôt Larry en prenant Amanda par la main pour l'entraîner. Viens, ma chérie, vous pourrez discuter plus tard.

— Nous devons nous voir toutes les trois au moins une fois par mois ! cria Cécile derrière eux. Quoi qu'il arrive. Un vrai repas une fois par mois. N'oubliez pas !

En s'éloignant, la main dans celle de Larry qui la guidait, Amanda éprouva la sensation toute nouvelle d'être chez elle. Elle avait trouvé des gens qui lui ressemblaient. Cela lui fit chaud au cœur. *Elle ne se sentait plus en transit. Elle avait trouvé sa place.*

— C'est sympa, non ? commenta Larry.

Sympa ? Quel qualificatif banal. C'est extraordinaire, et je suis au paradis !

— La réception est vraiment parfaite, et toi, tu étais ravissante, ma chérie.

— Tu aurais dû regarder la mariée, pas moi, objecta gaiement Amanda.

C'était une réponse aguicheuse, et elle en avait conscience. Elle n'aimait pas s'entendre parler ainsi, et pourtant elle le faisait souvent avec Larry, sans savoir pourquoi.

— Cécile était jolie aussi, mais pas autant que toi. Tu peux me croire.

— Où étiez-vous passés ? s'exclama Norma en courant vers eux. Je te cherchais partout, Amanda. On nous demande tout de suite, pour les photos.

Il fallut reformer le groupe, les garçons d'honneur du côté de Peter, et les demoiselles d'honneur du côté de Cécile. Prise sous le feu des regards, Amanda observait les petits groupes de spectateurs qui circulaient sur l'herbe et dont les voix se mêlaient. *Si je fermais les yeux*, pensa-t-elle, *j'aurais l'impression d'entendre le bruit d'une rivière.*

Plus loin, sur une pelouse à l'écart, on avait dressé le chapiteau vert immense où on allait dîner et danser. C'était un buffet à la bonne franquette, avait expliqué Larry, sans places attitrées.

— Choisis où tu veux que nous nous installions, proposa-t-il. Ce qui me plaît, avec les Newman, c'est qu'ils aiment les choses simples, les ambiances familiales. Regarde, ils ont même laissé sortir les chiens.

Et, comme pour répondre à une question muette d'Amanda, il poursuivit :

— Je suis venu à la fête qu'ils ont donnée pour les dix-huit ans de Cécile. Les filles devaient amener leur cavalier, et j'ai accompagné Norma.

La pauvre, elle avait dû se rabattre sur son frère.

— Il faut qu'elle s'asseye à notre table, décida Amanda.

Leurs positions s'étaient brusquement inversées. Norma, qui avait d'une certaine façon dominé leur relation et pris Amanda sous son aile, était devenue, subtilement, celle qu'il fallait protéger. Quand la musique commença sous le chapiteau, l'émotion fit galoper le cœur d'Amanda.

— J'adore danser ! s'écria-t-elle.

— Ah oui ? Moi aussi. Alors, pose ton bouquet et allons-y !

Larry avait le même amour du rythme qu'elle, les mêmes mouvements, la même assurance sur la piste.

— On va vraiment bien ensemble ! C'est formidable !

Il avait un gros rire ; il s'esclaffait comme un gamin, explosant de joie.

C'est un enfant, pensa-t-elle. Un petit garçon innocent dans un puissant corps d'homme.

— Je trouve ça formidable qu'on remette les vieilles danses à la mode. On peut de nouveau se coller aux filles. (Larry resserra son étreinte autour de sa taille.) Sympa, non ?

Quelque chose en lui la touchait. Il était vraiment adorable. Elle leva les yeux vers lui avec un sourire, puis forma un baiser du bout des lèvres.

— Je t'aime, murmura-t-il.

La danse, la musique, les bras d'un homme... Grisée par l'ivresse délicieuse et pétillante du champagne, Amanda avait la tête qui lui tournait. Du champagne, elle n'en avait bu qu'une seule fois dans sa vie. Quand, déjà ? Ah oui, pour son anniversaire, dans la chambre à l'université. Cécile avait apporté la bouteille.

Ils tournoyaient comme des fous et on commençait à les remarquer. Des invités, à une table, les applaudirent même.

— Regardez-les, ces deux-là : on dirait qu'ils volent.

Oui, elle volait, s'élançait dans les airs. Sa jupe se gonflait, et un des musiciens lui fit un clin d'œil au passage. Elle eut un petit rire de plaisir.

— Je t'aime, Amanda, murmura de nouveau Larry.

Je suis heureuse, pensa-t-elle. Bien sûr que je suis heureuse. J'ai toutes les raisons de l'être. Je suis tellement, tellement heureuse !

Norma avait gardé leurs places. Elle avait aussi apporté leurs assiettes au buffet et les avait remplies des mets les plus délicieux qui y étaient proposés, dont une bonne portion de salade de homard, le plat favori de Larry.

— C'est une vraie mère pour moi, confia Larry à Amanda en aparté. Tu vas voir, elle voudra te materner, toi aussi.

Entendant ce commentaire malgré sa discrétion, Norma ne s'en formalisa pas. Leur relation était établie sur des bases solides, et, même si son frère n'y avait pas encore songé, elle l'avait analysée depuis longtemps. Elle se réjouit de voir que, à son ordinaire, il participait sans timidité aux discussions qui s'entrecroisaient à la table.

— Alors, c'est vous, Larry Balsan. Bien entendu, je sais qui vous êtes… Jason Bates, je travaille pour Century, j'entends votre nom dix fois par semaine. Je suis bien content de vous rencontrer…

— Vous êtes Amanda ? J'ai déjà beaucoup entendu parler de vous.

— … et voici votre sœur Norma ? Enchanté.

Personne ne souhaitait l'exclure de la conversation, Norma le savait ; simplement, on ne lui prêtait aucune attention. Elle en avait l'habitude. À moins d'une conversation littéraire, ou au moins sérieuse, elle était toujours tenue à l'écart. Les autres jeunes femmes qui avaient pris place autour d'eux, pour la plupart des cousines de Cécile, étaient un peu plus âgées. Certaines avaient terminé un troisième cycle universitaire, et les autres étaient déjà toutes mariées. On parlait surtout mariages, ameublement, et parfois bébés. Les voix de soprano se mêlaient aux basses des cavaliers ou des maris, dans un brouhaha qui faisait bourdonner les oreilles de Norma.

— Et vous, vous connaissiez déjà Peter ? Moi, je ne l'avais encore jamais rencontré. Il paraît qu'il est très gentil et très intelligent. Mon mari a fait la connaissance d'un jeune architecte qui était dans son année, à l'université.

— Quelle journée inoubliable ! Ils forment vraiment un couple parfait.

— Peter ? Il vient d'une petite ville dans le Nord, à la limite du Canada.

— Et sa famille ?

— Ordinaire. Pas de fortune personnelle : il a dû travailler pour financer ses études.

— Il paraît que le courant est passé tout de suite, au premier regard.

— Vous avez vu ces fleurs magnifiques ? C'est le père de Cécile qui les cultive.

— Pas celles-ci. Ce genre d'orchidée ne peut venir que de Hawaii.

Amanda s'amusait beaucoup et ne perdait pas une miette de tous ces échanges, constata Norma. Elle s'adaptait à n'importe quelle situation. De temps à autre, elle jetait un coup d'œil sur sa bague de fiançailles, peut-être pour s'assurer qu'elle ne l'avait pas perdue, mais plus probablement parce qu'elle était heureuse de la porter.

Touchée par son comportement, Norma se dit : J'imagine que si je faisais l'effort de participer, j'apprécierais davantage cette réception.

Mais quand les gens se présentent par couples, comme ils le font tous ici, je n'arrive pas à me décontracter.

Elle regarda sa montre. Il était plus tard qu'elle ne l'aurait cru, Dieu merci, et il serait sans doute bientôt l'heure de rentrer. Au moment où elle se faisait cette réflexion, le père de Cécile se leva pour saluer ses invités en circulant de table en table, accompagné d'un ami. Amos était très en verve ce jour-là, sans doute à cause du champagne, et l'homme qui l'accompagnait semblait encore plus joyeux que lui.

— Non, non, restez assis, mes amis, je vous en prie, déclara Amos en voyant les jeunes gens se lever. Larry, en fait, c'est à votre sœur Norma que je voudrais présenter mon ami, Alfred Cole.

— Oui, je tiens à faire la connaissance de Norma, expliqua ce dernier. Il paraît qu'elle va enseigner le latin à Country Day, et mon fils Lester doit y entrer en septembre comme adjoint du principal… Vous savez, Norma, les professeurs de latin n'étaient ni si jeunes ni si ravissantes de mon temps, ajouta-t-il en tendant la main à Amanda.

— Je vous présente Amanda, ma fiancée, s'empressa d'intervenir Larry. Ma sœur, c'est l'autre jolie jeune femme à ma gauche.

Il sembla à Norma que toute l'assistance rougissait : il n'y avait plus que des joues écarlates autour d'elle, le plus gêné étant Alfred Cole.

— Ah, pardon, excusez-moi ! s'exclama-t-il. Il y a tant de jolies femmes présentes qu'on ne s'y retrouve plus. Enfin, en tout cas, j'espère que vous et Lester vous vous… Enfin, en tout cas, je lui dirai de chercher la charmante jeune professeur de latin… C'est un garçon très bien, je vous le garantis. Je ne devrais pas trop me vanter, mais c'est mon fils unique et il…

— Allez, viens, Alfred, intervint M. Newman en lui prenant le bras fermement et en l'entraînant un peu plus loin.

Norma regarda sa montre une nouvelle fois. Elle se sentait partagée entre l'embarras, la tristesse et la colère. Mais à qui en vouloir ? Cet homme n'avait pas cherché à la vexer, et tout le monde pensait sans doute que cela n'avait guère d'importance, bien sûr. Tout le monde… sauf elle.

— Cécile et Peter vont bientôt partir, dit-elle d'une voix calme. Ils prennent l'avion pour New York, et ils n'ont voulu dire à personne où ils iront ensuite, c'est un secret. Comme la fête est presque terminée, il n'est pas nécessaire que j'attende leur départ. Je crois que je vais rentrer.

— Tu ne veux pas voir le lancer de riz et de confettis ? demanda gentiment Amanda.

— Pas plus que ça.

— Danse au moins une fois avec moi avant de t'en aller, suggéra Larry.

— Merci, mais je préfère me sauver avant que ce soit la cohue.

— Ah, ces fichues jambes ! J'aimerais vraiment que les médecins trouvent un moyen de lui arranger ça, grommela Larry comme Amanda et lui remontaient en voiture. La vie de Norma est fichue. Elle prend beaucoup sur elle et la plupart du temps elle arrive à donner le change, mais au fond elle se déteste…

— Quel imbécile, ce type, lança Amanda avec un soupir.

— Il avait bu un petit coup de trop. C'était une confusion idiote. Une autre fille n'aurait pas été aussi blessée… En fait, c'est un type bien, cet Alfred Cole. Très bon avocat. Droit des entreprises, avec naturellement un peu d'immobilier pour pimenter le tout. Il a dû être invité parce que sa femme était la meilleure amie de Mme Newman. Depuis qu'elle est morte, Mme Newman le convie aux réunions de famille, paraît-il. En souvenir du passé, sans doute… Tu as attaché ta ceinture ? Je ne démarrerai pas avant.

Larry avait l'air contrarié, mais Amanda le connaissait déjà assez pour savoir que l'interroger sur les raisons de sa mauvaise humeur ne servait à rien. Elle passerait toute seule. Ils avaient descendu l'allée et retrouvé la route avant qu'il ne reprenne la parole.

— Tu es formidable avec les gens, et tu as bon caractère, ma chérie. Quand tu seras bien installée et que tu auras beaucoup d'amis, tu pourras peut-être aider Norma… Ça me rend triste de penser qu'elle va être coincée jusqu'à la fin de ses jours dans ce lycée avec une bande de vieilles profs barbantes.

— Ne t'en fais pas. Elle aura une vie plaisante et s'en sortira parfaitement bien. À la fac, tout le monde l'aimait. On respectait son intelligence, et elle est très drôle, très agréable.

— Mais qui ça, « tout le monde » ? Elle m'a dit qu'elle était amie avec des femmes seulement. Il lui faut un homme, c'est normal, non ?

Ce qu'il peut être gentil, constata Amanda. Il a vraiment du cœur. Un homme qui s'inquiète autant pour sa sœur ne peut que bien traiter sa femme.

— Je ferai tout mon possible, promit-elle.

— J'en suis sûr. Viens près de moi, chérie. (Larry posa un instant sa grande main sur la sienne.) Ce que tu peux être jolie ! À quoi penses-tu ?

— À rien, je suis simplement heureuse. J'ai passé une journée merveilleuse, et maintenant je contemple ce magnifique paysage.

De chaque côté de la route, la campagne défilait ; les arbres étaient couverts d'un épais feuillage, l'herbe était drue et tendre. Tout avait l'air prospère, bien entretenu.

— Regarde ces chevaux, Amanda. Ils sont beaux, hein ? On est en plein dans une région d'élevage. Tu as envie de faire un tour à cheval, ou tu veux rentrer directement ?

Sans attendre sa réponse, il tourna sur une route de traverse.

— Tiens, puisqu'on est là, je vais en profiter pour te montrer Cagney Falls. C'est un très joli village. On ne croirait jamais qu'il est juste à quarante-cinq kilomètres de chez nous. Enfin, notre chez-nous temporaire, je veux dire... À ce propos, il va falloir que nous parlions assez vite de notre maison. Mais pas tout de suite.

Ils arrivèrent d'un coup à Cagney Falls. L'instant d'avant, ils passaient encore devant des portails et des allées privées semblables à celle des Newman ; et soudain, au bas d'une côte, la route se transforma en rue et déboucha sur une place élégante. Les trottoirs étaient bordés de boutiques, avec des jardinières et des auvents rayés qui faisaient ressembler le village à un jouet de luxe. Au fond, dans un angle, se dressait une petite église blanche couverte de bardeaux tout droit sortie d'un paysage de Nouvelle-Angleterre, tandis que le centre de la place était occupé par un square fleuri où de vieux arbres ombrageaient les bancs.

— Autrefois, je me souviens, cela ne payait pas de mine, ici. Il n'y avait qu'une quincaillerie, une pharmacie, un magasin de nourriture pour animaux, une épicerie et une pompe à essence. Tu vois le genre ?

Oui, elle voyait très bien.

— Et maintenant, c'est très chic, constatat-elle.

— Viens, marchons un peu, et sans nous presser. Les femmes, ça aime faire du lèche-vitrines, hein ?

Il n'y avait pas tellement de monde, ce qui rendait la promenade agréable et donnait envie de s'arrêter un peu partout pour voir ce que proposaient les boutiques : articles de sport pour femmes, bottes d'équitation, robes d'enfants brodées main, livres, bijoux, antiquités, chocolats… jusqu'à une banque de style colonial vieillotte et belle, avec le bureau d'un agent de change à l'étage.

— La place scintille comme si on était à Noël, remarqua Amanda. Je suis sûre qu'on trouve tout ce qu'on veut ici, sans avoir besoin d'aller ailleurs.

— À condition de pouvoir payer ! dit Larry en riant. Viens, je t'offre une glace. Il y a un café très sympa au coin de cette rue.

— Tu es fou ! Après tout ce que nous avons avalé aujourd'hui ! Non, merci. Repartons plutôt par ce côté, pour que je jette un dernier coup d'œil aux vitrines.

— Ça te plaît, hein ?

— C'est si pittoresque. J'adorerais vivre ici.

— Je n'en doute pas. Mais les propriétés coûtent une véritable fortune… Bon, d'accord, on repasse par là, et puis on rentre.

Les vitrines recelaient des trésors : ici, un cardigan rose ; là, un bracelet orné de pâquerettes en or ; plus loin, une très jolie batterie de cuisine à fond de cuivre.

— Nous reviendrons un de ces soirs, promit Larry. Il y a un bon restaurant pas très loin – une écurie de louage reconvertie, tellement à la mode qu'il faut réserver deux semaines à l'avance. C'est des bêtises, tout ça, tu ne trouves pas ? Mais la cuisine est excellente, je

le reconnais. Ça vaut le déplacement…
À propos, ajouta-t-il une fois qu'ils eurent repris la route, il va falloir te trouver une voiture. On ne peut pas vivre sans par ici. Il n'y a pas de bus, sauf celui des retraités qui va au centre-ville, et ça m'étonnerait qu'on te laisse y monter. Tu aimerais quel style ?

— Je ne sais pas. Une petite. Peut-être comme celle qui est devant nous. Quelque chose de ce genre.

— Hé, mais c'est que tu as bon goût ! C'est une BMW. (Larry se pencha pour lui planter un baiser sur le sommet du crâne.) Allez, ce n'est pas grave, tu en auras une autre qui te plaira quand même.

L'euphorie de la danse avait quitté Amanda, mais la joie laissait place à la calme satisfaction qui l'avait habitée toute la semaine. Son impression de sécurité était telle qu'une forte envie de dormir la prit.

— Je tombe de sommeil.

— C'est le soleil, on le reçoit en pleine figure. Mets ta tête sur mon épaule et repose-toi.

Somnolente, elle l'entendit fredonner un peu faux. Cette marque de contentement lui était déjà familière. Le bruit des roues au passage du pont lui fit vaguement relever la tête.

— C'est fou, après l'endroit que nous venons de quitter, de ce retrouver ici, commenta-t-il. On ne se croirait pas dans le même État ! Quelle zone ! De Lane Avenue à la gare, tout tombe en ruine. Le vrai problème, ce sont les voies de chemin de fer désaffectées. Quinze hectares de terrain en friche couvert de détritus. Il faudrait faire quelque chose… Enfin, je suis sûr que ça changera un jour. J'adorerais pouvoir mettre la main dessus, mais je n'ai aucune chance : la Compagnie des chemins de fer en demande un prix faramineux. Et, de toute façon, il y a trop de magouilles politiques, il faut connaître des gens haut placés… Dis, je t'ai réveillée ? Tu dormais ?

— Pas vraiment, répondit Amanda en bâillant. Norma m'avait déjà parlé du terrain des chemins de fer, je m'en souviens.

Dans le quartier qu'ils traversèrent ensuite, plus récent que celui où vivaient les Balsan, les rues formaient un quadrillage régulier. Les petites maisons étaient propres, les jardins plantés d'arbres vieux de quinze ou vingt ans à peine. Les terrains avaient la taille de mouchoirs de poche, la moitié de celui des Balsan, et pourtant ils contenaient une surprenante variété de portiques.

— S'il est possible à une maison d'avoir l'air heureux, c'est le cas de celle-ci, dit Larry en arrêtant la voiture. Elle est en vente. Le propriétaire s'est enrichi grâce à Internet. Je n'ai pas encore les clés, autrement je t'y emmènerais demain… Je crois que ça te plaira, poursuivit-il avec conviction. Tu peux déjà regarder l'extérieur.

Amanda obéit. C'est tout petit, pensa-t-elle. Mais, au moins, ce n'est pas un gros cube brun comme la maison des Balsan. Elle est même plutôt mignonne, en fait. Et on pourra toujours la revendre pour trouver mieux, comme l'ont fait les propriétaires actuels.

Larry lui passa le bras autour de la taille. Il la dévisageait d'un air inquiet, et elle comprit à quel point il tenait à lui faire plaisir. Une reconnaissance soudaine l'envahit, chaude comme de l'eau sur des mains froides ou du thé un jour de mauvais temps.

— Alors, qu'est-ce que tu en dis ? Ça te plaît ?

— Oui. Ça me plaît beaucoup, et je te remercie pour tout.

Elle était aimée, vraiment aimée. Elle savait qui elle était, où elle était et où elle allait vivre. Comme la mariée, en ce jour romantique, elle se tourna vers Larry pour lui offrir un sourire radieux et son cœur tout entier.

4

Allongés côte à côte sur la plate-forme, bien enduits de crème solaire, ils flottaient doucement au gré des vagues, le visage caché sous leur chapeau de soleil. Un appel de mouettes inquiet fit se redresser Cécile. Elle regarda autour d'elle mais ne vit que des voiliers à l'horizon. Quelques secondes plus tard, les oiseaux criards repartaient en vol plané, laissant le ciel bleu retrouver son silence.

Peter avait les bras le long du corps. Son alliance en or était l'exacte réplique de celle de Cécile. Comment se pouvait-il qu'un objet aussi petit, quelques mots prononcés par un pasteur dans le jardin de ses parents, un certificat signé à la mairie changent tout à ce point ? se demanda la jeune femme.

Aujourd'hui, il était de bon ton de ne plus se soucier du mariage ; d'ailleurs, n'avait-elle pas elle-même à moitié pensé, lors de ses week-ends avec lui, qu'ils formaient déjà un vrai couple ? Et pourtant, en regardant l'alliance de Peter puis la sienne, elle ressentait une émotion toute particulière.

Il remua, s'étira et s'assit.

— Tu admirais la grâce du dormeur ?

— Je me disais que je t'aime très fort. Si tu te blessais le petit doigt, je crois que le mien saignerait aussi. Tu comprends ça ?

— Oui, approuva-t-il d'un ton grave. Oui, pour moi, c'est exactement pareil. Allez, viens, on va voir qui arrive le premier au sable.

Ils auraient la marée contre eux, mais elle était bonne nageuse, et l'épreuve ne serait pas trop déséquilibrée. Peter ne gagnerait, comme d'habitude, que d'une ou deux longueurs. Elle se félicitait d'être une si bonne partenaire pour lui dans toutes leurs distractions : au tennis, en montagne, sur la piste de danse, ils se convenaient à la perfection.

Lorsqu'ils arrivèrent à la crique, juste en bas de la maison, ils s'assirent sur les longues herbes tièdes à la bonne odeur marine. Là, ils ouvrirent le panier de pique-nique qu'ils y avaient laissé et déjeunèrent tout en bavardant. Ils ne manquaient pas de sujets de conversation, et chacun d'eux découvrait sans cesse un monde nouveau chez l'autre, un univers étrange et passionnant. Ainsi s'écoula cette journée de rêve, une de plus dans leur merveilleux séjour.

La maison, entourée d'un cercle de palmiers, restait agréablement fraîche grâce à la brise maritime. Les pièces qui faisaient face à la mer étaient peintes couleur aigue-marine ; l'intérieur, fruit d'un heureux mélange d'antiquités anglaises et de rotin chinois, était fleuri à profusion.

— Tu connais la célèbre peinture de Winslow Homer, la maison jaune citron avec le toit d'un blanc étincelant ? demanda Peter. Ç'aurait pu être ici. Soit il a pris cette maison pour modèle, soit ta famille a copié le tableau.

— Les deux sont possibles. Cette propriété nous appartient depuis des lustres, j'ai oublié combien de générations. La grand-tante de papa la prête toujours avec beaucoup de générosité. Dès qu'il y a une lune de miel, ou un convalescent dans la famille qui a besoin de se reposer sous le soleil, elle part en voyage pour laisser le champ libre.

— Ta famille est vraiment intéressante. Un de tes cousins, au mariage, disait que ta mère fait partie du Comité régional d'assainissement des quartiers pauvres... ou contre la dégradation urbaine... Je ne me souviens plus bien du nom. Je n'étais pas très concentré, ce jour-là, je me demande même comment j'ai réussi à garder un air à peu près normal. J'avais les jambes flageolantes et la tête dans le brouillard. Mais parle-moi encore de ta mère.

— Je ne sais que te raconter d'autre. Disons simplement qu'elle aime se rendre utile. Les déjeuners qu'elle organise pour renflouer les caisses d'organisations caritatives, ou sa participation aux conseils d'administration de grandes associations, ont leur importance et te donnent une idée de sa personnalité ; mais ce qui compte surtout, c'est plutôt l'action sociale qu'elle et papa mènent dans la région. Par exemple, ils ont monté une unité de soins pour les enfants atteints de cancers, à l'hôpital. Et puis ils se sont battus pour défendre le nouveau parc contre la construction d'un complexe de bureaux qui était projetée. Tu imagines... Toute mon enfance, je les ai entendus discuter de ce genre de questions, et je suis sûre qu'il en a été de même pour eux, car mes grands-parents aussi avaient le cœur sur la main.

— Je ne me doutais pas que ta famille était si influente. D'où vient votre fortune ?

Cécile haussa les épaules. Elle n'en avait qu'une très vague idée : leur argent avait fructifié dans différents secteurs et avait été transmis par divers héritages.

— Le pétrole, les chemins de fer, pour une part. Et puis, un de mes arrière-grands-pères a inventé une machine à riveter les pièces métalliques qui... Oh, je ne sais pas trop... En tout cas, on se sert de son système dans les usines du monde entier.

Peter sourit en secouant la tête.

— Il est impossible de deviner de quel genre de famille tu viens, à moins de voir où tu vis.

— Nous avons eu de la chance.

— Ça ne te gêne pas, parfois ?

— Non. Pourquoi ?

— Tant mieux, tant mieux. Je te pose la question simplement parce que, moi, je ne serais peut-être pas à l'aise à ta place.

— Mais tu m'as épousée, alors maintenant...

— Maintenant, ton argent est toujours à toi. Il ne m'appartient pas.

— Ce genre de conversation ne mène à rien, répliqua-t-elle avec un soupir, cherchant un autre sujet. J'ai oublié de te dire que la bonne m'avait donné un message : des amis de tante Susan aimeraient nous inviter à dîner chez eux un soir.

— Il ne nous reste que quatre jours...

— D'accord, j'ai compris. Je n'ai pas envie d'y aller non plus. Que voudrais-tu faire, à la place ?

— Ce soir ? D'abord, le dîner : un festin comme tous les jours. La femme qui vient préparer à manger... Comment s'appelle-t-elle, déjà ?

— Sylvestrina, mais elle préfère se faire appeler Sally. Je comprends, d'ailleurs.

— C'est une cuisinière remarquable. Je le lui ai dit ce matin.

— Jusqu'à présent, le programme me va. Et après le dîner ?

— Rester ensemble sur le canapé en osier, à écouter de la musique jusqu'à ce que les étoiles paraissent.

— Parfait. Quel genre de musique ? Il y a au moins mille CD dans le meuble. C'est toi qui choisis.

— Du piano. Les nuits sont si calmes ici qu'un orchestre casserait le charme. Tu vois ce que je veux dire ?

— Absolument. Et après la musique ?

— On ira nager. Nus, comme des poissons.

— Et ensuite ?

— Oh, je ne sais pas… J'ai bien une ou deux suggestions…

Même si, un mois plus tôt, ils auraient juré se connaître déjà par cœur, ils continuaient de se découvrir. Ils se promenaient, nageaient, faisaient de la voile, sans arrêter de converser. Tous les sujets étaient abordés, du nombre d'enfants qu'ils désiraient jusqu'à leur opinion sur la situation politique en Chine, en passant par leurs goûts culinaires.

— J'ai absolument besoin de manger un peu de chocolat chaque jour, avoua Cécile.

— Moi, ça me laisse assez froid. Ce que j'aime plus que tout, c'est le riz basmati à la viande, bien épicé avec beaucoup de curry.

Ils discutaient également travail. Dans ce domaine, Cécile se montrait particulièrement passionnée. Sans avoir encore défini un plan de carrière bien arrêté, elle n'en avait pas moins des projets. Le mois suivant, elle devait entrer comme bénévole à l'hôpital des Enfants-Malades, où elle avait déjà travaillé au cours des deux étés précédents. Elle avait trouvé l'expérience si enrichissante qu'elle avait demandé cinq jours de bénévolat par semaine, qui incluaient une formation de travailleur social.

— Ma dominante de sociologie m'a beaucoup aidée à comprendre les problèmes concernant la famille. Parfois, je me surprends moi-même, parce que le personnel professionnel a vraiment l'air de respecter mon travail.

Peter aussi avouait ses ambitions. Il considérait son premier emploi comme strictement temporaire. Dès ses débuts dans la profession, il avait rencontré un succès certain, et il comptait monter un cabinet indépendant. Cécile, en l'entendant parler de la restauration de bâtiments anciens, en examinant ses photos et en feuilletant ses livres s'était emballée pour le sujet. On avait l'impression de faire de l'histoire. Elle avait appris par exemple que, dans une petite auberge en brique de 1857, on avait servi un repas à l'homme qui avait tiré sur Lincoln. Que l'anecdote soit vraie ou fausse, le lieu méritait d'être préservé, tout comme la tour de garde sur la côte Atlantique. L'année précédente, elle avait même suivi Peter lors d'une expédition dans une gare de campagne ; orné de boiseries victoriennes aux découpes dentelées, le bâtiment devait être transformé en restaurant. Même ici, aux Bermudes, Peter griffonnait sans cesse des esquisses sur son carnet au cours de leurs promenades.

Passionnés par leur travail, amoureux, ils ne pourraient que vivre très heureux.

L'avant-dernier jour, désireux de mettre à profit chaque minute, ils se levèrent tôt. Peter voulait commencer par aller vérifier un détail d'une vieille église gothique qu'il avait dessinée.

— Tu te demandes peut-être à quoi ça va me servir, remarqua-t-il. C'est vrai que je n'aurai probablement jamais besoin de connaître la construction des églises gothiques à fond, mais sait-on jamais. Pendant mon cours de l'été dernier, nous avons été visiter une belle église du XIXe siècle qu'un incendie avait presque entièrement détruite. Tu n'as pas idée de la violence avec laquelle se disputaient les partisans de la restauration et ceux de la reconstruction ; mais ces derniers, qui préféraient la raser pour en mettre une neuve à la place, étaient vraiment acharnés.

— Qui a gagné ?

— Ce n'est, bien sûr, toujours pas réglé. Aux dernières nouvelles, la bataille faisait rage autour du coût des deux projets.

Après avoir pris sans se presser un dernier petit déjeuner sur la terrasse qui dominait la plage, ils partirent d'un pas tranquille vers Hamilton. Un bateau de croisière ayant récemment accosté, les rues grouillaient de monde ; par chance l'église, à bonne distance de la foule, leur offrit un havre de paix. En fait, ils s'y retrouvèrent seuls et purent ainsi, sans être dérangés par d'autres voix ou bruits de pas que les leurs, déambuler en regardant les vitraux et les touchants témoignages qui figuraient sur les plaques.

Dehors, le silence n'était rompu que par le pépiement des moineaux, et Cécile s'assit dans l'herbe tandis que Peter faisait le tour de l'église une nouvelle fois, inspectant les gargouilles et étudiant les claires-voies. Cécile était tout aussi concentrée que son mari, mais son sujet d'observation, c'était lui. Elle suivait des yeux la haute silhouette qui passait du soleil à l'ombre et se délectait de son léger froncement de sourcils quand, très appliqué, il prenait appui sur le mur pour dessiner. Elle était si fière de lui ! Ainsi, c'était cela cette union dont on parlait tant, ce *unus*, comme aurait dit Norma en utilisant le latin avec sa jubilation habituelle. Oui, ils ne formaient désormais plus qu'un, étaient responsables l'un de l'autre. Peter *et* Cécile. Il n'y aurait plus de séparations, plus besoin de se dire « À bientôt ». Ils se réveilleraient le matin dans le même lit et prendraient le petit déjeuner côte à côte ; le soir, ils dîneraient ensemble puis retourneraient se coucher. Un jour, il y aurait des enfants et des décisions sérieuses à prendre. Et ils géreraient les petits détails de la vie quotidienne. Par exemple, à peine quelques jours auparavant, ne l'avait-elle pas dissuadé de porter un pull marron avec un pantalon bleu marine ?

Se comparant à sa mère, Cécile ne put que se moquer un peu d'elle-même. Harriet Newman, en dépit de l'énergie qu'elle

82

dépensait à défendre de grandes causes, était une femme d'intérieur accomplie. Et pourquoi pas ? Quelle honte y avait-il à aimer vivre dans une maison bien entretenue, à organiser de bons repas, et à s'assurer que les vêtements de chacun étaient propres ?

Je n'avais encore jamais compris à quel point le mariage est une affaire intime, songea Cécile. On sait tout ce que pense l'autre, on se préoccupe de son bien-être jusqu'à la fin de sa vie.

— Terminé, annonça Peter en rangeant son carnet dans sa poche. Cela n'aura probablement jamais d'utilité, mais au moins tout est là. Et maintenant, quel est le programme ? On rentre pour aller à la plage, j'espère.

— Bien sûr. Mais je voudrais m'arrêter en chemin – pas longtemps, c'est promis. Il faut que nous trouvions un petit cadeau d'adieu pour remercier Sally de nous avoir confectionné tant de délicieux repas.

— J'ai prévu un bon gros chèque pour elle.

— Oui, mais un cadeau, un souvenir dans une boîte avec un joli ruban autour, ce serait bien pour aller avec. Les Bermudes sont célèbres pour leurs pulls. Ils sont vraiment magnifiques. On en choisira un qu'elle ne pourrait pas se permettre de s'acheter elle-même.

Les hordes descendues du bateau le matin s'étaient dispersées, sans doute parce qu'il était l'heure du déjeuner. Le cadeau de Sally en main, Cécile avançait au côté de Peter en jetant des regards distraits aux devantures qu'ils dépassaient, quand soudain elle s'arrêta.

— Regarde. Je n'ai jamais vu de girandoles comme celles-ci. D'habitude, les couleurs ne sont pas aussi belles.

Les chandeliers de porcelaine à six branches, chacune portant une bougie blanche, reposaient sur un pied joliment peint de fleurs couleur corail et de feuilles brunes.

— Il y a la paire, et en parfait état. C'est si rare d'en trouver une complète sans défaut. Tu ne crois pas qu'elle ferait bien sur le buffet de la salle à manger ?

— Ça doit coûter une fortune.

— Non, j'ai vu l'étiquette. Ce n'est pas une mauvaise affaire du tout. On pourrait se servir du chèque que nous a donné mon cousin Luke en cadeau de mariage. Qu'en penses-tu ?

— Tu peux faire ce que tu veux des chèques du mariage, Cile. Mais où vas-tu mettre ça ? Nous n'avons ni buffet ni salle à manger.

Peter souriait, amusé par ce qu'il semblait considérer comme un caprice bien féminin. Il avait pris la même expression que le père de Cécile quand sa mère achetait un objet frivole – ce qui arrivait fort rarement –, comme, un jour, une paire de mules en velours rose à talons aiguilles.

Cécile sourit à son tour. Depuis deux semaines, elle gardait un secret qui la ravissait, attendant avec impatience le moment de montrer à Peter la surprise qu'elle lui réservait. Mais l'occasion était trop belle, et elle ne put résister à la tentation de laisser échapper la nouvelle.

— Mais si, chéri, nous en avons ! Une maison et une salle à manger ! Je ne voulais rien te dire avant de rentrer. J'avais tellement envie de te faire la surprise, mais je ne tiens plus. C'est une maison que tu vas adorer. Attends de la voir.

— Je ne comprends rien à ce que tu racontes.

— Il y a une propriété fabuleuse à Cagney Falls. C'est un peu en dehors du village, mais dans la commune, une jolie maison avec dix mille mètres carrés de terrain. Les propriétaires veulent vendre, et mon père les connaît un peu… en tout cas assez pour leur demander de nous garder une option jusqu'à notre retour. Je n'ai vu que l'extérieur, et c'est exactement le genre que tu aimes, très simple, en pierre de taille avec des volets blancs et une porte d'entrée dans le style colonial traditionnel. On pourrait croire qu'elle a été construite avant la guerre d'Indépendance.

Peter ne répondit rien, ce qui semblait une réaction bizarre. Il regardait dans le vide.

— Alors, qu'en penses-tu ?

— Un hectare ? Un vrai petit domaine ! Je ne sais pas trop quoi dire. Tu ne crois pas que tu rêves un peu, Cile ?

— C'est le prix qui t'effraie ? Ne t'en fais pas. C'est un cadeau, un cadeau de mariage de mes parents.

— Ah, non. C'est beaucoup trop. On nous a déjà fait assez de cadeaux comme ça.

— Ne sois pas bête ! Une maison, c'est pour toute la vie, c'est là que nous allons habiter ensemble. Beaucoup de gens agissent de même pour leurs enfants quand ils en ont les moyens.

— Peut-être, mais cela me met mal à l'aise. Je préfère que nous emménagions le mois prochain dans l'appartement qui nous avait plu, et nous verrons par la suite comment cela évolue, étape par étape.

— Mais écoute, Peter… ce n'est vraiment pas une maison somptueuse. Elle est toute simple. Et idéale pour nous, je t'assure.

— Selon tes critères à toi, peut-être. Mais moi, je ne suis pas riche, et je ne le serai jamais. Je ne veux pas vivre aux crochets de tes parents !

Cette réaction véhémente surprit et blessa Cécile.

— Tu dis ça d'un ton presque méchant, remarqua-t-elle doucement.

— Ce n'était pas mon intention. Je t'explique honnêtement ce que je pense. C'est ce que je ressens.

— Et si… (Elle hésita.) Quand mon père partira, tu feras quoi ?

— Pour l'instant, ton père est encore jeune, en excellente santé, et il travaille toujours. Moi aussi, sauf que je suis moins âgé que lui et que je ne veux me faire entretenir par personne, pas plus lui qu'un autre.

La bouche de Peter avait pris un pli obstiné que Cécile ne lui connaissait pas et qui durcissait son visage. Cette expression la mit très mal à l'aise.

— Tu ne veux pas au moins y jeter un coup d'œil ?

— Non. Cela ne servirait à rien que je la voie, puisque je ne changerai pas d'opinion.

Il avait haussé le ton, si bien qu'un couple en train de les dépasser leur jeta un bref regard ; Cécile se rendit compte qu'ils devaient paraître bizarres, en grande discussion devant cette vitrine remplie de porcelaine et d'argenterie.

— Ne restons pas là… Je suis très déçue, Peter. Tu ne te doutes pas à quel point. Tu pourrais au moins accepter d'aller la visiter. Ce n'est pas trop demander, quand même ! Si tu la voyais, tu aurais peut-être un autre avis.

— Tu n'as pas du tout l'air de penser aux implications d'un tel achat : il faut prendre en compte les frais généraux. C'est bien joli de se faire offrir une maison, mais on doit pouvoir l'entretenir.

— Je m'occuperais du jardin moi-même le week-end. Tout le monde peut pousser une tondeuse.

— Là, tu dis vraiment n'importe quoi. Tu te vois, toi, en train de tondre la pelouse ? Arrête ces bêtises, ces enfantillages… et filons. C'est notre dernier après-midi à la plage, et on le gâche à rester plantés sur ce trottoir.

Cécile commençait à éprouver un sentiment très proche de la colère. Non seulement elle était tombée amoureuse de la maison, avec ses vieux arbres et la roseraie entr'aperçue de la route, mais de plus elle supportait très mal que la générosité de son père reçoive un tel accueil. Elle ne s'en cacha pas.

— Franchement, je te trouve un peu léger. Et comment vais-je annoncer cela à mon père ?

— Tu n'auras pas à lui parler, c'est moi qui le ferai. Je lui expliquerai que j'apprécie au plus haut point son offre, ce qui est vrai, mais que je ne peux pas accepter.

— Tu ne te rends pas compte ! Tu vas lui faire beaucoup de peine.

— Non, je ne crois pas.

— Qu'en sais-tu ? Tu ne le connais pas aussi bien que moi.

— Dans ce cas, je suis désolé, parce que j'aime énormément tes parents, mais je ne veux rien leur devoir. Garde ton argent pour acheter toutes les girandoles que tu voudras ; mais c'est mon rôle de subvenir aux besoins de la famille que nous formons toi et moi. Mon honneur est en jeu, Cile.

Quelle façon de s'exprimer, c'était incroyable ! On aurait cru un mari de l'époque victorienne, avec ces accents autoritaires. Tu as cent ans de retard, eut-elle envie de lui lancer, mais elle ne céda pas à la tentation.

— Bon, tu veux entrer dans la boutique pour acheter les chandeliers ? reprit Peter.

Il la traitait en enfant, en petite femme fragile à laquelle on passe un caprice.

— Puisque nous n'aurons nulle part où les mettre, à quoi cela rime-t-il que je les achète… Non, je n'en veux surtout pas, ajouta-t-elle en appuyant bien sur les mots.

— Je te posais simplement la question, rétorqua-t-il d'un ton aussi sec.

Ils étaient toujours plantés au beau milieu de la rue, mais se dévisageaient à présent comme deux inconnus qu'un malheureux concours de circonstances aurait réunis et qui ne sauraient comment faire pour se débarrasser l'un de l'autre.

— Je ne te comprends pas, dit Cécile.

— Essaie.

— Et toi, tu ne veux pas faire un petit effort ?

— Moi, je te comprends très bien. Tu as vu quelque chose qui te plaît et qui est à ta portée, et tu me trouves inutilement entêté. Je suis désolé de te décevoir, mais…

Sa façon raisonnable de s'exprimer fit soudain exploser Cécile.

— Mais pourquoi, pourquoi ?

— Excusez-moi, s'il vous plaît, intervint alors une femme qu'ils empêchaient d'approcher de la vitrine.

— Partons d'ici, Cécile, nous dérangeons tout le monde.

Au coin de la rue, ils attendirent un taxi. Les touristes filaient à vive allure sur des mobylettes en klaxonnant et en riant aux éclats, tous très inexpérimentés. Leur joie insouciante déprima Cécile, lui donnant un autre sujet de rancœur.

— Nous ne sommes pas montés une seule fois sur une mobylette depuis notre arrivée. Je veux essayer.

— Non, pas de mobylette, je te l'ai déjà dit. Je n'en ai jamais fait, et je n'ai aucune intention de m'y essayer avec toi à l'arrière. Nous avons déjà vu trois accidents graves.

Les arguments de Peter n'étaient pas irrecevables, mais sa façon de la rabrouer, et le pli sévère qui n'avait pas quitté ses lèvres la mirent en rage. Elle monta en silence avec lui dans le taxi et ils se turent jusqu'à la maison de la grand-tante Susan.

Pour une stupide question de principe, Peter bouleversait ses projets de bonheur. Au cours des semaines précédentes, elle avait souvent pensé à la surprise qu'elle lui réservait, aux belles pièces de cette maison, à la chambre qu'ils auraient – non pas avec un lit gigantesque où on dormait loin l'un de l'autre, mais avec un lit de taille normale, original par sa forme, où ils se serreraient l'un contre l'autre ; les bibliothèques, peintes en vert cru, rassembleraient leurs trésors ; dans le bureau confortable, Peter pourrait dessiner ses plans sans être dérangé… Comment aurait-elle pu se douter qu'il lui refuserait tout cela ? Et, pour couronner le tout, c'était lui qui s'estimait offensé parce qu'elle avait osé mal réagir à ce refus. Dans le taxi, il étudia son carnet de croquis tout le long du trajet, attendant manifestement qu'elle fasse le premier pas. Il pouvait toujours attendre !

De retour à la maison, Cécile alla trouver Sally dans la cuisine pour lui offrir le pull, et traîna en lui posant des questions sur ses enfants. Si Peter pensait qu'elle allait courir le rejoindre à la plage, il se trompait.

Cette dernière soirée aux Bermudes, ils avaient prévu de la passer en tête à tête. Mais, au lieu de cela, Cécile s'arrangea pour avoir des invités, un couple d'amis de la grand-tante Susan, de la jeune génération, qui avait téléphoné pour les convier à dîner. Adroitement, elle retourna la proposition en leur offrant de venir chez eux. Ainsi, Peter serait obligé de jouer les maîtres de maison, fort mécontent de devoir consacrer sa soirée à des gens qu'il ne connaissait pas. Bien fait pour lui.

Les invités étaient partis et elle lisait au lit quand il entra dans la chambre et vint se placer devant elle, où il resta un moment à la considérer, bras croisés.

— Tu as raté un après-midi magnifique sur la plate-forme, lança-t-il enfin.

— Je n'étais pas d'humeur.

— Tu t'es privée d'un plaisir.

— Absolument pas, j'étais très bien toute seule sur la plage avec un bon bouquin.

— Ce n'est pas vrai : tu n'étais pas bien du tout, tu bouillais de rage. Et le plus drôle, c'est que tu as cru te venger de moi en invitant ces gens, alors que je les ai trouvés très sympathiques et que je me suis bien amusé en leur compagnie. Tu ne t'attendais pas à ça, je crois.

— Je n'avais pas réfléchi à la question.

— Quand je suis sorti sur la véranda avec Mark, je lui ai demandé d'homme à homme s'il leur arrivait, à lui et à Rose, de se disputer. Je lui ai dit que j'étais novice en la matière.

Était-ce de la malice qui brillait dans ses yeux ? se demanda Cécile.

— Il m'a regardé comme s'il avait affaire à un idiot, poursuivit Peter. « Je suis marié depuis quinze ans et vous me demandez s'il nous arrive de nous disputer ? Écoutez-moi, jeune homme, si quelqu'un essaie de vous faire croire qu'il ne se dispute jamais avec sa femme, c'est une andouille, ou un sacré menteur. »

— Mais pendant notre lune de miel ! gémit Cécile. On s'est disputés pendant notre lune de miel, alors que cela ne nous était jamais arrivé.

— Nous n'avions jamais passé autant de temps ensemble sans nous quitter, tu sais bien.

— Tu avais l'air tellement furieux…

— On a rarement une mine charmante quand on est en colère, Cile. Remarque, je n'étais pas si furieux que ça. C'est toi qui n'étais pas contente. Moi, j'ai simplement été très ferme.

— Jusqu'à présent, nous avons toujours été d'accord sur tout. C'est la première fois que…

— Tu pensais vraiment que nous serions le reflet l'un de l'autre notre vie durant ? Je suis désolé si j'ai été trop dur aujourd'hui, et ça m'ennuie pour la maison. Dieu sait que j'ai envie de te donner tout ce que je peux. Mais là, c'est impossible. Je suis très indépendant, disons que j'ai besoin de prouver ma valeur. Je ne sais pas bien pourquoi, mais je suis ainsi… Je t'en prie, essaie de me comprendre.

Deux grosses larmes montèrent aux yeux de Cécile malgré elle et se mirent à glisser doucement sur ses joues.

— Cile, il n'y a pas de raison de pleurer. Est-ce que cela te fait de la peine à ce point ?

Non, ce n'étaient pas des larmes de chagrin, mais elle venait d'avoir une vision : une fenêtre s'était soudain ouverte devant elle, lui laissant voir la vaste plaine de la vie, traversée par la longue route sur laquelle deux minuscules êtres humains avançaient. Quelle que soit la force du lien qui les unissait, ils risquaient de parfois se blesser, mais le regretteraient aussitôt.

— Pose ton livre, ajouta-t-il gentiment en essuyant les deux larmes avec ses doigts.

Alors elle lui ouvrit les bras.

5

Lawrence Balsan, qui aimait prendre le temps de boire une seconde tasse de café à table, était d'humeur diserte ce soir-là.

— Je vous ai déjà proposé d'utiliser le jardin, déclara-t-il. Il est assez grand pour un petit mariage. Je devais penser à ce genre d'événement quand j'ai acheté ce double lot il y a vingt-trois ans.

Son excellente humeur était due à Larry, car celui-ci avait conclu une vente très lucrative dans l'après-midi. Amanda commençait à connaître, et, de façon générale, à mieux saisir les rapports des membres de la famille Balsan entre eux.

— Il va sans dire qu'il faudra vous contenter d'une réception modeste. Malheureusement, ajouta-t-il sur un ton d'ironie bon enfant, nous ne pouvons nous permettre les fastes du mariage des Newman. Ce devait être un sacré spectacle… Il y avait qui ? Personne de ma connaissance ?

— J'ai vu au moins une dizaine de gens que tu connais, répondit Larry. Bates de Century, Ralph Fried, les O'Connor, Alfred Cole, et…

— En bref, tout le gratin. Ce mariage a dû coûter une fortune. Je suis content de n'avoir pas dû financer ça.

Oui, Lawrence, songea Amanda, j'ai bien conscience de ta déception : tu aurais préféré une belle-fille comme Cécile Newman. Je le sais et, qui plus est, tu sais que je le sais.

L'expression sarcastique qui s'affichait sur le visage hautain de Lawrence Balsan semblait indiquer qu'il s'amusait secrètement de la situation. Il dévisageait Cécile avec une telle insistance qu'elle avait l'impression de s'être étalé son coulis de framboises sur la figure, ou d'avoir le chemisier trop ouvert.

— Tu es sûre de ne pas vouloir inviter ta famille, au moins tes parents ? lui demanda-t-il. Nous avons assez de place pour les recevoir.

Elle n'avait aucune envie de soumettre ses parents au regard perçant et à la courtoisie glacée de cet homme. Ils ne seraient pas à leur place, Lawrence ne les apprécierait pas, et l'ambiance serait insupportable. Elle s'apprêtait donc à répéter pour la troisième ou quatrième fois qu'ils ne pouvaient pas quitter leur travail, quand Larry répondit à sa place.

— Nous avons l'intention d'aller leur rendre visite plus tard.

Pour Amanda, il n'en était pas question le moins du monde. C'était Larry qui avait proposé ce voyage, mais, même si lui n'était ni snob ni critique, elle ne voulait à aucun prix exposer sa famille à son jugement. Que penserait-il de la vieille voiture rouillée garée derrière la grange, ou du dernier bébé de Lorena qui rampait partout dans sa couche sale, ou de la marmite de ragoût grasse posée au beau milieu de la table du dîner ?

— Quels que soient vos projets, répliqua Lawrence en quittant la table en acajou, vous devriez commencer à vous organiser.

— Je ne veux pas t'obliger à te marier ici, dit Larry à Amanda quand ils furent seuls. Je sais que tu n'en as pas envie.

— C'est vrai, pas particulièrement.

Mais soit on se mariait dans les règles, c'est-à-dire avec la famille, de la musique, des fleurs et des amis, soit on ne faisait rien du tout. Les compromis bancals n'avaient aucun charme.

— Vois-tu, Amanda, je commence à me dire qu'on devrait fuguer toi et moi pour se marier à la campagne devant un juge de paix. C'est plus romantique que toutes ces simagrées. Mais, bien sûr, ajouta Larry avec un sourire tolérant, je sais que les femmes aiment beaucoup le satin et les voiles en dentelle…

Son sourire était aussi un peu anxieux. Il la comprenait.

Sur ce qu'elle avait gagné par son long travail chez Sundale, elle était parvenue à mettre de côté quelques centaines de dollars. Comme on était déjà en août, les soldes de la collection d'été avaient débuté, ce qui lui permit de faire au mieux avec ces maigres économies. « Prends des affaires de bain, avait conseillé Larry. L'hôtel est au bord d'un lac. J'y suis allé une fois, je suis sûr que tu vas adorer. » Pourvue de nouvelles robes pour le dîner, de deux déshabillés et d'un tailleur de lin bleu pour le mariage, Amanda fut prête en moins d'une semaine.

N'ayant jamais voyagé, quand Larry lui avait demandé où elle aimerait passer leur lune de miel, elle avait répondu d'un ton hésitant : « Aux Bermudes ? » Mais il lui avait expliqué qu'il vaudrait mieux attendre d'avoir davantage de vacances pour aller si loin, si bien qu'elle s'en était remise à lui.

Le soir précédant leur départ, il porta discrètement leurs valises dans la voiture, et, à l'aube, après avoir posé un mot sur la table du petit déjeuner, ils sortirent de la maison sans bruit.

— Ils ne nous en voudront pas, assura Larry. Au contraire, notre petite initiative les soulagera certainement. Mon père est débordé ce mois-ci, et Norma n'aime pas tellement les mariages.

Il avait emporté une glacière où il avait mis au frais un très traditionnel bouquet de mariée entouré de dentelles en papier, ainsi que deux bouteilles de champagne.

— Le bouquet, c'est pour tout de suite. Le champagne, pour plus tard, quand nous arriverons.

Larry a eu raison, pensa Amanda. Elle prenait vraiment plaisir à cette escapade clandestine, à la Roméo et Juliette. Ils roulèrent vers le nord. Après un trajet de quatre heures, ils arrivèrent dans une ville où Larry avait retenu un juge de paix ainsi que deux témoins.

Ils gravirent les quelques marches d'un petit bâtiment miteux – sans doute la mairie, supposa Amanda. Elle n'avait que des impressions vagues de ce qui l'entourait, car la délicieuse euphorie s'était soudain évanouie pour laisser place à une terrible appréhension. Même s'il n'y avait rien de plus facile que d'obtenir un divorce, le mariage avait quelque chose de tellement définitif... Et puis, le divorce lui était très étranger : ses parents allaient célébrer leur vingt-neuvième anniversaire de vie commune... enfin, « célébrer » était un bien grand mot... Et Lorena attendait sans désemparer le retour de son bon à rien.

Que m'arrive-t-il ? Je ne devrais pas avoir de telles pensées en un moment pareil.

Ce fut sans aucun doute son anxiété qui la fit trébucher et lâcher le bouquet.

— Doucement, chérie, dit Larry de sa gentille voix en lui replaçant les fleurs dans les mains.

C'est la bonté même. Redressant la tête, Amanda avança avec lui jusqu'au bout de la pièce où un vieux monsieur les attendait, debout derrière une table. Un homme beaucoup plus jeune se tenait près de lui, probablement l'un des témoins, et elle sut à son regard qu'elle était très belle… Quand elle mit sa main sur le bras de Larry, le diamant qu'il lui avait offert scintilla des couleurs de l'arc-en-ciel. Cette bague, c'était un gage de permanence. Elle symbolisait la bonté, l'honnêteté, la sincérité.

Amanda eut une impression bizarre en comparant les quelques phrases rapides de cette cérémonie aux longues injonctions solennelles du pasteur chez les Newman. Mais peu importait, seul le résultat comptait. Les deux alliances furent échangées, le baiser donné, et ils quittèrent la petite pièce ordinaire tout aussi mari et femme que s'ils en étaient sortis accompagnés par la *Marche* de Mendelssohn.

— Tu te sens changée ? demanda Larry dans la voiture après quelques minutes de silence.

— Je ne sais pas. Je suis comme anesthésiée.

— Lis-moi le certificat de mariage.

— C'est drôle, il a l'air tellement… tellement officiel, comme une déclaration d'impôts. *Amanda Louise* et *Lawrence Daniel*.

— J'ai toujours eu envie d'utiliser mon second prénom, Dan. Tu ne trouves pas qu'il sonne mieux ? J'ai davantage l'air d'un Daniel que d'un Larry, non ? Larry, c'est un nom de gamin qui joue au foot au collège. Ou un nom de fils qui s'appelle comme son père. Mais papa tient absolument à perpétuer la lignée, et ça ne vaut pas le coup de se disputer là-dessus ni de lui faire de la peine.

Il était beaucoup plus sensible qu'il n'y paraissait, songea Amanda. Qui aurait pu croire que son prénom lui importait à ce point ? D'un homme comme Peter, par exemple, elle n'aurait eu aucun mal à l'imaginer. C'était vraiment bizarre.

— Tu vas voir des tas de montagnes, ma chérie. L'auberge est presque à la frontière canadienne... Tu n'as pas oublié ton maillot de bain, j'espère ? Le lac est très beau. La région est pleine de lacs, du Canada jusqu'à nos Grands Lacs... Le restaurant de l'auberge est délicieux, continua Larry, bavardant pour combattre sa nervosité. Certains soirs, ils organisent des feux de camp. Il y a des truites de rivière toutes fraîches. Tu aimes le poisson ? Il y a encore tellement de choses que j'ignore de toi !

Il devait penser à la nuit qui les attendait, dans quelques heures seulement, se dit Amanda. Il devait être très impatient, et c'était naturel. Aujourd'hui, il était rarissime que la nuit de noces soit la première d'un couple. Et, si la chambre de Lawrence n'avait pas été aussi proche des leurs, ils n'en seraient sûrement pas encore là.

Larry s'était mis à fredonner.

— Tu connais cette chanson ? L'air n'arrête pas de me trotter dans la tête, mais je ne suis pas fichu de me rappeler les paroles.

Une immense tendresse envahit Amanda. Elle avait l'impression d'avoir été ballottée toute la journée par ses émotions. Mais sans doute était-ce normal. Après tout, elle vivait le moment le plus important de sa vie.

— Flûte alors, je n'arrive pas à me souvenir des paroles, insista Larry. Je sais que c'est un vieux succès...

— Oui, c'est très, très vieux, ça date des années 30, je crois. Je l'ai entendue dans une émission sur le câble. « Toujours et toujours, je t'adorerai... », quelque chose de ce genre.

— C'est ça ! « Quelle merveille, quelle joie d'être avec toi. » Oui, c'est ça !

Depuis sa plus tendre enfance, Amanda se levait tôt. À l'université, elle préparait ainsi ses cours le matin, ses soirées étant prises par son travail chez Sundale. Donc, peu après l'aube, le premier matin de sa vie de femme mariée, elle s'appuya à la balustrade de la véranda pour admirer le paysage.

Des bungalows en bois semblables au leur étaient disséminés, à distance respectable, autour du lac, tout le long de la rive. Un peu au-dessus d'eux, en haut d'un chemin de terre que Larry avait descendu la veille au soir en cahotant, se trouvait l'installation centrale de l'hôtel, un grand chalet en rondins entouré de gazon. Au milieu de la pelouse se dressait un mât pourvu d'un drapeau que la brise agitait. L'eau du lac miroitait et l'air était d'une pureté de cristal. Aussi loin que le regard se portait, dans toutes les directions, les berges étaient couvertes de conifères.

— Surtout des épicéas, avait expliqué Larry. Mais en se promenant suffisamment loin, on peut également voir beaucoup de sapins du Canada et de genévriers. Il y a des randonnées avec guide, de cinq ou six kilomètres chacune – et même plus, si on veut. Une fois, j'ai fait la balade de quinze kilomètres. Ça peut paraître long, mais ça ne l'est pas. Je me sentais en pleine forme, après.

Une bande d'oies du Canada passa au-dessus de la jeune femme dans un concert de cris qui pulvérisa le silence. On se serait cru en ville, au milieu de centaines d'automobilistes en train de klaxonner. Amanda les regarda s'éloigner à tire-d'aile en direction du sud, tandis que la paix revenait. Elle garda les yeux levés vers le ciel bien après leur disparition, puis elle les baissa vers le disque gris bleuté du lac. Ensuite, son regard se posa sur les deux bagues, si peu familières qu'il lui semblait voir les mains de quelqu'un d'autre.

Sa nuit de noces avait été tellement différente de ce qu'elle avait imaginé… La dévotion de Larry, les mots murmurés, les gestes fiévreux, les bras qui serraient, étouffaient… Elle avait eu la sensation de se faire prendre, posséder, d'être avalée, dévorée. Aucune de ses expériences passées ne l'avait préparée à un tel débordement d'émotions ; les quelques rapides étreintes dans des voitures ou sur l'herbe sèche d'une prairie pelée n'avaient rien de commun avec ce qu'elle venait de vivre.

— Bonjour, chérie. Tu admires la vue ? C'est magnifique, non ?

Larry avait pris une douche et se tenait, dégoulinant, sur le seuil. Elle le regarda avec curiosité. Il était bien bâti, avec des épaules larges, des hanches étroites, et pas trace d'embonpoint. N'empêche, elle n'avait aucune envie d'aller dans ses bras.

— Je ne vois personne en haut, remarqua-t-il. Ce doit être trop tôt pour le petit déjeuner. Tu n'as pas envie de retourner un peu au lit, en attendant ?

Il n'y avait pas moyen de refuser, ni de se faire prier. Quand ils furent recouchés, il murmura :

— Je t'aime tellement !

Elle répondit de même. Comment ne pas reprendre une déclaration aussi enflammée ? Dans les bras de Larry, elle se sentait perdue, tendue. C'était malhonnête de feindre, et pourtant il aurait été tellement plus cruel de le décevoir. Il croyait qu'elle l'aimait, il lui faisait confiance. Et puis, elle éprouvait tout de même une sorte d'amour pour lui.

Ensuite, ils s'habillèrent et allèrent prendre le petit déjeuner. La salle de restaurant rustique avait un charme fou, avec des nappes en vichy bleu, et sur toutes les tables des cruches en terre contenant des asters précoces.

— Tu es ravissante quand tu souris, dit Larry.

103

Il faudrait qu'elle veille à sourire souvent… Ce n'était pas trop difficile. Ils nagèrent, firent du canoë et avalèrent un énorme repas. La clientèle de l'hôtel se composait essentiellement de couples à la retraite et de parents avec enfants. Cela déçut un peu Amanda, qui avait espéré rencontrer des personnes de son âge. Mais tout le monde était très gentil et montrait un intérêt chaleureux pour les jeunes mariés. Larry, fidèle à lui-même, lia connaissance très vite avec les uns et les autres, aidant un garçon de dix ans à améliorer son crawl et passant une demi-heure à discuter d'immobilier avec un vieux monsieur.

— Ce soir, on s'habille et on boit le champagne, décréta-t-il. Ce sera notre repas de noce.

Souvent, quand Amanda se regardait dans la glace, elle ne s'aimait pas : soit elle avait besoin d'aller chez le coiffeur, soit ses chaussures ne convenaient pas à sa robe, soit elle se trouvait l'air pâle et fatigué. Ce soir-là, pourtant, il n'y avait rien à redire. Le soleil avait rosi son visage, le rendant éclatant de santé ; ses cheveux lui plaisaient ; et la robe de soie blanche très simple, plissée au cou et à l'ourlet par quelques broderies roses, était ravissante. Ce fut ainsi parée que, heureuse de fêter l'événement, elle prit le bras de Larry pour entrer dans la salle à manger.

Elle s'arrêta net sur le seuil en s'exclamant :

— Ce n'est pas vrai !

Tout le monde s'était levé en applaudissant. À leur table, à l'emplacement de la cruche aux asters du petit déjeuner, on avait mis un bouquet de mariage composé des fleurs blanches traditionnelles, gardénias et freesias, et garni de smilax. D'un coup d'œil, elle vit qu'il y avait aussi du champagne dans un seau à glace. Très émue, elle se tourna vers Larry avec un large sourire.

— C'est toi, c'est toi qui as organisé tout ça !

— Eh bien, répliqua-t-il, rouge de plaisir et un peu gêné, je ne peux pas dire le contraire.

Et comme, toujours aussi surprise, elle ne trouvait rien à répondre, il ajouta :

— C'est une soirée unique, Amanda. Tu es à l'honneur, c'est toi la mariée.

Il pense au mariage de Cécile, se dit-elle. Il veut compenser un peu... Et, curieusement honteuse, elle l'embrassa sur la joue.

La direction, pleine de tact, avait fait pousser leur table dans un coin pour les isoler un peu. Ainsi, après leur avoir adressé quelques sourires et des signes d'amitié, les autres clients les laissèrent en paix. Ils ne firent de nouveau l'objet de l'attention générale qu'au moment où un énorme gâteau fut poussé dans la pièce sur une desserte roulante. Alors, on leur porta des toasts, les verres se levèrent, et une pleine salle de chaleureux inconnus leur tint soudain lieu de famille et d'amis. Tous eurent droit à une part de gâteau. On retira les deux petits mariés de la couche de glaçage en haut du gâteau, et, enveloppés dans du papier, on les donna à Amanda au moment même où l'orchestre qui jouait chaque soir entamait le premier morceau dans la pièce voisine.

La jeune femme passa le reste de la soirée à danser dans les bras de Larry, voltigeant, s'envolant, comme lors de l'autre mariage. Son cœur était en fête et le champagne lui montait à la tête. À travers la porte ouverte, elle voyait les fleurs blanches sur leur table. Comme Larry était attentionné ! Comme ces gens étaient adorables ! Tant de gentillesse…

On demanda à Larry la permission de faire danser la mariée. Il accepta. Quel amour d'homme ! Mais au bout d'un moment, il fit asseoir Amanda et commanda du café noir pour eux deux. Il riait.

— Quelle soirée ! Allons marcher un peu dehors. L'air frais nous fera du bien.

De retour dans leur chambre, il regarda Amanda se déshabiller et elle vit à ses yeux qu'il la désirait. Quand il la prit dans ses bras, elle sentit la tiédeur de son corps contre le sien, mais rien de plus, et eut juste conscience d'une forte torpeur. Puis elle s'endormit.

Larry proposait des sorties, quêtant l'approbation d'Amanda. Un jour, ils pourraient pique-niquer sur ce petit îlot, là-bas, près de la rive opposée. Un autre, ils s'inscriraient pour une randonnée de huit kilomètres. Avait-elle envie d'une promenade à cheval ? Ce n'était pas grave qu'elle n'ait jamais fait d'équitation : on montait très facilement avec les selles de cow-boy ; et puis, sur ces sentiers étroits à travers bois, il y avait tant de branches basses qu'on allait surtout au pas. Les journées s'écoulèrent donc ainsi, distrayantes, actives et saines.

Seul inconvénient, on était déjà fin août et très au nord, si bien qu'un jour il y eut un soupçon de fraîcheur dans l'air.

Le lendemain, il se mit à pleuvoir en fin de soirée, et il pleuvait encore au lever du jour. La température chuta soudain, ce qui rendit la pluie glacée. Dans la salle à manger, on ne parlait plus que du temps.

— Ici, nous sommes habitués. Il va vous falloir acheter des vêtements de pluie, si vous n'avez rien apporté : ça durera sûrement toute la semaine.

Ils prirent la voiture pour se rendre en ville et firent l'acquisition d'imperméables. À leur retour à midi, il pleuvait toujours ; la pluie voilait la vue du lac et assombrissait la chambre. L'averse battit contre les carreaux toute la nuit et le matin suivant.

— Je ne vois pas ce qu'on pourrait faire aujourd'hui, remarqua Larry. C'est dommage qu'il n'y ait pas de téléviseur dans les chambres. Je vais aller demander des magazines à la réception. Tu veux quelque chose ?

— Non, merci. J'ai apporté des livres.

Il lut par-dessus son épaule.

— *Le Professeur*, de Charlotte Brontë… De quoi ça parle ?

— C'est un vieux roman, il a plus d'un siècle. Il raconte l'histoire d'une jeune

Anglaise qui va en Belgique et tombe amoureuse de son professeur, un homme marié. Bien entendu, il se passe plein d'autres choses...

— Compris, je vois le genre. Les histoires comme ça ne me plaisent pas tellement, mais toi tu as l'air de les aimer. Et tu as apporté trois livres. J'en aurais pour six mois, à l'allure où je lis ! Je ne sais pas comment tu fais.

Son ton agaça un peu Amanda. On aurait dit qu'il félicitait une enfant venant de lire toute seule pour la première fois *Le Petit Chaperon rouge*.

— En fait, je ne lis pas beaucoup. À l'école de commerce, on ne me le demandait pas vraiment – sauf les bouquins de cours, évidemment.

Il restait planté là, avec son sourire condescendant.

— Norma et toi, vous êtes pareilles pour les livres... Non, elle est encore pire que toi. Du latin ! Au moins, toi, tu lis une langue compréhensible.

La pluie, fine et continue, ne cessa de tomber pendant trois jours. La nuit suivante, il y eut un petit répit ; mais ensuite elle reprit de plus belle. Comme une voile, elle se gonflait dans le vent ; comme un rideau indiscipliné, elle frappait contre les vitres ; comme un fleuve en crue, elle gargouillait dans les gouttières. Le froid s'insinuait à travers les murs. Il faisait si sombre que dès midi il fallait allumer pour lire.

Amanda avait terminé *Le Professeur* et commencé *La Maison déserte*. Larry avait lu tous les magazines exposés sur le présentoir de la réception.

Il s'écarta de la fenêtre à laquelle il était collé depuis un quart d'heure, à regarder dehors en faisant sonner des pièces de monnaie dans sa poche. Elle lui avait découvert cette manie, aussi agaçante que celle de fredonner faux en se rasant.

— *La Maison déserte*, lut-il par-dessus son épaule.

Elle détestait qu'on lise par-dessus son épaule.

— Oui, c'est assez sinistre comme titre, commenta-t-elle. Bien trouvé, vu le temps.

— Je sais, ce n'est pas drôle, mais on ne peut rien faire contre la pluie.

— Les gens du coin disent que ça arrive souvent en cette saison.

— Sans doute. Mais on est comme des coqs en pâte ici, non ? Les repas ne pourraient pas être meilleurs, et je trouve que c'est quand même un bon endroit pour une lune de miel. J'ai choisi de venir ici, continua-t-il d'un ton anxieux, parce que je pensais que dans un hôtel trop chic on n'aurait pas été aussi à l'aise. Je pense toujours que notre petit mariage était mille fois mieux que le grand tralala des Newman.

— Moi, leur mariage m'a plu, protesta Amanda en levant les yeux de son livre. C'était de très bon goût.

Elle se demanda pourquoi elle défendait Cécile, qui n'avait aucun besoin de son soutien.

— Pour ce qui est du goût, je ne conteste pas. Je dis toujours que ça m'épate, la simplicité de cette famille. Ils ne font vraiment pas étalage de leur argent.

Qu'y avait-il de si extraordinaire à être « simple » ? se demanda Amanda. Norma et son frère s'accordaient bien sur ce point, à s'extasier devant la discrétion des Newman ! Comme s'il s'agissait d'une vertu prodigieuse ! Elle en avait plus qu'assez d'entendre ce refrain – qui, d'ailleurs, n'était même pas juste.

Une photo rapportée par Cécile la montrait à côté de Peter sur une terrasse. Derrière la balustrade il y avait des palmiers, et au fond la mer. Sur le côté, on apercevait un morceau de bâtiment qui devait être la maison, jaune citron, avec une toiture d'un blanc étincelant. Les Bermudes, ce devait être paradisiaque.

Soudain, une bouffée de honte fit rougir Amanda. Ici aussi, c'était beau ! Surtout le matin, sur la véranda, dans ce calme merveilleux, avec la délicieuse odeur des pins dans l'air ! Et Larry était adorable, gentil comme tout – le « sel de la terre », aurait dit Norma qui cultivait les expressions surannées. C'est un homme foncièrement bon.

— Si on allait prendre un thé avec des gâteaux, ma chérie ? Ça nous occuperait.

Ces derniers jours, ils avaient englouti des repas gargantuesques, et Amanda avait envie de tout sauf de gâteaux, mais elle se leva sans rechigner, passa son imperméable neuf, prit le

110

bras de Larry, et monta le chemin avec lui sous la pluie.

Dans la salle de restaurant déserte, ils trouvèrent le buffet du thé garni d'un assortiment de gâteaux. La moitié des clients avait déjà fui l'auberge, tandis que l'autre, ayant entendu à la météo que le mercure allait chuter jusqu'à 10 °C le lendemain matin, était en train de boucler ses valises.

— On aurait pu s'en douter, remarqua un client en passant. Quand on a un peu de jugeote, on sait qu'il ne faut pas venir ici à la fin août.

— J'imagine qu'on devrait partir, nous aussi, dit Larry avec l'air malheureux d'un petit garçon pris en faute. Tu as envie de t'en aller, ma chérie ? Ou tu préfères rester pour voir si ça s'arrange ?

— Comme tu voudras, répondit-elle d'un ton léger. Nous nous sommes bien amusés malgré la pluie, non ?

En fin d'après-midi le lendemain, ils passèrent le pont à grand bruit, longèrent les voies ferrées abandonnées, traversèrent Lane Avenue et arrivèrent en ville.

Larry fit la même réflexion qu'à l'aller :

— C'est une honte que l'État laisse cet endroit se détériorer ainsi – surtout la gare, un magnifique bâtiment du XIXe siècle. Lane Avenue est devenue un… cloaque, il n'y a pas d'autre mot !

Amanda réprima un haussement d'épaules. Chaque fois que Norma et lui empruntaient le pont, ils faisaient ce genre de commentaires. Cela devenait lassant.

— Devine où je t'emmène ? reprit Larry d'un ton joyeux.

— On rentre à la maison, non ?

En disant ces mots, Amanda eut un pincement au cœur. Elle avait du mal à admettre qu'elle avait un jour admiré cet horrible cube marron. Elle rêvait d'une « gentilhommière » – oui, c'était le mot qui lui venait à l'esprit, lu dans *La Maison déserte*, ou même dans un roman plus ancien encore, peut-être du XVIIIe siècle. Un endroit harmonieux avec un parc, où on n'aurait que du plaisir.

Du plaisir, elle en avait eu très peu, justement, pendant l'été qui venait de s'écouler. Chaque fois qu'elle relevait le nez de son assiette, au dîner, il lui semblait que Lawrence Balsan l'observait. Son expression la déconcertait, alternant entre l'indifférence et une sorte d'intérêt. Elle détournait aussitôt les yeux, tout comme lui, puis, malgré elle, croisait de nouveau son regard.

Maintenant qu'elle portait au doigt l'alliance de son fils, il serait au moins obligé de feindre une certaine chaleur humaine ! Mais plus vite ils quitteraient sa demeure, mieux elle se porterait. L'atmosphère y était trop chargée.

— Il faut que nous nous installions dans une maison à nous dès que possible, remarqua Larry comme s'il lisait dans ses pensées. Si tu n'es pas trop fatiguée, nous pourrions visiter tout de suite celle que je t'ai montrée l'autre jour. Les gens ont déménagé, et j'ai la clé dans ma poche. Tu as envie, ou tu es trop fatiguée par le voyage ?

Resterait-il longtemps aussi attentionné ? Aussi soucieux de son confort ? En général, les hommes ne s'embarrassaient pas de ces délicatesses.

— Allons-y, dit-elle.

Les petites maisons s'alignaient sagement en rangs. L'une avait des volets bleu canard, une autre une porte rouge, certaines étaient délimitées par des barrières en bois, ct dans presque tous les jardins se dressaient des portiques. Beaucoup de propriétés avaient des pancartes « À vendre » plantées sur la pelouse, d'autres des pancartes « Vendu » mais toutes portaient la mention de l'Agence Balsan.

— On achète, on vend, commenta Larry. C'est ainsi que nous gagnons notre vie. N'empêche qu'un jour je voudrais construire quelque chose de vraiment grandiose, me faire un nom.

Il arrêta la voiture devant la maison, d'une blancheur éclatante en plein soleil. Les propriétaires avaient fait repeindre en lui laissant choisir la couleur de l'extérieur, expliqua-t-il à Amanda, mais on n'avait pas touché à l'intérieur pour qu'elle puisse le refaire à son goût.

— Au cas où tu serais d'accord pour qu'on l'achète. Je pense… J'espère que tu diras oui, parce que c'est une excellente affaire. Les propriétaires ont tout rénové. La cuisine est flambant neuve, ils ont fait construire une terrasse dallée à l'arrière et le jardin est entouré de beaux buissons qui l'isolent bien.

La cuisine, ensoleillée, était en effet magnifique ; elle disposait d'un équipement électroménager au grand complet. En suivant Larry à travers la maison, Amanda dut admettre qu'elle était impeccable ; même le papier mural uni n'avait pas besoin d'être changé.

— Et le mieux, déclara Larry, je ne te l'ai pas encore dit : l'école n'est qu'à cinq rues d'ici.

Amanda se mit à rire.

— L'école ! Mais pour quoi faire ? Je sors à peine de l'université. Je n'ai que vingt-deux ans, et tu me parles d'école.

— Évidemment... mais dans un moment, je voulais dire.

— Un bon grand moment. Il faut d'abord que je trouve un travail, et très vite, avant de devenir folle à rester enfermée entre mes quatre murs !

Peut-être avait-elle répondu sur un ton trop vif, car il lui lança un petit coup d'œil surpris. Elle se reprit en ajoutant plus gentiment :

— À présent, on fait des enfants plus tard.

— C'est vrai dans beaucoup de cas, mais pas pour tout le monde. J'ai plein de copains d'école, qui ont vingt-sept ans maintenant, comme moi, et déjà des enfants. Mais ne nous préoccupons pas de ça pour l'instant... Que penses-tu de la maison ?

Amanda regarda par la fenêtre. Le bel érable tout feuillu dans le jardin avait bien atteint la moitié de sa taille adulte. Des taches de soleil constellaient le gazon.

— Nous pouvons emménager tout de suite, précisa Larry. Je peux même programmer la signature pour la semaine prochaine.

Sous l'érable, dans un petit bassin à oiseaux laissé par les propriétaires, deux colombes brunes s'éclaboussaient.

— C'est libre si vite ?

— Je n'ai qu'à signer le chèque.

Ma maison. Rien de bien extraordinaire, mais elle est jolie, et je peux la rendre encore plus belle. Et elle sera à moi. Ma mère n'en reviendra pas. Je prendrai plein de photos, et je les enverrai avec celle où je suis en robe blanche au bras de Larry.

— Je ne sais pas quoi dire !

— Dis que tu seras ravie de partir de chez mon père, répliqua-t-il, l'air content de lui.

— Jamais je ne pourrais dire ça.

— Bon, alors dis que tu m'aimes.

— Ça, oui, évidemment.

— Montre-le-moi.

Elle lui passa les bras autour de la taille et l'embrassa. Savourant le baiser, il la retint contre lui longuement. Il ne la relâcha que pour sortir de sa poche un calepin et un stylo, et prit des notes pendant une ou deux minutes tandis qu'elle l'observait. Quand il releva la tête, son regard brun gardait la fixité d'une intense réflexion.

— Voilà, tout est calculé. Ce qui reste de mon argent disponible suffira tout juste à meubler la maison. Il va nous falloir un salon complet pour inviter des amis – tu dois faire vite connaissance avec tout le monde... Ensuite, une salle à manger. Il est possible d'y caser huit chaises, et d'ajouter des chaises pliantes si nous voulons recevoir davantage de personnes. Nous pouvons transformer une des deux chambres à l'étage en pièce à vivre, avec la télé, l'ordinateur et deux fauteuils vraiment confortables. Ensuite, il y a notre chambre – surtout pas de lits jumeaux !

Si seulement il pouvait avoir l'air un peu moins content de lui...

— Donc nous sommes d'accord, chérie ? Dis donc, c'est presque l'heure du dîner, il ne faut pas les faire attendre. Allons-y.

Amanda appréciait l'esprit de décision de Larry. Son propre père, le seul autre homme avec lequel elle ait vécu, se reposait entièrement sur sa mère.

« Il rapporte sa paie à la maison, disait toujours cette dernière, mais à part ça, le toit peut toujours s'effondrer, tant que ce n'est pas sur son fauteuil et sa télé... »

Larry fit un rapport bref mais complet à sa famille.

— C'est une bonne affaire, papa. Le type s'est enrichi très vite, et il était trop pressé d'emménager dans sa nouvelle propriété pour

avoir envie de marchander. Pour l'ameublement, je vais voir avec mon copain Tom Rich.
Tu vois qui c'est ? Celui qui tient le magasin
de meubles près du péage de l'autoroute. Il me
fera un prix. Amanda, nous n'avons qu'à aller
faire un tour là-bas demain pour voir ce qu'il
a à nous proposer. S'il n'a pas ce que nous
voulons en magasin, il peut se faire livrer très
vite.

— Je suis vraiment contente pour vous,
s'enthousiasma Norma. Et vous avez l'air tellement heureux ! C'est merveilleux… Souvenez-
vous que c'est grâce à moi – pas d'ingratitude,
je vous prie.

— Bien sûr que c'est grâce à toi, approuva
Amanda. Mais assez parlé de nous. Où en
es-tu, toi ?

— Il n'y a pas grand-chose à raconter. Les
cours commencent dans deux semaines. J'ai
des deuxièmes années de latin – la guerre des
Gaules de César –, et puis des cours de
français. On m'a aussi donné un module qui
s'appelle « Connaissance de la musique ».

— Eh bien, tu ne chômeras pas, remarqua
Larry d'un ton jovial. Tu vas pouvoir prouver
de quoi tu es capable.

Peut-être, songea Amanda, mais Norma
aurait sans nul doute préféré se marier et
s'occuper d'aménager une maison. La vie
d'épouse n'était, bien sûr, plus le rêve de toutes
les femmes ; n'empêche que beaucoup restaient
très attachées à ce mode de vie, Norma
comprise.

— Et toi, Amanda, tu as des projets ? demanda Lawrence.

À leur arrivée une demi-heure plus tôt, il l'avait embrassée et lui avait souhaité beaucoup de bonheur, mais c'était la première remarque personnelle, la première question directe qu'il lui posait. En fait, songea-t-elle avec indignation, dès qu'il avait compris qu'elle n'appartenait pas à l'élite de la ville, même à l'élite tout court, il avait pour ainsi dire cessé de lui adresser la parole.

Ce fut Larry qui répondit à la question.

— Amanda a l'intention de s'occuper de la maison avant toute chose.

— Mais ensuite ? Je ne pense pas qu'elle ait envie de s'enfermer chez elle. Elle veut voir du monde, vivre.

En prononçant ces mots, Lawrence tourna son regard vif et étonnamment jeune sur Amanda.

Malgré sa surprise et un embarras que rien ne justifiait vraiment, elle lança une repartie rapide.

— Je pensais suivre une formation d'assistante juridique. J'adore manier les mots, et puis il me semble que le cursus n'est pas très long. Ce sera moins prenant que de faire un troisième cycle universitaire, et moins cher, aussi.

— Mais tu ne m'en as rien dit ! s'exclama Larry.

— Je n'étais pas encore très sûre.

— En tout cas, tu ne peux pas commencer immédiatement. Il faut d'abord que la maison soit prête, et l'installation te prendra au moins deux mois.

— Larry a raison, approuva Lawrence. Prends ton temps, Amanda : c'est une période unique dans la vie, et il faut en profiter...

Jamais elle ne se serait attendue à recevoir un conseil aussi bienveillant de la part de Lawrence Balsan. On sous-estimait parfois beaucoup les gens, songea-t-elle.

Larry monta leurs valises à l'étage et les posa dans la chambre d'amis où, à peine quelques semaines plus tôt, il aurait fait figure d'intrus.

— Tous les soirs, quand je passais devant ta porte, l'envie d'entrer me rendait à moitié fou. Tu ne te sentais pas seule dans ton lit ?

— Mais si, bien sûr, mais nous n'y pouvions rien.

— Si tu savais comme ça fait du bien de voir ton visage aussi heureux !

Une fois de plus, elle ressentit une intense confusion, la vague peur d'être en train de jouer un rôle. Mais elle réagit aussitôt contre son malaise : Non, je l'aime vraiment ! Il y a bien plusieurs façons d'aimer, non ?

Elle commença à se déshabiller et, voyant qu'il souriait en la regardant, elle lui rendit son sourire.

6

Mlle Elizabeth Jenkins prenait sa retraite. Norma, en longeant le couloir après son dernier cours du vendredi, se souvint soudain de l'événement en passant devant la classe des huitièmes, où Elizabeth remplissait un carton.

— Oh ! s'écria Norma, je me sens affreusement coupable ! Je voulais organiser une petite fête pour votre dernier jour, mais je me suis laissé déborder, et je n'ai pas regardé mon agenda. Vous ne m'en voulez pas trop ?

Des yeux fatigués, trop vieux pour leur âge, se levèrent vers Norma.

— Je suis contente de vous voir. C'est agréable de pouvoir dire au revoir à quelqu'un le dernier jour.

Personne n'était donc venu la trouver dans sa classe pour marquer son départ. Soit les autres enseignants avaient été trop occupés pour en prendre le temps, soit ils avaient tout bonnement oublié. Une vraie honte. Une tragédie muette. Ne sachant que dire, Norma se contenta de proposer son aide.

— Vous emportez les livres qui sont sur le bureau ? Vous avez besoin d'un autre carton ?

— Non, merci. Les livres appartiennent à l'établissement. Je n'emporte que ce qu'il y a dans mes tiroirs.

C'était une femme menue, avec des cheveux brun grisonnant et un petit visage animé. Un vrai moineau.

— Depuis combien de temps étiez-vous ici ?

— Trente-cinq ans. On a du mal à croire que c'est possible. Parfois cela me semble une éternité, et parfois j'ai l'impression d'avoir commencé hier. C'est ce qu'on dit toujours, non ?

— Vous allez nous manquer. Vous savez, de façon générale, je n'aime pas trop ce nouveau programme d'enseignement des langues dans le primaire, mais cela m'a beaucoup plu de donner des cours de français à votre classe. Vos élèves s'intéressent à tout, ils sont très éveillés. Je les trouve différents des autres.

— Ah ? Vraiment ? Vous me faites plaisir. J'ai voulu les tirer vers le haut, les éveiller au monde en leur apprenant à utiliser leurs oreilles, à regarder tout ce qui les entoure, les gens, les oiseaux…

Norma suivit son geste qui désignait une rangée de reproductions d'oiseaux joliment encadrées, chacune portant un nom.

— C'est très charmant. Je vais vous aider à les décrocher.

— Non, je les laisse. Cela rend la salle plus gaie pour les enfants. Elles sont plus utiles ici qu'elles ne le seraient chez moi.

Avisant un morceau de craie cassé par terre sous le tableau noir, Elizabeth Jenkins se baissa pour le ramasser et le jeter dans la corbeille. En trente-cinq ans, songea Norma, elle devait en avoir ramassé des milliers.

— Je vais vous dire une chose, Norma : j'ai vu beaucoup de professeurs de langue avant vous, et j'ai su dès que vous êtes entrée dans ma classe, en septembre, que vous étiez un cas à part. Vous êtes jeune et manquez d'expérience, mais vous avez un don.

— Merci, Elizabeth. Merci beaucoup.

Au cours de l'année que Norma venait de passer dans ce grand complexe scolaire où elle avait elle-même été élève, elle avait surtout lié connaissance avec les enseignants les plus jeunes ; cela l'aurait gênée de côtoyer un de ses anciens professeurs avec son nouveau statut de collègue. Mais n'ayant jamais été dans la classe d'Elizabeth Jenkins, elle n'éprouvait pas trop de difficultés à lui parler.

— Qu'allez-vous faire de tout votre temps libre, maintenant ? demanda-t-elle. Vous devez être contente.

— Oui, j'ai de quoi m'occuper. Je vis avec ma mère dans un bel appartement, mais il est au deuxième étage d'une maison à l'escalier très raide. Il va falloir que nous déménagions.

Elle est tombée dans l'escalier le mois dernier – en montant, heureusement, mais cela ne l'a pas empêchée de se casser la cheville. Enfin bref, comme notre bail arrive à échéance mardi prochain, je pars une semaine avant la fin des cours pour m'occuper de tout cela.

L'explication fut agrémentée d'un sourire, alors qu'il n'y avait rien de particulièrement joyeux dans ses propos.

Elle sourit par habitude, se dit Norma. Le sourire dispose bien les gens à votre égard. Une vieille femme qui rentre retrouver sa vieille mère ! Pas de compagnon, pas de mari, pas d'enfants ! Oui, c'est bien une tragédie. Et il y en a des millions d'autres qui se jouent autour de nous, souvent trop secrètes pour que nous les devinions.

— À présent, Norma, il est temps que je parte. Ça m'a fait plaisir de travailler avec vous. Continuez sur votre lancée, vous vous débrouillez très bien.

Elles portèrent ensemble le carton jusqu'à la voiture, puis se séparèrent.

— Je téléphonerai pour laisser ma nouvelle adresse au secrétariat du collège, Norma. Restons en contact.

Oui, « restons en contact »… Pour l'instant, il me semble que je m'y emploierai, mais très probablement, après deux ou trois fois, je cesserai de l'appeler. En fait, c'est la première fois de l'année que nous nous parlons autant.

123

Norma attendit de voir démarrer la voiture. Après une marche arrière, Mlle Jenkins parcourut quelques mètres puis s'arrêta.

— Norma, j'ai oublié de faire quelque chose... Ça vous ennuierait de retourner dans ma classe pour vérifier que j'ai bien fermé la fenêtre ? Je crois que je l'ai laissée entrouverte, et s'il pleut l'eau risque de tacher le plancher. Il vient d'être ciré.

— Pas de problème, ne vous inquiétez pas.

C'est fou ! Elle se préoccupe vraiment du plancher... De retour dans la salle de classe, Norma se mit à la fenêtre, écoutant le silence qui, passé quinze heures, régnait dans l'école déserte. Trente-cinq ans, se répéta-t-elle. Les élèves se suivent, de nouveaux visages arrivent puis repartent, les feuilles des chênes tombent, les azalées roses bourgeonnent et fleurissent. Trente-cinq ans, et puis se retrouver seule avec sa mère.

— Norma, c'est toi ?

Elle se tourna vers Lester Cole. Quand l'équipe d'enseignants prenait le thé loin des oreilles des élèves, elle l'appelait Lester et le tutoyait, mais autrement ils se vouvoyaient et s'appelaient par leur nom de famille. Quant aux deux ou trois femmes approchant l'âge de la retraite, on leur donnait encore du « mademoiselle », par habitude...

— J'étais venue saluer Mlle Jenkins.

Comme il l'avait tutoyée, elle se sentit autorisée à parler librement.

— Il n'y avait que moi pour assister à son départ. J'ai trouvé ça triste.

— C'est vrai. Nous sommes tous tellement pris que nous n'avons pas le temps de penser à l'essentiel… C'est idiot. En tout cas, je l'ai reçue hier dans mon bureau pour lui transmettre les remerciements de toute l'équipe. Lui exprimer notre reconnaissance. Ce n'était pas facile. Comment peut-on remercier quelqu'un de façon adéquate après tant d'années de travail, tant de dévotion ?

Lester semblait peiné, comme si le sujet lui tenait vraiment à cœur. Il est sincère, pensa Norma. Elle avait entendu suffisamment d'anecdotes sur lui, autant de la part des élèves que des professeurs, pour savoir qu'il s'intéressait réellement aux autres. C'était un homme silencieux, souvent vêtu de tweed marron, avec des yeux et des cheveux foncés – un homme entièrement dans les bruns chauds, entre le bronze et le caramel. Il ressemble à un enseignant, constata-t-elle, mais c'est idiot de dire ça, cela n'a pas de sens… N'empêche, si on le plaçait à côté de mon frère, on verrait bien que Larry n'est pas professeur.

Mélanie Fisher nourrissait une passion secrète pour Lester. Elle n'en avait parlé à personne, mais cela se voyait. Tout le monde savait qu'il l'avait invitée à dîner une ou deux fois, sans plus jamais renouveler l'expérience. Il avait aussi été vu un jour au restaurant avec une « splendide » jeune femme rousse à l'accent étranger ; enfin, on l'avait rencontré avec une jeune fille qui aurait pu être mannequin…

— Elle a oublié ses reproductions d'oiseaux, remarqua Lester.

— Non, elle les a laissées exprès, pour les enfants.

— Elles sont excellentes, tu sais. Ce perroquet appartient à une espèce disparue. Je ne m'y connais pas très bien, mais j'aime les oiseaux et je suis tombé sur un article là-dessus… Bon, moi je rentre, et toi ?

— Je ne sais pas. Je vais peut-être rester un peu pour jouer du piano dans l'auditorium. Il est meilleur que le mien. Si ça ne te dérange pas.

— Mais pas du tout. Vas-y. Fais juste attention que le gardien ne t'enferme pas en partant.

Norma ne se sentait pas d'aussi bonne humeur que les autres vendredis, jour annonciateur de repos et de distraction pour presque tout le monde. Elle posa son stylo sur la pile de devoirs de latin qu'elle corrigeait. D'ordinaire, ce n'était pas une tâche qui lui déplaisait ; le latin était pour elle le même outil, le même jouet, que les mathématiques pour un scientifique. Mais aujourd'hui, elle était retournée chez elle abattue et démoralisée.

Allait-elle finir comme Elizabeth Jenkins ? Elle voyait la vie lui échapper. Un jour, elle avait regardé un ballon de plage coloré, léger, capricieux, se faire entraîner par la marée descendante. Attiré au large, il avait été rejeté vague après vague vers la plage pour n'être que mieux entraîné par le reflux. L'eau l'avait emporté chaque fois un peu plus loin, jusqu'à ce qu'il finisse par disparaître tout à fait. Norma avait alors pensé que, tel un ballon, la vie pouvait s'enfuir et s'évanouir sans qu'on s'en soit servi.

À vingt-trois ans, elle savait cette crainte absurde. N'empêche que, pour l'instant, l'angoisse lui gâchait sa journée.

Des cris et des rires stridents lui parvenaient de l'autre côté de la rue. Les deux adolescentes de seize ou dix-sept ans à peine qui vivaient dans la maison d'en face attiraient des hordes de garçons, et ce depuis l'école primaire. À quoi le succès tenait-il ? Comment faisaient-elles ? Pourquoi Amanda plaisait-elle, pourquoi Cécile ? Et pourquoi pas Elizabeth Jenkins, pourquoi pas elle ?

Au dos de la porte de la penderie se trouvait un grand miroir. Prise d'une rage subite, Norma se leva et alla devant la glace pour s'inspecter, point par point. Ses cheveux n'étaient pas mal, surtout depuis qu'elle était allée chez un bon coiffeur, poussée par Amanda. Sa peau était saine. Ses yeux n'avaient rien de spectaculaire : des yeux normaux assez jolis, bruns comme ceux de Larry. Ses pommettes étaient trop larges, comme Larry également. Le nez un peu épaté, mais pas trop, en tout cas pas difforme. La bouche ? une bouche ordinaire. Ses dents blanches, même plutôt plus blanches que la moyenne, lui donnaient un joli sourire. Elle avait un buste mince, sans courbes très voluptueuses, plutôt ordinaire ; sa silhouette était aussi jolie que celle de bien des femmes, même mieux que beaucoup.

Mais ensuite il fallait passer aux jambes... Seigneur, comment as-tu pu me faire ça ? C'étaient des poteaux, informes, avec des chevilles épaisses comme des genoux, si serrées dans les chaussures que des bourrelets en débordaient. Seigneur, sais-tu ce qu'on ressent quand à une fête du lycée un garçon s'approche, prêt à vous inviter, que ses yeux descendent sur vos jambes, et qu'on le voit changer d'avis et repartir ? « Faire tapisserie » : c'était l'expression qu'une grand-mère, ou peut-être une arrière-grand-mère, utilisait pour parler d'une fille qui restait assise, sourire figé sur les lèvres, attendant en vain qu'on l'invite à danser. *À moins que son frère ne se dévoue...*

C'est bien joli de dénoncer l'injustice, pensa Norma, de prétendre que les femmes ne doivent pas être jugées sur leur beauté, ou plutôt sur leur manque de beauté. Mais allez dire cela à la fille qui attend qu'on l'invite à danser ou à la femme qui manque le bal de sa vie. Bien sûr que c'est injuste ! Mais c'est la vie, et aucun article de protestation n'y pourra rien changer. En fait, c'est un processus très simple : tout le monde aime la beauté, et pas seulement chez les femmes, aussi chez les hommes, chez les chiens… dans le paysage !

Folle de colère, Norma arracha sa jupe et attrapa un pantalon sur un cintre. Sans ce vieux rétrograde de directeur, le distingué Pr Griffin, elle aurait pu porter des pantalons au travail. Mais, tant qu'il resterait à son poste, il aurait le dernier mot. Peut-être qu'en recherchant l'appui de Lester Cole… Non, non. Elle ne pouvait demander à un jeune adjoint de tenir tête à son supérieur hiérarchique. Ce serait le mettre dans une position trop délicate.

Pourtant, Lester la comprendrait. On voyait qu'il était gentil et avait l'esprit ouvert. Il avait compati au sort d'Elizabeth Jenkins…

Je me demande s'il est amoureux, pensa Norma. Je suis sûre qu'il serait très tendre… Mais comment pourrais-je le savoir, moi qui n'ai aucune expérience ?

Elle reprit place à son secrétaire, face à la rue. La douce brise printanière soufflait entre les rideaux, et la lumière changea de teinte à mesure que l'après-midi avançait. Les adolescents amateurs de skate – dont le bruit avait dérangé Amanda du temps où elle occupait la chambre d'amis – rentraient chez eux. On rappelait les petits joueurs de marelle pour le dîner. Le vieux voisin qui passait ses journées à soigner ses plates-bandes de plantes vivaces posait ses outils de jardinage.

Quand le gong du dîner sonna en bas, Norma se demanda combien de temps elle était restée assise sans bouger. Son père avait installé ce gong car il lui donnait l'impression de vivre dans un château.

En se levant pour descendre, elle sentit que sa bonne humeur était revenue. Peut-être avait-elle été réconfortée par la vie qui régnait dans la rue ? Possible. Ou alors c'était sa force naturelle qui la sauvait, comme toujours. *Profite de la vie*, c'était ce qu'elle se répétait tous les matins. *L'esprit triomphe sur le cœur.* Cet adage aussi, elle le mettait beaucoup en pratique.

7

Amanda entendit Norma l'appeler par plusieurs petits coups de klaxon devant la maison. Elle parcourut la pièce d'un dernier regard plein de contentement. Enfin elle avait fini ! Le « salon » occupait tout un mur, un long canapé incurvé avec fauteuils assortis en cuir bordeaux. Des lampes à abat-jour de même nuance étaient placées en pendant sur les deux tables d'appoint. En face, un énorme meuble de rangement en bois clair d'un vernis bien brillant – ce qui se faisait de plus moderne sur le marché, leur avait assuré le vendeur. Il contenait, en plus d'étagères pour les livres et les bibelots, un bar spacieux doublé de miroirs dans lequel on pouvait ranger toutes les bouteilles imaginables. Dans la pièce suivante se trouvait la salle à manger : une table, des chaises, un buffet, un vaisselier, l'ensemble complet, flambant neuf comme celui du séjour.

C'est à moi, tout ça, pensa-t-elle avec satisfaction. Quel sentiment de sécurité cela donnait de posséder tant de belles choses... En comparaison, tout le reste paraissait secondaire.

En s'éloignant dans la voiture de Norma, elle ne put s'empêcher de tourner la tête pour jeter un ultime coup d'œil à sa petite maison blanche.

— Je suis bien contente que Cécile ait instauré ces déjeuners mensuels, remarqua Norma. Cela nous donne un peu l'impression de prolonger nos années d'université. On se retrouve, on se rassure. (Elle eut un rire.) C'est vrai qu'on a tendance à s'éloigner si on passe trop de temps sans se voir.

— Nous ne pourrions jamais nous oublier, toutes les trois.

— J'espère que non. Attends de voir l'appartement de Cécile. C'est fou ce qu'on peut transformer un endroit avec une couche de peinture et quelques rouleaux de papier peint ! Tu ne reconnaîtras rien. Ce sera leur premier anniversaire de mariage le mois prochain, et ils viennent à peine de terminer la décoration, tu te rends compte ?

Norma ponctua ce commentaire d'un nouveau rire bienveillant.

— Ça ne m'étonne pas du tout. Cela nous a pris du temps à nous aussi, commenta Amanda d'un air très satisfait.

Une demi-heure plus tard, alors que la voiture s'arrêtait devant une résidence construite autour d'un jardin, elle se rengorgea de nouveau.

— Je n'aimerais pas du tout me retrouver enfermée dans un petit appartement, remarqua-t-elle.

— Quand tu verras ce qu'ils en ont fait, de leur petit appartement, tu changeras d'avis. Moi, j'adorerais vivre ici, et un jour, dans pas trop longtemps j'espère, je compte bien les imiter. Je veux m'acheter quelque chose.

Cécile et Peter avaient transformé leur trois pièces en jardin. Des lianes grimpaient le long de murs vert émeraude et sur une partie du plafond. Des fleurs, éparpillées comme si elles étaient tombées de ce foisonnement de plantes, jonchaient un tapis couleur de terre. Près d'une table d'angle où s'empilaient des livres on avait installé un grand fauteuil rouge ; de l'autre côté, une énorme fougère, une vraie cette fois, poussait dans un pot oriental écarlate.

Amanda resta figée de surprise, médusée.

— Mais qu'est-ce que vous avez fait ?

— J'ai récupéré quelques affaires laissées par ma grand-mère et nous avons passé un coup de peinture. Venez déjeuner.

La table était dressée dans un coin vert et blanc, très fleuri, avec des jardinières sur le rebord de la fenêtre. Par terre, dans un panier d'osier à dôme, dormait un chat persan.

Cécile fit les présentations.

— Elle s'appelle Mary Jane. N'est-elle pas jolie ? Ses yeux sont d'un bleu !… Peter l'a vue dans la vitrine d'un marchand d'animaux et il a craqué.

Amanda ne s'était pas sentie aussi déboussolée depuis longtemps. La dernière fois remontait sans doute à sa première visite chez les Balsan. Elle n'avait pas été particulièrement mal à l'aise lors de son passage chez les Newman à la campagne, mais là, cela n'allait pas du tout.

Si la perfection était de ce monde, elle l'avait sous les yeux, jusqu'au détail du chat. Les sets de table en lin blanc à monogramme étaient finis par un liseré au crochet. L'argenterie étincelait, la salade était craquante, les petits pains tout chauds. La robe de coton rose de Cécile avait l'élégance de la simplicité, et pour seul bijou elle portait un large jonc en or. Déjà à l'université, elle tranchait sur les autres, et cette dernière année la différence s'était encore accentuée. En bref, Cécile avait de la classe, contrairement à la plupart de ses contemporains. C'était cela : une qualité indéfinissable, pourtant reconnaissable au premier coup d'œil. Peut-être tout le monde n'y est-il pas sensible, pensa Amanda, mais moi si.

Son regard était attiré partout. Sur une étagère, bien en vue, elle vit une photo du mariage de Peter et Cécile. Ils prenaient la pose, figés pour l'éternité devant les buissons de roses. Des roses de Damas d'automne, se rappela-t-elle. Elle n'avait pas oublié un seul détail de cette journée. Ce devait être merveilleux d'avoir un souvenir aussi beau, un souvenir pour la vie.

— Je suis bien contente que Peter ne soit pas entré dans le gros cabinet qui voulait le prendre en ville. Il a décidé de partager un espace et une secrétaire avec un autre architecte, et de cette façon il est libre de suivre tous les cours qu'il veut pour sa spécialisation.

— Dans quel domaine ? demanda Norma. La conservation des monuments historiques ?

— Bien sûr. C'est ce qu'il aime par-dessus tout. Il m'emmène en voyage d'étude à Washington cet été. Je suis ravie. Et puis nous continuerons par la campagne de Virginie, Fredericksburg, les plantations, et toutes les ravissantes maisons qu'il y aura à visiter dans le coin. Vous n'allez pas me croire, mais j'ai tout de même peur que mon travail me manque. Pourtant on voit des choses terribles, c'est à vous fendre le cœur ! Nous avons une petite fille adorable qui est atteinte d'un cancer du poumon ; on l'a opérée, et elle va peut-être se rétablir, mais sa mère est prostituée. Elles vivent dans Lane Avenue, et je me demande quel genre de soins elle recevra en retournant chez elle ! C'est écœurant.

Il y eut un silence.

— Tu regardes les livres qui traînent par terre, Amanda ? reprit Cécile. Nous manquons de place. Un jour, il nous faudra une pièce, une grande, avec des rayonnages du sol au plafond pour ranger les livres de Peter.

— Je comprends ça. Je n'arrête pas d'acheter des livres de poche, parce que les autres sont trop chers, mais c'est mieux que rien.

Je n'ai pas beaucoup le temps de lire, dit toujours Larry. Quand je rentre, je préfère me détendre devant la télé.

Amanda se demanda comment était Peter dans l'intimité. Comment il était vraiment, au fond. De quoi parlaient-ils quand ils se retrouvaient tous les deux le soir ?

— Quoi de neuf sur le plan travail, Amanda ? s'enquit Cécile. Tu as pris une décision ?

— J'ai un peu cherché du côté des cabinets d'avocats, mais je ne suis pas encore bien sûre.

— Oui, remarqua Norma, tu ne me sembles pas très emballée, finalement.

— En fait, Larry m'a annoncé qu'il allait ouvrir une nouvelle agence à Derry, et je me disais que je pourrais peut-être travailler sur le système informatique, à l'archivage par exemple…

— Ce n'est pas bon pour un mari et une femme de travailler ensemble toute la journée, objecta Norma. Larry en pense quoi ?

— Je ne lui en ai pas encore parlé.

— Mais toi, demanda Cécile, tu as envie de faire quoi, vraiment ?

— J'aimerais continuer mes études – en littérature anglaise, je crois. C'est ce qui m'intéresserait le plus si j'avais le choix. Mais c'est trop compliqué. Je ne me vois pas enseigner, et il ne resterait que l'édition comme débouché. Or, pratiquement toutes les maisons d'édition se trouvent à New York. Et puis, il n'y a pas d'université ici, et s'il y en avait une, ça coûterait trop cher.

Amanda se rendit compte que sa voix trahissait son découragement. Était-elle la seule à changer d'humeur aussi vite ? Quelques heures auparavant, elle s'était sentie la femme la plus comblée de la Terre.

— J'ai une idée pour toi, déclara Cécile d'un ton décidé. Je voulais garder ça pour après le déjeuner, mais nous pouvons en discuter tout de suite, en prenant le dessert. Voilà : ma mère a une amie, Mme Lyons, qui est propriétaire d'une superbe boutique à Cagney Falls, en plein sur la place. C'est un magasin de mode qui vend principalement des vêtements européens de luxe... Depuis des années, cette femme a pour hobby d'aller acheter des produits en Europe et d'en rapporter des idées. Maintenant qu'elle vieillit, elle travaille beaucoup moins mais, même si elle n'en a pas du tout besoin sur le plan financier, elle veut garder la boutique. Il lui faudrait quelqu'un de jeune et d'énergique pour s'en occuper à sa place. J'ai pensé à toi.

— Moi ? Mais tu plaisantes ! Je n'y connais strictement rien en gestion de magasins.

— Aucune importance. Je lui ai déjà parlé de toi, naturellement sans mentionner ton nom, et tu l'intéresses. Il n'y a pas besoin de formation particulière pour ce job, Amanda. Ce qu'il faut, c'est quelqu'un de responsable. Il y a une couturière pour les retouches, la même depuis des années ; il y a une vendeuse, Dolly, qui a un excellent contact avec la clientèle, grâce à sa personnalité très chaleureuse ; et un comptable vient régulièrement s'occuper des comptes. Tout ce que tu auras à faire, ce sera de t'assurer que ce petit monde travaille en harmonie.

— Qui s'en chargeait jusqu'à présent ?

— Une jeune femme qui démissionne parce qu'elle déménage. Elle pourra te mettre au courant avant son départ.

C'est quand même bizarre, pensa Amanda, je lui explique que mon ambition est de continuer mes études de littérature, et voilà ce qu'elle me propose...

— Le salaire est très bon, poursuivit Cécile. Le montant m'a même surprise. Et tu viens de dire que tu avais grand besoin de gagner de l'argent.

Avait-elle vraiment dit cela ? Sans doute l'avait-elle laissé échapper sans s'en rendre compte. Car c'était vrai : elle avait un très, très urgent besoin d'argent. Pourtant, une boutique de vêtements...

Cécile insista.

— Ce n'est pas pour toute la vie, au cas où tu aurais peur de te mettre dans une ornière. Et tu pourras suivre des cours du soir. Un jour, de toute façon, tu auras un bébé et tu partiras.

Amanda cherchait encore des objections.

— Ma seule expérience, c'est serveuse chez Sundale. Je suis trop jeune.

— Mais non, pas du tout. La femme qui s'en va a vingt-huit ans, et toi, presque vingt-trois, la différence n'est pas si énorme. Et tu es beaucoup plus intelligente qu'elle. J'en sais quelque chose, je l'ai rencontrée.

Une boutique de vêtements, pensa encore Amanda. Le salaire est peut-être très bon, mais ce n'est pas de cela que je rêvais. Enfin, ça ne serait sans doute pas très gentil si je refusais sans même aller voir.

— D'accord, je veux bien y faire un tour. Quand cela t'arrangerait-il ?

— Pourquoi pas tout de suite ? Il fait beau. C'est un après-midi idéal pour flâner à Cagney Falls.

— Nous venons juste regarder, aujourd'hui, Dolly, annonça Cécile. Je me suis juré de ne rien acheter. Je voulais montrer la boutique à mes amies.

Malgré ses trente ans passés, Dolly était le genre de femme à jacasser avec l'exubérance d'une adolescente. Les trois jeunes femmes venaient de passer dix minutes dans la boutique, et elle n'avait cessé de les suivre en bavardant.

Si je travaillais ici, nous serions amies, décida Amanda. On voit qu'elle est gentille. Elle est tellement enthousiaste que les clients doivent l'adorer.

— Tout est vraiment magnifique, murmura Norma, et les prix le sont aussi.

— C'est vrai, intervint Dolly qui avait entendu, mais on ne trouve pas ce genre de produits sous le sabot d'un cheval. (Elle présenta un cardigan en cachemire blanc garni de fleurs.) Regardez-moi ça : brodé main. Un article qui ne se démodera jamais.

Facile, à ce prix, songea Amanda, faisant écho à ce que venait de dire Norma.

Dans tous les coins, on trouvait des trésors : un sac à main en tissu à impression cachemire avec une poignée en écaille, un tailleur de laine épaisse couleur pêche, des robes de soie plissées du col à l'ourlet, une robe du soir noire unie ornée d'une cascade de dentelle blanche magnifique. Amanda était fascinée.

Peut-être qu'en fin de compte ce pourrait être drôle, au moins pendant un petit moment...

— Très intéressant, remarqua-t-elle une fois dehors. D'ailleurs, il a l'air très intéressant aussi, ce village.

— Alors, qu'en dis-tu ? demanda Cécile.

— Je me surprends moi-même, et je pense que je vais vous étonner aussi : oui, j'ai envie d'essayer, si Mme Lyons accepte de me prendre. J'ai vraiment envie d'essayer – pendant quelque temps, en tout cas.

— Parfait. Tu lui plairas. Je lui téléphone dès que je rentre et j'organise un rendez-vous. On repart tout de suite ?

— Vous ne voulez pas faire un tour ? Je ne suis venue qu'une fois avec Larry, et presque tout était fermé. En plus il m'avait pressée.

Dans ce genre d'endroit, il faut pouvoir prendre son temps.

— C'est une petite ville ravissante, approuva Cécile. Ça ne me déplairait pas de vivre par ici. Pas en plein centre, mais à proximité.

Norma désigna une horloge dans une vitrine.

— Regardez, on dirait du cuivre, mais ça n'en est pas. C'est du bois laqué. J'en ai vu une, un jour, chez des gens qui m'avaient invitée à dîner. C'est joli, non ?

— Et ces grenouilles en argent ! Et la boîte à musique ! s'écria Amanda. C'est fou toutes les merveilles que les artisans fabriquent de leurs mains ! Entrons rien qu'une minute.

La spacieuse boutique était bourrée à craquer de commodes, de chaises anciennes, de pendules, d'objets de porcelaine et d'argent présentés avec goût. Amanda en fut émerveillée.

— Nous ne faisons que regarder, précisa Norma au monsieur élégant et respectable qui s'approchait d'elles. Cela ne vous ennuie pas ?

— Mais faites donc, et si vous voulez un renseignement, n'hésitez pas.

— Regardez ce secrétaire ! s'exclama Amanda. Qu'il est beau ! Nous en avons deux dans notre chambre, mais l'un des deux est beaucoup trop petit. Il y a tout un pan de mur vide, et celui-ci est vraiment joli. L'ornement est si délicatement peint !

Le monsieur, qui ne s'était pas beaucoup éloigné, s'empressa de rectifier.

— Non, non, ce n'est pas de la peinture. C'est de la marqueterie, une inclusion de bois extrêmement fine en citronnier.

Il avait une étincelle de moquerie mêlée de dédain dans le regard.

— Il ne te manque que l'argent pour payer, remarqua Norma, poussant Amanda vers l'autre bout de la pièce où Cécile, qui n'avait pas entendu le bref échange, examinait une commode.

L'antiquaire les suivit, et s'approcha de Cécile qui voulait lui poser une question.

— J'ai une commode à petits tiroirs qui ressemble beaucoup à celle-ci, chez moi. Elle doit dater de 1770 environ, non ?

— Vous n'êtes pas loin. Celle-ci est de 1781, fabriquée à Rhode Island, comme la plupart des meubles de ce style.

— C'est bien ce que je pensais. Elles sont très reconnaissables. Vous en demandez quel prix ?

— Sept. Elle est en parfait état, ainsi que vous le voyez. Les ferrures sont d'origine.

— Sept cents dollars pour ça ! se récria Amanda trop contente de faire ravaler son mépris à l'antiquaire. Pour un meuble à quatre tiroirs et quatre pieds, simplement parce qu'il est vieux et qu'on appelle ça une antiquité ? C'est ridicule.

— Pour vous, peut-être, rétorqua l'homme, réprimant visiblement un sourire. Mais les connaisseurs trouveraient que c'est un bon prix. Elle ne coûte d'ailleurs pas sept cents, mais sept mille dollars, même si elle ne fait pas partie d'un ensemble.

— Il est presque trois heures et demie, intervint Norma, nous devons rentrer. Nous perdons notre temps ici, de toute façon.

De retour sur le trottoir, Amanda, humiliée, laissa éclater sa rage.

— Il s'est payé ma tête ! Vous avez vu la façon dont il me regardait ? Il voulait me ridiculiser ! Pour qui se prend-il ?

— Un snob sans intérêt, c'est tout ce qu'il est, jeta Norma d'un ton brusque, n'y pense plus.

Puis, voyant des larmes jaillir des yeux d'Amanda, elle ajouta plus gentiment :

— Ce sont des choses qui arrivent. Les gens sont parfois de vrais butors. Il faut s'y faire.

Elle dit ça à cause de ses jambes. Mais elle ne s'est toujours pas habituée au manque de tact.

— C'est vrai qu'il a été très désagréable, constata Cécile avec sa candeur et son calme habituels. Pourquoi les gens devraient-ils s'y connaître en antiquités ? Tout le monde s'en moque, en général. De plus, on peut apprendre très vite : il suffit de lire deux ou trois livres sur la question, si on en a envie. Il n'y a pas de quoi s'en faire une gloire.

— Allons-y, dit Norma, soudain pressée de partir. Amanda, tu n'as pas oublié que tu dînes à la maison avec Larry ce soir, j'espère. Tu sais que mon père déteste que les invités soient en retard.

Larry avait eu un regard lourd de reproches en voyant arriver Amanda et Norma deux minutes à peine avant l'heure du dîner. Maintenant, il écoutait d'un air très réprobateur le récit de leur journée.

— C'est quoi, cette lubie ? Je croyais que tu voulais travailler chez un avocat. Qu'est-ce qui te prend ?

— Je ne dois pas en avoir tellement envie, en fin de compte.

— Mais comment cela ? Tu m'as répété des centaines de fois que c'était ce que tu souhaitais faire.

Ils étaient assis l'un à côté de l'autre, et quand ils se regardaient ils se retrouvaient presque nez à nez. Amanda s'aperçut avec stupeur qu'elle n'avait jamais vraiment observé ses yeux : ils n'étaient pas bruns, comme elle l'avait cru, mais d'une drôle de couleur tirant sur le jaune.

— Je ne vois pas l'intérêt de faire des kilomètres pour piétiner toute la journée dans une boutique à vendre des vêtements. Ça n'a aucun sens.

Norma prit la défense d'Amanda.

— Ce n'est pas si loin, Larry : seulement à trois quarts d'heure de chez vous.

— Peu importe, c'est une idée idiote. Pourquoi as-tu dit que tu désirais travailler dans le milieu juridique si ce n'était pas vrai ?

— L'idée m'était venue comme ça. Tu voulais que je me décide, et j'ai dit la première chose qui me passait par la tête.

Lawrence Balsan ne perdait rien de la discussion. Il avait même l'air de s'amuser beaucoup, songea Amanda en remarquant l'expression ironique si familière. Son fils, en revanche, continuait de n'y rien comprendre.

— Ça n'a ni queue ni tête, marmonna-t-il.

— Tu te fatigues pour rien, intervint brusquement Lawrence. Cette discussion nous occupe depuis vingt minutes, montre en main. (Il releva sa manche pour révéler une grosse montre en or.) Si Amanda en a envie, je ne vois pas où est le mal. Prends ce travail, Amanda, si on te le donne. Rien ne t'obligera à continuer si tu t'ennuies. Tu seras libre de partir dès que tu auras envie de changer. Allons, l'affaire est close.

Amanda n'en revint pas qu'il la soutienne – en lui jetant, de surcroît, le regard lumineux qui éclairait si rarement ses traits austères.

Elle fut moins surprise que Larry se plie à l'opinion de son père. En fait, elle aurait plutôt été étonnée qu'il ose le contredire.

L'affaire fut donc entendue. Et pourtant, maintenant que rien ne l'empêchait plus d'accepter, Amanda se remit à hésiter. Se pourrait-il que je me sois entêtée simplement parce que Larry s'y opposait ? pensa-t-elle. Quelle étrange journée : d'abord le déjeuner chez Cécile, puis la charmante boutique de vêtements, et ensuite l'horrible antiquaire. Elle frissonnait encore en y songeant.

De retour chez eux, se préparant à aller au lit, Larry demanda :

— C'est joli, Cagney Falls, hein ?

— Oui, très. Cécile a envie d'y vivre un jour.

Nous n'avons pas les mêmes goûts pour les maisons, se dit-elle, ni pour le reste, d'ailleurs. Et, en s'asseyant pour ôter ses chaussures, elle regarda autour d'elle la « chambre à coucher » de style colonial – le lit, les tables de nuit, et le secrétaire où elle avait posé la petite photo d'elle et Larry le jour du mariage, dans la salle de restaurant de l'auberge. L'ameublement leur était revenu assez cher, mais il était d'un terne ! Sans imagination, sans charme, la copie conforme de toutes les maisons de la rue qu'elle avait visitées. Elle vivait entourée de meubles industriels fabriqués en série pour des gens qui n'y connaissaient rien. Et elle avait été comme ces ignorants... Elle se remémora les cascades de vigne dégringolant du plafond, dans l'appartement de Cécile, ainsi que la photo de mariage dans son cadre d'argent, à côté de la commode du XVIIIe siècle. Puis elle revit la boutique remplie de trésors et ressentit une nouvelle fois l'humiliation infligée par le sourire méprisant de l'antiquaire.

— Tu devrais voir l'appartement de Cécile ! s'écria-t-elle malgré elle.

— C'est joli ? En tout cas, sûrement pas plus qu'ici. Dieu sait qu'on a payé assez cher. Mais ça vaut le coup. Des bons meubles, ça dure toute une vie, et même davantage. (Larry déboutonna sa chemise avant de s'étirer en bâillant.) Nous n'aurons qu'à acheter le complément, si jamais nous déménageons dans un endroit plus grand.

— Une autre maison ? Tu sais, avec tes relations, tu trouverais peut-être quelque chose près de Cagney Falls…

— Mais non, chérie, ça, je suis sûr que non. Là-bas, le foncier double de prix chaque fois qu'on cligne des yeux. Non, si nous déménageons, et ce ne sera pas tout de suite, nous prendrons probablement la maison de mon père. Tu sais que Norma dit qu'elle veut s'installer dans un petit appartement sympa près de son école. Si elle part, mon père n'aura peut-être plus envie d'habiter seul dans cette grande baraque. J'aimerais bien que Norma se trouve un gentil garçon comme Peter, par exemple. Quelqu'un qui la sortirait un peu, la pauvre. Elle est trop jeune pour vivre seule. Ça doit être dur pour elle de voir Cécile et toi, ses amies, si heureuses, sur leur petit nuage. Elle, elle ne peut qu'aller au cinéma avec des copines ou rester à la maison à lire ou à jouer du piano. Même mon père sort plus souvent qu'elle.

L'attention d'Amanda s'éveilla.

— Avec qui ? Avec des femmes ?

— Bien sûr. Qu'est-ce que tu crois ? Ce n'est pas le genre de question qu'on pose à son père, mais après tout il est encore jeune. Il n'a que cinquante-deux ans. Et il n'est pas mal physiquement.

Balsan, c'était ainsi qu'elle le nommait en pensée, était un homme très particulier. Elle avait été frappée, ce soir, par la beauté de son visage hautain, quand le regard froid s'était illuminé comme une flamme.

— Oui, il n'est pas mal dans son genre, tu as raison.

— Il est mieux que moi. Il a même davantage de cheveux. Son front à lui est moins dégarni que le mien.

Larry avait l'air de s'en amuser. Comme si c'était drôle...

Un instant, pourtant, son rire toucha Amanda. Elle se désola pour lui, sans trop savoir pourquoi ; il paraissait toujours si sûr de lui.

L'attendant au lit pendant qu'il prenait une douche, elle procéda à son examen de conscience. Plus on vieillissait, moins on en savait, disait-on, et c'était vrai. Bien entendu, elle avait envie d'être heureuse avec Larry. Je veux absolument être heureuse, songea-t-elle, comme tout le monde ! Mais j'ai envie de beauté aussi. J'ai envie d'écouter de la belle musique, de lire, de voir du monde, de me sentir passionnément amoureuse. Et plus que tout, il faut l'admettre, j'ai envie d'être entourée de belles choses. Je ne me doutais pas en partant de chez mes parents qu'il y avait tant de merveilles au monde.

À la fin de l'automne, la mère d'Amanda vint lui rendre visite.

— Papa n'a pas pu faire le déplacement, expliqua-t-elle en descendant de l'avion, parce qu'une grosse société a repris l'usine et qu'il a peur de perdre son travail. Avec tout le temps où il a été arrêté à cause de sa jambe… Pourvu qu'il ne soit pas licencié !

Elles quittèrent l'aéroport sous la neige. La mère d'Amanda frissonnait dans son fin manteau.

— Je vais t'en offrir un plus chaud, promit Amanda, nous irons l'acheter dès demain matin.

— Je n'en ai pas besoin. Je te remercie, mais garde tes sous, chérie.

— Je peux quand même faire un cadeau à ma mère si j'en ai envie !

Elle se forçait à prendre un ton enjoué. Sa mère avait l'air si fatiguée…

— Ce que je suis contente de te voir, maman. Et Larry sera ravi aussi. Vous allez vous aimer tout de suite.

— Moi, je l'aime déjà. J'ai l'impression de le connaître. C'est bien de se parler toutes les semaines au téléphone comme on le fait. Je n'arrive pas à réaliser que je suis dans le Michigan, et que je vais dormir chez ma fille qui est propriétaire de sa maison. Elle est très jolie, d'après la photo que tu as envoyée. C'est loin ?

— Pas très. Détends-toi, je vais te faire la visite guidée de la ville.

Sa mère était plus excitée par ce voyage que par une croisière en Orient. Elle s'extasia devant la maison, le jardin et les deux voitures neuves dans le garage. Quand Larry la serra dans ses bras, elle sembla au bord des larmes.

Il proposa de l'emmener au restaurant, au cinéma, et de la promener en voiture dans la campagne, mais elle ne souhaitait qu'une chose : rester dans leur « merveilleuse maison », à jouer aux dames avec eux et à regarder des cassettes du vidéoclub. Un jour, elle fit un gâteau aux noix de pécan parce que Larry n'avait jamais goûté à ce dessert du Sud.

— Elle me rappelle ma mère, confia-t-il à Amanda.

Il dit cela avec une tendresse qui la toucha beaucoup. Derrière la jovialité de Larry, elle devinait un autre homme, à la fois vulnérable et fragile.

La veille de son départ, la mère d'Amanda prépara deux autres gâteaux qu'elle mit au congélateur. À ses yeux, ce congélateur, le four électrique encastré et tout le matériel de cuisine étaient des trésors incomparables.

— Même votre sol est magnifique, remarqua-t-elle.

Amanda baissa les yeux sur le carrelage de marbre lisse. Comme s'il avait compris la signification de ce regard, Larry plongea la main dans sa poche et en sortit une enveloppe qu'il tendit à Amanda dès qu'ils furent seuls un instant.

— Tiens, tu donneras ça à ta mère à l'aéroport, juste avant de la quitter. C'est pour qu'elle puisse changer son lino.

Il avait une expression attendrie.

Quand elles montèrent se coucher, Amanda reçut de sa mère un conseil inattendu :

— Profite de ce que tu as. Je voudrais que mes autres filles aient la chance d'avoir un mari comme le tien. Il respire la bonté, cet homme.

Oui, Amanda le savait, et elle savait ce qu'elle aurait dû éprouver. Aussi, lorsque, plus tard, elle se retrouva à côté de lui au lit, elle répondit à son désir. Il avait sa façon à lui de l'attirer dans ses bras. Jamais elle n'en avait envie, et moins encore ce soir-là que les autres ; mais puisqu'on attendait d'elle de l'amour, elle fit semblant de lui en donner.

— 8 —

Des nuages venaient enfin masquer les aveuglants rayons du soleil. Une petite brise humide, très attendue elle aussi, commençait à dériver du Mississippi. Malgré la chaleur, ils avaient passé une journée très agréable à visiter La Nouvelle-Orléans. À présent, dans le jardin ombragé du restaurant, Peter s'inquiétait pour Cécile et la traitait comme si elle était en sucre.

— Pas de discussion, Cile, nous prenons un taxi pour rentrer à l'hôtel. Tu as trop marché aujourd'hui, et c'est ma faute, je n'aurais pas dû te laisser faire.

— Mais enfin, Peter, tu ne sais pas que les femmes enceintes doivent prendre de l'exercice ? Je me sens en pleine forme ! Je suis tellement heureuse.

Et, en effet, elle était aux anges. C'était leur troisième année de mariage, et maintenant ils attendaient un enfant. Pendant qu'elle faisait un bébé, Peter, qui avait obtenu son diplôme de spécialisation avec mention, se faisait un nom. Cette semaine, son travail le menait dans le bayou pour voir une maison assez exceptionnelle du XVIIIe siècle. Cécile était très fière de lui.

— Je n'en reviens toujours pas que ces gens m'aient déniché à La Nouvelle-Orléans, remarqua-t-il, stupéfait et ravi. Je ne sais pas comment ils ont appris que j'étais là.

— C'est grâce à l'excellente réputation que tu te construis ! Tu adores ton travail, et ça se sent. Toutes ces vieilles maisons merveilleuses, chargées de tant d'histoire, c'est tellement romantique…

— Oui, mais la conservation du patrimoine, ce n'est pas que ça. Les anecdotes sur les lieux visités par la mère de George Washington sont assez fascinantes, je te l'accorde, mais ce qui m'intéresse surtout, c'est le mode de vie des gens ordinaires ; tout est lié à l'urbanisme, à la façon dont un bâtiment s'accorde avec l'environnement, le climat, la vie de famille. Il y a, en plus de la construction elle-même et des styles, des centaines de sujets d'intérêt. Par exemple, encore récemment, on méprisait tout ce qui était issu de l'époque victorienne ; on trouvait cela vieillot, tarabiscoté et sans logique. Maintenant, la nouvelle mode, c'est de copier les façades de cette époque. L'architecture du XIXe est conviviale, accueillante… Tu entends ça ? s'interrompit-il avec un sourire d'excuse, je te donne un cours. Tu devrais m'arrêter quand ça me prend. Je ne suis pas professeur.

— Tu le seras peut-être un jour, si tu en as envie.

— Nous verrons, nous verrons. Goûte-moi ce gumbo, c'est le plat le plus délicieux de nos cinquante États.

Ils repartirent à pied vers l'hôtel, dans un crépuscule gris-mauve.

— Faisons un compromis, proposa Cécile. Nous prendrons un taxi après la librairie. J'y ai vu un très beau livre de photos de La Nouvelle-Orléans pour Amanda.

— D'accord, mais on n'ira pas plus loin à pied. Il faut que tu te couches tôt.

Par moments, Cécile s'agaçait un peu que Peter lui donne des ordres comme à une gamine ou à une vieille dame infirme, mais à d'autres cela lui plaisait, car cette seconde enfance temporaire ne l'empêchait pas d'être une femme indépendante.

— Comme tu voudras, chef.

— J'aurais bien aimé que tu m'accompagnes demain, mais j'en ai probablement pour une semaine, et toi il faut que tu rentres pour ta visite prénatale.

— Tu penses que je devrais aller jeter un nouveau coup d'œil à la maison ?

La question du déménagement avait été examinée sous tous ses angles. Leur bail pour l'appartement était quasiment arrivé à son terme et le propriétaire n'acceptait de le renouveler que s'ils s'engageaient pour trois ans.

Mais le bébé serait devenu d'ici là un enfant turbulent, sans chambre pour lui seul. Peter admettait parfaitement la nécessité de déménager – ce qui ne l'empêchait pas d'être inquiet.

— C'est une petite maison charmante, reconnut-il. Oui, je pense que j'arriverai à rembourser le prêt. Oui, bien sûr, c'est tout à fait envisageable.

Du charme, elle en avait, cette maison, même si elle n'était effectivement pas bien grande. Pavillon de gardien, dans les années 1890, d'une propriété maintenant transformée en ensemble immobilier de luxe, elle n'avait pas été touchée par les promoteurs, qui la trouvaient sans doute pittoresque. Bâtie avec les mêmes pierres et dans le même style que la maison de maître, elle était entourée d'un minuscule jardin qui ne demanderait pratiquement aucun entretien.

De retour à l'hôtel, Peter y réfléchissait toujours.

— Il n'y aurait guère que la cuisine à refaire. Oui, ce n'est pas mal pour une première maison : un joli séjour - salle à manger, et deux chambres, exactement ce dont nous avons besoin… C'est d'accord, tu peux t'en occuper.

— J'aimerais utiliser un peu de mon argent pour la décoration, la peinture et le papier peint. Tu n'y vois pas d'objection ?

— Je ne suis pas complètement buté. Tu peux te servir de ton argent, Cile, mais fais attention. Reste raisonnable. Dieu merci, les affaires ont l'air de bien marcher ; cependant, ne vendons pas la peau de l'ours avant de l'avoir tué… Attends, je vais t'aider à faire ta valise. Et ce bouquin pèse une tonne ; je le rapporterai, si tu veux.

— Non, ça ira. C'est pour l'anniversaire d'Amanda. Elle a appris tellement de choses sur l'art et la décoration, ces derniers temps, qu'elle va l'adorer, j'en suis sûre.

Cécile s'interrompit en regardant Peter d'un air surpris.

— Pourquoi fais-tu cette tête ?

— Je dois avouer que je n'apprécie pas beaucoup Amanda.

— Là, tu n'es pas gentil ! Ça ne te ressemble pas. Toi qui aimes tellement les gens…

— C'est vrai, mais je ne peux pas m'entendre avec tout le monde non plus.

— Qu'est-ce qu'elle t'a fait ? C'est une de mes meilleures amies.

Peter, qui pliait des cravates et les rangeait dans sa valise, s'arrêta pour réfléchir.

— Je plains un peu Larry, répondit-il avec un léger froncement de sourcils.

— Pourquoi ?

— Je trouve qu'elle a tendance à le rabaisser.

— Vraiment ? Je n'ai pas l'impression. Ils ont l'air de s'entendre si bien.

— Je vois ça à des détails subtils. Chaque fois que nous les rencontrons, elle ne parle que des vacances des autres, de bijoux, de vêtements, de maisons. Elle se monte la tête dans la boutique où elle travaille, j'imagine.

— Mais, Peter, elle n'a jamais rien eu. Ce n'est pas comme dans ta famille, où vous deviez simplement faire attention à vos dépenses. Non, elle, elle n'a rien eu du tout.

— Dans ce cas, elle devrait davantage apprécier ce qu'elle a maintenant ! Elle devrait reconnaître la valeur de Larry.

Ce jugement péremptoire troubla Cécile. En y réfléchissant, elle se souvint de certains détails qui avaient dû la marquer suffisamment pour que sa mémoire les enregistre. D'abord, la robe en soie à fleurs qu'Amanda avait portée un soir où ils étaient tous sortis dîner, un ou deux mois auparavant – une robe à neuf cents dollars. Cécile l'avait repérée dans la boutique, mais ne l'avait pas achetée car elle trouvait le prix excessif. Et puis un bracelet qu'elle avait vu au poignet d'Amanda. En toute innocence, Cécile en avait parlé avec admiration à Norma, mais celle-ci avait changé de sujet avec brusquerie. Avait-elle cru, se demanda Cécile, que son commentaire cachait de la réprobation ? Ou, pis encore, qu'elle cherchait à critiquer leur amie derrière son dos ? Je n'ai voulu ni l'un ni l'autre, pensa Cécile très mal à l'aise.

— Toi tu plains Larry, et moi je suis triste pour Amanda, déclara-t-elle. Du moins je le serais s'ils ne s'entendaient plus.

— En tout cas, tu peux être sûre que, quoi qu'il arrive, Amanda retombera sur ses pattes.

Avec ce corps et ce visage, elle s'en tirera toujours.

— Pourquoi dis-tu ça ?

— Je l'ai observée. Elle attire irrésistiblement tout le monde. Tu l'avais bien remarqué, non ?

— Je crois que je ne fais pas très attention à ce genre de choses.

— Il n'y a pas de quoi t'attrister.

— Je ne suis pas triste, mais je réfléchis à ce que tu dis… Ce doit être agréable d'être irrésistible, ajouta-t-elle avec regret.

Peter se mit à rire.

— Pas de cette façon, je t'assure, mon bel amour. Certainement pas de cette façon !

— Tu es assis ? s'enquit Cécile. J'ai une incroyable nouvelle à t'annoncer. Je voulais attendre ton retour la semaine prochaine pour voir ta tête, mais je ne peux pas. Nous allons avoir des jumeaux !

— Quoi ? Tu plaisantes !

— Pourquoi plaisanterais-je ? C'est une certitude.

— Le médecin est formel ?

— Mais bien sûr… Des jumeaux, tu imagines ?

— Des jumeaux ! Tu nous vois en train de pousser un double landau, d'être abordés par les passants qui voudront leur faire des sourires ? demanda Peter, un rire dans la voix.

J'adore ! Vraiment ! Tu es sûre qu'il n'y a aucun doute ?

Cécile se mit à rire.

— Mais quel bêta ! Sûre et certaine. Si tu savais comme j'ai envie que ce soit deux petits garçons qui te ressemblent.

— Non, un garçon et une fille, et c'est à toi qu'ils doivent ressembler. Surtout la fille. J'aimerais tellement être avec toi. Si seulement ils voulaient bien se presser, ici, je sauterais dans le premier avion ; mais il me faut encore quelques jours pour consulter les entreprises de construction.

— Prends ton temps. Je garde le champagne au frais… Seulement, Peter, nous ne pouvons plus acheter le pavillon de gardien, maintenant : il n'a que deux chambres.

— On ne peut pas mettre deux berceaux dans une pièce ?

— Si, bien sûr, mais les bébés auront vite besoin de vrais lits. Et puis il leur faudra de la place pour jouer. Et si c'est une fille et un garçon, nous devrons les installer un jour dans des chambres séparées.

— Comment se débrouillent les gens qui n'ont pas les moyens d'avoir plusieurs chambres d'enfant ?

Ils n'allaient tout de même pas reprendre leur vieille dispute des Bermudes… Discernait-elle dans sa voix le même entêtement ?

— Les gens pauvres doivent se contenter de ce qu'ils ont, répondit-elle d'une voix calme. Ils mettent un lit dans le séjour, ce qui n'est pas la solution la pire au monde, mais sûrement pas l'idéal. Si on n'est pas absolument obligé de le faire, pourquoi s'y contraindre ?

— C'est vrai, tu as un peu raison.

— Si tu le désires, prenons le pavillon de gardien maintenant. Il est charmant, et nous pourrons y rester un an, peut-être deux. Mais nous serons obligés de redéménager vite, ce qui ne me semble pas très logique.

— Oui, oui, tu as vraiment raison… Ah, je suis content, Cile, assez sonné, mais content. (Le rire familier éclata à l'oreille de Cécile.) Donc, il va falloir que tu repartes en chasse tout de suite. Je sais que tu dois en avoir assez de m'entendre dire ça, mais encore une fois ne vise pas trop haut. N'oublie pas que je démarre dans le métier.

— Je n'oublie pas.

Plus d'une fois, son père avait loué Peter pour son indépendance : « Beaucoup d'hommes dans sa situation seraient trop contents de se laisser aller à profiter de la fortune de leur femme. J'admire Peter. Je l'ai aimé dès que j'ai posé les yeux sur lui, tu le sais. » Cécile avait donc bien en tête le désir exprimé par Peter de subvenir aux besoins de sa famille.

Elle envisagea d'abord d'appeler Larry, mais deux pensées la retinrent : l'agence Balsan ne couvrait pas vraiment cette partie de la région, et Amanda, mécontente de sa propre demeure, rêvait de vivre précisément dans le secteur où elle voulait s'installer.

Elle fut surprise par le nombre de maisons qui ne correspondaient pas à ses attentes. Certaines étaient trop petites, d'autres trop grandes. Elle en visita de style trop sévère, d'autres de trop mauvais goût ; plusieurs avaient de beaux jardins trop coûteux à entretenir, quelques-unes étaient simplement trop chères. Ce ne fut que le cinquième jour, après une trentaine de visites, qu'elle tomba sur ce qu'elle cherchait. Le négociateur, épuisé, fixa Cécile sans comprendre quand, après un petit tour de dix minutes dans la maison, elle annonça :

— Nous la prenons.

— Mais vous n'avez pas eu le temps de réfléchir. Et votre mari ne l'a pas vue. Vous êtes sûre ?

— Absolument. Je l'adore, et il va l'aimer aussi.

Peter serait certainement du même avis qu'elle. C'était l'œuvre d'un architecte, réalisée pour son usage personnel d'après les plans d'une maison de Williamsburg. Elle était simple, authentique, et presque aussi gratifiante qu'un original. Pendant sa brève visite, tous les projets restés en sommeil dans l'esprit de Cécile s'étaient réveillés. Elle avait déjà décidé où seraient les chambres des enfants, avec leurs rideaux de vichy aux fenêtres ; là, dans le coin à gauche, elle mettrait le piano pour l'instant encore au garde-meuble ; au fond du couloir à l'arrière, il y avait une très jolie pièce où Peter pourrait travailler et dessiner ses plans en paix, avec une belle lumière du nord qui passait par des fenêtres donnant sur la véranda.

Constatant son enthousiasme, l'agent immobilier essaya d'en profiter.

— Comme vous le voyez, la maison est libre. Vous pourrez l'occuper très vite, c'est très rare.

Ce n'était pas si rare, mais c'était bien pratique. Cécile signa donc avec un sentiment fort agréable de réussite un chèque pour retenir l'affaire jusqu'au retour de Peter.

Elle avait trouvé la maison où ils habiteraient jusqu'à la fin de leur vie. Leurs enfants y grandiraient ; leurs petits-enfants viendraient leur y rendre visite ; dîners de vacances, thés de rencontres parents-professeurs, réunions d'associations, campagnes politiques... ces diverses activités animeraient ces pièces. Attention, elle devenait sentimentale, mais pourquoi pas ? C'était un grand événement pour tout le monde.

Pourtant, au bout d'un moment, une légère ombre vint ternir son enthousiasme. Elle avait eu beau faire très attention au prix, elle n'en avait pas moins dépassé la limite fixée par Peter. Pourtant, elle n'avait pas oublié la leçon apprise aux Bermudes : cette fois, il ne s'agissait pas d'un petit domaine d'un hectare et son père ne le leur offrirait pas ; la différence de prix serait comblée par son argent à elle, que lui avait légué sa grand-mère. Cet héritage n'avait pas été immense, et elle avait déjà puisé dedans ; avec cet achat, il n'en resterait plus rien. Il leur faudrait vivre très parcimonieusement sur ce que gagnait Peter.

Mais elle n'était pas dépensière, ils s'en sortiraient.

— C'est pas vrai ! s'insurgea Peter. Je croyais que nous avions réglé cette question il y a deux ans aux Bermudes, et voilà que tu recommences !

Ils venaient de rentrer après avoir visité la maison. La valise de Peter, encore fermée, était posée par terre à côté du panier dans lequel Mary Jane, la paisible chatte peu habituée aux éclats de voix, relevait la tête d'un air surpris.

— Mais non, ce n'est pas pareil ! Mon père n'a rien à voir là-dedans, cria Cécile. Combien de fois dois-je te répéter que c'est mon argent que je...

— Ne reviens pas sur l'héritage de ta grand-mère. Il faut le mettre de côté pour nos jumeaux, au lieu de le dilapider pour acheter une maison somptueuse.

— Elle n'est pas somptueuse ! Tu viens de la voir, et tu l'as adorée jusqu'à ce que je te parle du prix. Tu l'as adorée !

— Bon, d'accord, mais on adore souvent des choses qu'on ne peut pas se payer. C'est ça qui cloche en général, d'ailleurs, et je ne veux pas être surendetté comme tant de gens.

— Arrête ! C'est mon tour de parler. J'essaie de t'expliquer, mais tu n'écoutes rien.

Je vais prendre un papier, un crayon, pour tout mettre à plat, et tu verras qu'en faisant attention, parce que je ne dépenserai rien pour moi... Nous ne sommes pas obligés de meubler immédiatement. Tu commences à gagner très bien ta vie et tu es toujours pessimiste ; tu n'avais pas prévu que ça marcherait aussi fort. Cesse de t'entêter comme ça. Donne-moi ton stylo. Allez, sors-le de ta poche et donne-le-moi, et je vais te montrer que nous pouvons y arriver !

— Oui, en tirant le diable par la queue. Bravo, ce sera très agréable de vivre au jour le jour dans une maison toute vide. Le rêve !

La sonnette retentit.

— Oh, zut, qui ça peut bien être ? Va ouvrir, Cile. Je ne veux voir personne. J'ai passé la journée dans des aéroports, et j'ai envie de défaire ma valise.

— Ce sont mes parents. Ils ont à peine eu le temps de te voir depuis ton diplôme, en mai, et ils désiraient te souhaiter un bon retour.

Amos et Harriet Newman avaient l'air gênés. Dans ces appartements aux murs minces isolés à la laine de roche, on entendait tout. Cécile, en les faisant entrer, constata aussitôt qu'ils avaient entendu leur dispute.

Peter aussi s'en rendit compte car, après leur avoir dit bonjour, il leur présenta ses excuses.

— Je suis désolé que vous arriviez en plein milieu d'une petite discussion, mais merci d'être passés.

Cécile ne fut pas surprise que son père aille droit au but.

— Je soupçonne que c'est à cause de la maison. Si tel est le cas, voulez-vous que nous en discutions ensemble ? Je sais que cela ne regarde ni Harriet ni moi, mais…

— La situation n'est pas compliquée, répondit Peter avec un soupir. Cile a trouvé une maison merveilleuse, mais elle est trop chère pour nous.

— Et tu ne veux pas qu'elle se serve de son argent.

— Non, c'est tout simple.

— C'est bien ce que je pensais, commenta Amos en hochant la tête. Tu as décidé de faire vivre ta petite famille tout seul, sans l'aide de personne, et j'admire ta volonté. Je te l'ai dit plus d'une fois. Mais est-ce que je peux être franc à mon tour ?

Les deux hommes se tenaient debout, face à face dans le séjour. Deux hommes athlétiques, l'un jeune, l'autre encore très bien conservé. L'un comme l'autre fondamentalement pacifiques, mais aussi capables d'entrer dans de belles colères quand la cause leur semblait juste. Et Cécile, perturbée par sa propre fureur, ressentit une vive appréhension.

— Je peux te parler franchement ? insista Amos.

— Allez-y.

— Bien. Comme toutes les bonnes choses, les vitamines, le sport et même la charité, l'indépendance est nocive quand on en abuse. En excès, ses effets bénéfiques se pervertissent.

Peter parut réfléchir un moment aux paroles d'Amos.

— Vous parlez de fierté mal placée, en somme.

— Cela arrive.

— J'ai toujours eu du mal à recevoir, admit Peter dans un murmure à peine audible.

— On ne peut pas savoir ce qui te crée cette difficulté, si c'est génétique ou si ça découle de ton passé. Tu n'en connais peut-être pas toi-même la cause, et en fait cela n'a pas grande importance… Maintenant, je dois te dire que je suis venu te souhaiter un bon retour, mais aussi te soumettre une idée, reprit Amos avec un sourire. Cécile, ça t'ennuierait que nous nous installions à la table de la salle à manger ? Ta mère prendrait volontiers une tasse de café et un morceau de gâteau, si tu en as. Je l'ai obligée à partir avant le dessert, et tu sais combien elle est gourmande.

Une fois installés, Amos sortit de sa poche une feuille de papier qui, dépliée, couvrit presque toute la table, puis il commença à expliquer son projet.

— Voici un schéma rapide de l'immense nœud ferroviaire désaffecté : quatorze hectares de la vieille gare jusqu'à la rivière. C'est un terrain entièrement en friche, où s'empilent les carcasses de voiture et les déchets, et qui s'étend jusqu'à Lane Avenue, un quartier pas très reluisant non plus, même s'il est habité.

Cette situation, honteuse pour cette ville et l'État du Michigan tout entier, n'a que trop duré !

Cécile, ayant donné du café et du gâteau à Harriet, s'approcha pour regarder ce que son père montrait. Mais, trop en colère pour s'installer près de Peter, elle se plaça de l'autre côté de la table.

— Avec le temps, nos concitoyens ont bien sûr fini par s'y habituer. Ceux qui y pensent encore sont divisés, mais tu as dû lire des articles sur la question. De temps à autre, un journaliste remet le sujet sur le tapis en prônant une des deux solutions suivantes : soit garder le marais comme parc naturel pour les oiseaux migrateurs, construire des logements corrects et abordables du côté de Lane Avenue et installer une petite zone commerciale pas trop haute près du pont – en bref, bâtir un quartier agréable à vivre ; soit tout mettre entre les mains de promoteurs qui construiront des tours de bureaux pour gagner de l'argent.

— Oui, je vois ça d'ici ! jeta Peter avec dégoût, soixante étages de cubes de verre empilés les uns sur les autres. Ils ne se rendent même pas compte que ce genre de constructions n'est plus rentable. Il y fait froid en hiver et atrocement chaud en été, à moins de vouloir dilapider des sommes folles en électricité pour le chauffage et l'air conditionné.

— Cela ne dérange pas beaucoup les promoteurs, tu le sais très bien.

— Qui va gagner la bataille ?

— L'issue dépend surtout des élections. Si le gouverneur a la majorité de son électorat derrière lui, il peut tout résoudre d'un coup de baguette magique. En attendant, la situation est inextricable. Les banques, les écologistes, le plan d'occupation des sols… On ne s'en sort pas. Mais un jour, cela va se débloquer… (Amos fit une pause.) Tu ne m'as pas demandé pourquoi je te parlais de tout ça. Tu n'es pas curieux ?

— Si, bien sûr. Mais c'est absolument en dehors de mes compétences.

— Peut-être, à l'exception d'une chose : quelle que soit la solution adoptée – la mienne, avec le parc naturel et le reste, ou l'autre, avec les cubes de verre –, il y aura toujours la gare à rénover. On restaure ces belles grandes bâtisses partout, non ? Et la restauration, n'est-ce pas ta partie, par hasard ?

De là où elle était, Cécile vit l'éclair d'intérêt s'allumer dans les yeux de Peter. Abasourdi, il en bégaya presque.

— Vous voulez dire que… Je ne suis que débutant… Les gens ne voudront-ils pas quelqu'un de plus connu, un grand architecte ?

— Les célébrités ont bien commencé par ne pas l'être. Et si tu peux présenter un bon projet, pourquoi ne serais-tu pas choisi ? Tu as ton diplôme, tu as du talent, et une commande comme celle-là t'apporterait une reconnaissance nationale… La gare serait bien en musée, tu ne crois pas ? continua Amos en agitant son stylo avec enthousiasme sans laisser à Peter le temps de répondre. Nous n'en avons pas de très beau dans cette ville. (Le crayon virevolta.) Les possibilités sont infinies, et le musée sera de toute façon au cœur du projet global. (Il fit une nouvelle pause en scrutant le visage de Peter.) Alors, qu'en penses-tu ?

— Mais… Je suis flatté par la confiance que vous m'accordez, je vous remercie. Et je n'en reviens pas !

— Il ne faut pas oublier que ce projet ne verra pas le jour demain. La situation prendra certainement au moins deux ans à se décanter. Mais il est impossible qu'il ne se passe pas quelque chose un jour. La ville va bouger. J'ai des contacts qui sont à l'affût des moindres nouvelles. Quand le projet se concrétisera, ce sera le plus gros chantier entrepris dans cette ville depuis cinquante ans. Ce délai nous arrange : tu auras le temps de réfléchir à ce que tu voudrais faire tout en continuant les travaux que tu mènes à l'heure actuelle. Va te balader là-bas pour t'imprégner de l'atmosphère, fais des croquis. (Amos replia sa grande feuille avec soin et la replaça dans sa poche.) Mais il faudra rester très discret. Pas un mot de ce que je viens de te révéler ne doit quitter cette pièce.

— Bien sûr.

— J'insiste : tu ne dois vraiment en parler à personne – et toi non plus, Cécile. Je suis content que tu sois au courant, mais maintenant, silence absolu. Un mot lâché par mégarde, une indiscrétion involontaire, et n'importe qui, même le plus parfait innocent, peut se mettre à réfléchir ; il ne faudrait pas que le projet déraille. Prudence, donc... Alors, Peter, l'idée te plaît, je le vois ! Je m'en doutais.

— Énormément. Je ne sais comment vous remercier.

— Puisque tu le demandes, je vais te le dire : accepte d'acheter cette maison. Ta femme en meurt d'envie. Elle l'adore.

— À lui aussi, elle plaît ! s'écria Cécile.

Peter baissa les yeux, puis les releva pour la regarder.

— J'aimerais tellement te la donner, Cile, murmura-t-il encore une fois. Je veux te donner tout ce qu'il y a de plus beau, mais je ne le peux pas.

Quand j'ai rendu visite à ta famille pour la première fois, il m'a semblé que j'allais commettre une terrible erreur. Ce n'était pas mon milieu. Les tableaux, la taille de la propriété... Tu n'étais pas une fille pour moi. J'avais entendu dire que les Newman étaient des gens « très simples », pas snobs, et c'était vrai, mais la simplicité dépend du point de vue où l'on se place. J'ai réfléchi, je me suis torturé pendant des jours, pour toujours en revenir au même point : nous étions faits l'un pour l'autre.

Elle sembla entendre ses pensées, car ils restèrent les yeux dans les yeux, se comprenant.

De toute évidence touché, Amos tâcha néanmoins encore de le convaincre avec délicatesse.

— Pourquoi ne considères-tu pas l'argent de Cécile comme un prêt ? Dès que tu en auras la possibilité, tu lui rendras l'héritage de sa grand-mère, si cela te rassure.

— Comme si je pouvais accepter ça, s'écria Cécile. Je ne gagne pas un sou, et lui, il travaille pour me nourrir ! Est-ce que je devrais lui rembourser ce qu'il dépense pour moi ?

Amos et Harriet éclatèrent de rire.

— Allez, embrassez-vous et n'en parlons plus, conclut Harriet. Ne soyez pas bêtes. Occupez-vous plutôt de vos jumeaux.

9

De temps à autre, en se rendant à Cagney
Falls pour travailler, Amanda effectuait un
détour de cinq minutes par une petite route de
campagne sinueuse afin de passer devant la
maison de Cécile. Même par ces tristes et
froids matins d'hiver, la vision du bâtiment
carré, solide comme s'il avait résisté à deux
siècles d'histoire, lui procurait un bien-être
étrange. Mais cette image lui causait aussi un
certain malaise, et elle savait très bien
pourquoi.

La maison était d'une élégante simplicité.
Tout y respirait l'harmonie : les vitres à petits
carreaux, six en haut et neuf en bas ; la porte
d'entrée vert foncé avec sa couronne de
moisson tressée de feuilles d'automne et d'épis
de blé, les marches basses semi-circulaires qui
y menaient. En fréquentant la clientèle de la
boutique, Amanda était devenue un juge très

sûr de ce qu'elle appelait la « classe ». Toutes les possessions de Cécile et de Peter, tout ce qu'ils disaient, entreprenaient, avait ce cachet de perfection. Ils avaient même eu l'extrême bon goût de se choisir l'un l'autre…

D'humeur pensive, elle continuait sa route, et ne recouvrait sa belle humeur habituelle qu'en entrant sur la place du village et en se garant, fière de sa jolie petite voiture au faux air de modèle étranger.

Finalement, elle avait eu une chance folle de trouver ce travail. Qui aurait imaginé qu'une femme ayant, comme elle, rêvé un jour de poursuivre ses études de littérature pourrait tant se plaire dans une boutique ? Elle ne s'était jamais crue particulièrement douée en affaires, mais elle devait avoir un certain talent pour le commerce car Mme Lyons lui laissait de plus en plus de responsabilités. Cette femme, qui par ses manières, sa façon de parler et son style aurait pu être la jumelle de la mère de Cécile, avait aussi beaucoup d'esprit pratique. Elle voulait garder Amanda parce que, avec elle, elle se savait libre de voyager et de rester à l'étranger pendant des semaines entières sans que la boutique en pâtisse. Et puis Amanda atti-rait la clientèle, en particulier celle des hommes qui cherchaient des cadeaux. De son côté, Amanda souhaitait rester, et Mme Lyons en avait parfaitement conscience. Sachant que la jeune femme adorait les beaux vêtements, elle ne voyait pas d'objection à lui consentir de petits, ou même de gros rabais pour lui faire plaisir, car elle s'y retrouvait toujours. Dans ce domaine, une sorte de contrat tacite avait été établi à la totale satisfaction des deux parties.

Grâce à cette bonne entente, une joyeuse atmosphère régnait dans le magasin. Même la retoucheuse chantonnait en travaillant. Dolly était toujours aussi exubérante et adorable, sans être une lumière. C'était du moins le jugement d'Amanda, qui impressionnait passablement la jeune femme. Le matin, avant l'ouverture, quand elles prenaient toutes les trois leur café avec des beignets dans l'arrière-boutique, Amanda avait presque le sentiment d'être chez elle.

C'était vraiment agréable de passer ses journées dans une aussi jolie petite boutique ! En hiver surtout, elle était bien douillette. Dehors, la pluie et la neige pouvaient plonger la place dans la grisaille, à l'intérieur, sur la table où de charmants objets étaient exposés, il y avait toujours un magnifique bouquet livré une fois par semaine à la demande de Mme Lyons. Les vêtements étaient des merveilles. Mme Lyons aimait les teintes inhabituelles et les mélanges de couleurs originaux. Tout était irrésistible. Pour preuve, malgré les prix cxorbitants, il était rare que des clients sortent sans rien acheter, ne fût-ce qu'un foulard.

Justement, la première acquisition d'Amanda avait été un foulard de soie blanche, égayée de coquelicots et de bleuets.

— Portez-le avec un tailleur blanc, avait conseillé Mme Lyons, qui venait de le rapporter de France avec une petite sélection d'autres trésors.

Quand Amanda lui avait répondu qu'elle n'en possédait pas, Mme Lyons s'était aussitôt récriée.

— Mais il vous en faut un ! Prenez-en un chez nous, je vous fais vingt-cinq pour cent de réduction.

Le premier pas avait été si vite franchi, et l'habitude si vite prise… Quand on portait de beaux vêtements, on se sentait quelqu'un d'autre. Cela compensait, ou presque, tout ce qui n'allait pas dans votre vie.

À cinq heures la nuit tombait déjà quand, un jour du début de décembre, Amanda ferma la boutique et se dirigea vers sa voiture. Quelques lumières scintillaient encore dans les vitrines de la place. Dans le magasin de porcelaine, au coin, elles brillaient comme un phare, invitant à venir admirer le beau vase vert qui était exposé. Voilà plusieurs semaines qu'il attirait l'attention d'Amanda. Puisqu'il n'avait pas encore été vendu, il devait coûter les yeux de la tête, supposait-elle, mais cela ne l'empêcha pas de s'approcher pour le contempler une nouvelle fois.

Un air lui parvint, s'échappant sans doute du magasin de musique situé de l'autre côté de la rue, un chant de Noël ancien et familier. La place était pratiquement déserte. Quelques promeneurs s'étaient arrêtés dans l'obscurité de ce début de soirée, peut-être pour apprécier comme elle les notes cristallines de la mélodie. Puis un couple, en passant à proximité, lui fit un grand sourire ; on aurait dit qu'eux aussi percevaient la beauté de cet instant et ressentaient la même exaltation.

Tant pis, on ne vivait qu'une fois ! Il fallait profiter de la beauté tant qu'on le pouvait ! Amanda entra dans la boutique et acheta le beau vase vert.

— C'est une pièce rare, assura le jeune vendeur. Il date du tournant du siècle – je pense aux environs de 1910, au plus tard. Le prix est un peu élevé, mais il le vaut bien.

Il avait un visage sensible, avec des traits calmes et harmonieux qui lui rappelaient Peter Mack. Sa main, posée sur le comptoir à côté du vase, portait une alliance. Son poignet de chemise était usé. Quand il regarda Amanda, ils établirent un contact immédiat et sans ambiguïté, et détournèrent aussitôt les yeux. Elle savait très bien ce qu'il avait en tête, alors que lui ne pouvait deviner les pensées qui lui traversaient l'esprit : elle se disait que ce n'était qu'un employé, qu'il vendait des objets qu'il ne pourrait jamais se permettre d'acheter ; qu'il avait une femme et probablement des enfants qui l'attendaient chez lui. Tout cela sentait la pauvreté, pensa-t-elle, pleine de pitié.

Comme il fallait combler le silence pendant qu'il emballait le vase, elle déclara qu'elle adorait la porcelaine mais n'y connaissait rien.

— Il y a beaucoup de choses à apprendre sur le sujet, répondit-il. Cet art remonte à la Grèce ancienne, et même bien avant, à l'Égypte. Vous pourriez acheter de la documentation. Nos ouvrages sont là-bas, sur les étagères.

Elle acheta donc un énorme livre bourré d'illustrations et, se sentant prospère à dépenser ainsi sans compter, elle emporta le tout chez elle.

On éprouvait tant de plaisir à rentrer à la maison avec une nouvelle acquisition et à la déballer délicatement ! Elle prit aussi son temps pour repérer l'endroit où les deux objets seraient le plus en valeur. Le livre splendide à la couverture glacée était bien trop grand pour ses étagères, mais trouva tout naturellement sa place sur la table à café. Maintenant, avec la jolie plante verte qu'elle y avait posée, la table basse finissait par être un peu moins laide. Pour le vase, elle dut faire plusieurs essais : sur le buffet de la salle à manger, ou sur la console entre les deux fenêtres…

En retirant l'étiquette collée en dessous, le prix la choqua soudain, la remplissant d'un embarras glacé. Bien entendu, Larry n'avait pas son mot à dire : si elle avait envie de dépenser son salaire de deux semaines… non, même davantage… pour acheter ce vase, cela la regardait, tout de même ! Pourtant, elle pensa qu'il serait préférable de ne pas lui avouer combien il avait coûté.

Elle admirait encore ses deux nouvelles acquisitions qui relevaient un peu la banalité du salon quand il arriva. Il l'embrassa sur la joue, puis balaya la pièce d'un petit regard satisfait, comme à son habitude.

— Hé ! Quand as-tu acheté ça ?

— Aujourd'hui. Ça te plaît ?

— Je ne sais pas. À quoi ça sert ?

— À ce qu'on veut, c'est un vase. Moi, j'y mettrai des fleurs.

— Il était cher ?

— Pas très… Non, pas du tout, même.

— Tant mieux. Tu devrais faire des économies, avec la généreuse augmentation qu'elle vient de te donner.

Il alla au bar couleur moutarde et se versa un verre.

— Tu n'as pas envie d'en parler, hein ? Bon, ce n'est pas grave, mais tu devrais voir tout l'argent que je mets de côté. Les chiffres sont dans le tiroir de gauche de mon bureau, en haut.

Il s'assit dans le fauteuil club, étendant les jambes pour placer les pieds sur le pouf.

— En rentrant, j'ai eu une idée, reprit-il. Tu sais, tu m'as raconté que Mme Lyons pensait à prendre sa retraite bientôt. Ça ne te plairait pas de racheter la boutique ? Tu te plais telle-ment, là-bas. Je pourrais trouver de l'argent sans aucune difficulté, et si tu participes un peu, nous arriverions à nous en tirer sans trop toucher à mes placements. Ça te dirait ?

Mes placements. Elle se demanda combien cela représentait. Sans doute beaucoup d'argent. La société était ancienne et florissante. Les Balsan avaient des goûts simples, dépensaient avec prudence et s'y connaissaient en affaires. Elle avait assisté à suffisamment de discussions entre père et fils pour savoir qu'ils investissaient dans des valeurs sûres et ne prenaient pas de risques en concluant leurs marchés. Oui, cela serait fabuleux qu'ils l'aident à démarrer une petite entreprise bien à elle.

— J'adorerais.

— Je te vois déjà partir faire des achats en Europe ! Je pourrais même prendre des congés pour t'accompagner. Mais ne mettons pas la charrue avant les bœufs. D'abord, il faut faire au moins deux enfants.

— Oui, bien sûr, mais rien ne presse.

— Tiens, qu'est-ce que c'est que ça, sur la table à café ? Tu as encore acheté un livre ? Fais voir.

— Ça ne t'intéressera pas. C'est une histoire de la porcelaine.

Cela le fit rire. Il n'avait aucune curiosité intellectuelle.

— De la porcelaine ? Ben, ça... Allez, montre !

Quand elle lui posa le livre sur les genoux, il tourna quelques pages ; mais, alors qu'il allait le lui rendre, il s'écria soudain avec indignation :

— Soixante-cinq dollars ! Tu as payé soixante-cinq dollars pour cette cochonnerie ?

— Ce n'est pas une cochonnerie, répondit-elle avec calme. Tu le sais bien. C'est un livre d'art, un livre d'histoire.

— Bon, d'accord, c'est de l'histoire, c'est de l'art. Mais soixante-cinq dollars, c'est trop cher pour un livre ! Tu jettes l'argent par les fenêtres. Ce genre de choses, ce n'est pas pour toi, pas pour nous. Il y a une bibliothèque très bien à dix minutes de voiture de la maison.

— J'y vais souvent, mais je ne vois pas pourquoi tu juges honteux d'acheter un livre de temps en temps. Les livres aussi sont des investissements… Cela nourrit l'esprit, ajouta-t-elle avec plus de vigueur que nécessaire car elle était sur la défensive. Tu trouves que c'est du gaspillage, toi ?

— J'aimerais bien savoir si celui-ci va beaucoup te nourrir la tête. Tu l'ouvriras une fois de temps en temps quand il faudra l'épousseter. La maison est déjà bourrée de livres que tu achètes sans jamais les lire.

Il était rare que Larry se mette dans un tel état, et quand il lui arrivait d'exploser, cela lui passait très vite. La meilleure attitude à adopter était donc le silence. Elle tirait les stores sur la fenêtre quand il reprit la parole.

— Je n'avais pas envie de t'en parler, Amanda, parce que je n'aime pas faire d'histoires, mais j'ai jeté un coup d'œil dans ta penderie en passant, hier, et on dirait un magasin de vêtements. Tu dois être la meilleure cliente de Mme Lyons.

— Mais pas du tout ! Il me faut des vêtements. J'ai besoin de bien m'habiller pour mon travail. Et puis tu devrais me vouloir jolie, pour moi, et pour te faire honneur.

— Oui, bien sûr, mais il n'y a que sept jours dans la semaine. Tu as vraiment besoin de tout ça ? Et aux prix où elle vend sa marchandise, d'après ce que tu m'as dit…

— Je les ai au prix coûtant. Ça me revient à presque rien. Tu le sais parfaitement. Pourquoi je n'en profiterais pas ?

Voyant sa détresse, il s'adoucit. Sa colère se dégonfla comme un ballon de baudruche.

— Bon, si c'est vrai, je n'ai rien à dire. Je reconnais que tu m'en avais parlé. Ça m'avait échappé. Mais quand même, tu n'aurais pas dû acheter le livre : ça ne sert à rien.

— Je vais le rapporter si ça te fait plaisir, assura-t-elle en retrouvant son calme, elle aussi.

— Non, n'y pense plus… Écoute, mon père veut que nous fêtions l'anniversaire de Norma demain soir. En fait, ce sera une double célébration, parce que je viens de conclure un beau coup aujourd'hui et qu'il est fier de moi, vraiment très content. C'est une ferme située au diable, pas très loin d'un projet d'extension de l'autoroute. Il va sans doute falloir encore cinq ans avant que les travaux commencent, mais en attendant j'ai trouvé un locataire. Un type riche qui veut élever des buffles.

Il est très content. L. B., comme Amanda le nommait à présent en son for intérieur, semblait s'adoucir nettement. Il recherchait même leur compagnie, achetait des billets pour les emmener à des matchs, les conviait à des réunions familiales avec des cousins, certains jeunes, d'autres vieux et ennuyeux, ou il les invitait dans de grands restaurants.

— Fais-toi belle, Amanda, conseillait-il. En notre honneur.

Elle se souvenait de la première fois où il l'avait froidement dévisagée, quatre ans plus tôt. Jamais elle n'aurait cru possible d'entendre un jour une telle phrase sortir de la bouche de L. B.

— Nous allons dîner au restaurant français, à la sortie de Cagney Falls. Ça va coûter une fortune, comme je dis toujours, mais ça en vaut la peine, et de toute façon mon vieux est sympa : il tient à nous inviter.

Cette façon de le désigner évoquait tout sauf L. B., qui n'avait absolument rien de vieux ; on n'aurait jamais cru qu'il était le père d'un fils et d'une fille comme les siens, qui avaient tous les deux l'air beaucoup plus mûrs que leur âge. L. B. n'était pas non plus « sympa » ; malgré ses excellentes dispositions, il restait trop distant et trop hautain pour que le mot s'applique à lui.

— Ce serait quand même mieux si Norma venait avec quelqu'un ! gémit Larry comme d'habitude. Elle ne pourrait pas rencontrer un type qui lui plaise à son école, bon sang ?

Des hommes que Norma jugeait à son goût, il y en avait certainement plus d'un. Par exemple, il y avait le fameux Lester Cole, l'adjoint du directeur : chaque fois que Norma parlait d'activités scolaires, son nom revenait dans la conversation.

— Je crois qu'il y en a un qu'elle aime bien.

— Alors, qu'est-ce qu'elle attend ?

— Il faut que ce soit réciproque, non ?

Larry soupira.

— C'est une fille tellement bien. Quel dommage !

Oui, un vrai gâchis. Mais être « une fille bien », cela n'avait jamais mené très loin.

Cécile regarda autour d'elle avec satisfaction. Une masse de poinsettias, sa plante favorite, aux feuilles rouges mêlées de vert, ornait la cheminée de la salle à manger. Sur la table, à la place de Norma, il y avait un cadeau d'anniversaire ; des cale-livres en cristal, reproductions de la sculpture commémorative de Lincoln. On disait qu'il n'était pas beau, mais ce n'était pas vrai ; Cécile trouvait à son visage doux et grave une majesté toute particulière, et Norma était certainement de son avis.

C'était une magnifique journée d'hiver, froide mais sans vent, de celles où le moindre rameau se détache sur le ciel, comme tracé à l'encre de Chine. On voyait la campagne de toutes les fenêtres de la maison. En traversant son palais, elle se sentait comblée.

Que de progrès en trois mois ! Deux des quatre chambres étaient déjà prêtes. Le mobilier de la chambre d'enfant était arrivé la veille, tandis qu'on terminait de poser le papier peint, décoré de dessins de Winnie l'ourson. Les étagères débordaient d'animaux en peluche et de livres, car on savait à présent l'importance de lire des histoires, même aux nourrissons. Dès que Norma et Amanda arriveraient pour le déjeuner, elle les ferait vite monter pour tout admirer.

Dommage qu'elle ne soit pas très en forme. À vrai dire, depuis quelques jours, elle se sentait un peu fiévreuse. Il y avait une épidémie de rhume, comme toujours à l'approche des fêtes. Et puis, elle avait des courbatures dans le dos ; cela faisait même parfois diablement mal. Le poids de son énorme ventre commençait à être douloureux. Elle avait l'impression d'être sur le point d'éclater.

De retour au rez-de-chaussée, elle se regarda de profil en passant devant le miroir de l'entrée. Un vrai éléphant ! Peter se moquait d'elle, et mesurait la croissance de son ventre presque tous les jours. Il adorait sentir les jumeaux se tourner et bouger. Depuis quelque temps pourtant, elle ne les percevait plus beaucoup. Ils doivent être en train de dîner, disait Peter. Déjà gourmands. Ils dévoreraient jusqu'au toit au-dessus de leurs têtes !

Comme ils allaient être heureux... Ils l'étaient déjà, d'ailleurs, car Peter était ravi de la maison, peut-être encore plus qu'elle malgré les doutes qui l'avaient torturé. Son atelier, la pièce à laquelle elle avait tout de suite pensé pour lui, donnait sur ce qui serait un jour un beau jardin. Son père à elle les aiderait très certainement à le réaliser. Des roses iraient très bien contre la clôture ; elles y seraient en plein soleil. La planche à dessin de Peter était près de la fenêtre, du côté de l'ombre, ce qui lui permettrait de tracer ses plans protégé de la lumière directe du soleil. Pour le soir, quand il voudrait travailler, elle avait trouvé une lampe d'architecte double très pratique.

Elle resta devant le miroir un moment, perdue dans ces pensées agréables. Les affaires marchaient très bien pour lui. Pour l'instant, il restaurait une vieille église en bois et convertissait une ancienne usine de passementerie en appartements. Il travaillait aussi beaucoup au projet d'Amos.

Soudain, elle dut s'asseoir. La douleur revenait dans son dos, un élancement presque insoutenable qu'elle avait déjà ressenti plusieurs fois au cours des derniers jours. Mais là, c'était pire ! Une vraie crise. Elle poussa un cri, et s'accrocha aux bras du fauteuil dans lequel elle s'était effondrée. Après une ou deux minutes, la souffrance s'atténua, et quelques instants plus tard elle ne sentait plus rien. Elle se releva alors, tremblant encore sous le choc.

C'est le revers de la médaille, pensa-t-elle. Ce n'était pas la première fois de sa vie qu'elle avait mal : dans tous les sports, et elle en avait pratiqué beaucoup, on s'habituait à supporter des douleurs parfois très vives.

Il était presque midi et demi, et les deux autres mousquetaires arrivaient toujours à l'heure. Elle aurait juste le temps d'enlever la couronne de moisson qui ornait la porte d'entrée pour la remplacer par la couronne de Noël. C'était à cela qu'elle s'occupait quand sa voisine, Judy Miller, passa en voiture. Elle s'arrêta en baissant sa vitre.

— Ça va ? Tu as encore mal ?

— Pas souvent, mais là je viens d'avoir une crise assez violente.

— Tu devrais vraiment aller voir ton médecin, Cile. Appelle-le, au moins, et demande-lui ce qu'il en pense.

— Il est absent cette semaine, et je n'ai jamais vu son remplaçant. Je préfère attendre son retour. De toute façon, ce n'est rien.

— On ne sait jamais.

— Je déteste me plaindre tout le temps. Je ne veux pas être comme ces femmes enceintes qui obligent leur mari à se lever au milieu de la nuit pour aller leur chercher des fraises.

— Mais c'est idiot ! Tu en as parlé à Peter ?

— Non. Je ne vais pas l'embêter avec tous mes petits bobos. Regarde-moi, on dirait un éléphant. Ça n'a rien de surprenant.

— Pas sûr. Je ne suis pas médecin, mais toi non plus. Si tu ne dis rien à Peter, moi je le ferai.

— Bon, tu as sans doute raison. Je lui en parlerai cet après-midi. Il ne doit pas rentrer trop tard.

— N'attends pas. Ne fais pas l'idiote.

— D'accord, d'accord.

Cécile resta encore un peu dehors, regardant la voiture s'éloigner. Judy avait probablement raison, mais on ne pouvait s'attendre à passer neuf mois sans avoir des petites douleurs de temps en temps. Évidemment, le médecin pourrait la rassurer et lui dire si elle ne devrait pas... Au secours ! Ça recommençait !

La douleur lui labourait le dos. Non, pas le dos, l'énorme ventre où se trouvaient ses bébés. C'était une horreur, une torture. C'était inhumain. Un cri lui échappa ; un hurlement qui lui revint en écho.

Laissant la porte d'entrée grande ouverte, les deux mains pressées sur la masse qu'elle portait devant elle, elle courut à l'étage, pleurant, gémissant, affolée, terrifiée ; elle pénétra en titubant dans la salle de bains, puis tout devint noir, et elle s'effondra par terre, se cognant la tête contre le lavabo.

Norma, qui attendait Amanda dans sa voiture non loin de la boutique, se demandait pourquoi elle éprouvait parfois un vague sentiment de pitié pour son amie. Elle se souvenait de son arrivée chez eux, sa vieille valise à la main, et pensait à elle maintenant, mariée, vivant dans une maison qui lui appartenait, avec un mari follement amoureux d'elle et un métier qu'elle adorait. Pourquoi la plaindre ?

Mais Norma, souffrant d'un défaut physique qu'elle classait presque au rang des handicaps, était devenue particulièrement sensible à bien des détails qui passaient inaperçus pour les autres. Pendant longtemps, par exemple, elle avait été intriguée, en faisant cours, par l'apparence négligée d'une adolescente solitaire prénommée Jessie, qui ne manquait pourtant pas de moyens financiers pour s'arranger un peu. Puis un jour, en voyant la mère venir à l'école avec l'air d'un mannequin de haute couture, elle avait tout compris : Jessie était une fille délaissée, mal aimée.

De quoi pouvait donc souffrir Amanda ? La voilà qui arrivait, tout sourires, lui faisant signe de la main. Elle avançait de sa démarche de femme indépendante, très belle, avec ses épaisses boucles qui retombaient sur son col de cachemire.

— Je meurs d'envie de manger une sucrerie, annonça-t-elle de son habituel ton rieur. Je suis sûre que Cécile aura prévu un délicieux gâteau pour ton anniversaire. J'y ai pensé toute la matinée... Tu es sûre que tu as aimé mon cadeau ?

— Je t'ai dit que oui, d'ailleurs je le porte.

Norma déboutonna sa veste pour révéler un ravissant chemisier brodé.

— J'ai conseillé à Cécile d'en prendre un aussi pour le mettre après la naissance des bébés, mais – elle est incroyable – elle le trouvait trop cher !

— Peut-être qu'elle ne peut pas se permettre de grosses dépenses pour l'instant.

— Tu veux rire. Comme si elle devait faire des économies ! Les Newman doivent avoir des millions. Ce n'est pas que je les envie, mais...

Mais, évidemment, elle les enviait, songea Norma, et ce depuis la première fois où elle avait vu leur domaine campagnard. Comme nous avons changé, depuis cette période d'innocence dans notre chambre d'étudiantes, avec les vêtements qui traînaient par terre dans la salle de bains et les miettes de pizza sur la table !

— Elle vit selon les moyens de Peter. C'est admirable.

— Pour moi, c'est complètement idiot. Parfois, je les trouve un peu près de leurs sous tous les deux. Tu n'as pas remarqué ?

Sans répondre, Norma se concentra sur la route. Autrefois, elles ne s'abaissaient jamais à de tels commérages, même s'ils n'avaient rien de méchant. Mais de plus en plus souvent, Norma notait l'existence de ces petits commentaires perfides, bien davantage de la part d'Amanda que de celle de Cécile, ou peut-être même jamais de la part de Cécile. En tout cas, cela ne lui plaisait absolument pas ; les vrais amis ne se critiquaient pas par-derrière.

Son silence avait dû être éloquent, car Amanda essaya de se rattraper.

— Bien sûr, ça ne me regarde pas, et tu sais à quel point j'adore Cécile. Je voulais juste dire qu'elle se préoccupe trop des susceptibilités des gens… Elle ne devrait pas se priver autant.

— Je suis sûre qu'elle ne manque de rien.

Elles continuèrent le trajet en silence, ce qui ne leur arrivait pas souvent. Des deux côtés de la route défilaient d'agréables maisons avec des voitures dans les allées de garage. Puis elles passèrent devant une patinoire où évoluaient des enfants à bonnets de laine multicolores ; elles virent ensuite un jeune couple qui promenait une paire de golden retrievers. Et soudain, le jour se fit dans l'esprit de Norma.

C'est de la jalousie, tout simplement ! Maintenant qu'Amanda jouit du confort matériel, elle convoite ce qu'ont les autres. Pauvre Amanda ! Mais pauvre de moi aussi, en fait, car ai-je vraiment envie, au fond, d'aller chez Cécile, où dans chaque pièce quelque chose me rappelle ce que je n'ai pas – que ce soit la photo de Peter ou les meubles de bébé ? Nous sommes tous insatiables, à notre façon. Peut-être Peter et Cécile échappent-ils à ce sentiment parce que la vie est très facile pour eux, mais ce n'est pas le cas de la plupart des gens.

— Elle nous attend, remarqua Amanda tandis que Norma garait la voiture. Regarde, elle a laissé la porte ouverte.

— Par ce temps ?

Elles entrèrent, refermèrent la porte et appelèrent leur amie.

— Nous sommes arrivées ! Nous n'avons que cinq minutes de retard.

Pas de réponse.

— Tu es dans la cuisine ?

Elles firent le tour du rez-de-chaussée en continuant d'appeler Cécile, sans obtenir plus de réponse, et s'arrêtèrent au pied de l'escalier. Là, elles se consultèrent du regard.

— Des cambrioleurs ? murmura Norma.

— Ils n'auraient pas laissé la porte grande ouverte.

Le cœur de Norma battait à tout rompre, les questions se bousculaient dans sa tête.

— Tu crois qu'on devrait prévenir quelqu'un ? Les voisins, la police ?

— Elle fait peut-être une sieste. Je vais aller voir.

— C'est quand même bizarre. Je monte avec toi.

Amanda grimpa les marches d'un pas si décidé que Norma dut courir derrière elle. Sur le palier, la première chose qu'elles virent fut la porte ouverte de la salle de bains. Puis elles découvrirent Cécile évanouie par terre, au milieu d'une mare de sang.

Ce fut une semaine terrible. Norma s'en souviendrait et la revivrait sa vie durant. Les expressions des visages, les intonations de voix, même le temps qu'il faisait, tout était gravé sur un fond de peur confuse. Un peu comme la semaine où sa mère était morte, ou celle au cours de laquelle une famille habitant dans sa rue avait perdu un fils dans un accident d'avion au-dessus de l'Atlantique.

Si le collège n'avait pas été fermé à cause des vacances, elle aurait trouvé une excuse pour ne pas y aller. Rien ne comptait plus que la survie de son amie. Avait-elle vraiment été assez bête pour croire que Cécile et Peter resteraient sous la protection d'une bonne fée toute leur existence ?

Cécile était étendue sur un lit d'hôpital, haut et blanc, de ceux qui évoquaient toujours pour Norma les catafalques avec des gisants – ces reines depuis longtemps mortes dont le visage suscitait la pitié. Peter restait assis à côté d'elle, presque aussi immobile qu'une sculpture de pierre. Il gardait la main posée sur celle de sa femme, et ses yeux la quittaient rarement.

— Non, je ne sais pas quand il rentre chez lui, répondit une infirmière à la question que lui posait Norma. Quand je quitte mon service le soir, il est encore là, et quand je reviens le matin, il est déjà arrivé.

Un jour, lors de sa visite quotidienne, il parla un peu à Norma.

— Sa tension monte et descend sans arrêt. Et maintenant, on m'apprend qu'il y a une infection. La cause ? On me noie de paroles, mais finalement on en revient toujours à cette fameuse « dysfonction interne » que je ne comprends pas. Moi, je ne sais qu'une chose : j'ai peur… Excuse-moi, je n'ai pas les idées très claires.

Sa voix était bizarre, et son visage très pâle se colorait parfois d'une rougeur maladive.

— Qu'est-ce que je vais devenir si elle…

Il souffrait peut-être plus encore que Cécile. Elle, au moins, pouvait dormir. Inconsciente de la terreur de Peter, elle ne parlait que des bébés qu'elle venait de perdre.

— Elle n'a pas l'air de réaliser qu'elle peut avoir d'autres enfants, expliqua-t-il. C'est ce qui nous différencie. Moi, je m'en fiche. Vraiment. Il n'y a qu'elle qui compte… Elle est toute ma vie… depuis le premier jour.

Se perdre ainsi dans quelqu'un d'autre, se dit Norma en quittant la chambre sur la pointe des pieds, être aussi unis, c'est ouvrir son cœur à une souffrance comme la sienne. Et pourtant nous rêvons de cette vulnérabilité – moi aussi, si je pouvais un jour ressentir cet amour, j'en prendrais le risque sans hésiter ! Mais pourquoi ?

Finalement, grâce au miracle des antibiotiques, Peter put ramener Cécile chez eux. C'était un matin pluvieux et brumeux, silencieux à part quelques croassements sinistres de corbeaux. À l'étage, pendant qu'elle attendait leur voiture, Norma avait tout rangé, enlevant les jouets des étagères dans la chambre d'enfant, et fermant la porte pour que Cécile ne voie pas la pièce devenue si triste. Il n'y avait pas d'autre choix, pour les mousquetaires, qu'accourir quand l'une des deux autres en avait besoin.

En bas, Amanda préparait un déjeuner léger.

— C'est drôle, avait-elle dit à Norma en entrant dans la maison, ma sœur va avoir un autre enfant qu'elle n'a pas les moyens d'élever et dont elle ne voulait pas. Le monde est mal fait, hein ?

— Je me demande si Cécile voudra essayer d'en avoir un autre.

— Encore une question sans réponse… Ah ! J'entends la voiture. Les voilà.

Appuyée au bras de Peter, Cécile monta lentement les marches basses qui menaient à la porte.

— Vous êtes là toutes les deux ! s'écriat-elle. Comme c'est gentil !

— Tu ne te doutais pas que nous viendrions ? Nous sommes bien les trois mousquetaires, non ?

10

Certains jours, rien ne va. Le réveil ne se déclenche pas, et on arrive en retard à son travail. Puis il y a le temps, qui, au lieu d'être froid et beau à l'approche de Noël comme on pourrait s'y attendre, est au contraire humide et maussade, tandis que la neige fondue, en tombant sur les routes, les transforme en dangereuses patinoires.

Ainsi se lamentait Amanda en approchant de la boutique. Il y aurait sans doute une cohue d'acheteurs de dernière minute, surtout des hommes pressés de trouver un cadeau sans avoir la moindre idée de ce qu'ils voulaient. Évidemment, elle ne pouvait se passer des clients, mais ils se montraient parfois franchement agaçants.

Même quand ils se comportaient avec une parfaite politesse, leur snobisme lui tapait sur les nerfs. Ils avaient différentes façons de se mettre en valeur. L'un d'eux lançait par exemple : « Elle ne ressemble pas du tout au côté de sa mère où ils sont tous très grands et minces » pour montrer qu'il était intimement lié avec une famille connue de la région. Un autre affirmait : « Ils ont gagné leur argent dans le dernier boom boursier », ce qui laissait entendre que lui-même avait une fortune beaucoup plus ancienne. Il y avait aussi la fanfaronnade du voyageur : « Les îles Fidji, c'est magnifique, mais sans comparaison avec Bora Bora. »

Et il fallait voir ce que les clientes achetaient, ce dont elles se débarrassaient, ce qu'elles remplaçaient ! Elles vivaient dans un autre monde, un autre univers qu'Amanda.

Elle avait grand besoin d'une petite coupure – de partir n'importe où en vacances. Peter avait emmené sa femme dans une île des Caraïbes pour quelques semaines. Évidemment, Cécile venait d'être très malade, et elle avait mérité de prendre du repos. Amanda ne songeait pas à se comparer à elle. Mais Larry était toujours trop occupé pour bouger ; il trouvait même parfois le cinéma du quartier trop loin pour lui. On ne faisait pas plus casanier.

Noël se déroulerait donc exactement comme l'année précédente. La maison des Balsan se remplirait de cousins ; le père de Larry offrirait des bons d'achat d'un grand magasin ; le repas, avec du rosbif et de la dinde au menu, serait délicieux, et la maison décorée de houx et de gui, comme il se doit. Les Balsan étaient des maniaques du Noël traditionnel, jusqu'au port de la robe rouge que Norma lui avait conseillé lors des premières fêtes qu'elle avait passées chez eux.

Soudain, en dépit de tout, Amanda ne put que rire de sa mauvaise humeur. Le temps gris, la surcharge de travail, son vague ennui chronique lui pesaient, certes, mais elle se trouvait inexcusable. Il suffisait de se comparer à cette pauvre Norma pour se sentir mieux ! Une nouvelle année venait de s'écouler, identique pour son amie aux deux précédentes. Elle en eut le frisson.

L'animation de la boutique, après ses idées moroses, lui remonta le moral. Elle avait embauché une vendeuse temporaire pour envelopper les paquets dans du papier de Noël rouge et or. Il y avait des cookies et du lait de poule à disposition pour la clientèle. Et dans la réserve, une nouvelle livraison était arrivée…

— Ce n'est pas croyable ! s'exclama Dolly, on reçoit déjà la collection de printemps. Cette caisse a été livrée hier cinq minutes après ton départ. J'ai déjà commencé à déballer quelques articles.

— Il y a des choses bien ?

— Comme d'habitude. Tu connais le bon goût de Mme Lyons.

Amanda ne pouvait qu'approuver. Et, tel Ali Baba, étourdie par l'abondance de trésors, elle examina les vêtements un à un, les manipulant avec le soin qu'on réserve aux œuvres d'art. Soudain, elle poussa une exclamation.

— Dolly, viens voir cette veste ! C'est quoi, cette couleur ? Abricot ? Pêche ? Ni l'un ni l'autre exactement, mais c'est divin, non ? Nous devrions en mettre tout de suite une en magasin. Je ne lui donne pas cinq minutes pour partir.

— Je ne sais pas trop… Tu as vu le prix ?

Amanda regarda l'étiquette et poussa un soupir.

— En effet…

Une jeune femme, fidèle cliente qui pouvait se permettre d'acheter à peu près n'importe quoi, fut la première à remarquer la veste. Elle la jugea « adorable » et l'essaya, l'admira, hésita, et dit qu'il allait lui falloir réfléchir avant de prendre sa décision.

Quand, en fin d'après-midi, la dernière cliente sortit de la boutique, la veste était toujours accrochée à son cintre. Dolly la passa et se contempla dans le miroir.

— Elle est vraiment trop belle. Ils sont doués, à Paris, hein ?

— En fait, elle vient de Milan.

— Bon, d'accord, mais n'empêche, elle n'est pas croyable. Du cachemire. Touche-moi ça comme c'est doux. Allez, vas-y, essaie-la.

Amanda en avait envie, mais un scrupule la retenait. La couleur exquise, l'encolure originale, la chute subtile du tissu sur les reins ! C'était une veste extrêmement jolie, et elle se sentait tiraillée, comme si sa conscience lui commandait de se sauver bien vite, tout en lui soufflant de ne pas bouger.

— Allez, passe-la.

Si elle l'enfilait, elle ne voudrait plus l'enlever. Si elle l'achetait, elle serait dévorée de culpabilité. Mais si elle ne la prenait pas, elle le regretterait.

— Tu en meurs d'envie. Ça se voit.

— On convoite plein de choses qu'on ne peut se permettre d'acquérir.

— Mais toi, tu peux te le permettre. Tu n'arrêtes pas d'acheter tout ce qui te plaît. Ce ne sera qu'un petit cadeau de plus. On dira que tu te fais un cadeau de Noël. Regarde, tu peux la boutonner… ou la laisser ouverte. Les deux vont bien. Tu t'es vue ? Elle est taillée pour toi, Amanda.

C'était vrai. Les épaules, la coupe du dos qu'elle avait tout de suite remarquée, la couleur peu commune si jolie avec ses cheveux clairs, atteignaient à la perfection. Elle ne bougeait plus, hypnotisée par son image dans le miroir.

Dolly insistait, sans aucune trace d'envie, presque avec révérence, comme si elle trouvait qu'un tel luxe revenait de droit à Amanda bien plus qu'à elle.

— Le prix est astronomique, objecta Amanda tout en se disant que la veste conviendrait à n'importe quelle occasion.

Elle pouvait se porter aussi bien pour des soirées habillées qu'avec des tenues décontractées. La forme classique ne se démoderait pas, et il était possible de l'associer à un très grand nombre de couleurs ; Amanda les passa en revue sur ses doigts : gris, brun, marine, ocre, blanc, noir…

— Je vais laisser un petit mot à Mme Lyons qu'elle trouvera en rentrant, décida-t-elle sans se laisser le temps de changer d'avis. Elle retiendra une partie du prix sur ma paie chaque semaine, comme d'habitude.

— Il ne pleut plus, mais va quand même chercher ta voiture pour te garer devant la porte. Je te l'apporterai en courant.

Dolly, elle, n'est pas gouvernée par ses désirs, songea Amanda en allant au parking. Ce doit être beaucoup moins difficile pour elle que pour moi de travailler ici, parce qu'elle n'a pas la tentation de tout acheter. À partir d'aujourd'hui, je jure d'arrêter… On croirait entendre une alcoolique qui prend son dernier verre – rien qu'un petit, avant le sevrage.

Dans le coffre, il y avait une autre boîte, le résultat de sa dernière incursion dans le magasin de porcelaine, quelques jours auparavant. Quand elle invitait des gens à dîner, sa table était magnifique. Elle admettait très franchement avoir appris l'art de recevoir en observant Cécile. En général, leurs hôtes ne devaient pas remarquer le beau lin ou le service anglais de porcelaine Royal Doulton. Larry, pour sa part, ne voyait rien. Mais quelle importance ? C'étaient ses trésors à elle, et ils lui réjouissaient le cœur. Donc, de bien meilleure humeur que le matin, elle prit le chemin du retour.

Norma l'attendait devant la maison, assise dans sa voiture. Amanda avait oublié qu'elle s'était invitée à dîner, ainsi que cela lui arrivait parfois les soirs où son père s'absentait. On ne pouvait pas lui reprocher de détester dîner seule dans cette grande salle à manger glaciale.

— Tu as fait des courses, aujourd'hui... ?

Son ton était difficile à interpréter. Cela pouvait être aussi bien une question qu'une constatation. Dans les deux cas, on pouvait se demander si la remarque était innocente, ou contenait au contraire un reproche déguisé ; en plusieurs occasions récemment, Amanda avait cru percevoir une expression critique sur le visage de Norma.

— Oui, j'ai trouvé une ou deux choses, répondit-elle avec désinvolture avant d'ajouter, quand Norma lui proposa de l'aider à porter un paquet : Attention, ne le laisse pas tomber, c'est fragile.

Elle venait d'accrocher la veste dans sa penderie quand elle entendit Larry. Il faisait toujours des entrées tonitruantes. Parfois, il hurlait si fort qu'elle avait envie de se boucher les oreilles. Mais il lui arrivait aussi de se montrer simplement chaleureux, surtout avec Norma. Se souvenant de sa propre famille, Amanda ne cessait de s'étonner de l'intimité existant entre le frère et la sœur.

— Je suis de retour, chérie. Je meurs de faim !

La voix de Larry montait comme un tonnerre dans l'escalier, accompagnée du vacarme de ses pas.

— Je descends. Le dîner sera prêt d'ici une demi-heure.

Son efficacité la remplissait de fierté : des repas excellents, toujours servis à l'heure, une maison impeccable…

Elle était dans la cuisine quand un nouveau hurlement se fit entendre, cette fois au-dessus de sa tête.

— Amanda ! Viens voir ici !

Il se tenait en haut de l'escalier, brandissant la veste neuve accrochée à son cintre.

— Tu peux me dire ce que c'est que ça ?

Amanda frémit de la tête aux pieds. Il était fou de rage, et cela lui ressemblait si peu qu'elle se demanda ce qui allait se passer.

— Je t'ai posé une question : je veux savoir ce que c'est que ça !

— Une veste. Pour ma sœur Lorena. Tu sais que je tiens à envoyer des cadeaux à ma famille.

— Pas des cadeaux comme ça ! On n'achète pas des cadeaux de ce prix pour quelqu'un habitant dans le trou paumé que tu m'as décrit.

— Elle était en solde. Ce n'était pas si cher, je t'assure, bien au contraire.

— Tu aurais dû penser à retirer l'étiquette, si tu voulais me faire croire ça ! Je ne suis pas né de la dernière pluie. Écoute-moi bien, c'est une maladie d'acheter comme ça, ce n'est pas mieux que de boire ou de jouer à des jeux de hasard. J'ai compris, maintenant. Je ne voulais rien dire, ni même penser, mais je vois que tu ne connais aucune limite ; alors aujourd'hui, là

tout de suite, c'est moi qui atteins la limite !
L'argent te file entre les doigts comme de
l'eau, et même l'eau on ne devrait pas la gâcher
de cette façon !

Elle était retournée avec lui dans la chambre.
Ses yeux furent attirés par le lit, dont le patch-
work, constellé de feuilles et de bourgeons,
camouflait l'horrible cadre verni. Pas une seule
fois au cours des centaines de nuits qu'elle y
avait passées elle n'avait connu le moindre
plaisir dans ce lit, hormis celui du sommeil.
Ah ! Il croyait la comprendre ! Il ne comprenait
rien du tout, oui. Il ne savait strictement rien
d'elle !

La vue du lit et de Larry, ridicule à agiter la
veste, transforma son effroi en révolte.

Tout en s'indignant, elle le plaignait, cet
homme vieux avant ses trente ans, empâté et
déjà presque chauve, dont l'accès de colère
n'avait rien de séduisant non plus. Mais elle
constata avec étonnement que la compassion ne
l'empêchait pas de se sentir forte.

Elle lui répondit calmement.

— Même si je suis dépensière, Larry, il n'y
a aucune raison de te mettre dans un état pareil.
C'est mon propre argent que je dépense.

— C'est une question de principe. Quand on
travaille huit heures par jour, on doit mettre de
l'argent de côté, ou alors, c'est comme si on
travaillait pour rien. C'est du gaspillage, c'est
immoral.

— Mais j'en mets de côté, de l'argent. Et
j'envoie des cadeaux à ma famille.

— Je ne te parle pas de ce que tu leur donnes… Nous en avons déjà discuté. Mais je ne t'ai pas crue le jour où il a été question de tes économies, et je ne te crois toujours pas. Si c'est vrai que tu en as fait, prouve-le !

— Je ne vois pas de quel droit tu me surveilles !

— Tu étais d'accord pour qu'on économise tous les deux de quoi t'acheter la boutique. Tu as dit que tu en avais envie. Alors pourquoi refuses-tu de me montrer ce que tu as ? Moi, je ne vois aucune objection à te rendre des comptes. Je n'ai rien à cacher.

Du fond d'un tiroir, il tira un dossier qu'il posa sur le lit et dont il tourna quelques pages.

— Là, la dernière ligne… Lis. Voilà ce que j'ai, à la date du 30 juin dernier.

Amanda fut surprise par la modicité de la somme. Elle s'était attendue à un chiffre beaucoup plus conséquent et elle ne s'en cacha pas.

— Vu la longueur de tes journées de travail et le nombre de ventes que tu conclus pour l'agence, tu ne te fais pas assez payer. Ton père devrait se montrer plus généreux.

— Ça me regarde, c'est entre lui et moi, jeta-t-il, très vexé.

— Dans ce cas, mes comptes aussi ne regardent que moi.

— Oui et non. Si tu veux travailler, libre à toi. Mais si tu ne mets rien de côté pour notre bénéfice mutuel, je suis en droit de te demander de rester à la maison et de faire des enfants. Je veux un enfant, même deux. Je serai ravi de vous entretenir, eux et toi. Je m'occuperai bien de vous.

— Il y a quelque chose qui brûle ! cria Norma d'en bas. J'ai arrêté le gaz, mais la casserole a l'air fichue !

Ils descendirent en courant, et trouvèrent la cuisine remplie de fumée et la marmite carbonisée.

— Le ragoût de bœuf que j'avais mis à réchauffer ! se lamenta Amanda.

— Donne-moi des hamburgers, je vais les faire griller au barbecue, ordonna sèchement Larry, prenant la situation en main. Je sors. Où sont mes gants ? On gèle dehors… Dis donc, il y a quoi dans ce carton ?

— Laisse. Tiens, voilà tes gants.

— Je veux savoir ce qu'il y a dans cette boîte.

— Ce n'est pas important. Je suis occupée, je n'ai pas le temps de l'ouvrir maintenant.

Norma restait à l'écart près de la porte, avec une expression inquiète.

— Si tu veux savoir ce qui se passe, lui déclara Larry, je n'apprécie pas la façon dont ma femme jette l'argent par les fenêtres. Elle a assez de vêtements dans son armoire pour ouvrir un magasin.

Voilà qui va donner de quoi bavarder à Cécile et à Norma ! pensa Amanda. Cécile ne s'en amusera peut-être pas tellement, mais Norma si, sans aucun doute. Elle ne doit pas avoir grand-chose à se mettre sous la dent, dans sa petite vie sans intérêt…

Les mots jaillirent de sa bouche comme des balles.

— Tu crois que j'ai trop de vêtements ? Tu ne te rends vraiment pas compte de ce qui se passe autour de toi. Tu n'as aucune idée de ce qu'achètent certaines de nos clientes. Il faudrait que tu voies ça comme moi.

— Mais c'est une population riche par là-bas, des fortunes qui remontent à au moins trois générations. Nous n'avons pas les mêmes moyens. Quitte ton travail si tu ne peux pas accepter cette réalité. Si tu n'as pas assez de volonté, laisse tomber.

— Jette un coup d'œil chez toi, rien qu'à cette cuisine. La peinture a besoin d'être refaite. Et maintenant, regarde la vaisselle dans les placards, les nouveaux stores et le service à petit déjeuner. Tout ce qu'il y a de beau dans cette maison, c'est moi qui l'ai acheté.

— Je n'ai rien demandé. C'est toi, pas moi, qui cours après tous les derniers gadgets à la mode. Je n'aurais aucune objection à les acheter si je pensais que ça entrait dans notre budget, mais c'est au-dessus de nos moyens. Mets-toi bien ça dans la tête.

— Nous n'aurions pas à nous priver si ton père te versait le salaire que tu mérites.

— Tu dis n'importe quoi ! Il me paie très bien.

— C'est faux. Tu ne touches pas une part équitable. Est-ce qu'il t'a versé un pourcentage sur les deux derniers gros marchés que tu as emportés ? Non. Tu devrais lui parler.

— Amanda, ne te mêle pas de ça !

— Si tu n'as pas le courage d'aller le voir, c'est moi qui le ferai.

— Tu perds la tête. Je te dis de ne pas t'en mêler.

Larry sortit dans le jardin en claquant la porte, et un silence de plomb tomba dans la pièce. Amanda finit par le rompre.

— Il ne faut pas croire que ça nous arrive souvent. On ne se dispute jamais, en fait. Je le trouve tendu, ces temps-ci, ajouta-t-elle pour se disculper.

— Oh ! tu sais, je connais bien Larry. Il est adorable, mais très têtu. Une fois qu'il s'est mis une idée dans la tête, impossible de l'en faire démordre.

Amanda réprima un sourire. Larry était aussi malléable que de la pâte à modeler. En usant d'un peu de patience, elle arrivait toujours à le manipuler. Et sans doute était-ce pareil pour la plupart des hommes, d'une façon ou d'une autre.

— Mon frère a dû apprendre à s'adapter depuis qu'il est tout petit. Et moi aussi, sauf que pour un garçon le contexte psychologique n'est pas le même. Notre père, comme tu l'as constaté, n'est pas toujours facile à vivre. Il a beaucoup changé dernièrement, mais il était très critique envers nous quand nous étions enfants, très dictatorial. Larry doit reproduire la même chose avec toi.

Encore de la psychologie de bas étage, songea Amanda. Tout le monde se croit expert, à présent. Il suffit de lire un article dans un magazine, et on devient spécialiste.

La suivant de la cuisine à la salle à manger pendant qu'elle mettait la table, Norma continuait ses discours.

— Malgré cela, papa a toujours été un père très attentif. Quand comme lui on perd très jeune sa femme, on se remarie souvent – mais lui ne l'a pas fait. Je suis sûre qu'il avait peur que sa nouvelle femme ne veuille des enfants, et que Larry et moi, nous soyons rejetés. Il n'a jamais élevé la voix contre nous, jamais. Il a toujours été bon, simplement un peu froid, distant… Enfin, tu vois ce que je veux dire, pas la peine que je te fasse un dessin.

C'était en effet inutile.

Mais Norma n'en avait pas encore terminé.

— Pour revenir à l'influence des pères sur leur fils, en général ils en font soit leur copie conforme, soit le contraire. Mais là, c'est drôle : depuis un an, j'ai l'impression que c'est plutôt le père qui s'adapte au fils, tu ne trouves pas ? Les dîners et les spectacles auxquels il nous emmène, ça ne lui ressemble pas…

Elle s'interrompit, puis, la voix tendue, elle demanda à Amanda si elle avait réellement l'intention d'intervenir auprès de leur père pour qu'il augmente le salaire de Larry.

— Il ne voudrait surtout pas faire de peine à papa ou le mettre en colère, tu comprends.

— Bien sûr que je comprends, répondit Amanda en masquant son impatience.

Norma était bourrée de bonnes intentions, mais elle avait tendance à radoter.

L'air frais avait dû calmer Larry, car il semblait dans de meilleures dispositions en revenant avec son plat de hamburgers.

— Des frites ? Le plus délicieux des parfums, s'enthousiasma-t-il en humant l'air. Je mourais de faim. J'ai goûté un bout de hamburger, et je me sens beaucoup mieux.

« C'est par le ventre qu'on tient les hommes », pensa Amanda, se rappelant un dicton de sa mère.

Elle observa Larry tandis qu'il secouait la bouteille de ketchup au-dessus de ses frites, et ne lui trouva soudain plus qu'un air de petit garçon affamé. Il rencontra son regard et ébaucha un sourire gêné.

— Tu ne m'as pas dit ce qu'il y avait dans la boîte.

— De la porcelaine. Je vais aller la rendre.

— Quel genre de porcelaine ?

— Deux assiettes.

Il s'agissait de pièces rares du XVIIIᵉ siècle, ornées d'un motif en relief qui avait été créé pour un aristocrate britannique aveugle. Amanda avait lu leur description dans un livre et les avait reconnues dès qu'elle les avait vues.

— Tu les aimes ? Tu les veux absolument ?

— Elles me plaisaient, mais je n'en ai plus aussi envie qu'avant.

Et c'était vrai.

— Et la veste orange ?

— Elle n'est pas orange, et je n'en veux pas non plus.

Ce qui, en revanche, n'était pas vrai du tout.

— Garde-la, dit-il avec gentillesse. Il faut que tu en aies vraiment eu très envie pour la payer aussi cher.

Une demi-heure plus tôt, ils étaient tous les deux dans une fureur noire. La colère, songeat-elle alors, c'est simple : c'est fort, cela vous submerge. Mais ensuite, quand cela retombe, on est assailli par un mélange de sentiments confus : le remords, la culpabilité, les regrets et la déception, la pitié et aussi… oui, aussi une sorte d'amour.

Le dîner de Noël, organisé comme toujours dans les règles les plus strictes de la tradition, différait pourtant des autres, cette année-là, par certains détails subtils. Regardant autour d'elle, Amanda les inventoria.

La pièce était entièrement éclairée à la bougie. Il devait y en avoir une vingtaine, ou même davantage, qui donnaient bonne mine aux convives et avivaient la chaude couleur des roses, particulièrement abondantes en milieu de table. Ce Noël-ci, l'étiquette du champagne était celle d'une des plus luxueuses marques étrangères ; c'était drôle, quelques années plus tôt, elle n'en aurait même pas connu le nom. Elle arrivait à assimiler une somme d'informations surprenante en travaillant à la boutique.

Cette année, la disposition des invités avait aussi changé autour de la table ; d'habitude, les places de part et d'autre du maître de maison étaient réservées à deux respectables cousines âgées, alors que ce soir Norma et Amanda étaient à l'honneur, avec Larry de l'autre côté de sa femme.

— Alors, demanda L. B., que penses-tu du dessert ?

Sur un plat d'argent devant lui était présentée une longue bûche de Noël richement nappée de crème au beurre au chocolat et décorée de houx. Elle reconnaissait cette pâtisserie pour en avoir déjà vu dans le meilleur restaurant français de la ville, où L. B. les avait invités un soir.

— J'adore, dit-elle.

— C'est bien ce que je pensais. Norma et toi, vous en raffolez.

— Quelle fête, c'est un vrai banquet ce soir, murmura Larry à l'oreille d'Amanda comme si lui aussi percevait une différence dans l'atmosphère.

L. B. était plus disert qu'à son ordinaire, captant l'attention générale. Il se montrait même très spirituel. Son beau visage au nez aquilin, souriant pour une fois, semblait plus jeune que jamais ; il aurait pu être le frère aîné de Larry. On aurait dit, songea Amanda, qu'il avait soudain décidé d'abandonner son rôle d'observateur critique pour se lancer dans la mêlée. Elle eut alors le soupçon sûrement injustifié, aussitôt écarté d'ailleurs, qu'il avait une liaison amoureuse. Cette idée s'expliquait sans doute par l'effet du champagne.

Après le dîner, il y eut, comme d'habitude, l'échange des cadeaux au salon. Les cousins reçurent de petits témoignages d'affection, livres, cravates et autres objets modestes de la part de Norma, et les prosaïques bons d'achat du grand magasin. Ce soir-là, pourtant, la distribution se termina par une surprise, quand L. B. tendit à Norma, Larry et Amanda des petites boîtes en velours.

Décontenancés, ils échangèrent tous trois des regards, pendant que L. B. attendait, aussi ravi qu'un adulte observant les réactions de son enfant à un anniversaire.

— Eh bien, vous vous décidez ? demanda-t-il, heureux. Allez, ouvrez !

Larry trouva dans son écrin une paire de boutons de manchette en or. Il remercia son père avec un clin d'œil.

— Maintenant, je vais devoir m'acheter de nouvelles chemises avec des poignets spéciaux !

Norma et Amanda eurent chacune droit à un pendentif composé de petits brillants en forme de cœur au bout d'une belle chaîne en or. Ensuite, sous les yeux attendris des vieux cousins et cousines, L. B. accrocha le bijou au cou de sa fille. Mais le cœur glissa et disparut sous son col roulé rouge.

— Flûte, il ne se voit pas, remarqua-t-il en l'embrassant sur la joue. Il faudra que tu le portes avec un autre genre de col.

En revanche, le décolleté discret de la robe en velours rouge d'Amanda semblait fait pour mettre le pendentif en valeur. Étincelant, il vint se placer exactement à la naissance de ses seins. Dans le grand miroir ancien accroché entre les fenêtres, elle se vit, avec L. B. penché sur sa nuque pour attacher le fermoir. Une pensée absurde lui traversa l'esprit : *C'est la première fois qu'il me touche.* Elle eut peur qu'il ne veuille l'embrasser elle aussi. Honteuse d'avoir de telles craintes, elle fut soulagée qu'il s'en abstienne.

Il commençait à neiger quand les invités repartirent. Les premiers flocons hésitants tourbillonnaient dans la lumière des phares, et des gens qui comme eux venaient de fêter Noël se déversaient des maisons le long de la route. Amanda ressentait une euphorie fort agréable à laquelle elle ne s'était pas attendue.

— Tu as de la chance, commenta Larry quand ils se retrouvèrent dans leur chambre. C'est un très joli bijou.

Il rit en enfonçant un doigt glacé dans le décolleté d'Amanda. Parfois, il manquait de la plus élémentaire délicatesse.

— Je meurs de froid, mon p'tit chou. Viens, on se met vite au lit. D'accord ?

— Avant, je voudrais prendre un thé très chaud et une aspirine, Larry. Je ne me sens pas très bien.

— Tu as dû trop manger, ou alors c'est le champagne. Moi, j'ai abusé, en tout cas.

— Non, je crois plutôt que j'ai attrapé un rhume. J'ai besoin d'une aspirine et d'une bonne nuit de sommeil.

En fait, c'était une façon d'échapper à ce dont il avait envie ce soir-là. Elle se rattraperait le lendemain ; elle serait plus gentille avec lui.

Je ne me comprends pas. La plupart du temps, je pense y arriver, et puis je me rends compte que je me trompe. Je suis trop avide, je le sais, et je crois pouvoir expliquer pourquoi, mais peut-être qu'en fait ce n'est pas du tout ça. Par exemple, j'aurais cru qu'un pendentif en diamant me comblerait de bonheur ; des diamants, quel luxe inespéré pour moi ! Et pourtant, quand je le regarde, je n'éprouve rien. Rien de rien. Est-cc parce que j'ai l'impression de ne pas le mériter ? Mais c'est bête, parce que le luxe, ça ne se mérite pas...

Amanda se posait bien des questions, en ce dimanche matin juste après Noël. Larry était parti faire visiter une propriété à des clients, et elle avait refusé la proposition de Norma d'aller à la patinoire, car elle se tracassait trop pour avoir envie d'accepter. Elle avait préféré prendre sa voiture pour faire un tour toute seule.

Quelle lubie avait bien pu pousser L. B. à lui offrir ce cadeau ? Peut-être avait-il voulu compenser un peu la triste vie de Norma. Larry mentionnait souvent les inquiétudes de son père à son sujet. Enfin, il devait pouvoir se le permettre financièrement, sinon il ne se serait jamais autorisé une telle dépense.

Amanda repensa ensuite à la violente dispute qu'elle avait eue avec Larry quelques jours plus tôt. Elle détestait les conflits. Il y avait eu trop de cris chez elle dans son enfance. Rien d'assez grave pour entraîner une rupture, mais des prises de bec dues à une maison trop pleine et à de constants soucis professionnels. Des querelles vite terminées, mais qui laissaient des traces. (Était-ce par réaction qu'une fois partie de chez elle, à l'université, elle s'était distinguée par son heureux caractère ?) Elle ne voulait plus jamais se disputer avec Larry. Il n'avait pas tort de lui reprocher son caractère dépensier, et elle avait raison d'estimer qu'il était sous-payé.

Larry avait peur de son père, et tout aussi peur de l'admettre. Norma et lui assuraient sans cesse que L. B. avait été un bon père. Que redoutaient-ils, dans ce cas ? Son attitude hautaine ? Une certaine distance qui était celle du père traditionnel, du chef de famille d'un siècle révolu ? Ils étaient l'un et l'autre trop sensibles à ses humeurs. En surface, Larry ne paraissait pas tellement délicat, mais Amanda vivait avec lui depuis assez longtemps pour avoir pris conscience de ses faiblesses. Leur mère avait dû être quelqu'un de très timide, et ils avaient sans doute hérité de sa nature timorée. Quoi qu'il en soit, ils lui ressemblaient physiquement, et sur toutes les photos d'elle on retrouvait Norma et Larry.

Je suis sûre que si je le voulais, j'arriverais à faire entendre raison à L. B., songea Amanda en tournant au carrefour et en voyant se profiler la grosse maison brune des Balsan en haut de la rue. Oui, je vais lui parler, décida-t-elle soudain. Maintenant elle gagnait sa vie et serait capable, si nécessaire, de subvenir à ses propres besoins. Elle n'avait plus rien de l'invitée sans le sou de ses premières vacances chez les Balsan, avec sa vieille valise. Encouragée par la conscience de ce grand progrès, elle monta les marches de la véranda.

En ouvrant la porte, la femme de ménage, Elsa, parut surprise de cette irruption.

— Oui, M. Balsan est là. Mais vous savez qu'il aime lire le journal tôt le dimanche matin, lança-t-elle d'un ton de reproche.

— Je ne le dérangerai pas longtemps.

— Il est dans le jardin d'hiver.

Il semblait sorti d'un tableau, un sujet qu'aurait pu peindre Wyeth : devant la fenêtre avec la neige qui s'amoncelait sur les sapins du jardin, un homme dans son fauteuil, caché par le haut dossier, hormis le sommet de sa tête et les longues jambes qui dépassaient, les deux chiens à ses pieds... En l'entendant, il se leva avec un air inquiet.

— Tout va bien, le rassura-t-elle aussitôt. Je voulais simplement te voir quelques instants.

— Bien, assieds-toi. Je ne dois sortir qu'à dix heures.

Maintenant qu'elle se trouvait devant lui, sa belle assurance faiblissait. Il avait vraiment un visage intimidant, pareil aux profils impériaux gravés sur les pièces anciennes. Elle aurait dû mieux préparer sa requête, au lieu de venir tenter sa chance de façon aussi impulsive. Et brusquement, elle éprouva un petit choc en réalisant qu'elle se trouvait pour la première fois en tête à tête avec L. B.

— Alors, Amanda ?

D'instinct, elle comprit qu'il fallait lui tenir tête, prendre un air assuré et formuler sa demande de façon directe. Il ne pouvait rien lui arriver de plus grave que de recevoir une réponse négative et sèche. Au pire, son mécontentement rendrait leurs futures rencontres un peu désagréables, voilà tout.

— Je trouve que Larry devrait être mieux payé. Il assume l'entière responsabilité de la nouvelle agence, et il n'a pas touché un centime d'augmentation.

— Ah ? Il n'est pas satisfait ? demanda L. B., un éclair de surprise traversant son regard intelligent. Et c'est toi qu'il envoie réclamer, au lieu de venir me présenter ses doléances lui-même ?

— Non, non, ne lui reproche rien. Il n'est pas au courant de ma démarche et il ne se plaint même pas. Il adore son travail. D'ailleurs, à l'instant même, alors qu'on est dimanche matin, il est parti en visite avec un client.

— Donc, c'est toi qui n'es pas satisfaite.

— Oui, mais pas pour moi.

Il y eut un long silence. Incapable d'imaginer ce qu'il pouvait bien penser, elle subit l'intensité de ce regard scrutateur.

— Je ne te crois pas. Tu es intéressée. Tu as des goûts de luxe. Je ne suis pas aveugle.

— Non, ce n'est pas vrai, c'est pour lui. Je dis la vérité.

— Tu as un sacré toupet, Amanda. Tu n'as jamais connu un tel luxe, et tu en veux encore davantage.

Il était blessant. La neige accumulée sur les sapins brillait maintenant sous les rayons du soleil qui effleurait les arbres en montant ; la luminosité lui donnait mal à la tête. Pourquoi au juste était-elle venue plaider la cause de Larry ? Le contraste entre les maigres économies qu'il avait péniblement constituées et la veste hors de prix qu'elle avait achetée l'avait poussée à agir ; ce n'était pas la seule raison, mais tout de même une grande partie de sa motivation.

— Tu as un sacré toupet, répéta-t-il. Je ne sais pas combien de femmes iraient trouver le patron de leur mari pour réclamer une augmentation.

— Peut-être, mais tu es son père. Ce n'est pas tout à fait pareil.

— Tu as l'impression que cela nous met sur un pied d'égalité ?

Ses lèvres prirent un pli amusé, comme s'il allait sourire, ou même rire. Mais si c'était le cas, ce serait un rire caustique ; gênée, perdant pied, elle se sentit rougir.

— Une égalité pleine de respect filial, lança-t-elle, soulagée d'avoir trouvé si vite une réplique. Je voudrais simplement qu'il soit traité avec équité.

De nouveau, elle le vit réprimer un sourire. Son amusement était-il teinté de sarcasme ? Elle n'en était plus sûre.

L. B. se leva et Amanda l'imita ; ils se retrouvèrent face à face. Comme elle attendait sa réponse, il la lui donna.

— Disons que tu as tenté ta chance.

— Et c'est tout ?

— Oui, c'est tout.

Il l'avait ridiculisée. Maintenant, elle ne songeait plus qu'à partir. Sans la moindre intention de lui dire au revoir, elle tourna les talons et se dirigea vers la porte. Mais, se souvenant d'un dernier point important, elle s'arrêta.

— S'il te plaît, ne dis pas à Larry que je suis venue. Promets-moi au moins ça.

— Je t'en donne ma parole.

Dans l'entrée, il y avait un miroir ; la mère de Larry en avait mis partout dans la maison. Pendant que L. B. lui ouvrait la porte, elle vit se refléter dans la glace son visage distingué, juste au-dessus du sien qui restait rose d'émotion sous un halo de cheveux décoiffés par le vent.

— Attention, les marches sont glissantes, avertit-il.

Elle ne répondit pas, et la porte se referma avec un bruit sec derrière elle. L'entrevue avait été brève, mais, songea-t-elle, il lui faudrait longtemps pour en effacer l'humiliation, si elle y parvenait un jour.

Tard dans l'après-midi du lundi, Larry rentra avec une grande nouvelle. Il avait à peine passé la porte qu'il criait déjà sa joie.

— Chérie ! Tu ne vas pas le croire, j'ai reçu une augmentation. Dix mille dollars par an ! Comme ça, d'un coup ! Papa a même dit qu'il aurait dû y penser plus tôt. Tu te rends compte ?

Il restait là devant elle, débordant de joie, comme un petit garçon innocent. Elle fut ravie pour lui.

Comment avait-elle finalement réussi à convaincre L. B. ? Les gens étaient incroyables ! On ne savait jamais de quelle façon ils allaient réagir. Mais, en fin de compte, ce n'était pas très étonnant, quand on ne se comprenait déjà pas soi-même...

11

— D'où m'appelles-tu ? demanda Cécile.

— Du collège, sur mon portable. C'est l'heure du déjeuner. Je mourais d'impatience de te parler. Comment vas-tu ? Où en êtes-vous ?

— Je vais bien, tout va bien. Nous ne sommes rentrés qu'hier soir, après minuit, mais ces vacances au soleil ont été parfaites. Peter en avait encore plus besoin que moi ! Tu sais qu'il a perdu quatre kilos pendant que j'étais malade ? Déjà qu'il n'était pas gros...

D'horribles souvenirs assaillirent Norma : Cécile gisant sur le sol ensanglanté ; Peter à l'hôpital, fixant éperdument le visage livide de sa femme.

— Tant mieux. Vous en aviez grand besoin tous les deux.

Même l'amie la plus chère vous devient encore plus précieuse après avoir traversé un aussi grand malheur, pensa-t-elle, surtout si elle vous a toujours semblé invulnérable.

— J'ai nagé, plongé avec un tuba, dansé… J'ai à peu près tout fait sauf jouer au tennis, mais je pourrai bientôt reprendre.

— Formidable.

— Quand nous en avons eu assez de notre île, nous sommes rentrés en faisant un crochet pour passer quelques jours dans les environs de La Nouvelle-Orléans, où Peter avait rénové une rue de maisons victoriennes. Tu t'en souviens ? Nous t'avons montré des photos… Eh bien, c'est méconnaissable. Maintenant, chaque maison a un jardinet sur le devant, ce qui fait que la rue entière est fleurie. Il y a de tout : des roses trémières jusqu'aux pensées. Peter a pris des tonnes de photos pour montrer aux clients des exemples de restauration de vieux quartiers.

— Peut-être qu'il s'attaquera à Lane Avenue un jour. Dieu sait que ce ne serait pas du luxe… Je me rappelle à quel point il s'inquiétait quand vous avez acheté votre maison, ajouta Norma avec un rire.

— Nous devons encore faire très attention, tu sais. Je lui ai proposé de revendre… (Cécile poussa un gros soupir.) La maison est un peu grande pour nous, maintenant. Mais il ne veut pas en entendre parler. Il est sûr que nous aurons plus de chance la prochaine fois, et refuse qu'on touche à la chambre d'enfant. « Ferme la porte pour que ça ne t'attriste pas trop, me dit-il, mais nous allons de nouveau en avoir besoin. » Peter est foncièrement optimiste, malgré sa prudence.

— Il a bien raison.

— J'en suis convaincue. Quand je vais travailler à l'hôpital, que je vois tout ce qui arrive aux gens et avec quel courage ils se battent, je n'en reviens pas… J'y retourne dès lundi prochain. Ça me manque. Mais assez parlé de moi. Comment va Amanda ? Il faut que je l'appelle ce soir. Vous avez passé Noël ensemble comme d'habitude ?

— Oui, toujours aussi réussi, chez papa encore une fois. En ce qui concerne Amanda…, ne put s'empêcher d'ajouter Norma, … elle change. Nous avons déjà parlé de ses goûts de luxe, mais depuis peu elle exagère vraiment. Elle a eu une très violente dispute avec Larry juste avant Noël.

Pourquoi avait-elle un tel besoin de raconter cela, elle qui d'ordinaire détestait les commérages ? Elle ne put retenir les mots qui se pressaient dans sa bouche.

— J'étais chez eux ce jour-là, et je le regrette vraiment, parce que c'était immonde. Tu imagines, elle n'a pas mis de côté un centime sur son salaire. Elle dilapide tout ce qu'elle gagne en achetant n'importe quoi dans la boutique où elle travaille, et tu connais les prix. Avec ce qu'elle entasse, elle pourrait remplir trois fois la garde-robe d'une femme normale.

— Essaie de la comprendre. Elle a été privée de tout dans son enfance.

223

— Tu dis toujours cela. Mais c'est le cas de beaucoup de gens, et pourtant ils n'achètent pas tout ce qu'ils veulent ensuite, du moins pas comme elle. Pour qui se prend-elle ? Pour la courtisane d'un potentat oriental couverte de joyaux ?

— Allez, tu prends tout ça beaucoup trop à cœur, Norma. Tu n'as pas assez de distance.

Peut-être, pensa Norma, mais Cécile, à l'inverse, avait une vision des choses un peu simpliste.

— En fait, Norma, je pense que tu t'inquiètes pour ton frère : tu as peur qu'elle ne le rende pas heureux. Comment s'est terminée la dispute ?

— Je dois admettre que la tension semble s'être dissipée. Elle n'a plus acheté grand-chose depuis la grande explosion.

— Comment le sais-tu ?

— Elle me l'a dit. Elle devait être embêtée que j'aie été témoin de la scène.

— Sûrement… Écoute, dans un couple, on se chamaille, mais on oublie très vite ce genre de disputes. Par exemple, Peter et moi nous avons eu beaucoup de discussions quand il s'est agi d'acheter la maison, tu le sais ; pourtant, maintenant, je me rappelle à peine ce qui les déclenchait et ce que nous nous disions exactement.

— Ça n'a rien à voir… Et, à présent, je sens une gêne dès que nous nous voyons, Amanda et moi, ce qui n'arrive d'ailleurs plus très souvent. Avant, elle adorait quand papa nous invitait tous dans un bon restaurant ; mais, les dernières fois, elle a systématiquement inventé des excuses – une autre invitation, un rhume. Elle n'a plus envie de nous voir.

— Bon, je ne sais pas ce qui se passe, mais tu n'y peux rien. Tu analyses trop l'existence des autres. Occupe-toi plutôt de ta vie à toi.

— Mais je m'en occupe, ne t'en fais pas. J'ai commencé à rédiger un manuel de latin pour les débutants, une méthode très différente de celle que nous utilisons actuellement... Ah ! J'entends la sonnerie. Appelle-moi ce week-end, si tu as le temps.

Après avoir arrêté la communication, Norma resta quelques instants immobile, le téléphone dans la main. Peut-être Cécile avait-elle raison : elle cherchait trop à analyser l'existence des autres. Elle avait eu une mauvaise impression pendant la soirée de Noël, et ne parvenait pas à s'en débarrasser.

C'était à cause d'Amanda et du pendentif en diamant sur sa robe de velours rouge. Elle avait eu une telle flamme dans le regard, tandis que, toute souriante, elle se laissait attacher la chaîne sur la nuque par son beau-père. Et les personnes présentes, qu'elles soient jeunes ou âgées, avaient éprouvé une telle fascination pour elle...

Se rappelant l'intensité de sa révulsion, Norma se demandait avec effarement ce qui avait pu la causer. Sans doute était-il plus facile pour moi de ne pas jalouser la beauté d'Amanda quand elle était très pauvre, du temps de l'université, se dit-elle. Maintenant qu'elle n'est plus démunie... Je devrais avoir honte de moi !

Tard dans l'après-midi, elle corrigeait une pile de copies quand Lester Cole passa dans le couloir. La voyant à son bureau, il entra.

— Tu dois vraiment aimer Country Day, pour rester si tard au collège.

Ce n'était pas la première fois qu'il faisait semblable réflexion, et Norma se doutait qu'elle n'était pas gratuite. Mais elle ne pouvait tout de même pas lui avouer qu'une salle de classe, même par un jour sombre et triste de février comme celui-ci, était plus plaisante que la maison dans laquelle elle vivait. Vide toute la journée, hormis la présence d'Elsa qui se retranchait dans la cuisine, le silence y était si pesant que les craquements occasionnels de la charpente faisaient sursauter. Au collège, au moins, il y avait du passage dans les couloirs, des bruits de conversation. Les professeurs recevaient les parents, les journalistes en herbe restaient après les cours pour travailler au journal de l'école.

— Oui, je suis bien à Country Day, avoua-t-elle simplement. Je m'y sens chez moi, et c'est normal, puisque j'ai à peine quitté l'établissement depuis le jardin d'enfants.

À sa grande surprise, elle le vit tirer une chaise pour s'asseoir près d'elle.

— J'ai entendu dire beaucoup de choses intéressantes sur toi, commença-t-il d'un ton cordial. Il paraît que tu écris un manuel de latin. Je suis impressionné.

— D'un niveau très élémentaire, répondit-elle en rougissant. Je ne suis pas une grande spécialiste.

— Ne te rabaisse pas...

— Non, je suis simplement réaliste. Quand on va en Grèce, à Rome, et qu'on voit...

— Tu y es allée ? l'interrompit-il.

— Oui, et en Sicile, à Agrigente, l'été d'avant ma licence. Ça m'a fait regretter de ne pas avoir étudié le grec. Je m'y mettrai peut-être un jour, mais pas tout de suite.

Elle se demandait pourquoi il restait là à l'écouter, détendu comme s'il avait du temps devant lui. Avait-il quelque chose à lui reprocher ? Un parent s'était-il plaint d'elle ? Il devait bien avoir un motif pour être venu lui parler...

— J'ai aussi entendu dire que tu avais une mémoire photographique. C'est vrai ?

— Oui, admit-elle, toujours aussi surprise. Je me souviens très facilement de tout, mais je n'ai aucun mérite. Ce n'est pas plus glorieux que de naître avec la capacité de courir vite.

Lester eut un sourire.

— Ce n'est pas tout à fait pareil, il me semble... La mémoire, ça m'a toujours fasciné. Les prouesses des acteurs qui peuvent apprendre des tirades immenses, par exemple. Je ne comprends pas comment c'est possible quand, moi, je cherche mes clés dix fois par semaine... Je sais que c'est idiot de te demander ça, parce que tu es sûrement incapable de l'expliquer, mais j'aimerais bien savoir comment tu t'y prends. Ça t'ennuierait de me faire une démonstration ?

— Pas du tout.

Cette demande, qui la flattait évidemment, l'amusait aussi un peu.

Cole alla prendre un livre au hasard sur une étagère, un exemplaire de la Constitution américaine.

— Ça ira ?

— N'importe quoi fera l'affaire. Quelle page ?

— Peu importe. Tiens, celle-ci. De combien de temps as-tu besoin ?

— Disons environ deux minutes.

Très consciente d'être observée, elle se rappela soudain qu'elle ne s'était pas coiffée depuis l'heure du déjeuner. Trop tard.

Tournant le dos à Lester, elle regarda la page et commença à se concentrer. Puis elle ferma les yeux, laissant l'image de la page se détacher devant elle, aussi nette qu'au moment où elle l'avait regardée.

— Stop, dit Lester, lui aussi plutôt amusé par leur jeu, en lui reprenant le livre.

— Bien. La page commence au milieu d'une phrase : « ... aucun représentant des États-Unis ne pourra, sans le consentement du Congrès, accepter de présent d'un roi, ou d'un État étranger. Aucun État ne pourra conclure de traité, battre monnaie, ni conférer de titres de noblesse. Aucun État ne pourra conclure de pacte avec un autre État ou une puissance étrangère ni entrer en guerre, entretenir des troupes ou des navires en temps de paix. » Au milieu de la page, il y a écrit : « Article deux » avec un deux en chiffres romains. Ensuite, on explique comment le Président doit être élu… Mais ça ne sert à rien de poursuivre : nous savons tout ça très bien, toi et moi.

— Pour ma part, j'ignorais tout de la première partie de la page. Mais prenons un autre livre – tiens, une nouvelle de Hemingway. Essaie un peu, pour voir.

De nouveau, elle se concentra pendant deux minutes, avant de rapporter ce qu'elle avait lu.

— Le narrateur voit un vieil homme assis. Il lui demande combien d'animaux il a. La réponse est trois, deux chèvres, un chat, et quatre couples de pigeons. Mais le vieillard dit qu'il doit les abandonner. C'est la guerre. Il dit que le chat ne craint rien, car les chats savent se débrouiller seuls. Mais il est inquiet pour les autres. En réponse à une question, il déclare n'avoir aucune conviction politique. Fatigué, il s'est assis. Il demande où vont les camions, le narrateur lui répond : À Barcelone. Ensuite, il répète que le chat n'aura pas de problèmes, mais qu'il s'inquiète pour les autres, et il demande au narrateur ce qu'il en pense. Celui-ci répond qu'à son avis tous les animaux s'en tireront. La dernière phrase, en bas de la page, c'est une question du vieil homme s'inquiétant de savoir s'ils survivront au feu de l'artillerie, puisqu'il part à cause des tirs qui s'annoncent.

— Incroyable ! s'exclama Lester. Exact à quatre-vingt-dix-neuf… Non, mettons quatre-vingt-quinze pour cent : tu as oublié de donner l'âge du vieillard.

Norma fronça les sourcils, réfléchit une ou deux secondes, et avança une réponse.

— Soixante-seize ans ?

— Exact, soixante-seize.

Lester reprit le livre et le replaça sur l'étagère en s'extasiant.

— Je t'admire. Tu as une incroyable petite machine dans la tête.

C'était bien possible, mais pourquoi fallait-il qu'elle se sente aussi mal ? Elle était si gauche qu'elle n'arrivait même pas à accepter un compliment tout simple et à enchaîner sur un autre sujet. Elle n'avait aucun savoir-faire dans ce domaine. La présence de cet homme sympathique la paralysait. Elle restait là comme une godiche, yeux baissés sur ses mains qu'elle tenait devant elle à plat sur sa pile de copies. Dieu merci, grâce à l'insistance d'Amanda, elles étaient bien manucurées.

— Allez, ne sois pas gênée.

— Je ne suis pas gênée ! Pas du tout.

— Bon, si tu veux.

Elle aurait bien aimé savoir ce qu'il pensait d'elle, mais était en train de souhaiter qu'il s'en aille quand il lui demanda si elle avait faim.

— J'ai oublié ma montre, répondit-elle assez hors de propos.

Il désigna la grande pendule accrochée au-dessus du tableau noir tout en remarquant :

— Je ne vois pas ce que l'heure vient faire là-dedans. Tu ne peux pas avoir faim quand ça te prend sans regarder l'heure ?

— Si. Je crois que j'ai un peu faim.

— En tout cas, moi je n'ai pas déjeuné, et je suis affamé. Tu ne viendrais pas manger un hamburger chez Stuffy ? Un truc simple, juste un hamburger.

Comme c'était bizarre ! Que pouvait-il bien lui vouloir ?

— D'accord.

— Range tes copies. Tu les finiras demain.

À l'entrée de chez Stuffy, il y avait un miroir dans lequel elle constata au passage que ses cheveux étaient lisses et joliment recourbés sur sa joue. Elle portait autour du cou un très beau foulard noir et blanc, un cadeau d'Amanda qui lui avait montré comment le nouer en lui expliquant :

— Les Françaises font des merveilles avec un rien, comme ce simple carré de soie.

L'image d'elle qu'elle venait d'apercevoir étant assez engageante, Norma reprit courage. Ses collègues les plus jeunes seraient bien étonnées de la voir en compagnie de Lester Cole. Oui, elles serait étonnées, et pas très contentes.

Je t'admire, avait-il dit.

Lester était le type même de l'intellectuel. Peut-être avait-il envie de discuter avec elle parce qu'il s'imaginait, bien à tort, qu'elle était comme lui – à cause du manuel de latin. Peut-être désirait-il simplement parler à quelqu'un, ce soir.

Elle s'en voulait d'être aussi timide et de ne pas savoir du tout que dire. Devait-elle mentionner les gros titres du journal du jour, par exemple ? Ou alors disserter sur la deuxième guerre punique ? Pour la seule et unique raison qu'il était un homme et pas une femme, son cerveau se vidait.

Puis, soudain, de l'exaspération se mêla à son embarras. Un éclair de lucidité, comme elle aurait dû en avoir plus souvent, la sauva. C'était quand même ridicule de se dévaloriser ainsi juste parce qu'un homme lui prêtait une vague attention ! Oui, ridicule d'attendre avec cette totale passivité qu'il entame la conversation.

— Ça se voit que tu adores enseigner, commença Lester. Malheureusement, trop d'enseignants choisissent cette profession pour accéder à un certain statut social et bénéficier des grandes vacances.

Norma s'étonna beaucoup d'entendre un tel jugement de la bouche de l'adjoint du chef d'établissement.

— Tu crois vraiment ?

— Bon, ce n'est pas le cas de tous les profs, mais de beaucoup. L'enseignement est un refuge pour les gens qui n'aiment pas la compétition. On y est moins sous pression qu'en travaillant par exemple dans un grand cabinet d'avocats pour essayer de devenir associé. (Sa comparaison le fit sourire ; elle semblait faire resurgir des souvenirs.) Mon père m'a toujours accusé de chercher la facilité. Naturellement, il est avocat.

— Eh bien moi, jamais je ne dirai que l'enseignement est une solution de facilité !

— Non, mais on ne se mesure pas aux autres, on n'a pas de concurrence. On ne se bat pas pour être le meilleur, au contraire, on aide les élèves. L'enseignement est un métier où il faut de la compassion, des qualités humaines.

Le sujet ne pouvait pas mieux tomber ! Cela rappelait à Norma un problème qu'elle rencontrait constamment et qui s'était de nouveau posé à elle le matin même.

— C'est néanmoins un métier très dur – quand on veut aider les élèves, justement, et qu'on n'obtient que des fins de non-recevoir. Est-ce qu'on est censé se croiser les bras en regardant quelqu'un gâcher sa vie ? Que faire face à une fille de quinze ans qui choisit de regarder par la fenêtre toute la journée avec des larmes plein les yeux ?

— Elle ne s'appellerait pas Jessie, par hasard ?

Norma fut très étonnée.

— Mais si, comment as-tu deviné ?

— J'ai rencontré plusieurs fois sa mère. C'est un drôle de personnage, hein ? Pauvre petite.

— J'ai essayé à maintes reprises de lui parler, et j'ai vu sa mère aussi. Jessie sait très bien qu'elle a besoin d'une psychothérapie, mais sa mère pense que ce n'est pas nécessaire. Elle trouve que Jessie devrait simplement faire un petit effort.

— C'est ça, « un petit effort », répéta Lester avec un soupir. C'est bien facile. Alors, comment aider Jessie ? Tu as une idée ?

Tout en participant à la conversation, Norma jaugeait Lester. Il est vraiment gentil, se disait-elle. En réalité, j'ai l'impression que derrière l'autorité dont il fait preuve au collège, il est fondamentalement timide. Il a au moins dix costumes, tous dans les marron, caramel, café. C'est drôle comme il est différent ici, à mettre de la crème fraîche sur sa pomme de terre au four et à laisser tomber une goutte de café sur sa cravate. Cela n'a rien à voir avec l'image qu'on a de lui quand il paraît sur l'estrade devant tout l'établissement aux assemblées générales du matin, si digne, même un peu austère... Oui, il est vraiment sympathique et pas du tout inaccessible, pas du tout.

L'heure de grande affluence passée, les clients se faisaient plus rares chez Stuffy, mais pendant ce temps, sur sa banquette, Norma avait à peine conscience de l'heure. La conversation avait roulé du collège à un concert, puis à un vieux film, et à des vacances sous la tente en Alaska.

Le serveur tournait autour de la table, et, le remarquant, Lester jeta un coup d'œil à sa montre et présenta ses excuses à Norma.

— Je te monopolise depuis deux heures ! Nous sommes les derniers clients. Ils nous attendent pour fermer.

Inévitablement, elle dut le précéder pour sortir. De derrière, ses jambes devaient sembler monstrueuses. Pourquoi étaient-elles aussi laides vues ainsi ? Certes, en plus de trois ans, il les avait forcément remarquées. Mais peut-être lui avait-il si peu prêté attention qu'il n'avait pas eu l'occasion de les voir ? Et, dans ce cas, l'invitation ne se reproduirait plus... C'est ainsi que, après avoir remercié Lester, Norma rentra chez elle en ayant gâché son plaisir.

— Et le dîner ? s'indigna son père. J'étais inquiet, j'avais peur qu'il ne te soit arrivé quelque chose !

— Désolée, papa. J'aurais dû téléphoner, mais nous nous sommes mis à discuter, et je n'ai pas vu le temps passer.

— Qui ça, « nous » ?

Elle lui raconta sa soirée, et il marqua son approbation avec une petite étincelle dans le regard.

— Tu te rappelles qui est ce garçon, j'imagine ? C'est le fils d'Alfred Cole. Cole & Armistead. Un des cabinets d'avocats les plus réputés de l'État. Nous avons sans arrêt affaire à eux pour des questions d'immobilier. On dit que le rêve d'Alfred était que son fils fasse du droit et travaille avec lui.

Cole, l'homme qui avait fait cette déplaisante gaffe au mariage de Cécile...

— Oui, Lester m'en a parlé.

— Ce qui compte, c'est qu'il soit heureux dans le métier qu'il a choisi. Il te plaît ?

— Oui… (Cette réponse réjouit si visiblement son père que Norma ne put s'empêcher de casser son enthousiasme.) Mais ne te fais pas trop d'illusions, papa. Nous avons simplement mangé un hamburger ensemble et parlé du collège.

— Bien, bien. Il faut un début à tout. Et je ne me fais jamais d'« illusions », comme tu dis.

Il s'en faisait pourtant, et beaucoup, elle le savait parfaitement. N'avait-il pas été déçu dans ses espoirs pour Larry ? Il avait mis longtemps à accepter Amanda et à se résoudre à l'accueillir dans la famille.

C'est vraiment bizarre que depuis Noël Larry et Amanda ne soient presque jamais venus nous voir, pensa Norma pour la seconde fois de la journée. Bien sûr, ils ont leur vie, et sûrement de bonnes raisons pour nous délaisser. Mais comme on connaît mal les autres ! L'image que chacun présente est superficielle, souvent même fausse, et le moteur, la force vibrante et chaude qui nous guide demeure cachée à tous !

12

Le mois d'avril était froid. Le ciel, couverture détrempée, enveloppait la Terre de sa basse grisaille, et les arbres dégoulinaient d'eau. Une fine averse se mit à tomber, qui obligea Amanda à tirer sa capuche sur sa tête. Comme elle n'avait pas prévu la pluie, elle s'était beaucoup éloignée de chez elle pendant son jogging ; se sentant soudain fatiguée, elle s'arrêta pour se mettre à l'abri et se reposer en s'appuyant contre le haut mur de pierre d'une propriété.

En dépit du temps, la promenade n'était pas du tout désagréable. D'abord, il y avait le silence. La circulation était assez rare sur les routes sinueuses de ces quartiers résidentiels isolés ; à midi, en milieu de semaine et par ce temps, il n'y avait quasiment pas de voitures. Les jonquilles plantées sur le talus bien entretenu, de l'autre côté de la route, commençaient à fleurir. Une petite famille de rouges-gorges cherchait des vers de terre dans l'herbe mouillée. Deux jeunes garçons à vélo passèrent en sifflotant ; quand ils se furent éloignés, le calme revint. Il faudrait un artiste de génie pour peindre ce silence, songea Amanda. En voilà une idée saugrenue : peindre le silence ! Mais elle se comprenait.

Tandis qu'elle attendait la fin de l'averse, ses pensées se mirent à vagabonder, sautant d'un sujet à l'autre – de la boutique et des chagrins d'amour de sa chère tête de linotte de Dolly jusqu'à sa région d'origine. Elle la considérait encore comme la sienne, et pourtant cela semblait tellement loin, en distance et dans le temps ! Soudain, elle se souvint du colis qu'elle devait apporter à la poste dans l'après-midi, avant la fermeture à quatre heures. Ensuite, elle pensa aux trois mousquetaires. Depuis quelque temps d'ailleurs elles ne se désignaient plus ainsi, et oubliaient parfois d'organiser leur déjeuner mensuel. Les bébés de Cécile auraient eu six semaines aujourd'hui, si tout s'était bien passé... Norma voyait très souvent Lester Cole – du moins, d'après ce qu'en disait Larry. Pourquoi ne se confie-t-elle pas à moi ? se demanda Amanda. En tout cas, je suis bien contente pour elle. Elle est adorable – comme son frère, même s'il veut que nous ayons des enfants, et que moi, je n'en ai pas encore envie. Les moments que je préfère sont ceux que je passe au travail. Même maintenant, pendant mon jour de congé, j'aurais envie de travailler...

Une voiture ralentit à sa vue, fit marche arrière, et s'arrêta à sa hauteur.

— Amanda ! appela L. B. C'est toi ? Que fais-tu ici ?

Elle aurait préféré qu'il ne la remarque pas, mais à présent elle ne pouvait éviter de s'avancer vers la voiture et de lui répondre.

— J'attends la fin de l'averse.

— Quelle idée d'aller courir par ce temps ! Monte avant d'être trempée.

Un concerto pour piano de Mozart passait dans la voiture. Amanda s'étonna que L. B. écoute la station classique, et qu'il soit assez sensible à la musique pour attendre la fin du morceau avant d'éteindre la radio.

Après les dernières notes, une ou deux minutes s'écoulèrent en silence. L'espace était étroit, trop confiné pour deux personnes de leur taille, ou du moins ce fut ce qu'il sembla à Amanda. Sans véritable raison, elle se souvint que c'était la seconde fois seulement depuis son mariage qu'elle se trouvait en tête à tête avec L. B., la première ayant été le matin où elle lui avait parlé du salaire de Larry. Mal à l'aise, elle eut peur qu'il ne devine sa nervosité.

— Tu rentres chez toi, j'imagine ? dit L. B.

— Oui, mais il ne pleut presque plus. Tu peux me laisser dans l'avenue, si tu veux, je vais finir à pied.

— Ce serait trop bête, je passe devant chez toi pour aller au bureau. Mais d'abord, je dois m'arrêter quelque part, ça ne prendra pas plus de dix minutes.

Il n'était pas facile de s'opposer à L. B. Amanda en avait maintes fois fait l'expérience.

— C'est une maison victorienne, un lot triple. La famille en est propriétaire depuis quatre générations, mais les occupants actuels viennent de déménager sur la côte Est, et ils la vendent. Ce sont des écologistes assez sentimentaux, des gens intéressants ; ils ne veulent pas vendre à n'importe qui et risquer une division du terrain – ce qui serait, bien sûr, la seule solution rentable, de nos jours. Ils m'ont demandé de trouver un acheteur désireux de vivre dans cette relique en la conservant en l'état. Autant chercher une aiguille dans une meule de foin. Enfin, on ne sait jamais.

Dans une large artère où s'intercalaient maisons neuves et belles demeures anciennes, L. B. s'arrêta devant une des propriétés les plus impressionnantes, un bâtiment lugubre de briques sombres, avec porte cochère. Une paire de daims en fonte se dressait sur la pelouse de part et d'autre de l'entrée.

— Viens, dit-il à Amanda. Tu pourras me donner ton opinion. Mon seul espoir est de tomber sur un couple avec beaucoup d'argent, beaucoup d'enfants, et assez jeune pour avoir l'énergie de la rénover. On peut rêver.

Ils pénétrèrent dans un hall immense très haut de plafond, obscur et froid comme une grange vide. Mais l'odeur en était plus complexe que la simple et puissante senteur du foin ; on percevait les traces des vies qui s'y étaient succédé : à la poussière se mélangeaient les effluves d'épices de cuisine, de poudre de riz et de parfum – ou du moins Amanda se le figura-t-elle.

Sans bouger du centre de cette colossale entrée, elle tourna la tête vers l'escalier tout aussi monumental. Il s'élevait au milieu d'un vaste espace vide et devait mener à d'autres pièces gigantesques à l'étage. Une mélancolie indéfinissable s'était emparée d'Amanda. Il lui semblait entendre dans cette maison déserte les voix d'antan et des bribes de musique.

L. B. l'observait avec curiosité.

— À quoi penses-tu ?

Se sentant trop peu sûre d'elle pour lui dévoiler ses impressions, elle trouva une réponse assez prosaïque.

— À la qualité de la construction. De nos jours, les bâtiments ne sont pas aussi solides.

— Absolument ! Regarde ces portes : du châtaignier massif. Viens dans la salle à manger. Là, ces lambris, quel savoir-faire ! continua L. B. avec enthousiasme. Et cette cheminée de marbre. Je suis persuadé que ces veinures brun et blanc sont assez rares. En tout cas, je n'en vois jamais, et je visite beaucoup de maisons antérieures à la Première Guerre mondiale. Tu regarderas bien, il y a une cheminée dans chaque pièce, y compris dans la cuisine en face du poêle à charbon. Suis-moi.

Le poêle ressemblait à un gros ours accroupi, pensa Amanda, laissant libre cours à son imagination.

— Ils l'ont probablement gardé par senti-
mentalisme. L'arrière-grand-mère y faisait sans
doute la cuisine… On devait geler, ici, l'hiver,
remarqua encore L. B. avec un frisson, et sans
doute aussi aujourd'hui, malgré le gaz naturel.
Tout y est disproportionné, les fenêtres et les
plafonds sont trop hauts. Tu as envie de visiter
le premier ?

Cela ne la tentait pas particulièrement, mais
elle le suivit dans l'escalier, traversa à son côté
un long couloir qui menait aux chambres,
grandes et hautes de plafond elles aussi, et aux
salles de bains anciennes et spacieuses. Pendant
toute la visite, L. B. lui indiqua ce qu'il y avait
d'intéressant tant du point de vue du style que
de l'architecture, comme s'il voulait lui vendre
la maison. Cette amabilité, si surprenante après
des années de froideur, sans parler de l'humi-
liant épisode du dimanche matin à Noël, étonna
Amanda. Mais elle ne s'en souciait guère…

Enfin, était-elle si indifférente à un tel revi-
rement ? Non, bien sûr. Quand le comportement de quelqu'un se modifie à ce point, on
cherche une explication.

— Sois prudente, conseilla-t-il en la précédant dans l'escalier pour redescendre.

Son dos et ses épaules étaient mis en valeur
par son élégant costume bleu foncé. Elle s'en
voulut d'être assez sotte pour le remarquer ;
mais ce n'était pas plus ridicule que de dire,
comme on l'entendait souvent, que l'uniforme
avait une grande puissance de séduction.

En arrivant au bas de l'escalier, il se tourna vers elle. Elle était encore une marche au-dessus de lui, si bien que leurs visages se trouvèrent au même niveau. Une lumière froide tombait de la fenêtre sur les traits de L. B., et Amanda fut saisie en remarquant pour la première fois qu'il avait un creux au menton, presque une fossette. C'était curieux de découvrir cette marque de douceur sur son visage impérieux, et après si longtemps.

— Alors, tu l'achètes ? plaisanta-t-il.

— Oui, ça ne coûtera que quelques millions de dollars pour la rafraîchir, répondit-elle du même ton enjoué. On pourrait en faire un vrai petit bijou, avec quelques kilomètres de couleurs vives pour l'égayer un peu. Et puis des tapis et de l'argenterie, beaucoup de tableaux sur ces énormes murs... Des peintures de l'école de l'Hudson River, par exemple, qui font plusieurs mètres de côté, ce ne serait pas du luxe.

— Oui, tu as raison. Pour une fille de la campagne, tu en as appris, des choses, depuis que tu vis ici ! On croirait entendre une décoratrice.

— C'est vrai que j'étais mal dégrossie, mais à la boutique je côtoie beaucoup de femmes privilégiées, et je vois comment vivent les gens chic.

— Et tu apprends dans les livres, paraît-il. Norma m'a dit que ta maison se remplissait de bouquins.

Il lui bloquait toujours le passage, l'empêchant de descendre les deux dernières marches. Le regard franc et direct qu'il posait sur elle lui rappelait désagréablement leur escarmouche du fameux dimanche ; néanmoins, elle se sentait plus forte que ce jour-là face à lui, peut-être parce qu'elle avait découvert la fossette, et elle trouva le courage de lui parler carrément.

— Tu pourrais venir chez nous pour t'en rendre compte par toi-même. Pourquoi ne nous rends-tu jamais visite ?

— Je te retourne la question.

Comme elle ne trouvait pas de réponse, il le fit pour elle :

— C'est parce que tu ne veux pas me voir.

— Pourquoi en aurais-je envie ? Tu as été très déplaisant avec moi, le jour où je suis venue te demander une augmentation pour Larry. Et pourtant, tu la lui as accordée. Tu es même allé beaucoup plus loin que je n'aurais osé l'imaginer.

Il répondit, mais de façon détournée.

— Ce n'était pas contre toi que j'étais en colère. C'était contre moi.

— Parce que tu n'avais pas pensé à augmenter Larry avant ?

— En partie... (Il s'écarta, libérant le passage.) Tu n'as pas tout vu, reprit-il brusquement. Il y a une grande véranda à l'arrière, avec une jolie vue sur le parc. Les jardins sont à l'abandon, mais on pourrait facilement les remettre en état.

Sur le toit de la véranda, la pluie crépitait de plus en plus fort, et les nuages qui filaient dans le ciel noircissaient l'horizon à l'est.

— Un bel orage se prépare. Heureusement que je t'ai croisée, sinon tu serais encore à trois kilomètres de chez toi sous la pluie. Viens, je vais te montrer la bibliothèque. On peut y mettre des volumes du sol au plafond. Si tu prends cette maison, il faudra que tu t'achètes encore plus de livres.

Elle se sentait mal à l'aise, et ne parvenait pas à interpréter les rires de L. B. ainsi que sa remarque inachevée. *C'était contre moi que j'étais en colère.* Son attitude l'intriguait beaucoup.

— Pour moi, reprit-il, c'est la plus belle pièce de la maison. Ça ne me déplairait pas du tout d'en avoir une de ce genre chez moi. Tu as déjà vu des fenêtres comme celles-ci ?

Non, effectivement. Deux fenêtres disposées côte à côte en angle droit laissaient entrer à flots la lumière encore vive de l'horizon à l'ouest, à présent pris d'assaut par les nuages noirs. Ce ciel tourmenté, les branches que fouettait le vent, la maison lugubre remplissaient Amanda d'effroi. Elle avait l'impression d'être entrée dans le décor d'un conte de Grimm.

— Je voudrais bien que l'orage éclate et qu'on n'en parle plus, avoua-t-elle.

— Ça n'a pas l'air d'en prendre le chemin.

Mais, pour le démentir, le tonnerre se fit entendre ; on aurait dit que des poings géants s'abattaient sur le toit, y assenant des centaines de coups brutaux. Des éclairs déchirèrent le ciel, se dirigeant droit sur eux.

— Éloigne-toi des fenêtres, Amanda ! Une fille de la campagne comme toi devrait savoir ça. Viens ici.

Elle n'avait pas remarqué qu'il s'était assis, ni même qu'il y avait un canapé contre le mur du fond.

— C'est le seul meuble qui reste dans la maison. Il a dû être assemblé sur place. Avec le couloir et les portes telles qu'elles sont placées, on n'aurait jamais pu le faire entrer entier dans la pièce, et il est devenu intransportable. Il doit mesurer au moins quatre mètres. Je n'ai jamais vu ça.

— Moi non plus.

— Mais il est confortable et encore propre. Les propriétaires n'ont déménagé que la semaine dernière.

Puisqu'il y avait un endroit où s'asseoir, il aurait été illogique de rester debout près de la fenêtre à regarder l'orage. Pourtant, elle hésitait.

— Tu as changé de coiffure, remarqua-t-il.

— Oui, j'ai eu envie de me laisser pousser les cheveux. Ils ne sont plus aussi bouclés qu'avant.

— Les deux styles te vont très bien.

— Merci, répondit-elle poliment.

— Alors, c'est de nouveau la mode des cheveux raides ? Ça revient au goût du jour ?

Malicieux, il la taquinait, mais gentiment, s'amusant de ce qu'il considérait sans doute comme de la frivolité féminine. Elle entra dans son jeu.

— Mais oui, c'est très tendance. Je ne m'intéresse qu'à ça, d'ailleurs, puisque je passe le plus clair de mon temps dans un magasin de mode.

— Tu aimes ?

— Oui. Oui, vraiment, c'est là que je suis la plus heureuse au monde.

— C'est un peu triste, non ? commenta-t-il, soudain plus sérieux.

— Pourquoi ?

— Parce que cela veut dire que le reste de ton existence ne te satisfait pas. Je me trompe ?

Que lui répondre ? Que sa vie domestique était monotone et déprimante ? Qu'elle n'y trouvait guère d'intérêt, de sens ? Oui, Larry était un type bien, très bon, le meilleur des hommes, mais ses caresses ne l'avaient jamais beaucoup satisfaite, et lui pesaient maintenant énormément. Pis encore : elle redoutait ces moments comme la peste, faisait tout pour les éviter. Et Larry était trop aveugle pour comprendre, et trop brave homme pour qu'elle ait envie de lui expliquer. La question de L. B. la mettait au pied du mur. Or, par fierté ou par compassion, elle ne pouvait se confier à personne – à celui qui l'interrogeait moins encore qu'à un autre.

Elle s'en voulut d'avoir laissé cette remarque lui échapper. Elle n'aurait jamais dû lui dire qu'elle était heureuse à la boutique plus qu'ailleurs. Leur badinage l'avait mise dans un beau pétrin.

— Que se passe-t-il, Amanda ? Qu'est-ce qui ne va pas ?

Des larmes incontrôlables lui montaient tout d'un coup aux yeux.

— Ce n'est rien, affirma-t-elle en secouant la tête. Ce n'est rien.

— Ça ne peut pas être rien. Tu ne veux pas me dire ce qu'il y a ?

— Je ne vois pas pourquoi je devrais me confier à toi, après la façon dont tu m'as traitée.

— Mais maintenant, je ne suis plus désagréable, si ?

— Ça ne change rien, tu as été horrible avec moi, méchant, et sans raison.

— Je le sais bien, et je t'en demande pardon, Amanda. Mais je devrais plutôt t'expliquer ce qui motivait ma conduite, ce qui me mettait en colère contre moi-même... Pourquoi me regardes-tu comme ça ?

— Il n'y a personne d'autre à regarder dans la pièce.

— Ah ! Donc, s'il y avait du monde, tu ne me regarderais pas ?

— Je n'ai pas dit ça !

C'était une joute, un duel. Ils étaient au bord de... de quoi ? Ils jouaient à un jeu, mais lequel ?

— Tu ne manques pas de toupet, remarqua-t-il avec le petit sourire railleur qui lui était si particulier. Mais ça me plaît. Même le matin où tu es venue me voir, ton culot m'a plu.

Un nouveau coup de tonnerre terrifiant secoua la maison. Un éclair le suivit aussitôt, droit sur la fenêtre, et L. B. s'écria :

— Tu vois, je te l'avais dit ! Il ne faut jamais se tenir près d'une fenêtre pendant un orage.

— Je sais bien. J'ai grandi à la campagne, tu as oublié ?

Le vent et la pluie martelaient les vitres. On aurait pu croire que la violence de l'orage et la colère du ciel étaient dirigées contre eux, comme si le vent voulait les fouetter, l'éclair les brûler, les aveugler. Impressionnés, ils restèrent immobiles côte à côte, sans prononcer un mot.

Puis subitement, malgré ses propres recommandations, L. B. se leva et alla à la fenêtre. Il y demeura longtemps, les mains dans les poches. D'où elle était assise, Amanda voyait son profil, comme l'un de ceux gravés sur les pièces de monnaie anciennes, songea-t-elle, une fois de plus. Un profil fier et passionné, sensuel aussi. Jamais auparavant elle ne s'était autorisée à utiliser ce mot, « sensuel », en évoquant L. B. Était-ce l'orage, cette maison mystérieuse et vide qui lui soufflaient, à son grand désarroi, ces pensées démentes et interdites ?

Elle ne voulait pas de ces images gênantes qui fusaient dans son esprit de temps à autre en voyant Peter Mack, ou même le voisin du pavillon de brique d'à côté quand il tondait sa pelouse. Elle voulait chasser toutes ces chimères, les anéantir, parce que cela ne servait à rien, que rien de bon ne pouvait en naître – surtout pas quand il s'agissait de L. B., de ses épais cheveux noirs, de son dos long et élancé, ou de ses mains.

Car, oui, en cet instant, elle se demandait quel effet cela ferait de se retrouver dans ses bras, et elle aurait aimé savoir qui il enlaçait, car il devait certainement...

— Le plus fort de l'orage est passé, constata-t-il soudain. Ce n'est plus que de la pluie, une très grosse pluie.

— On peut repartir ?

— C'est encore trop violent pour les essuie-glaces. Attendons encore un peu. (Il se rassit.) Il faudrait que je t'explique pourquoi je m'en voulais tant, ce jour-là. Tu veux bien ?

Même si cet étonnant canapé était assez long pour huit ou neuf personnes, le visage de L. B. n'était à présent plus qu'à trente ou quarante centimètres du sien. En rencontrant le regard qui ne la lâchait pas, elle sut ce qu'il allait dire. Et comme elle ne répondait pas, il continua.

— Je m'en voulais de penser tant à toi.

Ils se regardaient fixement. Les yeux bleu vif de L. B. étaient sombres. Malgré son envie de fuir, elle ne parvenait pas à s'en détacher.

— Je t'évitais. Je me bats contre moi-même depuis au moins un an. Après Noël – ce que tu étais belle, ce soir-là ! –, j'ai su que je ne devais plus t'approcher du tout. Et tu ressentais la même chose, Amanda. Ne le nie pas, je le sais.

Son cœur cognait si fort que les battements se voyaient sûrement à travers son chemisier. Et les larmes qu'elle retenait se déversèrent le long de ses joues.

— Non, ne pleure pas, murmura-t-il en l'attirant à lui. Ma belle, ma ravissante Amanda.

D'un mouvement doux et spontané, elle tomba dans ses bras. Trouvant sa chaleur, elle le sentit presser les lèvres contre les siennes. Elle fut vaguement consciente des doigts qui ouvraient les boutons de son chemisier, défaisaient ses vêtements ; elle entendit le murmure de la voix de L. B. et perçut confusément ses propres soupirs, tandis que le sang fusait dans ses veines.

En rouvrant les yeux, elle le vit debout à son côté, qui l'observait. Il s'était rhabillé et l'avait couverte de son imperméable.

— J'ai dormi longtemps ? s'écria-t-elle, prise de panique.

— Environ dix minutes. Je ne sais pas. Amanda, je ne sais pas quoi dire. C'est un accident...

Submergée par une vague de terreur, elle crut se noyer.

— Mon Dieu, souffla-t-elle.

L. B. se laissa tomber sur le canapé, la tête dans les mains. Puis il se plaqua une main sur le front et oscilla d'avant en arrière.

— C'est ma faute, ma faute, répéta-t-il.

Malgré son angoisse, elle tint à rétablir la vérité.

— Non, c'est ma faute à moi aussi. Je voulais…

Elle s'interrompit.

Oui, elle en avait eu envie, et maintenant elle savait : c'était exactement ce qu'elle avait imaginé, ce qui lui avait manqué, ce que Larry ne lui donnerait jamais.

Et pourtant, elle se noyait, se débattait dans la houle et contre sa terreur. Elle implorait L. B. du regard, affolée.

Au bout d'un instant, il se secoua.

— Nous avons perdu la tête un moment, il faut voir ça de cette façon. Ce sont des choses qui arrivent, mais cela ne doit pas se reproduire.

— Je sais.

L'eau dévalait dans les gouttières avec des gargouillements. Dans le silence, ce vacarme était presque inquiétant. La lumière reparaissait à travers la baie vitrée, une lumière de fin d'après-midi qui ajouta encore à la détresse d'Amanda.

— Il faut que je rentre, s'écria-t-elle. Je dois partir tout de suite !

Elle se leva pour terminer de s'habiller. Il tenta de l'aider, mais elle s'écarta. Et lui, comprenant aussitôt, n'insista pas. Quand ils retournèrent à la voiture, elle parcourut la rue d'un regard coupable. Interprétant encore une fois sa mimique, il lui assura que personne ne soupçonnerait quoi que ce soit.

— Je suis l'agent exclusif des propriétaires, la seule personne à part eux à avoir la clé. Ne crains rien, Amanda. Toi et moi, nous sommes les deux seuls à savoir ce qui s'est passé, et personne d'autre ne l'apprendra jamais.

Elle tremblait encore dans la voiture. Quelle horreur ! Le père de Larry ! Si c'était arrivé avec n'importe qui d'autre, on aurait déjà pu lui reprocher d'avoir trompé la confiance de son mari en étant infidèle, mais là, c'était bien pire… Ça ! N'importe qui d'autre, oui, mais pas son père !

Ils roulèrent en silence. L. B. fixait la route d'un air grave. Ils croisèrent des voitures, un car scolaire rempli de petits garçons, la camionnette de la poste, et un fourgon de livraison portant en lettres rouges les mots « Queens' Market » sur la carrosserie.

Les gens sortaient, maintenant que l'orage était passé. Tout redevenait normal. De même, rien n'avait paru extraordinaire dans la rue de Cécile, le jour où Norma et elle l'avaient trouvée par terre chez elle, baignant dans son sang.

— Je te conduis jusqu'au coin de ta rue, annonça L. B., et tu finiras à pied. Si on te demande où tu étais, puisqu'il est assez tard, raconte que tu faisais ton jogging, invente ce que tu voudras, mais dit bien que je t'ai ramenée. Je t'ai vue dans la rue il y a quelques minutes, et naturellement je t'ai proposé de te raccompagner.

Le cœur d'Amanda se remit à battre à tout rompre.

— Et entre-temps ? Comment ai-je passé le temps pendant l'orage ?

— Tu étais à la bibliothèque. Tu t'y es abritée aux premiers coups de tonnerre. (Il lui jeta un coup d'œil.) Ça va ? Tu es sûre ? ajouta-t-il malgré son hochement de tête.

— Il faut bien que ça aille, répondit-elle en se redressant pour se tenir plus droite.

— Voilà, c'est bien. Souviens-toi de ce que je t'ai dit. Ce sont des choses qui arrivent. La vie ne se déroule pas toujours comme on l'a prévu. On dérape, et puis tout rentre dans l'ordre.

— Je n'ai pas une tête trop bizarre ? On ne voit pas que j'ai pleuré ?

— Non. Prétends que tu es épuisée. Tu as fait une longue promenade, et tu as été surprise par l'orage... Tu sais quoi dire, maintenant.

Quand la voiture s'arrêta, il posa la main sur la sienne.

— Je pense le plus grand bien de toi, Amanda, et je suis vraiment désolé si je t'ai fait du mal et si à cause de moi tu t'inquiètes. (Sa voix, bien que trahissant une certaine émotion, était toujours profonde et décidée.) Mais surtout, ne t'inquiète pas. Je t'en prie, oublie tout ça. Rien ne s'est passé. Tu me le promets ?

— Oui.

Elle sortit de la voiture, attendit de le voir s'éloigner dans l'avenue pour entrer dans sa rue. Elle n'était plus qu'à quelques pas de chez elle quand elle éprouva un nouveau choc : l'énorme sycomore qui poussait devant sa maison s'était abattu en diagonale sur la pelouse, les branches supérieures n'évitant que de quelques centimètres les fenêtres de la salle à manger. Un petit attroupement s'était formé pour observer la catastrophe.

Larry, l'apercevant, courut vers elle en criant son nom.

— Mais où étais-tu passée, bon sang ? Une voisine m'a téléphoné au bureau pour m'avertir que l'arbre était tombé, mais elle n'a pas été très claire, et je n'ai pas compris s'il avait écrasé la maison et toi avec... Je viens d'arriver, expliqua-t-il, encore à bout de souffle. J'étais fou d'inquiétude, je ne suis pas encore entré ; où étais-tu ?

Il l'attrapa pour la serrer dans ses bras et l'embrassa sur la joue.

— Je faisais mon jogging quand l'orage a éclaté. Je me suis réfugiée à la bibliothèque. Et puis, sur le chemin du retour, j'ai rencontré ton père qui traversait Hampton Avenue. Il m'a déposée.

— Ah, bien. Ouf !

Elle avait donc débité son mensonge, et il était passé sans problème.

— Oui, quelle chance, observa-t-elle calmement. Il s'en est fallu d'un cheveu... Mais le vieux sycomore va me manquer. Il était très beau.

Les voisins n'en revenaient pas.

— Dites donc, ça a bien labouré votre gazon.

— Il va falloir le ressemer, mais ça repoussera vite.

— Ça doit coûter un bon paquet, de faire scier tout ce bois et de s'en débarrasser.

— Vous avez vu comme l'éclair a brûlé l'écorce ? Il y a une grande fente au milieu. Si vous aviez été chez vous, vous auriez eu la peur de votre vie. Heureusement que tu étais sortie, Amanda.

Non. Elle aurait infiniment préféré être restée chez elle toute la journée…

— Tout est bien qui finit bien, remarqua Larry.

Elle avait attendu ce commentaire et aurait même parié qu'il viendrait tôt ou tard. Larry prononçait invariablement cette formule au plus léger tracas.

Ils avaient fini de dîner, et le journal télévisé était terminé ; Larry avait délivré son commentaire sur l'incident, Amanda avait opiné ; les portes avaient été verrouillées, celle de devant comme celle de derrière, et il ne restait donc plus, pour clore cette journée, qu'à aller se coucher.

— Ça te dirait de partager un pot de glace pour changer, avant de monter ? suggéra-t-il.

Elle l'aurait bien mis en garde contre son poids, mais il n'aimait pas les remarques sur son embonpoint, et de toute façon elle ne se sentait pas d'humeur à discuter. Et puis, pour être juste, il ne devenait pas si gros que cela ; il avait une nature compacte, des os épais qui l'alourdissaient. Elle se souvint qu'à une époque elle avait tenté de se persuader que sa carrure lui donnait un aspect viril. Comme ses goûts avaient changé ! Et, l'observant, elle eut de la peine pour lui... de la peine pour tout ce qui était arrivé.

— Ça te dirait, ma chérie ? Tu préfères quoi ? Fraise ou chocolat ?

— Choisis, toi.

— Fraise. J'y vais.

— Non, ne bouge pas, coupa-t-elle avec un gentil sourire. Tu as travaillé toute la journée.

— Ça, c'est bien vrai. Et toi, tu n'as rien fait. J'espère que tu en as profité.

Ayant déjà franchi le seuil de la cuisine, elle fit semblant de n'avoir rien entendu. La panique montait de nouveau en elle, elle se sentait affreusement mal. Qu'arriverait-il si elle tombait malade et délirait à cause de la fièvre ? Ou si elle avait besoin de se faire opérer. On disait que les gens parlaient pendant l'anesthésie. Enfin, ce n'était peut-être pas vrai...

— Tu n'aimes pas la glace ? demanda Larry.

Elle ne s'était pas rendu compte qu'elle n'avait pas touché sa cuillère.

— Mais si, mais si. Je n'ai pas très faim, en fait. J'ai un peu mal à l'estomac. Je me suis arrêtée chez Stuffy pour prendre un hot dog, et je dois avoir du mal à le digérer.

— Je t'ai dit je ne sais combien de fois d'aller voir un médecin ! Tu ne prends pas ta santé assez au sérieux. Tu as trop souvent mal à l'estomac et à la tête, pour quelqu'un de ton âge. Il te faut toujours un thé ou une aspirine quand on se couche, et tu es très souvent malade. Qu'est-ce que tu as, à la fin ?

Cette fois, il perdait vraiment patience. Le voyant si irrité, elle comprit qu'elle devait faire un effort pour le calmer.

— Ce n'est rien du tout, j'en suis sûre, lança-t-elle gaiement. Tu as vraiment tendance à exagérer, Larry. Mais je vais m'en occuper, pour te faire plaisir.

Ainsi rassuré, il alla au lit sans l'importuner, à son grand soulagement car elle n'aurait pas pu supporter qu'il la touche.

Quelle horreur ! Son père !

Si seulement je pouvais me confier à quelqu'un, songea-t-elle, incapable de s'endormir. Et elle se demanda si L. B. aussi avait une insomnie, s'il éprouvait la même terreur et le même besoin de parler de ce qui s'était passé. Mais fort probablement pas. L. B. était solide.

La pièce était illuminée par la lumière blafarde de la lune ; cet éclairage cruel mettait en évidence les cheveux clairsemés de Larry et sa bouche ouverte, d'où s'échappait un ronflement léger et régulier.

Quelle horreur ! Son père !

Le miracle de son visage, de ses yeux, de sa bouche, de ses bras ! Qu'avait-il voulu dire par : « Tout va rentrer dans l'ordre » ? Désirait-il oublier, faire en sorte que plus jamais cela ne se reproduise ? Bien sûr que oui. Qu'aurait-il pu vouloir dire d'autre ?

Demain, Larry lui rappellerait le coup de fil hebdomadaire qu'elle passait à ses parents. Comment parviendrait-elle à donner le change, à parler avec naturel de la récente visite de sa mère et de la grossesse de sa plus jeune sœur, Doreen ?

Pourrait-elle jamais regarder de nouveau sa mère en face ?

La pendule du rez-de-chaussée sonna douze coups sonores, et Amanda ne dormait toujours pas. Pourtant, elle dut finir par s'assoupir, car, comme elle s'en souvint plus tard avec horreur, elle rouvrit les yeux pour voir l'énorme et terrifiante sphère blanchâtre de la Lune perchée sur le rebord de la fenêtre. Elle mangeait la nuit ; elle était entrée en collision avec la Terre ! Elle allait avaler et faire disparaître la planète !

Amanda poussa un hurlement puis un autre, tirant Larry de son sommeil. Il la secoua doucement.

— Réveille-toi. Tu es en train de faire un cauchemar. Tu as dû avoir très peur aujourd'hui, avec la chute du sycomore. Ferme les yeux, tu vas te rendormir.

13

Le bus secouait ses passagers et s'arrêtait sans cesse, se traînant à une allure d'escargot depuis des heures, lui semblait-il. Le parcours était en tout cas loin d'être direct, partant de la limite des faubourgs et traversant des quartiers qu'Amanda ne connaissait pas, malgré bientôt quatre ans de résidence dans la ville. Ici tout était déprimant, jusqu'à la couleur moutarde des constructions ; une fois passé la prospère avenue principale, les rues se ressemblaient toutes, avec leurs maisons exiguës et mal entretenues, leurs petites boutiques, leurs garages et leurs pompes à essence, leurs restaurants et leurs écoles de brique brune.

De temps à autre, la jeune femme fermait les yeux. Quand le bus arrivait à un arrêt, elle amorçait parfois un geste pour se lever, se préparant à descendre, mais elle se ravisait aussitôt. Ses mains se serraient sur son sac à main, si révélatrices de sa tension qu'elle crut vite être le point de mire de tout le bus.

Quatre adolescentes avaient pris place de part et d'autre de l'allée centrale et la fixaient avec insistance. Elle présentait une image si incongrue que les gamines se murmuraient des commentaires en la regardant. L'une d'entre elles poussa même un gros rire qui fit se retourner un vieux monsieur. Elles se moquent de moi, pensa Amanda avec indignation, alors qu'avec leurs shorts et leurs minijupes elles n'hésitent pas à exposer leurs vilaines cuisses, et à exhiber des orteils douteux entre les lanières de leurs sandalettes dorées. Ce sont des petites dures, des insolentes… Elle se redressa, s'agrippant toujours à son sac de cuir, ses pieds bien chaussés sagement placés côte à côte.

Les quatre filles continuaient à se faire des messes basses en gloussant. Sans doute la trouvaient-elles guindée parce qu'elle ne leur ressemblait pas.

Puis elle s'aperçut que l'une d'entre elles montrait aux autres un magazine. Peut-être ne se moquaient-elles pas d'elle, finalement, mais des pages qu'elles parcouraient… De toute façon, si ces filles s'étaient permises de la juger, ne s'était-elle pas rendue coupable de la même intolérance ? Car, en fait, que savait-elle de ces adolescentes, à part qu'elles ne s'habillaient pas très bien et n'avaient aucune manière ? Et elles, que voyaient-elles en la regardant ? Rien d'autre que de coûteux vêtements trop chic pour un trajet en bus.

Elles ne se doutent pas de ce que je m'apprête à faire, songea Amanda. Si elles l'apprenaient, peut-être seraient-elles choquées, à moins que cela ne les émoustille sans les perturber le moins du monde. Sait-on jamais ce qui passe par la tête des autres ? Nous ne sommes qu'un groupe d'inconnus, assis temporairement dans un bus, venant d'horizons divers et n'ayant pas les mêmes destinations.

Elle n'avait que ces mots aux lèvres : *Avancer ou reculer ?* Un pied se levait pour aller de l'avant, tandis que l'autre tendait à retourner en arrière. Mais, avec un tel manège, on ne pouvait faire que du surplace. Décide-toi. Décide-toi maintenant. Je suis l'affamée prête à casser une vitre pour voler le pain qui la tente. Je suis la naufragée privée d'eau, affaiblie par la soif. Je suis la pauvre femme qui n'a qu'à tendre la main pour s'approprier ce qui lui manque. Et qu'importe si je n'en ai pas le droit, puisque personne ne le saura et que personne n'en souffrira ?

Oui, dans ces conditions, cela ne peut pas être bien grave. Mais alors, pourquoi tant de résistance ? Des efforts bien dérisoires, à vrai dire, car elle ne se sentait guère l'énergie de lutter. Toute la journée et la moitié de la nuit, depuis des semaines et des semaines, elle n'avait eu qu'une seule pensée, se sentant suspendue entre une étrange tristesse et un immense bonheur.

Son cœur partit au galop et la tête lui tourna quand le bus ralentit pour bifurquer au pont et pénétrer dans Lane Avenue. La dernière fois qu'elle était passée par là, c'était en rentrant de sa lune de miel. La première fois, c'était conduite par Norma, et elle se rappelait sa petite plaisanterie : *N'accepte pas d'invitation dans Lane Avenue.*

Soudain, elle mourait de peur. Et s'il n'était pas là ? Faudrait-il attendre le bus pour retourner chez elle ? Elle aurait dû prendre sa voiture. Non, il avait dit que c'était risqué, car si elle tombait en panne, avait un pneu crevé ou un léger accrochage, elle aurait à expliquer ce qu'elle venait faire dans ce quartier. Tu ne connais personne qui habite par là, avait-il observé. Voilà d'ailleurs pourquoi c'est le meilleur endroit pour se retrouver.

Il pensait à tout, et elle se fiait à lui. Bien sûr qu'il serait là ; il l'attendrait au carrefour, comme prévu. Elle se leva, et était prête à descendre à la seconde où le bus s'arrêta.

— Tu es en retard, je me suis inquiété, déclara-t-il. J'avais peur que tu n'aies changé d'avis. Je ne pense qu'à ce moment depuis que c'est arrivé. Ce dernier mois m'a semblé durer une année entière !

Il l'implorait du regard ; ses yeux étaient empreints d'une profonde tendresse. Ce qui ne l'empêchait pas de contrôler la situation. En étudiant son visage, elle le retrouva tel qu'elle le connaissait, seigneurial. Elle lui adressa un petit sourire timide, et ils se mirent en route, main dans la main.

— Amanda, ton sourire illumine le ciel.

Un jour, au début de l'automne, Cécile téléphona à Norma pour lui proposer une expédition. Une amie commune, Liz, partait en voyage en Europe et devait rester deux heures en transit à l'aéroport voisin. Malgré ses merveilleuses qualités, Cécile pouvait parfois être agaçante, songea Norma. Sans doute Liz lui avait-elle un peu forcé la main, et Cécile cherchait toujours à faire plaisir. À vrai dire, Norma ne savait pas beaucoup mieux dire non. Ainsi donc, elles firent ensemble le long trajet pour se rendre à l'aéroport ; puis, après une heure sans conteste fort agréable à boire un café avec Liz, qu'elles n'avaient pas vue depuis la remise des diplômes, elles reprirent la route. Cécile devait ramener Norma au collège, où elle avait laissé sa voiture.

— La circulation devient de plus en plus dense à la sortie du pont, se plaignit Cécile en avançant au pas.

— Heureusement que c'est toi qui conduis, remarqua Norma en bâillant. J'ai du mal à garder les yeux ouverts.

— Dommage qu'Amanda n'ait pas pu venir. Je croyais que c'était son samedi de congé, mais il paraît qu'il y a trop de monde pour qu'elle le prenne. Elle travaille vraiment dur.

La voiture, à l'arrêt derrière un camion de livraison qui déchargeait, était presque au coin de Lane Avenue.

— Tu as vu ce quartier ? reprit Cécile. On n'a sûrement pas repeint les façades depuis un siècle. Non, mais regarde comme c'est affreux !

Norma ne pouvait qu'approuver. Mais soudain, ses yeux endormis s'ouvrirent tout grands, et son cœur eut un sursaut d'horreur. C'est Amanda au bras de mon père, là-bas ! C'est sa fameuse veste corail, orange, je ne sais plus comment la couleur s'appelle. Non, ce n'est pas possible, c'est insensé ! Ils sont à cinquante mètres, je ne dois pas bien voir...

Elle jeta un regard sur Cécile, du coin de l'œil. Remarquait-elle la même chose ? Mais non : si Cécile avait reconnu Amanda, elle aurait poussé une exclamation de surprise. Ou peut-être pas... C'était tellement absurde que personne ne voudrait risquer de commettre une pareille erreur.

Au bout d'un moment le camion repartit, et elles purent continuer. Cécile mit la radio.

— Ça te dit, un peu de musique ?

Le cœur de Norma battait trop fort, elle ressentait le contrecoup du choc dans tous ses muscles. Pouvait-elle vraiment douter de ce qu'elle avait vu ? Mais peut-être n'était-ce qu'un effet de son imagination. L'esprit vous jouait parfois de sacrés tours...

Pourtant, ces cheveux longs à la couleur éclatante, cette veste corail étaient uniques. Et son père ! Comment aurait-on pu ne pas reconnaître son propre père, même à cinquante mètres ?

Ainsi se débattait-elle contre ses certitudes, ne voulant pas y croire. Elle en transpirait à grosses gouttes et dut s'essuyer les mains avec son mouchoir. La lenteur de la circulation l'horripilait, elle avait envie de sauter de la voiture et de partir en courant, de faire quelque chose. Oui, mais quoi ? Elle savait parfaitement, sans erreur possible, ce qu'elle avait vu.

Que fabriquaient-ils là, alors qu'Amanda était censée être à son travail ? Que pouvaient-ils venir faire dans ce quartier ? Et qu'importait le quartier, d'ailleurs : pourquoi se promenaient-ils ensemble ? C'était incompréhensible, ils ne se supportaient pas.

— Je te sens nerveuse, remarqua Cécile.

— Ah ? Tu trouves ?

— Tu dois avoir des fourmis dans les jambes. Le trajet est vraiment long. Nous serons au collège dans cinq minutes, tu n'auras plus qu'à reprendre ta voiture et rentrer chez toi. Nous avons quand même passé un bon moment, non ?

L'idée de rentrer chez elle était loin de soulager Norma. Son père risquait de revenir avant qu'elle n'ait eu le temps de recouvrer son calme. Elle avait peur d'avoir perdu la tête, et d'avoir été trompée par quelque mirage issu de son esprit dérangé, comme les gens qui voient de l'eau dans le désert…

Dès que Cécile l'eut déposée, elle prit sa voiture pour traverser le complexe scolaire jusqu'à l'auditorium. La porte était ouverte. À côté se trouvait la maison du chef de l'établissement, où devait se tenir une réunion, car une dizaine de véhicules étaient garés dans l'allée d'accès. Rassurée par cette présence tout en ayant besoin de solitude, Norma pénétra dans la salle et s'assit pour réfléchir.

Après tout, se dit-elle, rien n'était plus simple que de vérifier, au lieu de donner trop d'importance à des soupçons. Elle prit son téléphone portable dans son sac, appela la boutique de Cagney Falls et demanda à parler à Amanda.

— Elle ne travaille pas aujourd'hui, annonça la voix enjouée de Dolly.

— Ah bon ? C'est Norma. Vous vous souvenez de moi, Dolly ? Je croyais qu'elle était là aujourd'hui.

— Elle devait venir, mais elle a dû rester chez elle. Elle a appelé pour dire qu'elle avait un gros rhume, plutôt une bronchite, même. Elle arrivait à peine à parler. Je viens d'essayer de la joindre pour lui demander de ses nouvelles, mais ça ne répond pas.

— Merci, dit Norma en raccrochant.

Sa peur, terrible, lui donnait maintenant des sueurs froides.

— Ce n'est pas possible, murmura-t-elle pour elle-même.

Après une ou deux minutes de profonde stupeur, elle composa le numéro d'Amanda. En vain. Ensuite, elle appela le bureau principal de l'agence Balsan.

— Madame Flanagan ? Norma à l'appareil. Mon père est-il là ? Je dois lui dire un mot.

— Mais non… il ne vous a pas prévenue ? Il a pris l'après-midi pour aller jusqu'à Creston. Il doit y visiter une propriété.

— Ah, merci beaucoup.

Elle avait réussi à garder une voix calme et naturelle – un vrai miracle ! Creston se trouvait à au moins soixante-quinze kilomètres, une bonne excuse pour prendre son après-midi. Alors, pouvait-elle toujours prétendre avoir été victime d'une hallucination ? Elle éprouvait un choc semblable à ce que subissent les témoins de catastrophes. Appuyant la tête au dossier de sa chaise, elle resta immobile, les yeux rivés au plafond.

— J'ai aperçu ta voiture, annonça Lester Cole en entrant. Je me demandais ce que tu faisais ici toute seule. Ça va ?

Elle se redressa sur son siège.

— Oui, oui. Juste un petit coup de fatigue.

— C'est drôle, mais je ne te crois pas.

— Ah ? Désolée, répliqua-t-elle, presque avec colère.

Elle devait être affreuse, les joues rouges, les cheveux en bataille. Il n'avait aucun tact, aucun savoir-vivre pour la déranger ainsi. Il aurait dû se douter qu'elle ne voulait voir personne.

— Que fais-tu ici toute seule ?

Il avait pris son ton sévère, celui d'adjoint du proviseur. Peut-être y avait-il une règle qu'elle ignorait, interdisant de pénétrer dans la salle de spectacle sans raison professionnelle…

— Je voulais travailler mon piano, mentit-elle. Souviens-toi, je t'ai déjà expliqué plusieurs fois que ceux du collège étaient bien meilleurs que le mien, et tu m'as dit que ce n'était pas gênant.

— Ce n'est pas gênant du tout. Tu ne voudrais pas me jouer quelque chose ? Joue le morceau que tu désirais travailler.

Avec lui, il fallait toujours être en représentation, mémoriser un texte pour le lui réciter, lui jouer de la musique ! Elle eut envie de hurler : Fiche-moi la paix ! Tu ne vois pas que je souffre ? Je ne sais plus où j'en suis !

Au lieu de quoi, obéissante, elle s'assit au piano et se mit à jouer de mémoire la *Sérénade en ré* de Mozart. Les notes fluides et joyeuses s'échappèrent vers la porte et le soleil ; mais, soudain, le silence se fit. N'en pouvant plus, elle avait dû s'arrêter.

— J'ai honte que tu me voies dans cet état, balbutia-t-elle. Je ne suis pas toujours comme ça.

— Je te connais, quand même. Je ne veux pas te poser de questions, ni t'importuner, mais je ne te laisserai pas tant que tu ne te sentiras pas mieux.

Comment pourrait-elle jamais se remettre – à moins de découvrir une explication qui effacerait ses soupçons ? En attendant, cet homme si gentil, si attentionné, restait à côté d'elle tandis que, toujours assise au piano, elle fixait les touches sans les voir.

— Je voulais te dire, reprit-il, à l'évidence pour rompre le silence, nous avons tous beaucoup apprécié que tu reprennes la classe de français de Mme Perrault quand elle est tombée malade. Et avec quel succès ! Les gamins ont remporté leur examen haut la main ! Il faudrait te décorer.

— Mais non, ce n'est rien.

— Bien au contraire. C'était un moment très important de l'année, et toi tu avais déjà quatre cours de latin, sans parler de ta quatrième de français. Tu es une pédagogue-née, Norma, et une linguiste hors pair par-dessus le marché. Tu devrais te mettre à l'ourdou ou au bulgare pendant tes heures creuses !

Sa petite plaisanterie ne rencontrant pas le moindre succès, Lester se pencha pour l'examiner, l'air inquiet. Son front était marqué par trois rides parallèles.

— Pardon, déclara-t-il, ce n'était pas drôle.

Le silence retomba. Mais va-t'en ! se retenait-elle de crier. Laisse-moi seule, que je me cache jusqu'à ce que toutes les voitures soient parties, et que je puisse courir me réfugier dans la mienne afin de dissimuler mes yeux et mon nez rouges !

— Est-ce que je t'ai dit que je m'arrêtais souvent dans le couloir du bâtiment Hale pour t'écouter jouer ?

— Non.

— Tu es très douée, Norma, dans bien des domaines.

Encore une fois, elle retint une réponse acerbe ; car, même en admettant que ce soit vrai, de quel secours cela lui était-il à cet instant ?

— Je te remercie, même si je ne suis pas de ton avis, se contenta-t-elle de maugréer.

— À propos tu peux m'expliquer ce qui arrive à Jessie ?

Pauvre petite Jessie, solitaire et mal dans sa peau ! Là, au moins, le sujet l'intéressait.

— Je crois qu'elle va mieux. Elle est plus heureuse.

— C'est l'impression que j'ai eue en la croisant sur la pelouse centrale l'autre jour. Elle portait un T-shirt avec les dessins idiots que les filles adorent cette année, et elle se promenait avec un garçon. Je l'ai trouvée presque jolie. Comment as-tu réussi cette métamorphose ? Tu n'aurais pas mis son père dans le coup, par hasard ?

— Si, comment as-tu deviné ?

— Avec cette mère impossible, c'était la seule solution logique.

— Sur mon conseil, elle a demandé à son père de lui allouer une somme fixe pour pouvoir s'acheter elle-même ses vêtements et s'habiller enfin comme tout le monde. Sa mère est une égoïste finie qui, à mon avis, souffre d'une bonne grosse névrose. Elle doit vouloir garder Jessie dans le rôle du vilain petit canard ; la comparaison est plus flatteuse quand on veut être le seul cygne. C'est assez classique.

Combien de temps allait-il rester ? Il joue les bons Samaritains, songea-t-elle, il veut me changer les idées en me parlant de Jessie, et il ne bougera pas tant qu'il n'aura pas découvert ce qui me préoccupe. Mais jamais, jamais, même sous la torture, je ne révélerai ce que j'ai vu !

Des voix se firent soudain entendre à l'extérieur, au milieu de bruits de moteur. Quelques professeurs jetèrent un coup d'œil dans l'auditorium en passant et notèrent leur présence.

— Nous devrions aller ailleurs, déclara Lester.

Comprenant que la situation pouvait paraître ambiguë, Norma se leva aussitôt pour se diriger vers sa voiture, mais Lester l'arrêta avec une suggestion qui ressemblait beaucoup à un ordre.

— Allons jusqu'au terrain de jeux. C'est l'entraînement de softball, nous n'aurons qu'à nous asseoir là.

Elle comprit très bien qu'il s'agissait d'une tactique pour écarter de possibles soupçons. Avec les beaux jours, il était tout à fait naturel pour les enseignants de demeurer au collège en dehors des heures de cours et de se détendre en regardant jouer les élèves. Dans sa position, Lester était en droit de lui demander ce service, et elle ne pouvait guère le lui refuser.

Lorsqu'ils furent assis sur un banc à l'ombre, il revint à la charge.

— Je croyais que nous étions amis. En tout cas, c'était ce que j'espérais… Mais pour être franc, Norma, j'ai parfois l'impression que tu n'en as pas très envie.

— Qu'est-ce qui te fait dire cela ? demanda-t-elle, très surprise.

— Rien de particulier, mais tu restes toujours tellement distante…

— Ah bon ? Pourtant, ce n'est pas dans mes intentions ! Je suis plutôt timide. Tu as dû mal interpréter mon attitude.

— Dans ce cas, je te demande pardon. Mais parfois, quand nous nous croisons dans l'établissement, tu fais semblant de ne pas m'avoir aperçu alors que nos regards se sont rencontrés.

Elle s'imaginait toujours qu'il avait les yeux rivés sur ses jambes… Que lui répondre ? Aujourd'hui, tout allait de travers. Tout.

— Je ne suis pas dans mon état normal. Je viens de vivre une expérience désagréable, et je ne sais absolument plus où j'en suis.

— Une expérience désagréable ici, au collège ? demanda-t-il, inquiet.

— Non, cela n'a rien à voir avec le collège.

Si elle avait envisagé de révéler la vérité à quelqu'un, cela aurait pu être à cet homme bon et intelligent. En entendant sa voix se briser, il avait détourné les yeux avec tact pour regarder le terrain, où des filles en tenue jaune couraient sur le gazon.

— Que ferais-tu si tu surprenais des personnes que tu aimes et en qui tu as confiance, des proches, en train de commettre une action très répréhensible ? Mettons que tu aies vu… (Elle chercha une comparaison.) Mettons que tu aies vu ta grand-mère voler dans un magasin. Bien sûr, ce n'est pas ça.

Mais c'est tout aussi bizarre, quelque chose de très, très choquant... Tu penserais quoi ?

— Ma foi, je me dirais que ma pauvre vieille grand-mère est malade et a besoin de se faire soigner.

Norma secoua la tête.

— Non, non. Je t'ai donné un mauvais exemple. Les personnes dont je te parle ne sont pas malades. Je leur faisais confiance. Ce n'est pas croyable. J'en ai à peine cru mes yeux !

— Il y a une différence entre un soupçon et un fait avéré. Peut-être que tu ne devrais pas te fier aux apparences.

— Comment cela ? Je sais bien ce que j'ai vu.

— Sais-tu combien de témoignages, dans des affaires criminelles, de gens honnêtes qui étaient tout à fait convaincus de ce qu'ils avaient vu, ont été démentis par les faits ?

— Oui, mais je suis sûre de moi, je te répète.

— C'est aussi ce que juraient ces gens... même sous serment.

— Non, Lester.

Et pourtant, à peine trois jours auparavant, elle avait rencontré Larry et Amanda ensemble, et ils étaient semblables à eux-mêmes. Se seraient-ils conduits avec autant de naturel si... si ce qu'elle supposait était vrai ?

Oui, c'était possible.

Lester insista.

— Mais admettons que tu aies vraiment surpris quelque chose de choquant – par exemple, que ta grand-mère ait vraiment perdu la tête et qu'elle se soit mise au vol à l'étalage. Cela ne devrait pas t'empêcher de vivre ta vie. Il ne faudrait pas cesser de penser à ce qui est important pour toi.

Elle ne répondit rien. Il la raisonnait comme tout bon enseignant face à un élève en difficulté. Peut-être avait-il raison. Elle avait peut-être été victime d'une hallucination au coin de Lane Avenue.

— Il faut que tu vives ta vie, insista Lester.

Norma eut un faible sourire. Oui, c'était vrai. Il n'y avait rien d'autre à faire. Elle ne pouvait tout de même pas aller les trouver : *Dites, je vous ai vus dans Lane Avenue, près du pont. Que faisiez-vous là ensemble ?*

— Ne tire pas de conclusions trop hâtives. C'est ce que je te conseille. Les situations de ce genre finissent toujours par se clarifier, pour le meilleur ou pour le pire, mais il faut se donner le temps de les comprendre. Crois-moi. Un jour, tu sauras si tu avais raison... En attendant, tu ne veux pas dîner avec moi demain ?

Cécile était pressée. L'excursion à l'aéroport lui avait pris plus de temps que prévu, et il lui restait à faire des préparatifs pour la réunion organisée ce soir-là chez elle. Son père devait amener deux financiers désireux de rencontrer Peter pour discuter de l'aménagement de la voie ferrée. Le projet était longtemps resté en sommeil, mais maintenant les choses commençaient à bouger. Récemment, un éditorial du journal local avait déploré les lenteurs qui entouraient la réhabilitation d'un terrain si « plein de potentiel ».

Sur la route de chez elle, Cécile pensait aux rafraîchissements qu'elle prévoyait pour cette rencontre. Son père, toujours excellent juge de la nature humaine, avait tenu à un premier contact informel au domicile de Peter.

— Je veux présenter Peter dans son environnement, avait déclaré Amos, ce sera plus marquant. C'est lui le point fort du projet. Il y aurait des quantités de promoteurs capables de dégager d'énormes bénéfices en empilant des « cubes en verre », comme les appelle Peter. Mais nous, nous visons le chef-d'œuvre – ce qui n'est pas incompatible avec une certaine rentabilité. Les projets ambitieux peuvent même se révéler d'un intérêt financier plus durable, à long terme, que des constructions centrées sur le seul profit. Nous devons arriver à concrétiser un concept architectural qui attirera les gens de partout, et donnera peut-être des idées aux autres. Nous voulons un bâtiment dont nous serons fiers.

Songeant à tout cela avec enthousiasme tandis qu'elle s'engageait dans l'allée de sa maison, Cécile était aussi vaguement préoccupée par autre chose. Une impression persistante lui irritait l'esprit, comme une piqûre continue de démanger longtemps après le départ du moustique. Avait-elle vraiment vu ce qu'elle croyait avoir vu cet après-midi-là ? C'était franchement bizarre... M. Balsan et

Amanda se promenant bras dessus, bras dessous dans Lane Avenue. Cette vision était tellement incongrue qu'elle était forcément fausse. Mais voilà, il y avait la veste, de cette couleur magnifique et très particulière ; il y avait aussi M. Balsan, dont la haute taille était tout à fait remarquable ; et enfin la réaction de Norma, qui s'était agitée sur son siège pendant le reste du trajet en gardant un silence inhabituel. Bien sûr, songea Cécile, je n'ai aucune preuve concrète, rien qui puisse convaincre un juge. Alors, j'ai dû me tromper...

Dès qu'elle passa la porte, elle cessa d'y penser car Peter était déjà rentré et ne tenait pas en place. Il avait étalé ses papiers sur la table de la bibliothèque, disposé les chaises et vérifié que le bar portable était bien garni.

— D'après Amos, M. Baker aime le bourbon à l'eau gazeuse. M. Roland boit du Perrier.

— Je pourrai assister à la discussion, ou c'est strictement confidentiel ?

— C'est aussi confidentiel qu'une réunion de la CIA ! Mais tu as notre entière confiance, Cile, ma chérie ; tu es plus que bienvenue. Je serai même ravi de pouvoir faire l'important devant toi.

À huit heures, les quatre hommes étaient assemblés autour de la table. Peter, à la demande générale, exposa le projet, expliquant ses croquis et répondant aux questions avec d'éloquents gestes illustratifs, tandis que

Cécile, installée dans le grand fauteuil de cuir, écoutait en spectatrice.

— Le musée, d'après moi, doit être un pivot, comme l'était la gare à son heure de gloire. Cette ancienne gare, une fois restaurée et transformée en musée, deviendra un pôle culturel pour la ville, de même que, entourée d'hôtels, de bureaux et de grands magasins, elle était autrefois un centre dynamique. Je ne sais pas depuis combien de temps vous n'avez pas exploré cette relique, mais j'ai dû y passer environ trois mois, si on met les heures bout à bout, et je peux vous dire qu'elle regorge de trésors. Les plafonds... vous vous en souvenez ? Ah ! On savait dépenser l'argent, avant la Première Guerre mondiale ! À elles seules, les fresques sont inestimables. Chaque section représente une merveille naturelle de l'Amérique, des chutes du Niagara à la chaîne des Sangre de Cristo... Rien n'a été oublié. Il n'y a qu'à les nettoyer et à les mettre en valeur avec un éclairage adéquat, ce qui n'a jamais été fait auparavant. Le plus beau, c'est que ces fresques ne couvrent pas l'intégralité du dôme, mais sont disposées en anneau sur sa circonférence.

Peter eut un sourire de gamin ravi. Il s'amusait énormément. C'était la première fois que Cécile assistait à une de ses présentations. Sa facilité d'expression et son charme la remplissaient d'amour et d'admiration. Elle qui se demandait parfois si on pouvait vraiment prétendre savoir qui étaient les autres, elle avait la certitude de le connaître à fond.

L'amour-propre de Peter le poussait à préserver son indépendance ; n'en avait-elle pas fait l'expérience au tout début ? Mais il n'y avait aucun orgueil mal placé dans cette attitude. Loin de se comparer aux autres par esprit de compétition, il essayait de correspondre à l'idéal qu'il s'était fixé. Il lui avait dit un jour que tous les êtres humains, en ouvrant les yeux le matin, devraient pouvoir voir quelque chose de beau, ne fût-ce qu'une rangée d'arbres dans une rue étroite. C'était cela son ambition dans ce projet : améliorer l'environnement urbain pour créer un peu de beauté dans un endroit qui en était privé.

— Dans cette vieille gare, continuait-il, je vois une cité des sciences, un musée, un théâtre et bien davantage. J'ajouterai des ailes pour y construire des salles de conférences, ou tout ce qu'on voudra. Ici, poursuivit-il en indiquant ses dessins, vous voyez le moyeu de la roue. À partir de ce centre, des rues conduisent aux autres quartiers et au marais qui longe la rivière. Elles sont bordées d'habitations de prix divers ; aucun bâtiment ne dépasserait trois étages. Il y aurait de petits hôtels pour recevoir les visiteurs du musée ou les randonneurs attirés par les marais – et ceux qui s'intéresseraient aux deux, bien sûr.

Il s'interrompit un instant, yeux plissés, comme s'il voyait au loin le projet terminé, ce centre magnifique, les rues bordées d'arbres qui en rayonneraient, et la circonférence formant un grand cercle jusqu'à la rivière. Et bien sûr, Cécile le savait, il imaginait les acclamations qu'il recevrait pour cette magnifique création. Mais pourquoi pas ? Un compositeur devait bien penser aux applaudissements qui accueilleraient son œuvre dans les salles de concerts. Un peintre voyait sans doute les files silencieuses se former aux portes des salles d'expositions.

— Ce serait un grand atout pour notre ville, estima M. Roland. Si nous ne faisions que réhabiliter le quartier de Lane Avenue, nous mériterions déjà une médaille.

Tous se mirent à rire. Amos eut un regard ravi en se tournant vers ses deux invités.

— Quand, il y a déjà quelque temps, mon beau-père a évoqué ce projet, dit Peter, un des premiers endroits qui m'a traversé l'esprit a bien entendu été cet horrible quartier de Lane Avenue. Il a besoin d'un grand nettoyage. Personne ne devrait en être réduit à vivre dans ces conditions.

Tous opinèrent du chef, et M. Baker proposa de passer à la phase du financement.

— Je suis confiant. Avec de tels plans dans le dossier, nous n'aurons aucune difficulté.

— Si nous parvenons à convaincre une des grandes chaînes hôtelières de s'installer entre le musée et la rivière, nous aurons gagné, prédit Amos.

— Oui, mais attention : l'hôtel devra correspondre aux exigences de hauteur du projet,
avertit Peter.

— Alors, pas d'empilement de cubes de
verre de soixante-dix étages ? le taquina Amos.

— Et pas de casinos non plus, ajouta Peter
avec un rire. Pas de faux palais des *Mille et
Une Nuits*.

— Bien, conclut M. Roland à la fin de la
réunion. Donc, nous sommes d'accord. C'est
parti ! Mais attention, pas un mot. Interdiction
formelle de discuter du projet en dehors de
cette maison. C'est absolument vital.
Absolument.

— Nous le savons tous, affirma Amos. Ne
vous tracassez pas.

Après le départ des deux invités, il ne cacha
pas sa jubilation.

— Tu as trouvé des idées extraordinaires,
affirma-t-il à Peter, je suis très fier de toi, particulièrement quand je pense à tout le travail que
tu abats en dehors de ce projet. Sans parler de
l'épreuve que vous avez traversée cet hiver,
ajouta-t-il d'un ton plus grave.

Oui, ils avaient vécu des moments très durs.
Malgré les vacances sous les palmiers, leur
détermination et leurs efforts, ces derniers mois
avaient été extrêmement difficiles pour Peter et
Cécile. La chambre vide à l'étage était un
rappel quotidien de leur perte. Quand ils
passaient dans le couloir, la porte close
semblait leur demander : Serez-vous un jour
capables de remplir cette pièce de petites vies

nouvelles ? Un des avantages de ce grand projet, se disait souvent Cécile, était d'occuper l'esprit de Peter et de le tenir à sa planche à dessin presque tous les soirs. Quant à elle, elle avait la chance de travailler pendant la journée. En revanche, les soirées, du moins jusqu'à ce que Peter ne s'arrête, étaient très, très calmes…

Amos tapa dans le dos de Peter.

— Tu vas devenir un des plus grands architectes des États-Unis si tu mènes ce projet à bien. Et sur ces bonnes paroles, je rentre chez moi. Bonne nuit.

— Quand papa t'a parlé du projet la première fois, tu ne te doutais pas que tu te prendrais autant au jeu, hein ? lança Cécile à Peter.

— Non, tu as raison. À vrai dire, je me suis surtout attelé à la tâche par sens du devoir, par reconnaissance. Je n'avais pas l'impression que cela entrait vraiment dans mes compétences. Mais maintenant, je me passionne. C'est un grand défi, Cile, c'est extrêmement stimulant.

— Je le vois bien. Tu avais l'air très heureux ce soir. Tu mérites un peu de bonheur.

— Nous méritons tous les deux d'être heureux. Et nous le serons. Je suis sûr qu'un jour nous nous sentirons de nouveau aussi bien qu'avant.

Beaucoup plus tard, au lit, Cécile se souvint de l'incident qui l'avait préoccupée dans la journée. Touchant l'épaule de Peter avant qu'il ne s'endorme, elle le lui raconta.

— Il est arrivé quelque chose de vraiment bizarre. Enfin, je crois. Quand vous avez tous parlé de Lane Avenue, ça m'est revenu... Je suis presque certaine d'avoir vu Amanda se promener au bras de M. Balsan.

— Dans Lane Avenue ? Tu es sûre ?

— À peu près. Mon attention a été attirée par une veste couleur corail. Le décor était si terne que cette tache vive ressortait sur un fond grisâtre. Et j'ai la quasi-certitude que c'était M. Balsan. Un homme très grand, en costume sombre, ça se remarque, dans Lane Avenue.

— Oui, c'est vrai.

— Alors, à ton avis, que faisaient-ils là ? Et ensemble ? Je n'y comprends rien. Plus j'y songe, plus je me dis que j'ai dû me tromper, parce que c'est impossible. Et pourtant...

— Cile, quand il s'agit du comportement humain, quasiment rien n'est impossible. Mais si j'étais toi, je n'en soufflerais mot à personne. N'y pense plus.

— Tu as raison.

14

Dans Lane Avenue, à travers les vitres sales, le soleil d'octobre faisait flamboyer le feuillage rouge d'un vieux chêne. Sans doute avait-il été planté là par un fermier d'avant la guerre civile, alors que l'avenue n'était encore qu'un chemin de terre. On avait fait un ménage sommaire dans la chambre en passant un coup d'aspirateur, mais l'endroit restait peu attrayant, avec sa peinture verte assez sale qui s'écaillait, ses plinthes couvertes de traces de chaussures et ses luminaires hors d'usage, héritage des nombreuses familles qui s'étaient succédé là.

Rien de tout cela, pas même les lampes cassées, ne perturbait Amanda. Pour commencer, ils ne venaient jamais le soir. Ils ne se rencontraient que l'après-midi, et seulement deux ou trois fois par mois. C'était un refuge secret, à l'abri des regards, où l'on pouvait tout de même recréer un semblant de confort.

Ils avaient meublé les lieux avec un canapé bon marché, assez large pour deux personnes, et une paire de fauteuils moelleux également très simples. Entre les deux se trouvait une table basse pliante sur laquelle était posé un très beau panier de pique-nique en osier garni de couverts, de porcelaine fine, et de verres de formes diverses permettant de tout servir, que ce soit de l'eau ou du château-lafite-rothschild, selon ce qui était au menu.

Le festin du jour, concocté par L. B., se composait de raisin, de fromage et de pain français, et d'un vin qui, s'il n'était pas exactement du château-lafite, n'était pas très inférieur en qualité. L. B. savait marquer les dates importantes dans les formes.

— L'anniversaire de notre rencontre, déclara-t-il, ou le demi-anniversaire si tu préfères : six mois jour pour jour depuis l'orage d'avril. Tu aurais cru, toi, que cela évoluerait de cette façon ?

Enveloppé dans un peignoir de laine écossaise, il était allongé sur le canapé, tandis que, à la table, Amanda dégustait du raisin. Quand elle se tourna vers lui, elle s'aperçut qu'il la dévorait des yeux avec une profonde tendresse.

— Non, jamais je ne l'aurais imaginé.

Comment aurait-elle pu concevoir cette trahison ? C'était un crime devant Dieu, rien de moins, et elle en avait conscience tous les jours.

Pourtant, sa vie n'avait jamais été si pleine, si gratifiante.

Jusque-là, elle n'avait pas connu l'amour. Elle en avait rêvé, avait essayé de se l'imaginer, avait même parfois commencé à se convaincre que la passion était une invention, un artifice créé par les artistes, une chimère entretenue avec talent par des dramaturges de génie, des musiciens inspirés par les troubadours. Mais ce cynisme ne la prenait que dans ses pires moments de découragement. La plupart du temps, se doutant bien que ce n'était pas une illusion, elle s'était contentée d'espérer en attendant son heure. Et soudain le miracle s'était produit.

Elle fit appel à sa mémoire, suivit à rebours le fil des événements. Cela commençait par la nuit d'horreur où elle avait vu la Lune à sa fenêtre, et par l'épisode effarant qui s'était déroulé dans la maison vide ; mais encore plus tôt… oui, avant cela, il y avait eu son attirance de plus en plus vive pour l'homme qu'elle avait un jour redouté et détesté. Qui aurait pu expliquer une telle histoire ?

D'une centaine de façons, petites et grandes, deux êtres s'étaient rapprochés, avaient fusionné au cours de ce long été. Au tout début, Amanda avait été dévorée par le terrible espoir que L. B. se manifesterait de nouveau. Lui aussi s'était senti écartelé entre l'envie et la crainte de la revoir. Comme elle, il avait combattu ses désirs, avait perdu la bataille, et vivait depuis un bonheur extraordinaire.

— Je savais que tu en avais envie autant que moi, lui avait-il dit. Nous savions tous les deux que nous étions faits l'un pour l'autre.

Quelle différence avec le Lawrence Balsan qui présidait à la table de sa sinistre salle à manger ! Elle regarda le petit cadeau qu'il lui avait apporté cette fois : un livre de poésie américaine accompagné d'un bouton de rose, la tige enveloppée de papier d'aluminium.

— Remporte-la chez toi, suggéra-t-il en suivant son regard. Tu diras que tu l'as cueillie sur une clôture en passant. C'est une des dernières de la saison. Elle tiendra peut-être jusqu'à notre prochain rendez-vous. Et il y a quelques poèmes d'Edwin Arlington Robinson dans l'anthologie. J'espère qu'ils te plairont. Ils sont très particuliers.

Elle eut un petit sourire qu'il remarqua ; rien n'échappait à ses yeux vigilants.

— Qu'est-ce qui te fait sourire ?

— Je ne me suis pas encore tout à fait habituée au changement, à l'homme que tu es vraiment, si différent de celui que je croyais connaître.

— Je me contenais, sans doute. Dieu sait pourquoi : l'analyse psychologique n'est pas mon fort ; mais cela n'a plus d'importance, cette époque est révolue. (Il fit une pause.) Et puis, comment déterminer la cause et les effets ? Tout ce que je peux te dire, c'est que je me suis marié trop jeune, et que nous étions très différents. Elle est morte, et j'ai fait de mon mieux pour élever les enfants. Je n'ai plus connu l'amour depuis mes vingt ans, et même alors ce n'était rien à côté de ce que j'éprouve pour toi, Amanda.

L. B. s'interrompit une nouvelle fois, tandis qu'entre Amanda et lui le prénom *Larry* s'inscrivait en lettres de feu.

— Je savais que c'était mal, j'ai lutté. Mais, à Noël dernier, j'ai fini par abandonner. Ce dîner, je l'ai préparé pour toi sur un coup de tête. Tu t'en es doutée ? J'avais envie de te voir briller – comme si tu avais besoin de Noël ou d'une mise en scène particulière pour être divine ! Tu es magnifique même ici, dans ce taudis ! Seulement, quand tu es venue à la maison le dimanche matin, je ne voulais pas rester seul avec toi, et j'ai été désagréable.

— Très désagréable. Hautain et froid. Mais ça ne changeait pas l'image que j'avais de toi.

— Moi, la première fois que je t'ai vue, j'ai compris qu'un feu couvait en toi, qu'il ne serait pas difficile d'embraser. Et, étant donné les circonstances, je me suis senti très mal à l'aise.

— Comment as-tu pu remarquer ça ? Je me tenais très bien ce jour-là, j'avais même une paire de gants à la main. Je ne les avais pas enfilés, mais ils étaient là.

— Je ne saurais comment l'expliquer. Ce sont des choses qu'on perçoit. Par exemple, en avril dernier avant l'orage, quand nous sommes entrés dans la vieille maison vide, j'ai pressenti ce qui allait arriver. Je n'avais rien prémédité, je te le jure. N'empêche, j'en ai eu l'intuition.

Ils avaient eu ce dialogue bien des fois. C'était comme si, encore sous le choc de ce qui s'était passé, ils éprouvaient le besoin de revivre sans cesse les événements. Était-ce simplement pour s'en émerveiller, se demandait Amanda, ou pour se trouver des excuses… s'il y en avait ?

On entendait de plus en plus souvent des gens révéler leurs histoires secrètes à la radio et à la télévision. Sans vergogne, sans peur de parler en public, ils étalaient leurs affaires privées, tel ce jeune homme tombé amoureux de sa belle-mère. Un journal avait raconté l'aventure d'une femme avec le père de son mari ; quand la vérité avait éclaté, la pauvre s'était suicidée. C'était à vous glacer le sang.

Serrant son kimono de soie autour d'elle, Amanda sentait une bien trop familière angoisse peser sur sa poitrine. Comme il était triste d'être si profondément, si magnifiquement amoureuse tout en étant parfois accablée par un tel désespoir. Pourrait-elle supporter que cette liaison prenne fin ? Cet homme, cet amour occupaient toute son âme, toute sa vie.

— À quoi rêves-tu, ma belle Amanda ?

— Je pense que toi et moi, nous sommes une histoire qui se crée. Nous ne l'écrivons pas, nous ne la lisons pas, mais nous la vivons, et j'espère de tout mon cœur que la fin en sera heureuse.

— Je suis sûr qu'elle le sera. Bien entendu, je sais que nous agissons mal : c'est comme tous les adultères, mais en pire. Seulement tant que personne ne souffre, tous les péchés sont pardonnables. Si ce n'était pas le cas, la moitié de la Terre serait damnée et destinée à aller en enfer… Allons, viens dans mes bras, ma chérie. Ôte ce kimono et viens.

— Je n'ai pas envie de partir, murmura-t-elle.

— Même d'un endroit comme celui-ci ?

— Oui, même d'ici.

Quelque part, non loin, un feu de bois brûlait, car une senteur piquante de fumée entrait par la fenêtre ouverte. Le soleil filtrait à travers les feuilles mouvantes du vieux chêne et projetait des taches lumineuses au plafond. Amanda songeait que, lorsqu'on était femme, on reposait heureuse auprès de son amant en ayant conscience de son bonheur, tandis que les jeunes filles, dans leur ignorance, imaginaient que c'était un dû. Le souvenir soudain de sa lune de miel, il y avait si longtemps, assombrit ses pensées.

La voix de L. B. lui redonna la joie.

— Tu mériterais un endroit plus beau que celui-ci. Cette pièce est morte, et toi, tu es la vie, Amanda.

— Oui, avec toi ; avec toi, c'est vrai.

Toute la vitalité qui l'avait un jour caractérisée – et elle savait en avoir eu beaucoup pour l'avoir entendu dire, mais aussi pour l'avoir ressenti –, toute cette vitalité lui avait échappé au cours des dernières années. Et cette perte s'était opérée si progressivement qu'elle ne s'était aperçue de rien avant que L. B. ne la ressuscite.

Ses désirs n'avaient pas de limites. Elle les portait en elle, et elle était portée par eux, obéissant à un rythme de va-et-vient, comme la marée descend avant de remonter.

— C'est l'heure, annonça-t-il. Je dois m'en aller.

— Oh non ! Il va falloir attendre encore toute une semaine, ce sera long comme une année...

— Je ne suis pas tranquille, avoua-t-il d'un air pensif. Tu rencontres tellement de monde. Oui, je suis jaloux. Une femme comme toi, si radieuse, avec tes yeux, tes cheveux... Quel homme ne serait pas jaloux ?

— Ne dis pas ça. Tu n'as aucune raison de t'inquiéter, et tu n'en auras jamais, répondit-elle en posant sur lui un long regard.

— Je te crois, chérie... Allez, il est temps. Nous ne devons prendre aucun risque. Dépêche-toi.

Elle se leva à la seconde pour attraper ses vêtements, et il lui saisit la main pour la porter à ses lèvres. Quand il releva le visage, elle vit que ses yeux brillaient de larmes.

— Ta veste est ravissante, ce rouge corail te va très bien, dit-il alors qu'ils sortaient, mais tu n'en as pas besoin d'une nouvelle ?

— Non, c'est ma veste porte-bonheur, je l'adore. C'est drôle, mais je ne suis plus aussi passionnée par les vêtements qu'avant. J'ai trouvé un autre amour. Larry a remarqué que j'étais devenue moins dépensière. Je ne rapporte pratiquement plus rien à la maison.

L. B. avait eu un sursaut.

— Je t'en prie, ne me parle pas de Larry.

— Oh, pardon. Je n'ai pas fait attention.

Il fallait qu'elle se surveille, qu'elle se souvienne de l'importance qu'avait pour L. B. sa relation avec son fils.

Il ne reprit la parole qu'une fois dans la voiture, alors qu'ils laissaient Lane Avenue derrière eux.

— Même pendant nos merveilleuses rencontres, et chaque jour dans l'intervalle, je pense que nous agissons mal. De toute mon âme, j'en ai conscience... Mais, dis-moi, faut-il que nous arrêtions pour autant ?

— Nous avons déjà analysé la situation dans tous les sens ! s'exclama-t-elle avec douleur.

— Oui, et nous ne parvenons pas à y mettre un terme. Ni toi ni moi. Nous en sommes parfaitement incapables... Parfois, je me sens tellement amoindri. Je voudrais faire ce que font les autres hommes : me montrer au grand jour avec toi, t'offrir d'autres cadeaux que des petits livres...

— J'adore les livres, interrompit-elle.

— Je voudrais te voir et te faire l'amour sans que nous ayons besoin de nous cacher dans ce terrier.

— Mais c'est ça qui est bon, tu ne comprends pas ? Cette chambre nous donne un sentiment de sécurité. C'est ce qu'on souhaite quand on est amoureux – tout au moins nous, les femmes. Nous avons besoin d'une impression de permanence.

— Beaucoup d'hommes aussi. Moi, en tout cas.

Une main sur le volant et l'autre serrant celle d'Amanda, L. B. conduisait lentement, passant par des petites rues peu fréquentées pour rentrer. Comme toujours, il la laisserait descendre cinq ou six carrefours avant chez elle et repartirait aussitôt.

— Quand ? demanda-t-il en approchant de l'endroit où ils devaient se quitter.

— Pas ce samedi, je travaille. Appelle-moi sur mon téléphone de voiture jeudi ou vendredi. Je saurai pour la semaine prochaine.

Il n'y avait rien à ajouter, étant entendu que si Larry devait jouer au tennis, elle prétendrait aller à la salle de sports.

— Si seulement je pouvais te ramener chez moi…, commença-t-il avant de s'interrompre.

Elle connaissait la suite : … nous irions nous promener avant la nuit et puis nous sortirions dîner, ou alors nous nous installerions avec nos assiettes dans le jardin d'hiver… Mais à quoi bon se torturer ? D'ailleurs, ils s'étaient approchés de chez elle aussi près que le permettait la prudence ; elle devait vite descendre de voiture. Il redémarra aussitôt, et elle rentra d'un pas rapide afin d'arriver largement avant Larry.

— Tu as encore acheté un livre ?

Allongé sur le divan après le dîner, Larry bâilla et tendit le bras pour attraper la télécommande.

— Il n'y a rien de bien, ce soir, commenta-t-il. Fais voir ton livre.

— C'est de la poésie, répondit-elle en le lui tendant. Des poètes américains. Je l'ai acheté d'occasion, mais il est comme neuf.

Après l'avoir feuilleté rapidement, il le lui rendit.

— C'est bien... Tu aimes ce genre de choses, hein ? Je trouve que la poésie est un plaisir très féminin.

— Drôle d'idée, quand on songe que la plupart des grands poètes, même avant Shakespeare, étaient des hommes !

Elle n'avait pas voulu le contredire aussi sèchement, mais elle se contrôlait mal quand les réflexions de Larry l'énervaient. Essayant de se rattraper, elle lui posa une question aimable avec un sourire.

— La partie a été bonne ?

— Impeccable. Phil et moi, nous sommes excellents partenaires. Tout est parfait, sauf les interruptions. J'ai l'impression d'être un médecin, à me faire harceler jusque sur le court de tennis. L'avocat de l'acheteur voulait que je lui précise la date de la signature. Comme s'il ne pouvait pas attendre lundi pour avoir sa réponse.

Il bâilla une nouvelle fois. Jamais il ne se mettait la main devant la bouche, peu gêné d'exposer un palais et une langue roses et humides presque jusqu'aux amygdales. Norma en serait bien incapable, songea Amanda. Ils étaient tellement différents, ce frère et cette sœur, elle, une encyclopédie vivante, et lui, complètement nature ! L. B. non plus ne ferait pas preuve d'un tel sans-gêne. Comment un père et un fils pouvaient-ils se ressembler aussi peu ? Mais, en fait, c'était parfaitement concevable, puisqu'il y avait eu une mère. *Je me suis marié trop jeune*, avait dit L. B. Ils avaient dû être assez malheureux ensemble. Même très.

— Mince alors, ce que je suis claqué ! gémit Larry.

Il n'y avait pas si longtemps, c'était encore un homme solide et énergique. Ses principaux attraits, semblait-il à Amanda, avaient été sa vigueur et sa bonne humeur. Que lui était-il arrivé ? Maintenant il restait facilement couché, vulnérable comme un bébé ou un grand vieillard, inspirant la pitié.

Il fallait reconnaître qu'il travaillait très dur. On disait qu'à lui seul il rapportait plus de la moitié des affaires de l'agence. Il était doué, affirmait-on souvent à Amanda, et entreprenant.

— Parfois, reprit-il comme s'il devinait ses réflexions, j'ai l'impression que tu ne m'aimes pas vraiment.

L'angoisse la prit. Elle eut la sensation que la pièce rétrécissait, l'emprisonnait, mais elle parvint à répondre.

— Qu'est-ce que tu racontes ? Qu'ai-je fait pour que tu penses ça ?

— Je ne sais pas au juste. C'est sans doute davantage ce que tu ne fais pas qui m'inquiète.

— Je ne suis pas très « tactile », tu le sais. Je n'y peux rien. Mais je montre mes sentiments de beaucoup d'autres manières, non ?

— Si, tu es très gentille avec moi. C'est juste que… Allez, c'est pas grave, n'en parlons plus. Je dois être fatigué ce soir, je dis n'importe quoi. Toi, au contraire, tu es vraiment belle aujourd'hui. Tu as les joues toutes roses, comme si tu avais pris l'air toute la journée.

— J'ai fait une grande balade.

— Tant mieux. À propos, je me disais : on ne voit plus jamais papa – sauf moi au bureau, bien sûr. Je ne le croise d'ailleurs pas tellement souvent : il m'envoie systématiquement dans nos agences secondaires, ces temps-ci. Ça ne me gêne pas, remarque. Mais ce serait agréable de l'inviter à dîner un de ces soirs, avec Norma et le garçon qu'elle fréquente. On dirait que ça devient assez sérieux avec ce Lester. À ton avis ?

— Pour Lester ? Norma ne m'a rien confié de particulier, mais quand elle parle de lui, j'ai l'impression qu'il y a quelque chose, oui.

— Génial ! Elle mérite un bon mari, de se faire une vraie vie… Alors, et ce dîner ?

Ce serait intenable, impossible ! s'était exclamé L. B. quand Amanda lui avait transmis un message similaire, une fois précédente.

— D'accord, on les invitera très bientôt, promit-elle à Larry, mais pas tout de suite. Je crois que Norma et Lester n'en sont pas encore là.

Toujours aussi angoissée, elle se leva.

— Tu ne restes jamais tranquille cinq minutes. Où vas-tu, maintenant ?

— Dehors. J'ai oublié de remplir les mangeoires à oiseaux.

— Bon, vas-y, et ensuite monte. J'ai envie de me coucher tôt.

Dans les petits jardins et les maisons tout le long de la rue, les lumières s'éteignaient, mais le ciel scintillait. Amanda resta la tête en l'air à le contempler. L'« Univers », c'était une appellation trompeuse : il n'y en avait pas un seul, mais un nombre incalculable, des myriades. Chaque fois qu'on mettait au point un télescope plus puissant, on en découvrait un autre. Plus loin, songea-t-elle, toujours plus loin. Nous ne savons rien. Nous ne savons déjà pas qui nous sommes, alors comment pourrions-nous prétendre connaître les galaxies ? Nous n'avons pas la moindre idée non plus des raisons qui nous poussent à agir.

Ce pauvre Larry aurait sûrement été beaucoup plus heureux avec une autre femme. Mais c'est moi qu'il a voulu. Il est triste et déprimé, très probablement par ma faute. Je comprends bien ce qu'il me demande, seulement je ne supporte pas qu'il me touche. Oui, mais le quitter, lui qui a toujours été si bon pour moi... c'est impossible. À moins que L. B. et moi...

mais jamais L. B. n'acceptera. C'est le père de Larry.

N'ayant pas de mouchoir, elle essuya quelques larmes avec la main, puis rentra. Sur le comptoir de la cuisine, elle retrouva la rose qui, encore humide, commençait à peine à faner. Elle la mit dans un petit vase rempli d'eau froide et la monta dans sa chambre où elle la posa sur sa table de nuit. En ouvrant les yeux le matin, elle la verrait, et penserait avec joie – quelle joie ! – à celui qui la lui avait donnée.

15

Norma commémorait elle aussi un anniversaire. Juste six mois plus tôt, choquée par ce qu'elle venait de voir, ou cru voir, dans Lane Avenue, elle avait trouvé refuge dans l'auditorium désert du collège où Lester Cole l'avait découverte.

— Tu m'as vraiment aidée, ce jour-là, lui dit-elle.

En effet, le repas au restaurant, le soir suivant, avait inauguré une série de rencontres et marqué le début d'une période très joyeuse dans la vie de Norma. Beaucoup de dîners aux chandelles, de concerts, de conférences avaient suivi, enrichissant leur amitié. Lester et elle étaient de caractère réservé, introverti, ce qui les mettait très à l'aise l'un avec l'autre. Ils partageaient la même conception de l'existence.

Parfois, elle se demandait si elle était amoureuse de lui, et se sentait incapable de répondre.

Elle ne savait même pas ce qu'on éprouvait quand on était amoureux. Trop de ses amies enchaînaient les passions tourmentées ; blessées à la fin d'une liaison, le cœur brisé, il ne leur fallait jamais très longtemps pour retomber tout aussi violemment amoureuses d'un autre homme. Que conclure de tout cela ? Bien sûr, il y avait l'exemple de Peter et Cécile, mais c'était l'exception qui confirmait la règle.

En attendant, elle s'amusait beaucoup. Ce soir-là, l'auberge des environs de Cagney Falls où ils aimaient dîner était particulièrement agréable. Dans la cheminée de pierre brûlait un bon feu, non pour la chaleur, car la soirée de printemps était douce, mais simplement pour l'ambiance campagnarde que procurait la flambée. Des roses de serre miniatures changeaient agréablement des bouquets de jonquilles et de tulipes qu'on trouvait partout en cette saison.

— Ah oui ? J'ai réussi à te changer les idées ? demanda Lester.

— Oui, et pourtant j'avais de très sérieuses préoccupations, ce jour-là, comme tu le sais. Je crois que je n'aurais jamais pu avouer à quelqu'un d'autre que j'avais des soucis.

— Mais tu ne m'as toujours pas expliqué ce qui s'était passé.

Il ne faut pas se fier à ses impressions, lui avait-il conseillé cet après-midi-là. Tous les jours, des gens témoignent sous serment de ce qu'ils ont vu, et reçoivent la preuve qu'ils se sont trompés. Elle se souvenait bien de cet argument, et Lester avait raison. Il avait toujours raison. Sa sagesse était ferme et tranquille. On ne risquait pas de s'égarer en l'écoutant. Elle devait se libérer une fois pour toutes du malaise qui l'avait envahie.

— Je ne peux pas en parler, affirma-t-elle en secouant la tête.

— Bien, je ne te pose pas de questions. Mais, pour en revenir à cette aide que je t'ai apportée, j'espère que tu ne m'en voudras pas trop si je prends encore un risque.

— Non, vas-y.

— Je sais que c'est délicat, alors je vais commander un second café pour me donner des forces.

— Mais de quoi s'agit-il ? Vas-y !

— J'aimerais te parler de tes jambes, déclara alors Lester sans détour.

Elle eut une réaction d'une violence inouïe : ses sourcils se haussèrent, son front se plissa, ses joues se mirent à brûler ; elle montra autant d'embarras que si elle avait été surprise nue dans la rue. Elle avait envie de se lever, de courir se cacher loin du regard de Lester ; elle était tellement furieuse qu'elle en avait perdu la voix.

— Je ne veux surtout pas te faire de peine, mais il faut qu'on en discute, continua-t-il. Tu crois vraiment que, pendant tout ce temps, je n'ai pas remarqué la façon dont tu tires sur ta jupe pour essayer de les cacher ? Ou les petits coups d'œil subreptices que tu leur jettes sans arrêt ?

Elle était toujours incapable de prononcer un mot. Personne ne lui avait jamais parlé de ses jambes – sauf Amanda et Cécile dans le secret de leur chambre d'étudiantes –, personne depuis le début de son adolescence, quand on l'avait emmenée consulter des médecins qui n'avaient rien pu faire pour elle.

— Pourquoi te retires-tu dans ta coquille ? s'exclama-t-il, presque comme s'il était en colère. Qu'est-ce que ça peut faire si tu n'as pas de jolies jambes ? Regarde-toi, regarde ton visage fin, ton expression sensible, tes beaux yeux. Et si tu avais le nez de Pinocchio ? Ou mes oreilles ?

Involontairement, elle leva les yeux vers les oreilles de Lester pendant qu'il poursuivait.

— À une époque, à l'école, on m'appelait « le Taxi ». Quelqu'un a lancé cette mode en clamant partout que j'avais l'air d'un taxi en train de rouler avec les portières ouvertes.

C'était vrai, en y regardant bien : ses oreilles partaient à angle droit, et étaient trop grandes par rapport à sa tête.

— Quoi ? Tu n'avais jamais remarqué ?

Si, mais à part ses oreilles, il était suffisamment bel homme pour qu'on ne s'arrête pas à ce petit défaut.

— Oui et non, répondit-elle.

— Mes oreilles ne m'ont pas empêché de faire ma vie, et tes jambes ne t'ont pas arrêtée non plus.

Il n'avait pas la moindre idée du calvaire qu'elle avait enduré aux fêtes du collège et de l'université. Même encore aujourd'hui, quand il lui fallait rester assise sur une estrade ou, pis encore, poser dans des photos de groupe, elle souffrait mille morts.

Lester poursuivait avec indignation.

— J'admets que les femmes sont plus désavantagées par ce genre d'imperfections. Elles se sentent humiliées dès qu'elles ont le moindre défaut. C'est malheureux et très injuste, mais c'est comme ça. (Agitant un doigt sévère sous le nez de Norma, il continua ses remontrances.) Ne deviens pas comme Elizabeth Jenkins ! Tu te souviens d'elle ? Elle rentrait tous les soirs après la classe retrouver sa maman. Elle était prisonnière de sa mère, comme toi tu es prisonnière de tes jambes. J'avais envie de t'en parler depuis des mois, mais sans en avoir le courage. Tu ne m'en veux pas trop de l'avoir fait ?

Si, elle lui en voulait un peu, et pourtant, n'avait-elle pas tort ? Il avait été trop direct, maladroit, mais elle voyait dans son regard qu'il ne souhaitait que son bien et n'essaierait jamais de lui faire de mal.

— Tu es une femme charmante. Une femme remarquable, Norma.

S'essuyant les yeux, elle dit :

— Ma vie serait tellement plus facile au collège, si M. Griffin nous autorisait à porter des pantalons.

— Écoute, je t'accorde qu'il retarde un peu, mais c'est un homme exceptionnel, et tu n'as pas besoin de te cacher avec des pantalons ! Porte tes jupes avec plaisir, même des minijupes si ça te chante ! On s'en fiche de ce que pensent les gens. Qu'ils regardent ! Tu veux que je te dise ? Quatre-vingt-dix-neuf personnes sur cent sont trop préoccupées par leurs propres problèmes pour s'occuper de tes jambes… Allez, rentrons maintenant que je t'ai dit ce que j'avais sur le cœur. J'aimerais qu'on se mette sur la véranda pour regarder la lune se lever. Ça te plairait ? Tu n'es pas trop en colère contre moi ?

— Non, répondit-elle gentiment en sortant son poudrier pour vérifier si son nez n'était pas rouge.

Il l'avait prise de court, mais cela partait d'une bonne intention, et au fil de la discussion sa réaction viscérale s'était atténuée pour finir par disparaître ; plus une trace de gêne ne subsistait. Elle ne souffrirait plus de ses jambes, en tout cas pas en compagnie de Lester.

Jamais elle ne l'avait entendu parler avec une telle véhémence, songea-t-elle, assise à côté de lui sur la vieille balancelle. Même quand il s'exprimait fermement lors des conseils d'établissement, comme cela arrivait souvent, l'effet n'était pas le même.

— Une vieille maison où il fait bon vivre, jugea-t-il tandis que la balancelle grinçait. Depuis combien de temps vis-tu ici ?

— Depuis ma naissance, mais je projette de partir bientôt. (Elle ne savait trop pourquoi elle lui confiait ce projet, mais elle continua.) Il est temps que je déménage. C'est vrai que mon père se retrouvera seul quand je m'en irai, mais je n'y peux rien. Il y a des appartements neufs vraiment bien près de l'école, et j'ai envie d'en acheter un. J'y pense depuis assez longtemps.

Il ne fit aucun commentaire, ce qui sembla bizarre à Norma ; elle reprit la parole pour combler le silence.

— De cette façon, je ne serai pas trop loin de papa. Je ne veux pas l'abandonner. Mais je gagne largement de quoi subvenir à mes besoins, et tout à coup je me fais l'impression d'être une ado gâtée qui abuse de sa générosité.

— Tu n'as rien d'une enfant gâtée, Norma, mais tu pourrais passer sans difficulté pour une fille de moins de vingt ans. Tu n'as pas dû vieillir du tout depuis que tu es sortie de l'université.

Il y eut un nouveau silence, qu'il rompit avec une toux forcée.

— Ce n'est pas une mauvaise idée, mais je ne me hâterais pas si j'étais toi. Ne signe rien avant d'être absolument certaine… Enfin je veux dire, c'est un grand pas, et il faut que tu sois bien sûre de toi avant de prendre ta décision…

N'y comprenant rien, elle attendit la suite pendant qu'il s'éclaircissait de nouveau la gorge.

— Je vais t'avouer en confidence que M. Griffin doit prendre sa retraite à la fin de l'année scolaire. Enfin, en mai, précisa-t-il comme si elle n'était pas au courant. Et il a mentionné que, presque certainement… Enfin, il a été plus catégorique que cela : il a affirmé qu'on me nommerait à sa place.

— Mais c'est magnifique ! C'est fantastique !

— Et donc, je me disais que peut-être toi et moi… enfin, que tu voudrais peut-être, que nous pourrions voir si…

— Tu veux me donner une promotion ? demanda-t-elle avec enthousiasme.

— Je ne sais pas si on peut à proprement considérer cela comme une promotion. En fait même, vu les circonstances, ce ne serait peut-être pas très judicieux que tu restes dans l'établissement. Je veux dire, cela risquerait d'entraîner des complications, si j'étais proviseur et toi… si tu acceptais, bien sûr, ce que j'espère de tout mon cœur… si toi tu étais ma femme.

Au cours de l'été, le jardin des Balsan subit de grandes transformations. Un énorme chapiteau rayé de vert et de blanc, et équipé de l'air conditionné, fut monté sur l'herbe, avec un plancher de bois pour danser, un très bon orchestre, des tables nappées de rose et parées de guirlandes de petites roses rouge foncé. Ces joyeux préparatifs avaient été imaginés non par la mariée, mais par son père. Que ce soit à l'intérieur ou à l'extérieur du chapiteau, avec les bordures fleuries qui menaient à la nouvelle tonnelle sous laquelle la cérémonie devait avoir lieu, tout était d'un goût parfait. Rien de chargé, rien d'excessif ; c'était splendide, mais d'une élégance sans ostentation.

À moins que ce ne soit une contradiction dans les termes, songea Norma qui observait ces aménagements depuis une fenêtre de l'étage.

Si on lui avait donné le choix, elle aurait certainement préféré une petite réunion de famille avec un bon dîner pour les proches et peut-être, concession à la tradition et aux désirs de son père et de son frère, un lancer de riz au départ des mariés pour l'aéroport, d'où ils devaient s'envoler pour la Grèce.

Lester lui avait conseillé de respecter les désirs de sa famille.

— Ils sont heureux pour toi, ça ne te fait pas plaisir ? Ton père est parti de rien, et marier splendidement sa fille est une occasion pour lui de montrer qu'il a réussi, expliqua-t-il avec sa sagesse habituelle. Mon père est comme lui.

Il prit la main de Norma pour l'élever vers la lumière, et faire briller le diamant de cinq carats taillé en émeraude qu'elle portait au doigt. Ils rirent tous deux, car la bague leur évoquait le même souvenir : l'étonnement de Norma en la recevant, et la justification presque penaude qu'il lui avait donnée.

— Mais enfin, Lester, s'était-elle exclamée, tu ne peux pas te permettre d'acheter ça avec ton salaire !

— Ce n'est pas mon salaire, c'est toutes mes économies. Les cadeaux d'anniversaire, de remise de diplôme, et un petit héritage de mes

307

grands-parents auquel je n'avais pas touché. Et maintenant, tout cela va briller à ton doigt.

Norma avait éprouvé un vrai choc. Et bizarrement, elle avait pensé à Amanda dont la bague était deux fois plus petite que la sienne et qui aurait apprécié bien plus qu'elle ce merveilleux diamant.

— J'espère que tu n'as pas tout dépensé.

— Mais si, jusqu'au dernier centime. Je n'en avais pas l'intention au départ, mais mon père m'a fait la morale. (Il eut un petit sourire piteux de comédie.) « Il faut profiter de la vie, m'a-t-il dit. Norma et toi, vous retirerez du plaisir à voir cette bague tous les jours. Tu as un bon travail, et tu n'auras pas besoin d'une grosse réserve, alors pourquoi laisser ton argent dormir à la banque ? » Je suis prudent de nature, et mon père aussi, mais cette fois il a eu raison.

Après ce petit discours, Lester avait donné à Norma un baiser mémorable.

Une fois les événements amorcés, songea-t-elle, tout s'était précipité. Après quatre ans passés à s'observer discrètement et une année de « mise à l'épreuve », la demande en mariage avait été faite à la suite d'un de leurs dîners habituels, sans préparation particulière, comme s'il s'agissait d'une évidence et qu'ils s'y attendaient tous les deux depuis longtemps.

N'était-il pas extraordinaire qu'Alfred Cole, l'homme qui avait fait cette mémorable gaffe cinq ans plus tôt au mariage de Cécile, fût précisément le père de son futur mari ? Norma l'aimait beaucoup, non seulement parce qu'il était gentil avec elle, mais aussi parce qu'il était très fier de son fils. Comment ne pas l'adorer ?

Elle avait donc sa bague, et la robe de mariée en taffetas blanc parsemé de rosettes attendait dans la penderie. C'était Cécile et Amanda qui l'avaient choisie. Si on s'en était remis à elle, elle aurait porté une robe de ville blanche, courte maintenant qu'elle avait triomphé de ce que Lester nommait franchement son « complexe », et sans voile, bien entendu.

Le mariage, cela représentait quoi, finalement ? songeait-elle. Deux personnes qui se plaisaient tant en compagnie l'une de l'autre qu'il leur semblait naturel de continuer la relation. Et, pour officialiser leurs sentiments, elles l'annonçaient à la société. Rien de plus, rien de moins. La religion était un élément essentiel pour la plupart des gens, mais pas pour tous aujourd'hui, loin de là. On cohabitait de plus en plus souvent sans cérémonie. Non, Norma n'aurait pas voulu aller jusque-là ; pour autant, tous ces chichis coûteux étaient-ils nécessaires ? Photos, faire-part, cadeaux et demoiselles d'honneur – qu'elle avait catégoriquement refusées – avaient-ils quelque chose à voir avec l'esprit de cet engagement ?

Lester et Norma, malgré toutes ces objections, s'étaient donc trouvés embarqués dans un mariage en bonne et due forme, et, chose inhabituelle, c'était lui qui avait le moins protesté, alors qu'en général les hommes rechignaient davantage à ce genre de contraintes.

Mais lui, se disait Norma, il n'avait qu'à enfiler un costume et s'assurer qu'il n'oubliait pas leurs tickets d'avion, alors qu'elle, elle devait attendre le coiffeur, puis le fleuriste et son bouquet, tout en espérant que, chapiteau ou non, il ne pleuvrait pas.

Il était onze heures dix à la pendulette de la table de nuit. Encore quatre heures trois quarts avant le « quatre heures de l'après-midi » officiel. Pourquoi ne pouvait-on pas écrire sur les invitations « seize heures », tout simplement ? Pourquoi ? Mais parce que cela ne se faisait pas.

Et pourquoi ce sourire que je n'arrive pas à réprimer ? conclut-elle. Parce que je suis heureuse, tellement heureuse !

— Norma est devenue tout à fait charmante, remarqua la mère de Cécile en parlant à sa fille. Il faut reconnaître, continua-t-elle en baissant la voix, qu'elle n'était pas très jolie quand elle était petite. C'est une vraie métamorphose !

La cérémonie s'était achevée sur les notes de la *Marche* de Mendelssohn, et les invités, très nombreux, circulaient à présent dans le jardin avec boisson et petits-fours dans les mains. Norma et Lester recevaient encore les félicitations et les embrassades de ceux qui les entouraient ; ils formaient un couple tellement bien assorti que, si un mariage devait tenir, ce serait le leur.

Une vague relation avait déjà fait remarquer à Cécile qu'ils ne devaient pas « s'embêter au lit », pour que le visage de Norma se soit adouci à ce point. Cela transformait vraiment les femmes, surtout quelqu'un comme elle, avec l'air frustré qu'elle avait en permanence, « si tu vois cc que je veux dire ». Une réflexion que Harriet Newman n'aurait à l'évidence jamais faite ! Elle confia encore à Cécile :

— J'ai été très touchée que Norma nous invite, ton père et moi.

— Elle y tenait vraiment. Vous êtes de vieilles connaissances. Elle se souvient de tant de gentillesses de votre part – par exemple, je sais que vous l'avez emmenée acheter une robe pour la remise des prix au collège, après la mort de sa mère. Ça ne s'oublie pas.

— En tout cas, elle s'allie à une bonne famille. Alfred Cole a une excellente réputation.

Cécile eut envie de sourire. Elle avait entendu ce commentaire au moins six fois depuis le début de la réception.

— C'est le moment de passer sous la tente, annonça-t-elle à sa mère. J'ai déjà jeté un coup d'œil à l'intérieur. Il y a de longues tables pour douze, je crois, comme pour notre mariage, ou même un peu plus.

— J'ai l'impression que c'était hier, mais aussi il y a un siècle, alors qu'il ne s'est écoulé que cinq ans, au mois près.

Son soupir fit comprendre à Cécile que sa mère repensait à la tragédie. C'était surtout cela

311

qui avait marqué ces années – les dizaines de prénoms passés en revue, puis la poussette double entreposée au sous-sol sous une bâche en plastique…

Mais le moment était mal choisi pour s'attrister avec de tels souvenirs. Et d'ailleurs, à quoi bon ruminer le passé ?

— Viens, maman, tout le monde est déjà à table.

À la place d'honneur, les mariés avaient l'air aussi sûrs d'eux qu'un couple de longue date, alors qu'ils étaient unis depuis une demi-heure à peine. Quand je pense à Peter et moi ! songea Cécile. Nous étions sans doute le couple le plus anxieux de l'histoire de l'humanité. Moi j'avançais dans le brouillard, et Peter était si rouge qu'il semblait revenir d'un marathon de trente kilomètres.

Évidemment, tous les mariages se ressemblaient un peu, surtout quand on se plaçait à table au hasard et qu'on devait faire la conversation à des inconnus pour qu'ils ne se sentent pas mis à l'écart. Cécile se retrouva à côté d'enseignants de Country Day – de jeunes professeurs, ainsi que le très âgé Pr Griffin qui venait de prendre sa retraite. Heureusement, ils étaient tous très intéressants.

Mais elle n'avait pas craint de s'ennuyer, en fait, car elle se passionnait pour la vie des autres. Si elle avait eu du talent, elle aurait écrit un roman. Entre les malades qui venaient demander l'aide du service social de l'hôpital et ses rencontres avec les dames de Cagney

Falls, elle disposait d'un éventail de personnalités très riche. Il y aurait eu de quoi remplir des volumes et des volumes.

Elle savait très bien écouter, étant pleine de curiosité et tout à fait capable d'observer en silence. L'assemblée était fort joyeuse ; les gens interrompaient leur repas pour aller danser ; ils passaient de table en table pour saluer des connaissances et parlaient sans discontinuer. De temps à autre, elle reconnaissait la voix de Peter au milieu des conversations qui s'entrecroisaient à l'autre bout de la table. Lester et lui paraissaient passionnés par leur discussion. De toute évidence, ils étaient d'accord, et cela fit plaisir à Cécile, car, trop souvent, quand des amies se mariaient, les maris ne s'entendaient pas. Peter et Larry, par exemple, se correspondaient moins qu'elle n'aurait pu le souhaiter ; ils ne se détestaient pas, mais étaient trop différents pour que le courant passe.

Cécile tourna les yeux vers l'autre côté de la table, où Larry et Amanda étaient assis à proximité d'Alfred Cole. Larry écoutait avec fascination Alfred et Amos, qui se remémoraient leurs souvenirs de la Seconde Guerre mondiale. Amanda gardait un silence inhabituel. Mais elle n'avait jamais à faire d'efforts de conversation : il lui suffisait d'attendre que les yeux se tournent vers elle, ce qui arrivait fatalement. Même le vieux proviseur à la retraite était attiré par les cheveux blonds et le visage charmant.

— Évidemment, disait Alfred, quand on n'y a pas été, on ne peut pas comprendre. J'étais dans un tank, et j'ai débarqué avec la première vague de bataillons ; même un excellent film, un excellent livre ne pourront jamais restituer ce que nous avons vécu.

— Toi, tu pataugeais dans le sang et la boue, observa Amos, alors que moi j'étais à deux mille pieds d'altitude, mais le sang ne manquait pas en haut non plus. Pendant ma onzième mission sur l'Allemagne – jamais je ne l'oublierai, celle-là ! –, j'étais à côté du mécanicien de bord, un jeune type sympa de Pawtucket, Rhode Island. Il a eu la tête emportée par un tir de DCA. Moi, j'ai eu juste quelques égratignures, qui se rappellent parfois à mon souvenir, mais il m'arrive encore de rêver de sa mort.

— Oui, c'est pareil pour moi. Le quatrième jour du débarquement, en Normandie, nous avions déjà avancé de quelques kilomètres à l'intérieur des terres. Il y avait un village, désert, à part quelques chiens et quelques chats, où nous nous sommes arrêtés pour bivouaquer dans une grange vide. Quelqu'un a dit : « On devrait pouvoir trouver de quoi manger ici, il y a peut-être une boutique par là-bas où on pourrait avoir des œufs et du fromage. » Je me suis proposé, et je suis parti. Je revenais avec un sac plein – il y avait même des cerises, je me souviens – quand j'ai vu la grange : une bombe l'avait atteinte. Il n'y avait plus rien, ils étaient tous morts.

— Nous avons eu de la chance, commenta Amos. Nous sommes passés au travers, et nous sommes rentrés chez nous. Ensuite, nous avons continué à avoir de la chance : notre vie à tous les deux a été bonne, puisque nous sommes ici, en bonne santé, et que nous voyons toute cette joie autour de nous.

Il va y aller de sa petite larme, pensa Cécile affectueusement ; il devient toujours très sentimental quand il parle de la guerre. Et, en effet, Amos tendit la main à Alfred pour la lui serrer.

— Nous devrions nous voir plus souvent, Alfred. Je sais que nous disons cela chaque fois que nous nous rencontrons, mais le temps passe vite, nous sommes tous les deux très pris, et nous n'y arrivons jamais. Tu joues encore au tennis ?

— Pas aussi souvent que je le voudrais, ou que je le devrais.

— Alors, viens faire des parties chez nous. J'entretiens le court, et c'est dommage de l'utiliser aussi peu. Nous ne sommes qu'à une demi-heure de route après le pont de Lane Avenue.

Il arrivait très rarement, même quasiment jamais, que Cécile entende parler de Lane Avenue. Mais, chaque fois, elle éprouvait un petit choc désagréable, et de même lorsqu'elle empruntait le pont pour aller voir ses parents. C'était exaspérant que l'esprit vous joue de tels tours, qu'on garde en mémoire malgré soi des détails déplaisants et inutiles qu'on aurait préféré oublier !

315

Larry expliquait à présent à qui voulait l'entendre qu'en cas de problème juridique c'était au cabinet d'Alfred Cole qu'il fallait s'adresser.

— Tout le monde parlait de vous quand j'ai commencé dans le métier, surtout mon père. Il vous admire beaucoup, monsieur.

— Larry, voyons, maintenant que ta sœur a épousé mon fils, tu vas m'appeler par mon prénom, j'espère.

Larry n'hésita pas.

— Eh bien, d'accord, Alfred, avec plaisir.

— Et d'ailleurs, où est ton père ? Pourquoi n'est-il pas assis à la table des mariés ?

— Il est là-bas, avec des parents à nous.

À deux tables de là, Lawrence Balsan présidait une tablée de têtes grises et chauves.

— Six de nos cousins viennent de Vancouver, expliqua Larry. C'était la famille canadienne de ma mère. Nous ne les avons pas rencontrés depuis des années, et ils ont décidé de faire le trajet pour le mariage de la fille d'Ella – c'était le prénom de notre mère.

Se tournant vers la table pour illustrer ses propos, il rencontra le regard de son père. Ils se firent signe, et Lawrence quitta sa place pour venir à leur table voir Norma. À cet instant, l'orchestre, qui avait marqué une pause, se remit à jouer ; alors, Lawrence fit lever la mariée, l'embrassa et l'entraîna sur la piste.

— Je te vole ta femme, Lester. Trouve-toi une autre partenaire.

Et donc le bal continua, comme c'était l'habitude, pour meubler l'intervalle entre le plat principal et la découpe du gâteau de mariage. Le jour où elles étaient allées choisir la robe, Norma avait expliqué à Amanda et à Cécile qu'il y aurait de la vraie musique et des valses, « pas de la musique moderne qui vous casse les oreilles et oblige à s'agiter tout seul sur la piste ». Cécile racontait l'anecdote à Peter quand Amanda passa près d'eux, dansant avec M. Balsan. Quel beau couple ! songea-t-elle.

— Tu n'aurais pas dû m'inviter, gémit Amanda, tu es fou !

— Plus bas, voyons, on peut t'entendre.

— Je n'ai pas parlé fort. Lâche-moi, j'ai envie d'aller m'asseoir.

— Quoi ? Tu ne veux quand même pas rester assise toute seule à ta table ? Ou, pis encore, que je te tienne compagnie ? C'est toi qui es folle… Allez, souris. Nous sommes en train de nous amuser, nous dansons, c'est la fête. Souris, je te dis !

— D'accord, excuse-moi. Ça va aller, mais j'ai tellement mal.

— Oui. Essaie de penser à autre chose.

— Je n'y arrive pas.

En réalité, elle avait des millions de pensées, mais toutes lui faisaient palpiter le cœur plus fort, resserraient le nœud qui lui étreignait la gorge, et accéléraient le picotement des larmes sous ses paupières. En voyant Cécile danser avec Peter, elle se souvint de leur mariage. Sans doute eux aussi se le remémoraient-ils, car Cécile leva le visage vers son mari, et il l'embrassa dans le cou. C'était il y a cinq ans, et il fait encore cela, et elle en a encore envie..., songea Amanda.

— Pense à Norma, ta meilleure amie, et à son bonheur, lui enjoignit L. B.

Oui, c'était magnifique, parce que même un aveugle se serait rendu compte qu'elle avait trouvé l'homme idéal, celui qu'il lui fallait.

— Son mari doit te plaire, L. B. C'est un beau parti, le fils d'un des plus grands juristes spécialistes de l'immobilier de la ville.

— Ne sois pas si amère. Et n'oublie pas de sourire. Les gens sont observateurs.

— Comment veux-tu que je ne sois pas triste ? Je suis dans tes bras, là où je serais si heureuse si j'en avais le droit.

Ce soir, pensa-t-elle, Norma se coucherait avec Lester dans le grand lit d'une chambre d'hôtel. Demain, ils seraient en Grèce, au soleil, ensemble. Ils se promèneraient ou se doreraient sur le sable en parlant de l'avenir, et peut-être de la maison qu'ils avaient envie d'acheter. Alors que pour elle, il n'y avait eu qu'une caricature de lune de miel, une déception totale, et il n'y avait qu'un avenir incertain, vide et sinistre.

— Est-ce que cet air ne va pas finir par s'arrêter ? J'ai besoin de m'asseoir, L. B. Tu n'aurais pas dû m'inviter à...

— Je t'ai invitée parce que Larry me l'a suggéré. Il trouvait bizarre que je danse avec toutes les femmes de la table, sauf toi.

Que répondre à cela ?

— Je voudrais pouvoir aller quelque part avec toi et y rester toujours, murmura-t-il. Et j'aimerais tellement ne pas avoir de problèmes de conscience !

— Ne dis pas ça, L. B. Tu vas me faire pleurer, et je ne parviendrai plus à m'arrêter.

— Ne t'accroche pas comme ça à moi, tu es trop près. Souris, je te répète, nous sommes à un mariage.

— Comme si je ne le savais pas.

En levant la tête pour lui montrer qu'elle souriait bien sagement, elle vit derrière son aimable expression de circonstance un tendre éclair de sollicitude.

— Que penses-tu de notre liaison ? lui demanda-t-il une fois de plus. Ne devrions-nous pas rompre ?

— Ce serait mieux, bien sûr.

— Mais en sommes-nous capables ? Tu y arriverais, toi ? (Désespérée, Amanda fit non de la tête.) C'est horrible, mais c'est comme ça, conclut-il. Je n'arrête pas de me répéter que nous ne faisons de mal à personne, et tu dois m'imiter. Nous nous aimons, et nous n'y pouvons rien.

16

Cécile rentra chez elle peu avant midi. Peter leva les yeux de son travail au moment où elle franchissait la porte de l'atelier.

— Rien, lança-t-elle.

— Qu'est-ce qu'a dit le gynéco ?

— Que veux-tu qu'il dise ? Rien. Ah, si, qu'il faut être patient.

Presque trois ans s'étaient écoulés depuis sa fausse couche. Elle était tellement déçue qu'elle avait l'impression de ne plus pouvoir faire un geste, comme si tous ses muscles s'étaient relâchés et qu'elle était trop lasse pour bouger un membre, avancer d'un pas, ou même remuer les lèvres.

— Il a raison, commenta Peter. La patience, c'est sans doute le meilleur moyen d'y arriver ; j'ai souvent entendu dire ça. Ou alors, nous devrions nous faire une raison et penser à l'adoption.

— Je veux un bébé à nous, Peter, répondit-elle d'un ton brusque.

Il baissa la tête et tira un trait sur son plan.

— Peter ?

— Oui, chérie ?

— Est-ce que ça te torture autant que moi ?

— Je ne sais pas, reconnut-il avec un soupir. Je ne suis pas une femme, je ne réagis sûrement pas de la même façon. Cela m'attriste, oui, seulement je refuse que nous passions le reste de nos jours à nous lamenter. Nous sommes heureux ensemble, et si tu finis par te décider à adopter un enfant – tu t'y résoudras peut-être –, je serai content.

Cette compassion dans sa voix, cette pitié dans son regard l'accablèrent. Elle se sentit coupable, se reprocha de lui faire porter le poids de son chagrin et lui présenta aussitôt ses excuses.

— Dès que ça me prend, je le regrette. J'espère ne pas le faire trop souvent. C'est surtout quand je vais chez le médecin et que je repars avec ce vide…

— Tu n'as rien à te faire pardonner. Tu n'es pas du genre à te plaindre, et je te comprends.

— Merci.

Elle se pencha pour regarder par-dessus son épaule, et lui donna un baiser qui atterrit entre la joue et l'oreille.

— Quand je pense que tu as commencé à t'investir dans ce projet surtout pour faire plaisir à mon père, reprit-elle. Maintenant, tu n'arrêtes plus d'y travailler.

— L'idée m'a beaucoup intéressé dès le départ, mais je reconnais qu'au fil des mois ce travail m'a vraiment occupé l'esprit, ici comme au cabinet. J'ai refusé deux clients ce mois-ci pour pouvoir y consacrer plus de temps.

— Hier soir, je me suis réveillée vers minuit, et tu n'étais pas dans le lit. En regardant au bas de l'escalier, j'ai aperçu de la lumière dans l'atelier, alors je ne t'ai pas dérangé.

— « Silence, génie au travail », c'est ça ? C'est drôle, je ne suis pas urbaniste, et je n'ai pas la moindre idée de ce que ce projet donnerait entre les mains d'un spécialiste, mais j'ai des idées bien à moi. Je vois par exemple comme une évidence les arbres plantés le long de sentiers piétonniers, pour donner de l'ombre aux promeneurs sans gêner la visibilité des automobilistes.

— Je n'ai vu nulle part de plan comme celui-ci, avec cette roue et ces rayons qui mènent au périmètre, la rivière, le quartier de Lane Avenue, la réserve d'oiseaux au-delà… Et, en écho, ces cercles à l'intérieur de la gare, avec les magnifiques fresques en couronne qui passent au-dessus des portes. Non, je te jure que c'est tout à fait original. Tu penses finir quand ?

— Dans un an, un an et demi. De toute façon, d'après Amos, l'aspect finances, le regroupement d'investisseurs, ne sera pas prêt avant… Dis, ce n'est pas aujourd'hui, le déjeuner des trois mousquetaires ici ?

— Pas avant une heure. Amanda travaille ce matin.

— Bon, je range tout ça et je pars. Je dois voir un groupe d'architectes qui restaure une grange de 1890 du côté de Jefferson. Je reviendrai vers cinq heures, et puis j'emmènerai ma femme dîner dehors. Tu me donnes un baiser ? Mais pas sur l'oreille, cette fois !

Amanda enleva son manteau mouillé dans le vestibule.

— Je déteste ces averses d'automne ! Tu en as de la chance d'avoir un endroit où accrocher les manteaux… Chez moi, on entre directement dans le séjour, tout trempé, avec ses bottes.

— Ne te plains pas, intervint Norma, ta maison est une fois et demie plus grande que la nôtre.

— Mais c'est toi qui as choisi de vivre dans un petit pavillon, rétorqua Amanda.

— Entrez, le déjeuner est prêt – un plat chaud pour nous réconforter.

Cécile s'appliquait à détendre l'atmosphère. Il y avait un fond d'agressivité entre ses deux amies, une tendance à se chicaner pour la plus innocente des remarques. Elle se demanda si Norma, tellement protectrice vis-à-vis de son frère, en restait toujours à la vieille querelle sur les dépenses inconsidérées d'Amanda.

— Comme je ne cesse de le répéter, il faudrait photographier cette maison pour un magazine de décoration, remarqua Amanda.

Au lieu de la flatter, cette opinion dérangea Cécile ; on aurait presque cru qu'Amanda l'accusait de faire étalage de ses richesses.

— Je t'assure que je n'ai aucun mérite, protesta-t-elle.

Ce qui, bien entendu, n'était pas complètement vrai. Car, si, à l'exception des asters dans le vase sur la table, tout dans le séjour provenait d'héritages, en décoration, seule comptait la façon de combiner les éléments. Or, les magnifiques fauteuils autrefois couverts d'un brocart trop chargé avaient été retapissés avec un tissu d'un vert doux imprimé d'oiseaux, et au lieu de reprendre les doubles rideaux de brocart assorti, Cécile en avait choisi des blancs retenus par des embrasses du même tissu vert imprimé.

— Tout ce que nous avons a été récupéré à droite et à gauche chez des gens de ma famille lors de successions.

— Ne te vante pas, Cile, tu n'es pas la seule à pouvoir hériter de belles choses, lança Norma en riant. Moi aussi, je pourrais avoir tous les trésors que je veux de la maison de mon père. Je n'ai que l'embarras du choix, parce qu'il va sans doute déménager dans un endroit plus petit, maintenant que je suis partie.

En pensant aux gros meubles lourds et sombres de la maison des Balsan, les autres ne purent s'empêcher de rire comme elle. Norma avait retrouvé depuis peu le sens de l'humour qui lui avait fait défaut ces dernières années.

— J'adore l'endroit où vous avez emménagé, déclara Cécile. Tu crois peut-être que je n'apprécie pas tes meubles parce qu'en général je n'aime pas le moderne, mais en fait je trouve tout très beau chez vous. Même si ce n'est pas notre style, à Peter et moi, cela vous convient très bien, à Lester et toi. C'est magnifique, surtout avec vos livres et vos gravures qui réchauffent le cadre. On dirait que vous vivez là depuis des années.

— Je ne comprends pas pourquoi vous avez acheté une maison qui n'a que deux chambres, intervint Amanda. Que ferez-vous quand vous aurez des enfants ?

— Nous n'en voulons pas.

— Comment cela ? s'étonna Cécile.

— C'est pourtant simple : nous ne voulons pas d'enfants. Nous pensons que les gens ne devraient en avoir que s'ils en ont vraiment envie, et ce n'est pas notre cas. (Une pensée désagréable lui traversa l'esprit, une pensée ancienne : *Surtout si c'est pour avoir une fille avec des jambes comme les miennes*.) À Country Day, nous sommes entourés par des enfants… ou tout du moins Lester, maintenant, et il adore ça. Cela lui suffit, comme contact avec la jeunesse. Et moi, entre mon livre et mes traductions, je donne des cours particuliers, vous le savez.

— Quand même, j'ai du mal à comprendre, avoua Cécile tristement.

— Pas moi ! s'exclama Amanda. Moi aussi, je préférerais ne pas en avoir. J'aime mon travail, j'adore voir du monde tous les jours, entendre des choses intéressantes plutôt que de rester enfermée chez moi.

— Toi peut-être, attaqua Norma, mais je ne crois pas que Larry soit du même avis.

Amanda haussa les épaules, et il y eut un subtil changement d'atmosphère à la table. Apparemment, ce que Norma trouvait acceptable pour elle ne l'était pas pour Amanda.

Avant, nous ne nous lancions pas autant de piques, songea Cécile pour la seconde fois de la journée.

— Je fais réchauffer des petits pains ? proposa-t-elle.

— J'espère qu'on te donne un peu d'espoir, Cile, coupa Amanda.

C'était une des grandes qualités d'Amanda : elle se préoccupait des autres. Cécile savait que son amie s'intéressait à ses sentiments, et elle l'en remercia.

— Ça me fait plaisir que tu me comprennes, même si tu n'as pas les mêmes désirs que moi… Non, il n'y a aucun changement. Il existe toutes sortes de thérapies, des médicaments, plein de choses. Vous êtes au courant : on voit des articles partout dans la presse là-dessus.

— Attention à la méthode que tu choisiras, ne va pas nous faire des sextuplés !

— Tu ne vas pas me croire, mais ça ne me gênerait pas.

La petite remarque découragée sonna tristement dans la pièce. Et Cécile, se rendant compte de la gêne soudaine, reprit un ton léger.

— J'ai vu une pancarte qui annonçait des soldes dans la vitrine de la boutique, Amanda.

— Oui, seulement c'est idiot : il nous reste à peine quelques vêtements d'été... Nous sommes en automne, et la collection d'hiver arrive déjà. Mais Mme Lyons a tenu à ce qu'on annonce des soldes, et c'est elle la patronne jusqu'à sa retraite. Ensuite, nous verrons... Attendez, il faut que je vous raconte quelque chose d'incroyable ! On en apprend tellement dans cette boutique, enfin c'est plutôt Dolly qui récolte tous les potins. Les gens se confient à elle bien plus qu'à moi. Alors, vous voulez entendre la dernière ? C'est une dame – comme elle habite à Cagney Falls, je reste discrète sur son nom, mais en tout cas elle a eu cinq maris, et le dernier, vous n'allez pas le croire...

Amanda raconta l'anecdote qui les fit hurler de rire.

Quand elle est là, l'atmosphère s'allège comme par enchantement, pensa Cécile, et elle regretta de la voir partir tôt après le repas à cause d'un rendez-vous chez le médecin.

— Ce n'est que pour ma visite annuelle, mais j'avais oublié notre déjeuner quand j'ai pris le rendez-vous, et je me suis aperçue de mon étourderie trop tard pour le changer. En tout cas, merci, Cile, et embrasse Peter pour moi. À très bientôt.

— J'avais l'impression qu'elle était devenue un peu mélancolique, remarqua Cécile quand Amanda fut partie. Mais aujourd'hui, elle a l'air en très grande forme.

— Oui, elle a des sautes d'humeur, ces temps-ci.

— Toi aussi, tu as changé.

— Ah oui ? De quelle manière ?

— Rien de fondamental. Tu es encore une encyclopédie vivante, mais… j'ai remarqué que tu ne parlais plus jamais de tes jambes. Ce ne serait pas l'œuvre de Lester, par hasard ?

— Exactement, bravo ! Oui, c'est grâce à lui, et je ne lui dois pas que cela.

— Ce que je suis heureuse pour toi, Norma ! Pour toi et pour Amanda. Vous avez vraiment réussi, toutes les deux. Quand nous étions dans notre chambre d'étudiantes, nous étions loin d'imaginer ce que nous allions devenir !

Face à la poste, il y avait un square avec des bancs entourés de conifères. Si la pluie avait cessé, les bancs étaient encore humides, mais cela n'empêcha pas Amanda de s'y asseoir en tirant son imperméable sous elle.

De sa place, elle voyait des magasins, une papeterie, une pharmacie, une supérette et une pompe à essence. Elle resta là à regarder la rue, qui n'était pourtant pas très animée. Des voitures entraient dans la station-service, faisaient le plein et repartaient. Une passante poussa la porte de la papeterie, tenant un petit chien au pelage très fourni au bout d'une laisse rose. Trois garçonnets sortirent de la supérette avec chacun un double cornet de glace. Amanda observait tout cela avec une extrême attention, comme si on allait lui demander de décrire ou de peindre la scène.

Il allait bien falloir qu'elle se décide à se lever et à partir, autrement quelqu'un penserait qu'elle ne se sentait pas bien et qu'elle avait besoin d'aide. Mais, justement, elle avait grand besoin d'aide. Elle aurait tant voulu pouvoir téléphoner à sa mère, se réfugier auprès d'elle ! On disait que les soldats, les jeunes comme les moins jeunes, appelaient leur mère quand ils étaient blessés ou avaient très peur. *Maman, maman, au secours !*

Elle restait donc là, incapable de bouger et ne sachant d'ailleurs pas très bien où diriger ses pas. Elle entendait encore le petit rire amical et paternel du gynécologue. Dire que cela l'avait fait rire ! Au beau milieu d'une phrase, il s'était interrompu, de toute évidence enchanté.

— Vous allez avoir une bonne nouvelle à annoncer à votre mari ce soir, madame Balsan ! En avril prochain, vous serez trois. Un bébé du 1er avril. Ce n'est pas aussi bien qu'un bébé du 1er janvier, parce qu'on ne publie pas son nom dans le journal, mais c'est bien quand même.

Il s'était sans doute cru drôle. Heureusement, il n'avait pas remarqué sa réaction, et encore moins compris ce qui lui arrivait.

— Je m'étais dit que les tests faits à la maison n'étaient pas toujours sûrs, c'est pour ça que je suis venue vous voir.

— Ne vous inquiétez pas, il n'y a aucun doute : le deuxième mois est bien avancé. (Soudain, il avait repris l'air pressé, se

329

souvenant probablement des femmes au ventre énorme, au moins six, qui attendaient à côté.) Passez par le bureau avant de partir, on vous donnera une liste de conseils et un rendez-vous pour le mois prochain. Toutes mes félicitations, madame Balsan.

Son sac à main renfermait un petit calepin avec un stylo. Elle le sortit et essaya de choisir ses mots. Quand on s'adressait à quelqu'un, tout dépendait tellement de la façon de présenter les choses : on pouvait être lourd, culpabiliser l'autre, ou alors, en s'y prenant bien, maîtriser la situation et adopter un ton optimiste, refuser la fatalité, décider de voir le verre à moitié plein. Mais comment trouver du positif dans une pareille catastrophe ?

À l'intérieur de son sac, elle avait aussi un téléphone portable. Elle tapa le numéro de L. B. d'une main tremblante, espérant parvenir à le joindre dans sa voiture. Il n'y eut pas de réponse.

Une demi-heure, pensa-t-elle. Je le rappellerai dans une demi-heure. En attendant, il faut que je me calme, que je regarde les passants, que je me concentre sur eux et ce qui les entoure pour ne pas devenir folle. Souviens-toi des gens dont parle Cécile, des choses horribles qu'ils endurent avec courage. Par exemple, observe cette vieille dame qui entre dans la teinturerie, toute déformée par l'arthrite ; quand elle se regarde dans la glace, elle doit se demander ce qu'elle a bien pu faire pour mériter ça. Et cette vieille voiture qui sort de la station-service, là-bas. Je n'oserais pas m'en servir sur l'autoroute ; il faut être d'une pauvreté incroyable pour risquer sa vie dans une telle épave.

Elle essaya de nouveau le numéro de L. B., et, l'entendant répondre, elle sentit la voix lui manquer. Elle devrait se contenter de l'essentiel.

— Il faut absolument que je te voie aujourd'hui. Tu peux me retrouver à quatre heures ?

— Aujourd'hui ? Impossible, je suis complètement débordé. Non, je t'assure que je ne peux pas.

— Je t'en prie !

— Quoi ? Parle plus fort, je t'entends à peine.

— J'ai dit : Je t'en prie. C'est très important, c'est grave.

— Allons, Amanda. Il n'y a que trois jours d'ici à samedi…

— Je t'en prie, je t'en prie !

Éclatant en sanglots, elle raccrocha.

Il était déjà là quand elle arriva. En l'aidant à retirer son imperméable, il la sentit trembler et se mit en colère.

— Mais que se passe-t-il, enfin ? Quelqu'un est malade ? Tu as eu un accident ? Dis-moi ce qu'il y a. Pourquoi tous ces mystères ? Qu'est-ce qui te prend de me raccrocher au nez en pleurant ? Tu m'as fait une de ces peurs ! J'ai imaginé je ne sais quoi.

Elle s'effondra dans un fauteuil, se prit la tête dans les mains.

— Ne te fâche pas, L. B.

— Je ne me fâche pas, tu m'as fait peur. Pourquoi pleures-tu ? Qu'est-ce qu'il y a ?

— Je suis enceinte.

— Enceinte ? Mais enfin… enfin… ne pleure pas comme ça, murmura-t-il en caressant la tête blonde inclinée. Chut, chut, calme-toi, ma pauvre chérie ! Ce n'est pas si grave. Je sais que tu ne veux pas d'enfants, mais vraiment ça aurait pu être pire.

De grosses larmes roulaient à présent sur les joues d'Amanda.

— Tu ne comprends pas ! Il est de toi, ajouta-t-elle en dressant la tête pour le regarder droit dans les yeux.

Il la fixa, interloqué.

— Bon Dieu, tu en es sûre ? s'exclama-t-il, lui qui ne jurait jamais.

— Je sais compter tout de même.

Trop stupéfait pour répondre, L. B. restait là, debout devant elle sans réagir, le regard figé.

— Il a eu une grippe à rallonge, et de toute façon j'essaie d'éviter de… (Elle eut un nouveau sanglot et s'essuya les yeux avec sa manche.)… d'éviter… Ça le met en colère, mais souvent on passe des semaines sans… Alors, c'est absolument impossible.

— Est-ce que… enfin, quelqu'un d'autre pourrait-il s'en rendre compte ?

— Tu veux dire : est-ce qu'il peut s'en apercevoir ? Non, du tout, sûr et certain. Mais moi, je sais, et c'est affreux !

— J'essaie de comprendre… Comment est-ce possible ? Nous avons pris toutes les précautions…

— Aucune méthode n'est garantie à cent pour cent, tu ne l'ignores pas.

L. B. poussa un gémissement. Maintenant, c'était lui qui se tenait la tête dans les mains. Le silence était étouffant. Amanda eut la soudaine impression d'être enfermée dans un tunnel bouché aux deux extrémités, sans aucune issue possible.

La pendule fit entendre un grincement et sonna un coup. Ils étaient déjà là depuis une demi-heure. Elle leva vers L. B. des yeux suppliants.

— Qu'est-ce que je… qu'est-ce que nous… allons faire ?

Il s'écoula un certain temps avant qu'il ne réponde. Finalement, il s'agenouilla aux pieds d'Amanda.

— Écoute-moi, dit-il à voix très basse. C'est épouvantable, mais ce n'est pas une tragédie. En t'entendant pleurer au téléphone, j'ai pensé… Je ne sais trop ce que j'ai pensé mais s'il t'arrivait quelque chose, je ne le supporterais pas. Excuse-moi de m'être énervé quand tu es arrivée. Je suis désolé. Je t'en prie, comprends-moi et pardonne-moi.

— Qu'est-ce que nous allons faire ? répéta-t-elle.

— Tu te souviens de l'affaire qui a éclaté dans la presse il y a quelque temps ? C'est même toi qui m'en as parlé : ces amants amoureux depuis quinze ans...

— Oui, mais elle n'était pas enceinte, L. B. Que vais-je faire ? insista-t-elle d'un ton pressant.

— Rien. Tu vas poursuivre ta grossesse normalement, et personne ne saura jamais rien. Nous n'avons pas le choix.

Malgré sa voix calme et la logique de son raisonnement, elle ne fut pas dupe. Quand il se releva, il alla à la fenêtre et, adoptant son attitude contemplative familière, il resta là les mains dans les poches. Il n'avait pas cédé à l'émotion, n'avait rien contesté, ne s'était pas lamenté ; il se contrôlait parfaitement. « La raison domine le cœur », comme disait Norma si souvent. Oui, il se servait de sa raison parce qu'il était fort, mais elle le devinait malheureux. Il devait voir le visage de son fils devant lui et se mépriser.

Elle se dressa et lui posa les mains sur les épaules.

— Moi aussi, ça me rend malade, murmura-t-elle.

Il lui caressa la joue.

— Tu es toute rouge à force de pleurer, je vais te chercher de l'eau froide.

Tendrement, il tamponna les yeux d'Amanda avec un mouchoir mouillé et, tout aussi tendrement, essaya de la rassurer.

— On se débrouillera. Ne dis-tu pas toujours que tant que personne ne sait rien, personne ne souffre ? C'est le principal. Il faut garder ça bien en tête. À présent, il nous faut rentrer.

— Je ne pourrai jamais conduire. Je tremble encore. Tu te rends compte de la comédie que je vais devoir jouer en arrivant ? Il faut que je lui annonce la nouvelle en prenant l'air heureux !

— Donne-toi la soirée pour te remettre, attends demain. Maintenant, tu vas reprendre ta voiture et me suivre. Je conduirai très lentement en te surveillant dans le rétroviseur. Ça ira, chérie, je t'assure. Nous allons traverser cette épreuve parce qu'il le faut. Retiens ça : nous n'avons pas le choix.

La nuit s'écoula. Amanda dormit, sans doute parce qu'elle était épuisée. Il lui semblait avoir été rouée de coups. La journée au travail se passa normalement jusqu'à environ trois heures de l'après-midi ; alors, sa voix joyeuse et son dynamisme s'épuisèrent soudain, et son courage tomba.

Dolly s'en aperçut.

— Ça n'a pas l'air d'aller. Tu es toute pâle. J'espère que tu n'as pas attrapé du mal.

— Je me le demande. C'est vrai que je ne me sens pas bien.

Une pensée parfaitement absurde traversa l'esprit d'Amanda. Qu'arriverait-il si elle lui disait soudain : « Dolly, aide-moi », et qu'elle lui révélait toute l'histoire ? Dolly la dévisagerait les yeux écarquillés et la bouche grande ouverte. Car même elle, qui ne se cachait pas de mener une vie couramment qualifiée de dissolue, passant d'un homme à l'autre... Oui, même elle, avec son bon caractère, son naturel, serait choquée.

Amanda rentra donc chez elle, non pour se coucher mais pour aller dans la cuisine, où, dans un état de fébrilité extrême, elle prépara un dîner de fête. Si elle n'avait pas eu cette occupation, elle aurait été bonne à enfermer, pensa-t-elle. Elle se dit aussi que si elle pouvait attendre quelques jours supplémentaires avant d'annoncer la nouvelle à Larry, elle serait peut-être davantage maîtresse d'elle-même. Puis elle changea d'avis : retarder ce moment serait de la lâcheté.

— Qu'est-ce qu'on fête, ce soir ? demanda Larry en humant les bonnes odeurs de viande rôtie et de gâteau dans le four.

— Il n'y avait pas grand monde à la boutique, alors je suis partie plus tôt, et en entrant dans la cuisine je me suis soudain sentie inspirée.

— Eh bien, dis donc, heureusement que tu n'as pas l'inspiration tous les jours : je deviendrais gros comme une barrique. Enfin, ne pensons surtout pas à ça maintenant. À table !

Il fit honneur au repas. Si les circonstances avaient été autres, si elle-même avait été différente, s'il n'y avait pas eu tant de « si », cela aurait été un plaisir de le voir satisfaire sa gourmandise. Entre chaque bouchée, il la complimentait, appréciant son bon pain du Sud, et décrivait une rencontre avec un vendeur excentrique.

Tout en l'écoutant d'une oreille et en lui répondant machinalement, elle repensait au déjeuner de la veille, aux trois mousquetaires. Comme elle était loin leur innocence, l'époque où elles s'étaient senties à la fois mûres et pleines de sagesse ! Maintenant, Cécile ne rêvait que d'avoir un enfant peut-être impossible à concevoir pour elle ; Norma avait pris la résolution de ne jamais donner la vie, tandis qu'elle, Amanda, avait vécu trop dangereusement...

De sa chaise, elle apercevait dans le salon une petite table ronde encombrée de photos : sa famille sur la véranda de leur maison ; elle-même fillette ; Larry tout jeune, en tenue de sport ; les trois mousquetaires dans leur toge d'université, la toque carrée sur la tête ; et un autre cliché d'elle dans sa longue robe blanche, debout au côté de Larry devant leur gâteau de mariage, dans le relais où ils avaient passé leur glaciale lune de miel.

Amanda ! s'exhorta-t-elle, sois adulte ! *Un peu de courage, prends le taureau par les cornes. Allez, vas-y !*

Elle l'interrompit au milieu d'une phrase.

— Larry, j'ai une nouvelle à t'annoncer : je suis enceinte.

— Quoi ?

Il se leva d'un bond, sa fourchette tomba dans son assiette, et sa chaise se renversa avec fracas.

— Tu es sûre ? Depuis quand le sais-tu ? Pourquoi ne m'en as-tu pas parlé tout de suite ?

Il fit le tour de la table en un éclair pour la prendre dans ses bras et l'embrasser, sur les joues, les lèvres, les mains, dans le cou, laissant libre cours à un paroxysme de joie.

— Tu es sûre ? Depuis quand le sais-tu ? répéta-t-il.

— Je l'ai appris aujourd'hui. Je suis allée chez le gynéco, et je suis rentrée tout de suite après. J'ai voulu faire un bon dîner pour fêter ça.

— Ce n'est pas croyable ! s'enthousiasmat-il. J'ai l'impression d'avoir gagné au loto. J'ai été élu Président, je suis passager d'une fusée qui va sur Mars... C'est pour quand ?

— Avril.

— C'est pas croyable, répéta-t-il. Et dire qu'on ne faisait rien pour ! J'ai eu la grippe plus ou moins tout l'hiver, fichu temps, et toi tu travailles tellement dur que tu n'es pas au mieux de ta forme. Comme quoi, hein... Mais tu te sens bien ? Tout va bien ?

— Oui, tout va bien.

Elle sourit. C'était un miracle qu'elle parvienne à garder un tel calme. La bonne fée sa marraine devait la soutenir.

— Mais tu es certaine que ça va ? Tu n'es pas très bavarde.

— Sans doute parce que je ne comprends pas bien ce qui m'arrive, répondit-elle, toujours un sourire aux lèvres.

Larry jeta un coup d'œil sur sa montre.

— Dis donc, j'ai envie d'appeler mon père et Norma.

— Laisse ton père finir sa soirée tranquille. Tu lui annonceras la nouvelle demain, au travail.

— Tu crois que ça le dérangera d'apprendre qu'il va être grand-père pour la première fois ? Il en sautera de joie et sera tellement fier ! (Larry allait passer la porte quand il s'arrêta.) Mais que je suis égoïste ! À toi la priorité : téléphone à ta famille, je le ferai après.

— Je te remercie, mais je préfère appeler ma mère demain, quand tout le monde sera parti au travail et que nous aurons le temps de bavarder. C'est ce que je fais d'habitude, comme tu as pu le constater sur les factures de téléphone.

— Tu es sûre ?

— Tout à fait. Vas-y, passe tes coups de fil pendant que je m'occupe de la vaisselle.

— Non, non. C'est toi qui as cuisiné, moi je rangerai. Assieds-toi, repose-toi.

Ce n'était pas la peine de discuter, elle n'aurait pas le dernier mot. De toute évidence, il allait la traiter en invalide ou en princesse jusqu'à la fin de sa grossesse. Donc, sans insister, elle fit ce qu'il fallait pour éviter la seule chose qu'elle craignait : entendre le coup de téléphone. Une fois seule dans la cuisine, elle ferma la porte.

Quelques minutes plus tard, il la rouvrait pour faire son rapport.

— Mon père n'en revenait pas. Il n'a pratiquement pas pu articuler un mot.

— Il n'a rien dit du tout ?

— Oh, si, il a été surpris, et il m'a félicité, bien sûr. Tu le connais, il parle peu… mais j'ai bien senti qu'il était content. Oui, il est très, très heureux. Et Norma sautait de joie… elle n'est pas du tout comme lui. Bon, je vais récurer la poêle, il faut de l'huile de coude pour nettoyer ça. Tu n'as qu'à mettre les assiettes dans le lave-vaisselle, si tu tiens absolument à faire quelque chose.

— Larry, tu es bête ! C'est adorable, mais tu ne dois pas me traiter comme si j'étais malade. Et je ne suis pas une princesse.

— Si, tu es ma princesse à moi. Et là-dedans, ajouta-t-il en lui tapotant le ventre, se trouve l'héritier de mon royaume.

Larry, pauvre Larry ! Elle eut envie de pleurer pour lui, mais elle ne le pouvait pas.

— J'adore te voir aussi heureuse, remarqua Lester en refaisant une apparition dans la pièce où Norma corrigeait les dernières épreuves de son manuel de latin. Je ne t'ai jamais vue te réjouir autant de quoi que ce soit.

Norma voyait qu'il ne comprenait pas bien sa réaction. Pourquoi cette immense joie ? semblait-il demander gentiment. Après tout, quand les gens voulaient des enfants, ils y arrivaient en général sans beaucoup de difficulté. Ce n'était donc pas un événement aussi extraordinaire qu'elle semblait le croire.

Non, bien sûr. Mais, vu les circonstances – dont elle regrettait de ne pas pouvoir lui parler –, elle éprouvait un soulagement extrême. Un bébé attendu avec autant de bonheur était la meilleure preuve de la solidité d'un couple. Du moins, c'était ainsi qu'elle considérait les choses.

— J'ai hâte de voir la tête de Larry ! s'exclama-t-elle. Il en avait envie depuis tellement longtemps ! Il ne m'en a jamais parlé franchement, mais je l'ai compris sans difficulté, à certaines allusions et à la façon dont il se conduit avec les jeunes enfants.

Le nuage qui avait obscurci son ciel depuis l'après-midi mémorable dans l'auditorium était à présent dissipé pour de bon. Bien sûr, en se raisonnant, et grâce aux très judicieuses remarques de Lester sur le peu de fiabilité des témoignages, il s'était beaucoup effiloché avec le temps. Mais elle devait admettre qu'en de rares occasions, selon les caprices du vent, il se profilait parfois au loin dans un ciel dégagé, petite ombre menaçante à l'horizon.

Ne lui restaient plus que ses remords d'avoir conçu de tels soupçons, pensées honteuses, scandaleuses et dégradantes. Mais, au moins, elle ne les avait partagées avec personne, et elle pouvait maintenant les jeter au rebus.

Dans Lane Avenue, les camions passaient avec des grondements. Un air brûlant, empestant les vapeurs d'essence, entrait par les fenêtres ouvertes. Toujours vêtus, sans désir ni énergie d'aucune sorte, Amanda et L. B. étaient allongés sur le canapé poussiéreux. Ils se taisaient depuis de longues minutes.

Au bout d'un moment, L. B. amorça un commentaire d'un air pensif.

— Alors, il est heureux…

— Oui, très.

— Ces derniers jours, il ne parle que de ça au bureau. Je trouve des excuses pour aller dans les autres agences. Je m'éloigne autant que je peux. Je n'arrive pas à le regarder en face.

— Et moi, qu'est-ce que je devrais dire ! Je suis obligée de faire bien plus que de le regarder, tu sais.

— Oui, je sais. Il ne t'a pas questionnée au sujet des dates ? Tu as dit qu'il vous arrivait si rarement de…

— Non, il n'a rien demandé. Pourquoi ne me croirait-il pas ? De toute façon, c'est à la femme de savoir où elle en est.

Elle regarda autour d'elle. Le reste du monde et le temps qu'elle y passait n'avaient pour seul intérêt que de permettre à ce refuge d'exister. Leurs rencontres ici avaient été merveilleuses, heureuses comme un après-midi d'été à la campagne. Retrouveraient-ils jamais pareil bonheur ?

La culpabilité était si bien rivée à son cou, tel un boulet, que jamais elle ne parviendrait à s'en débarrasser. La honte allait la suivre pendant les sept mois à venir, et même après : elle durerait jusqu'à la fin de ses jours. Elle aurait voulu que ces sept mois s'écoulent très vite, et en même temps qu'ils ne s'achèvent jamais. La venue de l'enfant, de cet enfant-là, pauvre petit innocent, serait un rappel quotidien, constant, qu'il était né sans que sa mère l'ait désiré.

Comment pourrait-elle l'aimer, même seulement le regarder sans avoir conscience de cette réalité ? Comment pourrait-elle s'en occuper sans qu'il perçoive dans sa façon de le toucher la monstruosité de ses sentiments ? Car, quels que soient ses efforts, elle ne serait jamais pareille aux autres mères qui câlinaient leurs enfants, les embrassaient, s'amusaient avec eux et discutaient avec passion de leurs ressemblances afin de déterminer auquel de ses parents ils devaient leur bouche ou leurs yeux.

La veille, elle avait reçu une jolie carte de félicitations signée par toute sa famille, y compris le mari fugueur de Lorena. La semaine précédente, au téléphone, sa mère avait souligné, mi-figue mi-raisin, la différence entre ses deux beaux-fils : le premier engendrait des bébés à la chaîne sans en vouloir, tandis que l'autre, qui ne rêvait que de paternité, avait attendu des années pour voir ses souhaits exaucés.

Après avoir raccroché, Amanda s'était assise et avait cédé à la mélancolie, songeant à son bébé et à la complexité de la situation. Tout naturellement, on appellerait L. B. « grand-père », « grand-papa » ou encore « papi ». Comment leurs regards pourraient-ils se croiser quand ce nom serait prononcé ?

— Et toi, tu vas garder ton travail ? demanda L. B.

— J'ai bien l'intention de travailler jusqu'à la dernière minute, et je recommencerai le plus tôt

343

possible quand ce sera fait. Autrement, je deviendrai folle. Mais cela ne veut pas dire que je tiendrai le coup si je reste à la boutique, ajouta-t-elle avec découragement.

Il lui prit une main et la pressa entre les siennes.

— Tu vas tenir, tu es trop forte pour craquer. Si tu savais comme je m'en veux ! Je m'en veux tellement de t'avoir fait ça !

— L. B., tu m'as donné les meilleures années de ma vie.

— Mais quel gâchis !

— Ce n'est pas ta faute. Chéri, il n'y a jamais de garantie à cent pour cent, tu le sais bien.

— La dernière chose que je souhaite, c'est te causer de la peine. Ou en causer à Larry.

En deux ans, ils n'avaient pas prononcé son nom plus d'une dizaine de fois. Ils trouvaient toujours des moyens détournés de le mentionner. Mais la situation avait changé de mille façons subtiles, et cela ne faisait que commencer. Les contacts qu'ils avaient tous les deux évités avec soin reprenaient déjà. Il était essentiel, avait décrété Norma, que L. B. invite à un grand dîner ses deux enfants et leurs époux respectifs pour célébrer la future naissance. À table, ils n'avaient pas osé se regarder. Amanda avait passé tout son temps à discuter avec Lester, pendant que L. B. monopolisait Norma. Après l'arrivée de l'enfant, ces réunions allaient se multiplier ; le père de Larry devrait bien jouer le tendre rôle qu'on attendait de lui dans la vie du bébé.

Et leur refuge, qu'allait-il devenir ? Pourraient-ils jouer la comédie de la famille unie à l'anniversaire de l'enfant le mardi, pour se retrouver ici le mercredi ?

— Je vois bien que tu pleures, chuchota L. B. comme s'il avait peur d'être surpris. Écoute, c'est allé trop vite et arrivé trop tôt pour que j'aie les idées claires. Il faut simplement garder en tête ce que nous nous disons depuis le début : que personne n'en souffrira, et que nous arriverons à nous en sortir.

— Prends-moi dans tes bras, console-moi ! supplia-t-elle à voix basse elle aussi.

— Oui, je te réconforterai toujours, et je m'occuperai de toi. Je t'aime tellement, Amanda !

Malgré la chaleur et les bruits de la rue, elle ferma les yeux, n'aspirant qu'à se laisser envelopper par la paix familière. Ils restèrent étendus en silence dans les bras l'un de l'autre, main dans la main.

Puis, brusquement, un terrible pressentiment saisit Amanda, brisant cette quiétude. *Vous serez punis...* Mais, comme elle aimait L. B., elle ne lui dit rien.

17

Amanda regardait les flocons de neige voleter devant la fenêtre de sa chambre d'hôpital. C'était le début du printemps, et cette chute tardive accueillait de bien étrange façon Stevie Balsan dans le monde. Elle avait vécu l'accouchement dans une sorte de rêve éveillé, jusqu'à ce que ce matin un des médecins parle d'elle en disant « la maman ».

Bientôt, sa mère arriverait, toute guillerette. On aurait pu croire qu'elle aurait été blasée, avec les nombreux petits-enfants qu'elle avait déjà. Mais non, elle affirmait qu'ils étaient tous différents, nés de parents différents, dans des circonstances différentes.

Des circonstances différentes...

Elle aurait maintenant une excuse toute trouvée pour ne pas descendre dans le Mississippi faire la visite que son père réclamait depuis longtemps. Il avait obtenu un nouveau travail, mieux payé, et avait pu entreprendre quelques travaux dans la maison. Mais, même dans ces nouvelles conditions, on ne pourrait demander à Amanda d'effectuer le voyage avec un nouveau-né.

Sa main se posa sur son ventre, comme pour vérifier qu'il était bien redevenu plat. Il avait déjà presque repris des dimensions normales. Son ancien occupant était dans la pouponnière au bout du couloir, calmement endormi. Pour sa part, elle s'était réveillée en sursaut très tôt, pour aussitôt plonger dans une tempête d'émotions contradictoires, mais surtout dominée par une sorte de terreur en réalisant qu'on allait bientôt le lui apporter.

Quelle sorte de monstre était-elle ? Elle ne ressentait aucune affection pour cet enfant ! Qu'est-ce que cela signifiait ? Tout lui semblait distant : la neige, les voix dans le couloir, le lit blanc, et le bébé – son bébé – enveloppé dans une couverture bleue. Stevie. C'était Larry qui avait choisi ce prénom – n'était-il pas un peu bizarre ? Elle avait l'impression que sa tête ne fonctionnait pas très bien.

— Je voudrais le toucher, avait-il dit un soir, quelques mois plus tôt.

C'était lui qui avait détecté les premiers « signes de vie », comme il disait. Les coups légers portés par les petits membres dans le ventre de la mère. Oui, c'était bien le miracle dont tout le monde parlait. Et pourtant, pour Amanda, ces mouvements éveillaient autre chose aussi : de la peur. Était-elle un monstre ?

Elle pensait maintenant aux longues semaines au cours desquelles Larry, débordant de joie, s'était montré d'une gentillesse exemplaire.

— Au début, les femmes enceintes ont souvent mal au cœur le matin. Ce doit être très désagréable, mais au moins tu peux te dire que c'est normal.

Larry était une mine d'informations, certaines justes et d'autres moins. Par exemple, il n'était pas normal d'avoir la nausée aussi longtemps qu'elle l'avait eue. Le poison de l'appréhension remplissait rarement autant le corps des femmes enceintes.

— J'ai entendu dire que cela soulageait de manger quelque chose de sucré, une tartine de confiture, avant de se lever.

Cette astuce-là au moins l'avait aidée. Et donc, tôt le matin, pendant des jours et des jours, elle était restée au lit sans bouger, attendant que Larry lui apporte une assiette avec des toasts et de la confiture. Elle se serait tellement moins détestée s'il n'avait pas été aussi adorable !

Les gens les plus inattendus s'étaient intéressés à la naissance, surtout vers la fin de l'hiver. Tant de sollicitude l'avait étonnée et mise mal à l'aise. Une voisine avait tricoté une couverture de voiture d'enfant. On l'abreuvait de conseils sur ce qu'il fallait acheter, quelle marque de chaise de bébé, quel berceau préférer, ou quel pédiatre choisir. Cécile, qui avait reçu suffisamment de cadeaux pour trois paires de jumeaux, lui avait déjà offert des produits de luxe tels qu'un édredon de satin, un lecteur de

CD pour la chambre d'enfant et une timbale en argent. Norma avait fourni toute une collection de livres, des classiques de la littérature enfantine, pour qu'on lise des histoires au bébé, et une combinaison de ski avec son nom brodé sur la poitrine. Avec un rire affectueux, elle avait rapporté : « Papa prévoit de vous donner un bon gros chèque. Il dit qu'il n'a pas la moindre idée de cadeau pour un bébé, ce qui ne m'étonne pas de lui. »

Mais elle se trompait : L. B. savait ce qu'il convenait d'offrir en n'importe quelle circonstance... seulement pas à ce bébé-là, cet être humain innocent et sans défense, né dans un tel contexte. Que lui diraient-ils ? Question absurde, car la réponse était évidente : Rien. Tant que nous vivrons, il ne doit rien savoir.

Quand elle regardait le petit visage, pourtant dépourvu de la moindre imperfection, elle voyait une blessure. Or, souvent, tout en éprouvant de la pitié pour la souffrance d'une victime, on se révoltait à l'évocation de la brutalité commise, et on se détournait.

Un jour, Amanda avait confié à L. B. qu'elle aurait eu besoin de confesser leur faute à quelqu'un, et il avait compris. Il comprenait tout.

En entendant le téléphone sonner à côté du lit, elle eut l'intuition que c'était lui. Elle avait eu des coups de fil toute la matinée, mais pas encore de ses nouvelles.

— Tu es seule ? demanda-t-il prudemment.

— Oui, répondit-elle avec la même circonspection. Oui, je peux parler. Ça va ?

— Légèrement mieux depuis qu'on m'a appris que l'accouchement s'est bien passé. Je n'osais pas téléphoner pour avoir des nouvelles. Je ne pouvais pas montrer plus d'intérêt que mon rôle de spectateur détaché ne le permet... Tu as beaucoup souffert, ma chérie ?

— Non, pas tant que ça. Tout s'est passé très normalement, paraît-il.

— Très normalement..., répéta-t-il avec dérision.

Il y eut un silence, comme si la ligne était coupée.

— Ça me fait horreur de le regarder, avoua-t-elle.

— Je n'ai pas envie de le voir non plus.

— Il va bien falloir.

— Oui, je sais.

— Ce n'est pas pour nous que je m'inquiète, mais pour lui. Quelle vie va-t-il avoir ?

— Une vie excellente. La meilleure, sur le plan matériel. Ensuite, ce sera plutôt une question de chance, non ? Comme pour tout le monde.

Il voulait l'encourager en se montrant optimiste, et, comprenant cette bonne intention, elle l'imita.

— J'essaierai de me dire ça, la prochaine fois qu'on me l'apportera.

— Pense aussi que je suis avec toi. Je suis avec toi sans arrêt, tous les jours, à chaque seconde.

— Je le sais.

De son lit, elle ne voyait qu'un ciel vide et la neige tardive. Une immense solitude la submergea malgré ses bonnes résolutions.

— Le plus dur, c'est de se sentir si seule, ne put-elle s'empêcher de remarquer avec un soupir. Cela fait tellement longtemps qu'on ne s'est pas vus !

— Tout se passera bien. Tu es forte, Amanda. Je sais juger les gens, et je suis convaincu que tu es capable de surmonter à peu près toutes les épreuves. Prends les choses comme elles viennent. Aujourd'hui, tu vas avoir des visites, d'après ce que m'a dit Norma. Elle compte venir, et Cécile aussi, puisqu'elle travaille quelques étages en dessous de toi. N'oublie pas de leur faire ton beau sourire.

— Mais pourquoi se croient-elles obligées de venir ? Je rentre demain ! Je ne veux pas les voir. Je ne suis pas d'humeur.

— Chérie, c'est normal qu'elles veuillent te rendre visite, et il va falloir que tu fasses semblant d'être contente. À partir de maintenant, nous allons devoir nous surveiller sans relâche, toi et moi.

Il avait raison. Constatant qu'il était déjà midi, Amanda rassembla ses forces, se mit debout, se lava, enfila un peignoir rose et s'obligea à marcher un peu dans la chambre. Elle s'approcha de la fenêtre pour regarder les flocons. Dans un livre que L. B. lui avait offert, elle avait lu un poème très joli sur la neige : *Neige silencieuse, neige secrète* ; elle essaya de se rappeler la suite mais n'y parvint pas, et pas davantage à retrouver le nom de l'auteur. Sa tête ne fonctionnait plus. Et pourtant, elle se souvenait avec précision de la couverture verte du recueil, et du bouton de rose à longue tige qui l'avait accompagné. Allongé sur le canapé, L. B. l'avait regardée ouvrir le paquet. Malgré elle, ses pensées se tournaient sans arrêt vers lui. Elle médita ainsi un moment, les coudes appuyés au rebord de la fenêtre haute, pendant que la neige tombait devant elle. Quand des voix joyeuses éclatèrent à la porte, elle était toujours dans la même position. Cécile et Norma arrivaient ensemble.

— Nous nous sommes rencontrées complètement par hasard dans l'ascenseur. Tu ne devrais pas rester allongée ?

— Non, au contraire, on m'a conseillé de me lever.

— Ton mari a vraiment un grain, annonça Norma. Il est venu sonner chez nous presque à l'aube avec un sandwich à la dinde pour ton déjeuner. Il l'a préparé de ses mains, comme tu les aimes, avec du pain complet. Il tenait à ce que je te l'apporte, parce que tu n'as pratiquement pas dormi de la nuit, et que tu allais avoir faim avant qu'il ne passe te voir plus tard dans la journée.

— Il n'a pas beaucoup dormi non plus.

— Ça se voyait ! Il avait l'air épuisé. Le plus drôle, c'est que c'est toi qui as fait tout le travail, et que ça ne se voit absolument pas, hein, Cile ?

— Elle est très belle, comme d'habitude… Nous avons triché : nous nous sommes arrêtées d'abord à la pouponnière pour lui jeter un coup d'œil avant de venir ici. Il est adorable.

N'oublie pas de leur faire ton beau sourire, avait recommandé L. B.

Amanda sourit.

— Oh, ils se ressemblent tous. Tout ronds et tout rouges, comme des pommes.

— Tu ne dirais pas ça si tu en voyais autant que moi, protesta Cécile. Ton bébé a une forme de crâne magnifique, et il n'a pas le nez en trompette. Je suis sûre – ne te moque pas de moi – qu'il va avoir un profil aristocratique.

Norma éclata de rire.

— Aristocratique ! Tu es drôle. Mais remarque, tu as raison. On voit qu'il a l'arête du nez haute, comme son grand-père. Papa va être ravi d'apprendre ça !

— Il en a de la chance, ce petit garçon, remarqua Cécile. Il est entouré de plein d'amour, avec son grand-père, ses parents, nous tous. En bas, j'ai quitté une famille complètement brisée : le père a quitté le domicile conjugal pour partir avec une autre femme la semaine dernière, et la mère vient de donner naissance à son troisième enfant.

— Pauvre bout de chou, dit Norma. Mais c'est tellement banal. Nous avons beaucoup de chance, en effet. Oui, Stevie a bien de la chance, tu as raison.

Comment leur en vouloir ? songea Amanda. C'était une conversation très normale. Des réflexions qu'on se faisait à toutes les naissances.

Le sandwich, préparé avec la générosité habituelle de Larry, était énorme, et il lui restait de son petit déjeuner une carafe presque pleine de jus d'orange, ce qui lui donna une excuse pour ne pas parler pendant qu'elle se restaurait. Il aurait été trop épuisant de se surveiller à chaque instant. Elle mangea et but lentement, posant un regard vide sur la neige qui tombait sur la terre avec quelque chose de triste et d'inexorable.

De temps à autre, en guise de réponse quand une remarque ou une question s'adressait à elle en particulier, elle tournait la tête vers ses amies. Dans son état bizarre, dont elle avait pleinement conscience, elle ne voyait que des fragments disjoints, comme dans un tableau moderne où des éléments ont été exagérés, déplacés ou supprimés. Norma avait les épaules étroites, d'immenses yeux inquiets, et une masse informe, énorme, formant ses jambes ; Cécile était longiligne avec des dents magnifiques bien trop grandes pour son petit visage.

Amanda ferma les yeux et s'agrippa aux bras de son fauteuil.

— Ça va ? demanda Norma.

— J'ai un peu le tournis.

— Tu devrais te remettre au lit, conseilla aussitôt Cécile. Au moins, allonge-toi sur les couvertures. Attends, je vais t'aider.

Elle se sentit mieux une fois couchée, les oreillers derrière la tête. Les formes reprirent des proportions normales. Les yeux de Norma retrouvèrent leur taille. Cécile portait son manteau de tweed écossais très chaud. Même après quatre ans, il gardait un air d'opulence. On ne gaspillait pas, dans la famille.

— En te laissant, nous allons passer par le poste des infirmières pour demander qu'on vienne te voir, décida Norma. Tu as peut-être besoin qu'on te donne quelque chose.

— Ne t'inquiète donc pas, protesta Amanda.

— Non, elle a raison, intervint Cécile. Ce n'est que le premier jour.

Amanda était touchée par la générosité de Cécile que cette visite au nouveau-né avait dû peiner terriblement, même si elle ne le montrait pas, et ne se l'avouait sans doute pas. Cécile était pareille à un océan calme, à peine agité par quelques vaguelettes de temps à autre. Elle ne donnait pas prise à la tempête. Elle ne se serait jamais mise dans ma situation – et Norma non plus, songea Amanda tandis que les voix de ses amies s'éloignaient dans le couloir.

Amanda revint brutalement à la réalité en franchissant la porte de chez elle. Elle eut un choc, comme si un mauvais plaisant avait soudain jailli d'un placard en criant : « Hou ! »

Ah, te voilà ! ricanait la réalité, tu rentres avec un mari fier comme un paon et un petit bébé endormi dans tes bras. À toi les couches, les biberons, le lait maternisé et toute la panoplie. Et maintenant, dis bonjour à ton aimable voisine Joan qui apporte un dîner chaud. Ta gentille belle-sœur a rempli le congélateur afin que tu n'aies pas à aller faire de courses ou à préparer de repas pendant deux semaines. Il y a une pile de cadeaux encore dans leur papier pour le bébé par terre, et un bouquet de tulipes et de narcisses blancs dans le séjour. Ce retour est si beau, comparé à ce que tu as dans le cœur, que tu as raison de désespérer.

Joan, mère de trois enfants et enceinte d'un autre, ne tarissait pas de conseils.

— On vous renvoie chez vous trop tôt, maintenant. Tu devrais monter tout de suite dans ta chambre et dormir une bonne grande nuit dans ton lit. Active comme tu l'es, tu vas dire que c'est trop se dorloter, mais tu te trompes, crois-moi. Tu vas avoir besoin de toutes tes forces : ce petit bout de 3,5 kilos qui est dans tes bras a autant d'énergie que toi, si ce n'est plus. Tu verras.

— Je prends toute la semaine de congés, annonça Larry. Elle, elle va se reposer. Après il faudra qu'elle se débrouille toute seule… Attends, tu ne l'as pas bien regardé, Joan. Tire un peu la couverture, chérie, qu'elle le voie mieux.

— Comme il a de beaux cheveux ! s'exclama Joan, on dirait qu'il va être aussi blond que toi, Amanda.

Mais Amanda n'avait qu'une idée : se débarrasser d'eux, de leur gentillesse et de leurs bavardages.

— Des cheveux, ça ? répondit-elle d'une voix gaie, mais ce n'est que du duvet.

— Non, sérieusement, je pense qu'il sera blond. Et tu veux que je te dise, Larry ? Il ressemble un peu à ton père.

— Tu trouves ? Donne-le-moi, ma chérie, je vais monter le mettre dans son berceau. Norma t'aidera dans l'escalier… Oblige-la à s'allonger, Norma. Tu as appelé papa ? Il savait à quelle heure nous devions rentrer ?

— Il a dit qu'il essaierait de passer ce soir.

— Comment ça : essayer ! Qu'est-ce que ça veut dire ? Il n'a pas encore vu Stevie.

— Calme-toi, Larry, il va venir.

— À voir Larry, commenta Norma en gravissant les marches avec Amanda, on dirait que c'est lui qui vient d'accoucher, tu ne trouves pas ? Les hommes sont vraiment drôles.

Maintenant que Norma est mariée, pensa Amanda, elle est devenue experte en hommes. Elle croit tout savoir, la pauvre petite.

Enfin seule, elle se laissa aller contre ses oreillers, les yeux tournés vers le plafond. Larry avait posé le journal sur la table de nuit. Norma lui avait monté une petite assiette de fruits. Cécile était repartie, et il n'y avait plus un bruit dans la maison, à part le murmure de voix de l'autre côté du couloir, dans la chambre où Norma et Larry s'occupaient du bébé. C'était Larry qui avait écouté les recommandations des infirmières à l'hôpital. Et heureusement, car elle, elle n'aurait rien retenu : dans sa tête, il n'y avait de place que pour la peur.

Au bout d'un moment, elle crut entendre sonner à la porte, et l'angoisse la saisit. Elle savait qui était le visiteur avant que Larry ne pénètre dans la chambre.

— Je voulais juste voir si tu étais réveillée, chérie. C'est papa. Il est venu voir Stevie, et il voudrait te dire un petit coucou.

— Non, non ! s'écria-t-elle. Je suis à moitié endormie, et je ne suis pas habillée…

— Mais enfin, tu es sous les draps, et c'est la famille, de toute façon.

— Larry, je n'ai pas envie. Je te demande de ne pas le faire monter. Ferme la porte. Je viens de rentrer, j'ai besoin qu'on respecte ma tranquillité !

— D'accord, d'accord. C'est idiot, mais je lui dirai que tu es fatiguée. Il te verra une autre fois. Il comprendra.

Il m'a dit : Prends les choses comme elles viennent.

Et si elle n'avait pas voulu de cet enfant, si cela avait été un accident ? se demandait Norma en retournant chez elle. Ce visage de marbre tandis qu'elle franchissait le seuil de sa maison… Je l'ai trouvée vraiment inexcusable de refuser de voir papa. Ce n'était pas gentil, alors qu'elle m'a toujours paru avoir d'excellentes manières. Franchement, je me pose des questions.

Un peu plus tard, Cécile, une fois chez elle, resongea à l'adorable bébé : Si j'avais du talent, si j'étais aussi créative que Peter avec son « Grand Projet », comme il dit, peut-être serais-je moins torturée par l'envie d'avoir un bébé. Avoir un enfant à soi, c'est créer la plus merveilleuse des… Cette pensée s'entrechoqua avec une autre : J'envie tellement Amanda !

Larry n'était pas content.

— Si j'étais une femme en pleine santé comme toi, je nourrirais mon bébé au sein. Prends Joan, la voisine : elle a allaité ses trois enfants. C'est plus naturel.

— Joan est adorable, mais je ne suis pas elle, rétorqua Amanda. Je veux retourner travailler. Je ne suis pas seule dans mon cas, par les temps qui courent.

— Je ne comprends pas comment tu peux supporter de le quitter. Moi, je meurs d'impatience de rentrer pour le voir, le soir. Il m'a souri, tout à l'heure, quand je l'ai changé.

Qu'il s'imagine ce qu'il veut, si cela lui fait plaisir, se dit Amanda. À quatre semaines, les bébés ne sourient pas… Mais bientôt, il va sourire, et je n'aurai pas envie de voir ça. Quelle raison aurait-il de sourire, mon petit garçon ? Un mot terrible lui pend au-dessus de la tête, et c'est moi qui l'y ai condamné. Larry souffre de le laisser, et moi je souffre d'être avec lui parce qu'il me brise le cœur. Si mignon, si innocent ! Que lui ai-je fait ?

— Parfois, je ne te comprends vraiment pas, se plaignit Larry. Je t'avais pourtant dit que mon père allait passer hier après-midi. Il est tellement occupé que j'ai presque dû l'attraper au lasso. Et quand il est arrivé, il a trouvé la baby-sitter, la gamine du coin de la rue, au lieu de toi.

— Je suis désolée, mais je t'ai expliqué que j'avais mal à une dent, et que c'était la seule heure de rendez-vous qu'avait pu me proposer le dentiste.

— Je ne sais pas ce que papa a dû penser.

— Il n'a rien pensé du tout. Tu prends les choses trop à cœur, Larry.

— C'est toi qui es bizarre. Tu as tout ce dont on peut rêver : une belle maison, un mari qui t'aime, un petit garçon, et on jurerait une somnambule. Non, je ne te comprends vraiment pas !

— Je t'ai dit que je voulais retourner travailler.

— Rien ne t'en empêchera, le moment venu. Mais, pour l'instant, tu restes à la maison. Cela coûte une fortune d'embaucher une bonne nourrice à domicile – en admettant qu'on en trouve une.

Je dois absolument parvenir à m'échapper d'ici, pensa Amanda. Je ne peux pas rester enfermée toute la journée avec mes remords. Je ne tiendrai pas.

— C'est assez courant, conclut le médecin. Vous souffrez d'une petite dépression postnatale. Je vais vous prescrire un calmant léger, et je vous conseille une nouvelle fois de ne pas demeurer isolée chez vous toute la journée. Retrouvez d'autres mères pour des promenades, ou des petits thés dans le jardin. Il doit y avoir quantité de jeunes mamans dans votre quartier.

— Mais vous ne pourriez pas dire à mon mari de me laisser retourner travailler ? Pas dans un an, mais tout de suite. Je vous en prie. J'en ai besoin !

Le médecin l'observa avec attention.

— Vous êtes sûre qu'il n'y a pas autre chose ? demanda-t-il d'une voix douce.

— Non. J'ai juste besoin de retravailler.

— Je le lui dirai, promit-il gentiment.

Il se rend compte que je ne vais pas bien du tout, pensa Amanda en repartant. Et bientôt, à moins d'un miracle, tout le monde s'en apercevra.

Larry avait prédit qu'il ne serait pas facile de trouver une nourrice, mais il se trompait. Une charmante jeune femme, du nom d'Elfrieda Webb, fut embauchée pour s'occuper de Stevie pendant qu'Amanda était à son travail, et Mme Lyons fut enchantée de la voir revenir.

Maintenant qu'elle avait de nouveau l'excuse de la boutique, elle pouvait téléphoner à L. B. sans crainte et le rejoindre. Privée de tout contact avec lui, elle avait eu l'impression de flotter seule sur un radeau au milieu d'un océan désert. Elle lui expliqua tout cela alors que, pour la première fois depuis des mois, ils se retrouvaient dans leur chambre du deuxième étage de Lane Avenue. Ils s'étaient assis dans les fauteuils. Elle avait pensé que peut-être, après si longtemps, ils allaient… Mais non, d'ailleurs c'était impossible, si tôt après la naissance. Donc, ayant dit tout ce qu'elle avait sur le cœur, elle finit par se taire, et comme L. B. ne relançait pas la conversation, ils restèrent là simplement à se regarder.

Amanda reprit la parole la première.

— Ne sois pas si triste. Maintenant, c'est mon tour de te rappeler que nous nous aimons et que nous ne faisons de mal à personne. Je commence à me sentir un peu mieux, rien que d'être de nouveau ici avec toi.

— J'ai horreur de cet endroit, Amanda, tu le sais.

— Nous avons le choix ?

— Non, et c'est pour cette raison que je ressens un tel malaise ici. Je me méprise !

— Je sais bien. C'est pareil pour moi, évidemment. Que crois-tu que j'éprouve quand je prends le bébé dans mes bras ? Parfois, je n'arrive même pas à le regarder. Parfois je pense… J'ai soudain peur qu'un jour il ait à souffrir de ce que j'ai fait, alors je cours le prendre, et je le serre contre moi en pleurant.

L. B. se couvrit le visage avec les mains.

— Mon Dieu, mon Dieu ! gémit-il.

Elle s'agenouilla près de lui et le réconforta en le serrant dans ses bras et en le berçant.

— Chut, chut, murmura-t-elle. C'est toi qui m'as assuré que nous finirions par nous en sortir.

362

— C'était avant que je ne le voie, et que je voie Larry le tenir avec une telle expression de joie et de fierté sur le visage… Mon Dieu !

L. B. avait toujours été le plus fort des deux. Et là, sentant qu'il s'accrochait à elle, elle fut prise de terreur. Elle était seule. Elle ne pouvait demander à aucun membre de sa famille de la guider, surtout pas à sa mère, pourtant si gentille et si aimante. L. B., l'indomptable, était en train de craquer.

— Si seulement tu ne m'avais rien dit, murmura-t-il.

— À quel sujet ?

— Si j'avais pensé que l'enfant était de Larry, nous aurions pu continuer, tu ne comprends pas ça ?

— Parce que maintenant nous ne le pouvons plus ? Ce n'est tout de même pas ça que tu sous-entends ?

— Bien sûr que si. Il est impossible de continuer, tu crois que nous avons le choix ?

Elle tressaillit.

— Tu veux dire que c'est fini, que nous allons oublier ce qui s'est passé comme si rien n'était arrivé ?

— Que puis-je te répondre ? Il n'y a rien d'autre à faire.

— Mais nous pouvons nous arranger ! Nous pouvons nous voir une fois par mois – ou tous les deux mois, cela m'est égal – en nous téléphonant dans l'intervalle. Du moment que je sais que tu es là et que tu penses à moi.

— Je pense à toi sans arrêt. Mais il y a les autres, surtout mon fils.

— Ah, tu penses à lui, à présent ? Et pourquoi pas avant que… que nous devenions ce que nous sommes l'un pour l'autre ? (Elle s'interrompit.) Pourquoi as-tu fait ça, dans ce cas ?

— Je n'ai pas eu à te prier. Sois réaliste. C'est arrivé. Nous en avions envie tous les deux.

Les yeux d'Amanda se posèrent sur le canapé qui leur avait si souvent servi de lit.

— Qu'est-ce qu'on va devenir ? demanda-t-elle très bas.

— Le mieux qui pourrait arriver, ce serait que je parte.

— Et tu me laisserais avec Larry, tu sais parfaitement que ça me tuerait !

— Peut-être que si je n'étais plus là, toi et lui vous pourriez…

— C'est impossible ! Comment peux-tu penser ça alors que tu me connais mieux que personne ?

— Crois-tu que cela me fasse plaisir ? Regarde-moi. S'il n'y a pas d'autre solution, il faut bien qu'on en parle !

— Je ne supporterai pas que tu me quittes. Je ne tiendrai pas le coup.

— Amanda. Je t'en prie.

— Je n'y crois pas ! Que tu suggères une chose pareille, toi !

Folle de colère et de peur, elle ne se maîtrisait plus. Elle attrapa son sac à main et courut à la porte.

364

— Je pars ! Ma vie est fichue ! Je vais devenir folle ! J'espère qu'un camion me rentrera dedans sur le chemin du retour, histoire d'en finir.

— Où vas-tu ? Rassieds-toi. Tu ne peux pas t'en aller comme ça ! s'exclama L. B. (Il lui attrapa le bras, mais elle s'arracha à lui.) Tu es venue en voiture ? Tu sais bien que c'est imprudent. On pourrait te voir et…

— Il n'y a que ça qui compte pour toi ? s'écria-t-elle, courant déjà dans l'escalier. J'étais tellement contente de te voir que je n'ai pas eu la patience de prendre le bus. J'étais tellement contente !

— Attends ! cria-t-il en la poursuivant jusqu'en bas.

Il tapa à la portière, mais elle était déjà verrouillée, et Amanda démarra, les joues ruisselantes, le laissant presque en larmes lui aussi sur le trottoir.

Mais sans doute se doutaient-ils tous deux, malgré leur désespoir, que ce ne serait pas vraiment la fin. La rupture dura en fait jusqu'au lendemain matin seulement, quand le téléphone sonna dans la voiture d'Amanda sur la route de Cagney Falls.

Il regrettait ce qu'il avait dit. C'était à cause de la dépression, de l'angoisse, il s'était senti au bout du rouleau, submergé par la culpabilité. Il s'était raccroché à cette idée de partir au loin – une solution lâche, admit-il. Et plus encore impossible, parce qu'il l'aimait. Il l'aimait trop pour partir. C'était au-dessus de ses forces. Elle devait bien s'en douter.

Ils continueraient comme avant, se verraient quand ils le pourraient, peu importait si ce n'était pas souvent. Le simple réconfort de se savoir encore ensemble suffirait à les soutenir.

Quand elle entra dans la boutique quelques minutes après l'appel de L. B., il y avait un tel changement dans son comportement que Dolly le remarqua tout de suite.

— Ah, je retrouve notre Amanda, observat-elle en s'adressant à la retoucheuse.

La maternité, commenta cette dernière, devait lui réussir.

On ne pouvait vraiment pas dire que la maternité réussissait à Amanda. Certes, le petit garçon n'avait pas grandi neuf mois dans son ventre sans qu'elle se sente liée à lui. Mais, quand elle le regardait dormir dans son berceau, les poings fermés et les cils sur ses joues, quand elle rencontrait son regard attentif en lui changeant sa couche, ou quand, à six mois, il s'assit et attrapa le hochet qu'elle lui tendait, elle avait l'horrible sensation de ne pas le connaître. Elle le voyait avec les yeux de la pitié, de l'horreur, comme on regarde un enfant abandonné sur la voie publique.

Et, comme poussé par un instinct pervers, Larry demandait sans cesse, à elle et à tous ceux qui connaissaient L. B., s'ils ne trouvaient pas que Stevie était « le portrait craché de papa ».

— Je ne sais pas, répliqua-t-elle un jour. Il se ressemble à lui, surtout. C'est un très bel enfant.

— Tu parles toujours de lui de façon tellement impersonnelle, comme si c'était le bébé des Dupont, de l'autre côté du carrefour. Il s'appelle Steven ! Stevie ! s'écria Larry avec colère.

Il était sujet à des sautes d'humeur depuis la naissance de l'enfant, ce qui ne lui était jamais arrivé auparavant. C'était d'ailleurs ce caractère placide et égal qu'elle avait trouvé si irritant. Mais, depuis peu, elle avait l'impression que les petites crises se multipliaient ; il s'emportait contre elle, ou au contraire était pris d'accès d'euphorie pendant lesquels il déambulait dans la maison en chantonnant, parfois seul mais plus souvent à l'oreille de Stevie qu'il portait dans ses bras comme un trophée.

Il avait un fils : maintenant, il se sentait l'égal des autres hommes, prospère propriétaire de sa maison, père d'un beau garçon. Il voulait qu'on le respecte et s'exaspérait encore qu'Amanda ait tout mis en œuvre pour retourner travailler à la boutique. Il était peut-être rétrograde, mais il trouvait anormal qu'une femme n'ayant pas un besoin absolu de rapporter d'argent à la maison choisisse de laisser son bébé à une nourrice toute la journée.

Il ne se doutait pas que la boutique était vitale pour Amanda. Son travail lui occupait l'esprit et lui évitait d'être trop souvent avec Stevie. Qui aurait pu deviner que les très longues promenades qu'elle partait faire avec la poussette, les dimanches après-midi où Larry n'était pas là, répondaient au même besoin ? Elles lui permettaient à la fois de se calmer les nerfs et de ne pas jouer avec Stevie à la maison. Avec la poussette devant elle, elle ne voyait ni les touffes de cheveux bouclés comme les siens, ni le petit visage déjà si semblable à celui de L. B.

Comme elle aurait été heureuse si ce bébé était né dans des circonstances différentes ! Elle se livrait une guerre impitoyable pour ne pas l'aimer trop, parce que… eh bien, parce qu'elle ne savait pas ce que lui réservait l'avenir. Quelle punition finirait par la frapper ? Elle n'était plus très confiante, craignait les réactions de L. B. Était-il vraiment revenu sur ses doutes, ou faisait-il semblant d'être fort pour la rassurer ?

Elle ne laisserait jamais faire de mal à son petit garçon, avec ses jambes potelées, ses doigts dodus qui se serraient autour du biberon, et ce regard si sérieux ! Souvent, elle imaginait que ses jolis yeux innocents lui posaient une question : *Qui suis-je ?* Une fois, en les fixant, elle avait même poussé un cri involontaire et s'était caché le visage dans les mains en sanglotant.

Je marche sur le fil du rasoir. Je suis au bord d'une falaise par grand vent, et je risque à tout moment d'être projetée dans le vide.

Et pourtant, songea-t-elle, de l'extérieur, nous formons sans doute une belle famille. C'était certainement vrai, car un jour où Larry les photographiait sur la pelouse devant la maison,

un vieux monsieur avait interrompu sa promenade pour les observer.

— Adorable, il faudra l'encadrer, avait-il
déclaré à Larry. Vous avez bien de la chance.

Une copie du cliché était maintenant dans le
séjour, et l'autre sur le bureau de Larry à
l'agence. Il en avait offert une à son père, mais
L. B. l'avait refusée, prétextant poliment qu'il
n'aimait pas décorer son bureau avec des photos
de famille. Larry avait trouvé cela assez bizarre,
surtout de la part d'un grand-père qui avait si
généreusement ouvert un compte en banque au
nom de son petit-fils. Bizarre, aussi, qu'il ne
vienne presque jamais le voir. Amanda ne trou-
vait-elle pas cela étonnant ?

Mais non, le rassurait-elle, c'était bien
compréhensible. Son père était très occupé, et il
avait sa vie à mener.

L. B. et elle continuaient leurs rendez-vous
clandestins. Depuis la naissance du bébé, ils ne
retiraient plus le même bonheur intense de ces
rencontres, mais leur communion s'était appro-
fondie ; l'aspect physique occupait une moindre
place, et la complicité intellectuelle prenait le
relais. Ils se réconfortaient. Maintenant, la
chambre de Lane Avenue avait retrouvé une
élémentaire simplicité ; plus de fleurs, de
cadeaux ou de délicieux pique-niques. Il leur
arrivait souvent de rester allongés l'un près de
l'autre en silence jusqu'à l'heure de partir, puis
ils s'embrassaient et se quittaient. Il s'écoulait
parfois des semaines avant qu'ils ne s'y
rejoignent.

Les mois passèrent. Bientôt, Stevie Balsan eut un an. À Lane Avenue, Amanda dut avertir L. B. du projet de fête d'anniversaire.

— Larry va t'en parler, alors je te donne le temps de t'y préparer. Il a invité vos cousins, ceux qui viennent tous les Noëls, et bien sûr les voisins.

L. B. protesta.

— Je ne peux pas regarder cet enfant. Dès que je le vois, j'ai envie de me sauver.

— Il n'y a aucun moyen de se défiler. Si seulement nous pouvions nous enfuir quelque part !

— Avec des « si »...

— Tu crois vraiment qu'on ne peut pas partir ensemble ? Stevie n'a pas besoin de moi. Il se porterait même beaucoup mieux si je n'étais pas là. Je fais tout mon possible, je te le jure, mais ça ne s'arrangera pas quand il sera plus grand. Au contraire : il sentira que quelque chose ne va pas sans savoir exactement quoi ni pourquoi... Oui, mon pauvre petit garçon serait plus heureux sans moi. Qu'est-ce que je vais devenir ?

Comme il ne répondait pas, elle se tordit les mains de désespoir.

— Je t'assure, il aurait mieux valu qu'il ne me connaisse pas. Larry l'adore, Norma aussi. Elle est même très contente de s'en occuper certains soirs. Je t'ai dit que Lester et elle venaient chez nous avec leurs livres et qu'ils nous gardaient Stevie ?... Mais comment ai-je pu envisager de ne plus le voir ? C'est mon bébé, et je l'aime si fort ! Et pourtant…

— Arrête, chérie, tu dis des bêtises, coupa L. B. doucement, tu le sais très bien, pas vrai ?

— Oui, sûrement, admit-elle avec un soupir. Mais assez parlé de ça pour aujourd'hui. Il faut que tu viennes à l'anniversaire. Aucune excuse ne sera acceptable.

Larry s'était chargé de tout : il avait prévu la longue table, s'était occupé de louer des chaises, avait acheté les ballons. Cela lui avait pris la semaine, pendant qu'Amanda travaillait à la boutique. Le ciel avait beau être bleu et le temps doux, elle revenait sans cesse en pensée à l'année précédente, se souvenant de la neige et de la tristesse de cette naissance.

La veille, Stevie avait fait ses premiers pas. Là, vêtu de la salopette en lin jaune brodée de canards et de coqs que Cécile lui avait achetée, il traversa bravement la pelouse entre les mains de Larry et d'Amanda. Puis, couvert de sucre glace et d'excellente humeur, il se laissa prendre sur les genoux par tous les vieux cousins.

— Adorable ! Comme il a bon caractère ! Il est toujours aussi facile ?

Ce fut Norma qui répondit.

— Oui, on en a de la chance qu'il soit aussi gentil ! On est vraiment gâtés ! Mais, Stevie, tu n'es pas encore allé dans les bras de grand-papa ! Tiens, prends-le, papa.

Amanda se leva pour ramasser fébrilement les vieilles serviettes en papier et les gobelets vides.

— Laisse, on fera ça plus tard, protesta Larry. Où est l'appareil ? C'est toi qui l'as, Amanda ? Il nous faut une photo de Stevie avec papa.

— Attendez, je vais prendre une photo de famille, proposa un cousin. Le grand-père avec Stevie dans les bras, et le papa et la maman de chaque côté. Laissez-moi faire, je fais de belles photos, c'est connu... Mettez-vous là-bas, pour ne pas avoir le soleil dans l'œil. Parfait.

Comment vais-je tenir jusqu'à la fin de la journée ? se demanda Amanda. Elle regarda sa montre. Il n'était encore que quatorze heures, et personne ne partirait probablement avant seize heures, car Larry les retiendrait le plus longtemps possible. La plupart des voisins étaient là pour lui : c'était Larry Balsan le plus sympathique dans leur couple ; elle, elle n'était que sa femme... Elle se sentait mal. Les voix résonnaient dans le jardin, sourdes et lointaines.

— Allez, viens, Stevie, on va jouer à la balle.

C'était Norma. Elle avait passé la matinée à montrer à un Stevie fasciné comment faire rouler le ballon.

Penchée au-dessus de la table, Amanda combattait un étourdissement. Elle faisait semblant de nettoyer pour ne pas avoir à les regarder.

— Tu joues vraiment bien avec lui, Norma, commenta un des cousins. Tu ne voudrais pas un enfant, toi aussi ? ajouta-t-il avec plus d'ingénuité que de tact.

— Non, riposta Norma sans la moindre gêne. Mais j'adopterais volontiers Stevie.

Tout le monde s'amusa de la repartie.

— Viens voir le joli ballon.

C'était un jouet bon marché en feutre, rayé de rouge, de blanc et de bleu, le cadeau d'anniversaire de la famille d'Amanda. La jeune femme eut une vision de sa mère et de son père en train d'envelopper le paquet puis de l'emmener à la poste, à quelques pas du carrefour de Church Street et Main Street. Il y avait si longtemps qu'elle n'avait vu son père ! Une grosse boule de regret vint se coincer dans sa gorge, et elle s'essuya les yeux d'un geste furtif.

Il fallait absolument qu'elle parle à L. B. ! Dès que les invités furent partis, elle prit sa voiture, prétendant qu'elle devait rendre des livres à la bibliothèque. L. B. n'était pas encore rentré, elle le joignit donc dans sa voiture.

— Quelle épreuve ! s'exclama-t-il. C'était atroce, non ?

— Pauvre Stevie. Et pauvre de nous, pour l'avoir mis dans cette situation…

— Je t'ai déjà dit cent fois que Stevie s'en tirerait très bien. Qui douterait de l'identité de son père ? De toute façon, ce n'est pas comme si tu les abandonnais, Larry et lui ; et ce que Stevie ne saura pas, ce que personne ne saura, ne pourra pas lui faire de mal !

Jusqu'alors, il n'était arrivé qu'une seule fois à L. B. de lui parler sur ce ton brusque. Tout en comprenant qu'il venait de souffrir mille morts, elle le lui fit remarquer.

Il s'excusa aussitôt, ajoutant :

— Oui, c'est vrai, j'ai souffert, et pour toi aussi… Écoute, Amanda, ma chérie, je te répète, comme toujours, que nous allons surmonter la situation. Il le faut, tu m'entends ? Je t'attendrai samedi en quinze, tu seras libre ?

— Je ne sais pas si quelque chose est prévu ce jour-là, mais tant pis. Rien, absolument rien, ne pourrait m'empêcher de venir !

L'assurance de L. B. lui fit autant de bien que de l'eau offerte à quelqu'un qui n'aurait pas bu depuis deux jours. Désireuse de rester seule un moment pour savourer ce nectar, elle alla jusqu'à la bibliothèque comme prévu et s'y attarda au lieu de rentrer directement. Puis elle prit quelques livres au hasard pour justifier cette demi-heure d'absence supplémentaire, et fit le chemin du retour.

Stevie, épuisé par la surexcitation, était déjà au lit.

— Je l'ai couché tôt, expliqua Larry. Il commençait à pleurnicher, ce qui est rare chez lui. Ce qu'il peut être mignon !

— Il a ton bon caractère, répondit Amanda avec gentillesse.

Elle regarda Larry, confortablement installé à la table de la cuisine, portant un sweat-shirt taché par la purée de carottes du dîner de Stevie. Il finissait un pot de glace à la cuillère à soupe.

— On l'avait laissé dehors au soleil – presque plein, en plus. Quel gâchis ! Alors, au lieu de la jeter, je préfère la manger. C'est drôlement meilleur quand c'est mou, ajouta-t-il avec son sourire espiègle.

Ce Larry-là était difficile à associer à l'homme d'affaires en costume-cravate qui réussissait si bien dans l'immobilier. Mais, songea Amanda, quoi de plus normal ? nous avons tous de multiples facettes. Et elle s'assit pour lui tenir compagnie, comme il l'attendait d'elle.

Elle l'étudia un peu. Depuis deux ans, elle le mettait en garde contre sa tendance à prendre du poids. Il avait nettement un début de brioche, et un bourrelet sous le menton. Au-dessus de ses joues boursouflées, ses yeux semblaient plus petits. Elle ne l'avait encore jamais remarqué. Oui, ses yeux avaient rapetissé. Elle éprouva une répulsion soudaine pour lui.

— Miam, une pépite de chocolat, dit-il en claquant la langue.

Elle trouvait ces bruits de bouche répugnants. Il était propre, très propre, et pourtant il avait des habitudes dégoûtantes – comme de se couper les ongles de pied assis sur le lit en laissant les rognures tomber sur le tapis. Comment pouvait-elle être si pleine de bonnes intentions à son égard tout en redoutant autant son contact physique ?

— Il fait chaud, pour avril, constata-t-il. Tu te souviens de la neige, l'année dernière à cette époque ?

Oui, elle s'en souvenait.

— Si nous avions une piscine, je me mettrais à l'eau, même en avril. Je plongerais tout nu ; ça fait envie, non ?

— Très, répondit-elle comme il l'escomptait.

Il se leva, repoussa sa chaise contre la table si peu délicatement que la vaisselle trembla et s'entrechoqua, puis il bâilla.

— Puisqu'on ne peut pas nager tout nus, tu ne voudrais pas prendre une douche avec moi ? Je suis d'humeur, et toi ?

— Une autre fois. Cette journée m'a éreintée !

La léthargie et la bonhomie de Larry disparurent brutalement. Il eut un regard dur.

— Tu ne veux jamais rien faire quand j'en ai envie ! s'écria-t-il.

— Ce n'est pas vrai, Larry, je...

— « Ce n'est pas vrai, Larry... », répéta-t-il avec une ironie coupante. Combien de fois j'ai entendu cette petite phrase ! Qu'est-ce qui se passe ? Tu n'as jamais envie de moi ! C'est toujours moi qui dois aller vers toi, et tu ne dis oui que si tu ne peux vraiment trouver aucune excuse. Tu crois que je ne m'en aperçois pas ? J'ai des yeux, je ne suis pas aveugle !

Il ouvrait grands ses petits yeux maintenant brillants de rage. C'était une attaque en règle, et elle n'avait pas eu le temps de préparer la moindre riposte. Elle ne put que protester d'une voix faible :

— Mais non, Larry, pas du tout.

— Si, si et si ! Qu'est-ce qu'il y a ? Est-ce que je suis sale, malade, dégoûtant ?

— Mais non, écoute, tu te trompes, je…

— Est-ce que tu as un amant ? Oui, c'est ça : il y a quelqu'un à Cagney Falls, j'en suis sûr !

Tiens bon, tiens bon, se dit-elle. Attention au bébé. Les éclats de voix, cela peut traumatiser même un bébé de cet âge.

— Pas du tout. Je ne vois personne à Cagney Falls, sauf les clientes qui viennent à la boutique.

— Tu ne comprends pas que ça me rend malade ? Tu es tellement distante, on dirait un glaçon. Comment est-ce que je dois m'y prendre pour te faire fondre ?

— Je ne veux pas te rendre malheureux. Si tu souffres, excuse-moi. Je suis comme je suis, je n'y peux rien ; toi non plus, tu ne parviendras pas à te changer. (Voyant que la colère de Larry était déjà en train de retomber, elle persévéra.) Tu dis toujours que je suis adorable, et que je te rends heureux… Ce n'est pas vrai ? Tu ne dis pas ça ?

— Si, sans doute, bougonna-t-il.

— Mais si, bien sûr. Et voilà que tu te mets dans tous tes états pour une petite douche, ajouta-t-elle avec un sourire de reproche, comme si elle grondait un enfant bien-aimé.

— Tu as sûrement raison, marmonna-t-il de nouveau.

C'était si facile de le manipuler, c'en était à pleurer ! À cette pensée, de vraies larmes de pitié mouillèrent les yeux d'Amanda.

Ce que voyant, il se rendit complètement. Il imaginait, bien sûr, lui avoir fait de la peine en s'emportant.

— Amanda, ne pleure pas. J'ai dit une grosse bêtise. Un amant à Cagney Falls… quel idiot ! De toute façon, j'ai trop sommeil pour prendre une douche. Je n'aurais pas dû manger toute cette glace. Je n'en peux plus.

Son accès de colère s'était dissipé en un temps record. Il n'en restait presque rien – comme un filet de fumée s'élève dans le ciel, après une explosion, et flotte un instant avant de disparaître. Grommelant mais sans rancœur, Larry monta se coucher.

— Elle a de nouveau été très désagréable, soutint Norma sur le chemin du retour. Tu n'as pas remarqué, Lester ?

— Je ne faisais pas très attention. Je suis resté à l'ombre à parler avec Peter. C'est un type vraiment intéressant, un artiste. Mais je ne comprends pas grand-chose à ce qu'il fait. Je n'y connais presque rien en architecture.

— Mais, pendant la photo de famille avec Stevie dans les bras de papa, tu as quand même remarqué la tête qu'elle faisait ?

— Une très jolie tête, si tu me permets, répliqua Lester avec un rire. Tu ne peux pas nier ça !

— Je ne nie rien du tout. Elle cultive une nouvelle expression. Dure comme une pierre. Glacée. Je me demande ce qui ne va pas. Il y a quelque chose. Je sens une sorte de révolte en elle depuis la naissance de Stevie. Je persiste à penser qu'elle ne voulait pas de ce bébé.

— Attention, pas de psychologie de bazar, coupa Lester qui n'avait pas son pareil pour formuler ses critiques avec bonne humeur. Si elle avait vraiment une drôle de tête, c'est sans doute parce qu'elle avait mal à l'estomac, ou qu'elle couvait un rhume.

— Non, c'est plus grave que ça. Je ne suis pas idiote…

Dans une autre voiture se dirigeant du côté opposé, Cécile parlait aussi de l'anniversaire, ayant remarqué une nette hostilité entre Amanda et M. Balsan.

— Je me demande pourquoi, conclut-elle.

— Il n'y a peut-être aucune raison particulière, observa Peter. Parfois, les gens ne s'aiment pas – surtout les beaux-parents et les beaux-enfants.

— Ils sont tellement bien, tous les deux.

— Bien ? Mais ça ne veut rien dire. Des gens très bien se déchirent sans arrêt, surtout dans les familles. Souvent pour des questions d'argent, d'ailleurs.

— Tu sais, parfois je me souviens du jour où je les ai vus ensemble – combien de temps cela fait-il, déjà ? Ils étaient dans cette horrible rue, Lane Avenue, près du pont. Je me demande pourquoi j'y pense encore.

— Va savoir… Mais c'est drôle que tu parles de Lane Avenue. J'ai fini aujourd'hui les plans définitifs du quartier. Tu ne reconnaîtrais pas le magnifique boulevard que j'en ai fait.

18

— J'ai besoin de temps, supplia L. B. C'est comme de démêler une ficelle ou de retrouver son chemin dans un labyrinthe.

— Mais ce nœud, tu vas arriver à le défaire ? Et le labyrinthe, il a une sortie ? Nous sommes peut-être coincés pour toujours.

— Non, mais j'ai besoin de réfléchir. Donne-moi le temps.

Mai s'écoula, puis juin avec ses chants d'oiseaux et ses roses précoces. La nature généreuse se surpassa, cet été-là : jamais on n'avait vu brises plus douces, végétation plus luxuriante, senteurs plus exquises et papillons plus ravissants. Larry faisait le tour du jardin en fredonnant : « Ah, quelle belle matinée, quelle belle journée ! » L'érable planté l'année précédente avait grandi de trente centimètres. Stevie avait dit « maman » pour la première fois, sur quoi Larry avait été prêt à l'inscrire à Harvard.

C'était insoutenable. Amanda n'en pouvait plus. Elle avait les nerfs à vif. Elle pleura devant la télévision pour un film où l'on voyait un chien affamé et maltraité. Un autre jour, elle éclata en sanglots parce que Stevie, alors qu'elle lui donnait un biscuit, lui avait jeté les bras autour du cou.

Qu'allaient-ils tous devenir ?

Le bus avançait en bringuebalant. Les odeurs de pot d'échappement donnaient à Amanda presque aussi mal au cœur que les matins de sa grossesse. Elle se mit une pastille à la menthe dans la bouche, comme Larry le lui avait alors recommandé, et ferma les yeux. Devant elle, deux vieilles dames qui allaient sans doute faire des courses dans les grands magasins des boulevards conversaient discrètement. Elles avaient de jolies intonations de personnes cultivées. Probablement des enseignantes. Elles rappelaient à Amanda les collègues que Norma et Lester invitaient à leurs petits dîners. Qu'auraient-elles pensé, si elles s'étaient doutées de sa destination ? Vêtue d'un tailleur de coton noir aussi sobre que les leurs, aussi cultivée, aussi raffinée, elle avait rendez-vous dans une chambre dont elle possédait la clé, et dans laquelle elle allait très probablement faire l'amour avec le père de son mari.

Une fois que le bus eut passé les grands boulevards et déchargé la plupart de ses passagers, il continua péniblement à travers les rues étroites, maintenant si familières à Amanda qu'elle aurait pu en décrire chaque bâtiment dans ses moindres détails. Il tourna dans Lane Avenue, et elle descendit.

Dans l'entrée de l'immeuble où elle se sentait davantage chez elle que dans la maison qui était officiellement la sienne, elle croisa les adolescents d'un des appartements du rez-de-chaussée.

Ils ne lancèrent aucun sarcasme, mais il y avait de l'ironie dans leur regard, et leur petit sourire narquois montrait clairement qu'ils n'étaient pas dupes : ils savaient ce qui l'amenait là. L'incident lui fit si mal qu'elle monta l'escalier en courant et tambourina à la porte au lieu de l'ouvrir elle-même.

Elle se jeta dans les bras de L. B., s'accrochant à lui et enfouissant son visage dans son cou.

— Que se passe-t-il ? Il est arrivé quelque chose ?

— C'est dur, aujourd'hui ! Je ne sais pas pourquoi. Un mauvais jour.

— Oui, oui, murmura-t-il en la serrant contre lui.

— C'est tellement difficile de vivre une double vie.

Ils restèrent dans les bras l'un de l'autre, corps contre corps, unis, pendant qu'elle pleurait doucement.

— Oui, chérie, pleure, vas-y. Ne te retiens pas. Cela te fera du bien.

Un hurlement de sirène les fit sursauter.

— Il est midi, constata-t-il. Nous ne nous retrouvons jamais aussi tôt, alors j'ai apporté à déjeuner : des sandwichs au poulet, de la salade, des pêches de Géorgie, et un bon vin… pour fêter ça.

On sentait qu'il voulait à tout prix lui remonter le moral et faire renaître sa bonne humeur. Mais elle était trop triste pour que ses délicates intentions suffisent. Et elle avait pris une décision, avant de venir…

— Fêter quoi ?

— Nos retrouvailles. Ce n'est pas une excellente raison ? Allez, mettons-nous à table.

Il versa le vin, et sans porter de toast ils entrechoquèrent leurs verres. Ils partagèrent leur repas en silence. De temps en temps, leurs regards se croisaient gravement. L'atmosphère était lourde de leurs soucis et de la chaleur de midi.

— Enlève ta veste, suggéra L. B. au bout d'un moment.

Son chemisier de soie lui collait à la peau. Elle le retira aussi, si bien que son petit collier de perles reposa sur sa peau, entre ses seins. De nouveau, leurs regards se rencontrèrent ; puis, toujours sans échanger un mot, ils se levèrent et allèrent ensemble sur le canapé.

Le soleil était descendu si bas que la chambre se retrouvait dans l'ombre. Le tonnerre gronda au loin.

— Cela me rappelle la première fois, remarqua-t-elle, brisant leur rêverie silencieuse. Tu te souviens de l'orage ? Le tonnerre rugissait dans le ciel, et je mourais de peur.

— À cause de l'orage ?

— Non, de toi. Et de moi aussi, parce que j'étais tombée amoureuse de toi.

— Moi, tu sais, j'ai été amoureux de toi bien avant ce jour-là.

— Qu'allons-nous devenir ?

— Le plus important, c'est de nous montrer très prudents. Norma pense que… que ça ne va pas entre vous.

Il avait toujours autant de mal à prononcer le nom de Larry, songea-t-elle. C'était symptomatique. Ses remords étaient tellement profonds !

— Qu'est-ce qui lui fait penser ça ? demanda-t-elle.

— Elle est passée te voir un jour et a trouvé que tu avais les yeux rouges.

— Oui, j'avais pleuré.

L. B. poussa un profond soupir.

— Écoute, déclara-t-elle d'un ton ferme. Nous allons partir ensemble, où tu voudras. Je peux ouvrir un magasin de prêt-à-porter ailleurs, pendant que toi tu continueras dans l'immobilier. Nous nous en sortirons.

— C'est tout simple, à t'entendre. Et Stevie ?

— Il restera avec Larry. Cela vaudra mieux pour lui à long terme d'être élevé ici. Norma prêtera main-forte à Larry. Tu as vu comme elle adore son neveu. (Dans un geste devenu familier, Amanda se tordit les mains.) C'est aussi plus facile pour moi de le quitter maintenant, avant qu'il ne grandisse et que nous ne devenions vraiment proches... Aujourd'hui, je me sens capable de le laisser, puisqu'il le faut, conclut-elle en ravalant un sanglot.

— C'est payer le prix fort, très fort, intervint L. B. d'une voix sourde.

— Ou alors, il faut que nous disions simplement la vérité et que nous en acceptions les conséquences...

— C'est ce que tu as décidé, ou simplement une suggestion ?

— Les deux.

— Tu crois que je pourrais affronter Norma et Larry s'ils savaient la vérité ?

— Tu n'aurais pas à les voir, si tu partais, répliqua Amanda à voix très basse, comme lui.

Puis, devant son silence, elle s'emporta, au désespoir.

— Tu dois bien comprendre que la vie est impossible pour moi ! Je ne peux plus rester avec lui ! Il faut que je rentre dans une heure, et cette seule idée me remplit d'horreur. De dormir... dans cette chambre... Fais preuve d'un peu d'imagination !... Je ne vais plus tenir longtemps.

L. B. se leva pour aller à la fenêtre. C'était une façon de se sentir plus libre l'espace d'un instant, songea-t-elle, de s'affranchir de l'endroit où on se sentait enfermé. Peut-être espérait-on trouver une réponse au-dehors, que l'on cherche le salut en contemplant les pierres d'une rue ou les arbres d'une forêt... Pleine de détresse parce qu'il souffrait, elle le rejoignit et lui posa les mains sur les épaules.

— Se réveiller le matin ensemble, murmura-t-elle, pour toujours…

Quand il se tourna et l'enlaça, elle crut voir des larmes dans ses yeux.

— Donne-moi le temps de trouver une idée, supplia-t-il une fois de plus. Nous nous aimons. Nous ne devrions pas, mais c'est comme ça. Attends que je trouve une idée…

— Ici, il fait une chaleur ! racontait sa mère. Quarante degrés, hier, et la maison est un vrai four. Tu es sûre de vouloir venir maintenant ?

Amanda entendait en filigrane une autre question : « Qu'est-ce qui t'amène cette semaine, alors que depuis des années tu n'as pas fait le moindre effort pour nous rendre visite ? »

Au lieu de répondre à sa mère, elle préféra lui demander où elle pourrait dormir.

— Il faudra que tu prennes une chambre au motel de l'autoroute. La maison est pleine à craquer. Le petit copain de Baby s'est installé ici jusqu'à ce qu'il touche sa première paie à la fin du mois.

Il semblait à Amanda que Baby, la plus jeune de ses sœurs – allait-on continuer à l'appeler Baby sa vie durant ? –, était à peine sortie de sixième. Soudain, elle éprouva un intense désir de les retrouver tous. Ce devait être la première fois qu'ils lui manquaient à ce point depuis que, fière et pleine d'espoirs, elle les avait quittés pour aller à l'université.

Mais, surtout, elle avait envie de voir sa mère. Elle n'en attendait pas de lumières particulières : L. B. lui suffisait pour la conseiller, mais on avait parfois besoin de s'épancher auprès d'une autre femme, une femme qui prenait vos soucis à cœur. Et qui était mieux placé pour recevoir des confidences qu'une mère ?

— J'arriverai par le car à l'heure habituelle, annonça-t-elle. J'attendrai à l'arrêt que quelqu'un passe me chercher.

Larry ne fut pas content d'être exclu du voyage.

— La maladie de ta mère n'est pas trop grave, au moins ? Qu'est-ce qu'on t'a dit ?

— Une petite attaque, d'après mon frère. Ce n'est sûrement rien du tout, mais on ne sait jamais ce que ça peut cacher. À sa façon de me parler, j'ai eu l'impression qu'il valait mieux que j'y aille.

— Mais bien sûr que tu dois y aller ! En fait, nous n'avons aucune excuse pour ne jamais être allés voir ta famille. Il faut absolument que nous programmions une visite cet automne, pourquoi pas à Thanksgiving ? Nous emmènerons Stevie pour le présenter à ses grands-parents et nous inviterons tout le monde au restaurant pour le dîner… Où vas-tu ?

— Je monte faire ma valise. Je resterai une semaine, je vais avoir besoin de pas mal d'affaires.

— Reste encore un peu en bas pour regarder la télé avec moi. Il y a une émission super dans dix minutes.

Vautré dans son grand fauteuil, la chemise ouverte, il tapota son énorme ventre blanc en rotant.

— Oh, pardon ! s'exclama-t-il avec un rire. J'ai abusé des frites. Je n'arrive jamais à m'arrêter quand je commence. Mais faut pas s'en faire : tout le monde aime les gros. Les gros, c'est toujours sympa, non ? Tu ne me trouves pas plutôt gentil garçon ?

Pauvre Larry, touchant Larry avec son sourire innocent ! Il l'émouvait tout en la révulsant.

— Oui, répondit-elle doucement, oui, tu es un très gentil garçon.

Retour de l'enfant prodigue… Toujours rien de changé. Depuis le banc à l'angle de Main Street et de Church Street, Amanda voyait le salon de coiffure, Sue's Beauty Emporium, avec ses flacons de produits pour cheveux dans la vitrine ; et à côté le magasin général, Ben's Dry Goods, avec des chemises, des jeans et des salopettes en devanture. Une vapeur de chaleur montait des trottoirs, le goudron fondait sur la chaussée, là où des trous avaient été rebouchés ; et tout, du ciel couvert et étouffant aux bardeaux bruts, était gris.

Elle s'était assise ici, son beau sac de voyage noir et blanc à ses pieds, le jour où elle était rentrée chez elle avec son diplôme en poche.

Elle avait aussi attendu le car à cet endroit pour remonter vers le nord, se demandant si elle accepterait d'épouser Larry Balsan – en supposant qu'il le lui propose – en dépit du fait qu'elle n'en avait pas très envie.

Serait-ce un bien ou un mal de connaître l'avenir, si on le pouvait ? pensait-elle lorsqu'elle entendit un coup d'avertisseur.

— Salut, ma vieille, tu n'as pas oublié ton frangin Hank ?

Elle grimpa dans le pick-up et l'embrassa. Lui non plus n'avait pas changé, avec ses bras nus et bronzés, et ses cheveux blonds bouclés si semblables aux siens.

— Qu'est-ce qui t'amène ? Tu as des problèmes ?

La question la blessa car elle crut y discerner un sarcasme ; mais, en étudiant le visage de son frère, elle s'aperçut qu'il ne pensait pas à mal. D'ailleurs, Hank n'était pas du genre à se moquer des autres.

— J'avais juste envie de vous voir.

— Bon, alors tant mieux. On parle souvent de toi, et je peux te dire qu'on est drôlement contents des colis que tu envoies. Tu dois avoir déterré une mine d'or, là-haut.

— Non, je gagne bien ma vie, c'est tout, et je suis contente de vous en faire profiter. Mais je n'envoie pas grand-chose…

— Juste de quoi équiper toute la cuisine : cuisinière, frigo. Et c'est toi qui habilles les marmots de Lorena de la tête aux pieds. Son bon à rien de mec n'arrive même pas à leur payer des chaussures.

— Eh bien tant mieux si ça rend service.

— Tu veux qu'on tourne ici pour passer devant le collège ? Depuis toi, il n'y a eu personne d'aussi doué dans le bahut. Un vrai petit génie, rien que des A partout. On en parle encore.

Être un petit génie, se dit-elle, cela n'empêchait pas de saboter sa vie.

Quand ils arrivèrent, il lui sembla que le paysage familier – la route, les arbres, la maison – lui ouvrait tout grands les bras. Au bonheur de rentrer dans sa famille s'ajoutait celui de retrouver le décor de son enfance. Revoir ainsi tant de choses inchangées lui procura un vif soulagement et lui donnait l'impression que rien ne pouvait vraiment dérailler.

Il y avait la table de la cuisine ; le dîner de gombos, de jambon et de gâteau de patate douce préparé en son honneur ; les deux grands chiens roux qui attendaient les restes ; le bébé de Lorena et sa couche mouillée. Malgré toutes les imperfections de cette vie qu'elle n'avait eu de cesse de fuir, ici, elle se sentait chez elle. Et, à coup sûr, sa mère l'écouterait et la rassurerait en lui disant que tout allait s'arranger. Quand les mères embrassaient un bobo, la douleur s'envolait.

— Tu as apporté des photos du bébé ? demanda quelqu'un.

Bien entendu. Et donc, dès que la table de la cuisine eut été débarrassée, les photos furent étalées devant la famille. Tous s'accordèrent à trouver Stevie très beau petit garçon. Mais pourquoi ne l'avait-elle pas amené ? Et Larry, pourquoi n'était-il pas venu avec elle ?

— La prochaine fois, promit-elle. Ce n'est pas de tout repos de voyager en avion avec un bébé de quinze mois, surtout s'il est hyperactif comme Stevie.

— Et là, qui est ce bel homme qui le tient dans ses bras ?

— Ah, c'était le jour de l'anniversaire de Stevie…

— Mais qui est-ce ? On dirait un acteur de ciné, jugea Baby.

— C'est le père de Larry.

— Le grand-père ! glapit Baby. Il ne ressemble pas aux pépés de par ici. Il est drôlement beau !

Alors, comme l'eau est aspirée dans le siphon quand on enlève la bonde, tout bien-être, toute impression de sécurité disparut de la tête d'Amanda. Si, à cet instant, elle avait pu prendre ses jambes à son cou, elle l'aurait fait. Mais elle enchaîna gaiement, demandant des nouvelles de la tante Eva.

— La dernière fois que je vous ai appelés, elle était tombée et s'était fait mal au genou.

— Elle a eu mal un moment, mais maintenant tout va bien. Et elle aimerait beaucoup te voir.

— Il y a tellement de gens que tu n'as pas vus depuis des années ! remarqua sa mère. L'oncle

Bob et la tante May, les cousins Robinson de Barnville... Tout un tas de gens, si tu t'en sens le courage.

— Pourquoi pas ? Je reste plusieurs jours. Si l'un de vous est disponible pour faire le chauffeur, moi je serai ravie de leur rendre visite.

Peut-être était-ce de cela qu'elle avait besoin, de penser aux autres, à sa vieille tante, aux cousins qui venaient d'avoir un bébé, et à l'adolescente ambitieuse qui lui faisait penser à elle-même, il y avait si longtemps...

Le troisième jour, en revenant de Barnville, elle trouva sa mère qui l'attendait sur la véranda, et qui s'adressa à elle en chuchotant d'un air grave alors qu'il n'y avait personne aux alentours.

— Pourquoi as-tu dit à ton mari que j'étais malade, Amanda ?

— Comment cela ? s'étonna celle-ci avec un coup au cœur.

— Il a téléphoné pendant que tu étais sortie, et il m'a demandé comment je me sentais.

Quelle idiote ! Elle avait eu l'intention d'appeler Larry pour lui donner des nouvelles de sa mère, mais son état de confusion était tel qu'elle avait oublié.

— Il me fallait une excuse pour venir. Je suis bête.

— Pourquoi ? Tu ne t'entends pas avec lui, pour avoir besoin de lui mentir comme ça ?

— Non, non, tout va bien. Seulement, les hommes sont parfois un peu possessifs. Je voulais venir tout de suite, mais lui ne pouvait pas prendre de congé. Il parlait de remettre le voyage à Thanksgiving, et je n'avais pas envie d'attendre aussi longtemps.

Derrière les lunettes, les yeux bleus l'observaient. Elle connaissait si bien ce regard ; on ne la trompait pas facilement.

— Tu ne me dis pas tout, Amanda.

— Si, je t'assure, ce n'est pas plus grave que ça.

— Nous avons tous l'impression que quelque chose ne va pas – moi comme Lorena, Hank et Doreen, et ton père, et même Baby.

Le regard bleu ne la lâchait pas. À la racine des cheveux, une fine ligne grise poussait sous le châtain. Sa mère se teignait. Elle n'était plus très jeune. Elle n'avait pas eu une vie facile, et l'avenir ne s'annonçait pas particulièrement rose. Ils étaient pauvres. Doreen et Lorena avaient de grosses difficultés dans leur couple ; Baby avait de nouveau changé de fiancé, un garçon que personne ne connaissait encore bien. Hank et Bub, même si c'étaient de bons garçons, vivaient toujours sous le toit familial et n'avaient guère de chances de s'en sortir. Ce serait cruel de lui donner une nouvelle raison de s'inquiéter, songea Amanda, et de toute façon elle ne pouvait lui être d'aucune aide.

— Tu ne m'as pas répondu, Amanda. Il devait bien y avoir une raison pour que tu sois aussi pressée de venir, après si longtemps.

— Je devais m'ennuyer de vous. Comme tu dis, cela faisait longtemps.

— Si tu as des problèmes, il faut m'en parler, Amanda. (Ce gentil conseil fut accompagné d'un bon sourire qui éclaira les yeux bleus.) Dieu sait que j'en ai entendu, avec Lorena. Mais j'ai l'impression que ça va finir par s'arranger. Avec un peu de chance. Il n'y a pas de quoi avoir honte. Il n'y a rien de déshonorant à avoir des ennuis.

Rien de déshonorant. Si elle essayait de raconter son histoire à sa mère, celle-ci considérerait forcément qu'il s'agissait d'une liaison ignoble et inexcusable. N'importe qui réagirait sans doute de la même façon. Sa mère, qui était une femme bonne et droite, ne comprendrait jamais vraiment. Elle s'y efforcerait, tenterait de se mettre à sa place parce qu'elle l'aimait, mais elle souffrirait. Elle souffrirait beaucoup trop.

L'espoir qui l'avait poussée à venir était une illusion impossible, constata Amanda. Elle se leva, embrassa sa mère et la rassura une nouvelle fois.

— J'avais le mal du pays, voilà tout. Crois-moi. Et maintenant que je vous ai revus, je vais pouvoir rentrer. Je pars demain.

Après les nombreux et épuisants changements de car, il y eut un long retard à l'aéroport de Memphis. Rien d'autre à faire que prendre patience en achetant un énième magazine ou, si on avait faim, en mangeant quelque chose. Amanda était assise dans la buvette quand Peter Mack entra. Ils furent aussi surpris l'un que l'autre, et elle maudit cette coïncidence, car, dans son malheur, elle n'avait aucune envie d'un compagnon de route aussi visiblement épanoui.

— Ce n'est pas croyable de se rencontrer ici ! s'exclama-t-il. Ça t'ennuie que je m'assoie à ta table ?

— Mais pas du tout.

— D'où viens-tu ?

— Je suis allée voir ma famille.

— Moi, je voyage pour mon travail, comme d'habitude. Je me demande combien de retard nous aurons.

— Pas la moindre idée.

— Je viens de joindre Cile pour la prévenir. Je lui ai dit d'appeler l'aéroport pour connaître l'heure d'arrivée. Tu as téléphoné à Larry ? Si tu veux, je te prête mon portable.

Peter bavardait comme si l'important était de parler, même pour ne rien dire. Elle se demanda ce qui le rendait aussi animé.

— Larry est sorti, répondit-elle. Je réessaierai plus tard.

Elle mentait, bien sûr. En fait, Larry n'avait pas la moindre idée de son retour ce jour-là. Elle avait prévu de prendre un taxi de l'aéroport pour se rendre à la chambre de Lane Avenue, de contacter L. B. une fois arrivée, et de rentrer chez elle le lendemain.

— Encore une chance qu'il reste deux jours, remarqua Peter. Si nous étions le 3 aujourd'hui, nous risquerions fort de manquer la fête du 4 Juillet.

Elle avait complètement oublié le 4 Juillet. En fait, elle oubliait tout, ces temps-ci : sa brosse à dents, en faisant son sac la semaine précédente, ce qui avait obligé Hank à lui en rapporter une du village ; ou, encore plus gênant, le prénom de la femme du cousin Luke…

Peter commanda un sandwich. Comme Amanda se taisait, il continua de parler.

— Le père de Larry est vraiment généreux d'avoir proposé son jardin pour organiser la fête de quartier. Ça s'est décidé au dernier moment, nous a raconté Norma. Avant-hier seulement. Les gens chez qui cela se passe en général ont un parent proche qui est tombé malade, alors M. Balsan a très gentiment proposé son jardin.

Donc je vais être obligée d'aller chez L. B., songea-t-elle. Puis, se rappelant qu'il fallait réagir, elle fit un effort.

— Il y aura une très belle vue du feu d'artifice, puisque sa maison est en haut de la colline.

— Nous sommes encore de vrais gamins, Cile et moi. Nous adorons ça, l'hymne national, les glaces, et le ciel qui crépite de lumières.

Le ciel qui crépite de lumières. Larry ne s'exprimait jamais aussi joliment. Si L. B. avait été quelqu'un d'autre, pensa Amanda, ou si j'avais rencontré un homme comme celui-ci… Il m'aurait peut-être choisie à la place de Cécile, si je l'avais rencontré à temps…

— Dommage que Larry n'ait pas pu t'accompagner. Enfin, le travail avant tout, bien sûr. Pour nous, c'est pareil : Cile m'aurait bien suivi, mais ils étaient en pleine organisation de leur campagne caritative, à l'hôpital. Tu sais qu'on parle de la nommer à la présidence de l'association au prochain changement de bureau ? (Une expression tendre passa sur le visage de Peter.) J'en suis ravi pour elle, pas tellement à cause de la gloire, mais parce qu'elle a besoin de s'occuper.

Il n'y avait donc toujours aucun signe de bébé. Amanda se souvint de la souffrance de Peter quand on avait cru Cécile sur le point de mourir. C'est sans doute le plus beau couple que j'aie jamais vu, se dit-elle. Et lui, c'est un homme à qui on peut parler. Il a du cœur et il est intelligent ; il doit être de bon conseil. Si je me confiais à lui, est-ce qu'il saurait quoi suggérer ?

Elle avait commandé une salade mais, n'ayant pas beaucoup d'appétit, elle reposa sa fourchette.

— Que se passe-t-il, ce n'est pas bon ? demanda Peter.

— Il y en a trop, je n'ai pas assez faim.

Avait-elle vraiment, même un dixième de seconde, envisagé la possibilité de tout avouer à Peter ? Elle en tremblait. Il ne fallait surtout pas, à aucun prix, qu'elle commette la folie suicidaire de laisser échapper un seul mot !

Donne-moi un peu de temps, avait dit L. B. Je vais avoir une idée...

Retrouvant la raison, elle se contenta de déclarer à Peter, feignant un intérêt poli :

— J'imagine que tu es encore allé visiter de belles vieilles maisons dans le Sud.

— Non, pas beaucoup, cette fois. Tiens ! On appelle notre vol.

Au grand soulagement d'Amanda, leurs places étaient éloignées l'une de l'autre. Fermant les yeux et appuyant la tête contre le dossier, elle laissa vagabonder ses pensées. Dans les vols qu'elle avait pris quand elle se rendait à l'université ou en revenait, elle était souvent tombée sur des pilotes qui aimaient indiquer les lieux intéressants survolés par l'avion : un lac, une ville, et toujours le grand fleuve Mississippi. Aujourd'hui, les conditions climatiques doivent être instables, songea-t-elle, car le pilote ne fait aucun commentaire. En consultant sa montre, elle sut cependant à quel moment, au lieu de tourner vers l'ouest s'il avait dû rejoindre la ville de son ancienne université, l'avion continuait à monter vers le nord jusqu'au Michigan. Puis sans transition, à la façon des rêveries, se forma dans son esprit une image soudaine et très claire de Terry, la lycéenne qui rentrait à pied en sa compagnie les soirs où elles travaillaient chez Sundale. Elle revit la maison de la jeune fille, un endroit simple et bien entretenu ; comme ce lieu lui avait semblé calme et rassurant, exactement le cadre auquel elle aspirait alors ! Elle se demanda ce qu'était devenue Terry. Peut-être que, de temps à autre, Terry pensait aussi à l'amie qu'elle avait eue. En tout cas, jamais elle ne pourrait imaginer la façon dont son existence avait tourné !

On est jeune. On ne sait pas grand-chose de la vie, même si on ne s'en rend pas compte. De nombreuses voies s'ouvrent à nous, et nous en choisissons une, sans savoir où elle va nous mener.

À cet instant, Amanda eut la vision de Stevie avec son sourire qui découvrait ses petites dents. Sa douleur fut telle qu'elle eut un geste involontaire, et une passagère, de l'autre côté de la travée, lui jeta un coup d'œil surpris.

Amanda se fit la leçon : Calme-toi. Détends-toi. L. B. trouvera une solution. Larry va bientôt se lasser de toi, de toute façon. N'importe quel autre homme se serait fatigué depuis longtemps d'une femme qui lui apporte si peu. Qu'il demande le divorce. Je ne me vois vraiment pas en prendre l'initiative. Comment pourrais-je causer une telle peine à un homme aussi bon ? Un homme que j'ai honteusement trompé. Oui, c'est à lui de le faire. Cela résoudrait tout, s'il demandait le divorce. Ensuite, je serais libre. Je me sentirais un petit peu moins coupable. Et peu importe le qu'en-dira-t-on. Nous partirons. L. B. saura où aller.

Cécile attendait dans la salle des bagages. Amanda, qui avait espéré semer Peter dans la foule, attraper son sac et filer prendre un taxi pour Lane Avenue, réalisa l'absurdité d'un tel espoir. Son escapade était impossible, maintenant que Peter et Cécile la savaient de retour ! Elle avait vraiment la tête à l'envers. Comme il était prévisible, ils insistèrent pour la raccompagner en voiture et ne voulurent rien entendre.

— Mais cela vous fait faire un détour ! protesta-t-elle tout en sentant qu'ils la regardaient d'une drôle de façon. Je vais attraper un taxi, je vous assure que ça ne me gêne pas.

— Viens donc, répliqua Peter en lui saisissant le bras. Ne sois pas bête, bien sûr que nous te reconduisons chez toi.

Elle ne dit pas grand-chose pendant le trajet, seule sur la banquette arrière. Mais, une fois qu'ils eurent traversé le pont et tourné dans Lane Avenue, elle chercha, au deuxième étage, la fenêtre familière qu'aucune lumière ne faisait briller.

— Mais qu'est-ce qu'elle a ? demanda Cécile dès qu'ils eurent déposé Amanda.

— C'est vrai qu'elle n'avait pas l'air dans son état normal. Pendant les quelques minutes que nous avons passées ensemble à l'aéroport, elle n'avait visiblement pas envie que je sois là.

— Norma est persuadée que ça ne va pas entre Amanda et Larry, et elle se fait du souci pour son frère, bien sûr.

— J'espère que ce n'est pas le cas. Mais on n'entend parler que de ruptures, ces temps-ci.

— C'est vrai... Je suis tellement heureuse que nous nous entendions si bien ! Parle-moi de ton voyage, raconte-moi tout.

Une fois qu'ils eurent fini de dîner, Cécile tendit deux coupures de presse à Peter.

— J'ai trouvé ça dans le journal samedi. Mon père m'a dit que M. Roland et les autres en avaient tous pris bonne note. Là, c'est une brève, et sur l'autre page, un éditorial.

Peter lut lentement une première fois, hochant la tête de temps à autre, puis il fit une seconde lecture avant de donner ses impressions.

— Des casinos. J'ai entendu parler de la « bande » qui essaie, au conseil municipal, de faire passer cette idée. Une « bande », c'est bien le mot, un gang de malfaiteurs, ajouta-t-il avec mépris. Ils appellent ça un « renouveau ». « Remettre au goût du jour une activité florissante. » Imagine ! Les marais le long de la rivière, toute cette péninsule verte, transformés en domaine de luxe dédié aux jeux de hasard. Des tours pour les hôtels, les loisirs et les commerces… Tout cela au lieu de logements de qualité et de parcs naturels pour la protection des oiseaux.

Peter jeta le papier par terre.

— Attends, dit Cécile, l'éditorial défend complètement notre point de vue. Mon père ne s'inquiète pas du tout. Lis-le, tu verras.

— Oh, je ne suis pas inquiet, mais ça me met en colère que les gens soient aussi destructeurs. J'ai la même rage quand je vois un magnifique bâtiment ancien aux mains des démolisseurs.

— Parle-moi encore du marbre que tu es allé voir. Il était vraiment beau ?

— La perfection. Il est café et crème, avec des veinures légères. Très délicat. Je craignais de mal m'en souvenir, mais non, c'est tout à fait ce que je voulais. Heureusement que je n'aurai pas besoin de grosses quantités, car il n'est pas facile de s'en procurer et il coûte une fortune… Tu sais, ça fait du bien d'aller fouiner dans ces coins reculés. Des endroits presque oubliés qu'il faut à tout prix redécouvrir. Par exemple, je suis tombé complètement par hasard sur une balustrade en très mauvais état d'un style que je n'avais encore jamais rencontré. Par chance, j'avais mon appareil photo dans ma poche. J'ai tout de suite eu l'idée d'adapter cette balustrade à la terrasse semi-circulaire qui descend de l'esplanade jusqu'à la rue.

Il avait un jour confessé son ambition de voir le musée de son projet intégré dans le *Catalogue national des lieux historiques*. Il avait même avoué qu'il pensait avoir de grandes chances d'y parvenir.

Elle était ravie qu'il soit aussi passionné. Il y était arrivé très vite, et sans aucune aide, comme il l'avait toujours voulu. Peu importaient les hommes d'argent dans les banques ; même si leur appui était indispensable, c'était Peter qui créait un chef-d'œuvre.

Ils montaient se coucher quand des bruits de pétards éclatèrent dans la nuit.

— Les gosses, ça n'arrive jamais à attendre le 4, commenta Peter. J'étais comme ça aussi.

Si nous avions des enfants, songea-t-elle sans répondre, nous les emmènerions voir le feu d'artifice.

— J'imagine que Balsan va organiser une réception grandiose. Il aime faire les choses avec splendeur.

Ce nom la fit repenser à Amanda, qui se conduisait de façon bien étrange depuis quelque temps. Son amie avait changé, et, en songeant à la jeune fille animée et charmante qu'elle avait connue, Cécile ressentit une immense tristesse.

19

Il faisait encore jour quand Amanda et Larry partirent de chez eux. Larry ronchonnait parce que Amanda avait refusé d'emmener Stevie, le trouvant trop jeune pour veiller jusqu'au feu d'artifice. Bien que gaiement vêtue de rouge, blanc et bleu, et décidée à participer à l'ambiance festive, Amanda tremblait à la perspective de la soirée. À moins que L. B. ne s'arrange pour la rejoindre un moment dans un endroit discret, il leur faudrait attendre une nouvelle longue journée avant de se voir.

Comme d'habitude, l'irritation de Larry fut de courte durée.

— Tant pis, mais l'année prochaine, nous le prendrons avec nous. Et dans quelques années, même si je n'ai aucune envie de voir le temps passer aussi vite, il ira au collège et se baladera partout sans nous… Tiens, je t'ai dit que Norma avait invité ton amie Dolly, de la boutique ? Elle pense vraiment à tout. Enfin, c'est Cécile qui le lui a rappelé parce que tu invites Dolly tous les ans à la fête de quartier, et elle avait peur que tu n'aies oublié de le faire avant ton départ.

Amanda reconnaissait bien là Cécile : elle pensait toujours autant aux autres, ce qui était loin d'être le cas de Norma.

— Tu es bien silencieuse.

— J'écoutais la radio. C'est une très jolie chanson. Monte le son.

— Ah oui, un vieux classique. *Some Enchanted Evening*. Je la connais. (Il se mit à fredonner assez faux.)… *quand on tombe amoureux au premier regard, et que soir après soir…* J'ai oublié la suite. C'est vieux comme le monde.

Comment s'arrangeait-il pour tout gâcher, même les choses les plus simples ? Pourquoi, quand de toute évidence elle avait envie d'écouter une chanson, ne comprenait-il pas qu'il devait garder le silence ? Et en revanche, pourquoi, même par l'acte le plus banal, ou un petit geste sans importance, quelqu'un d'autre parvenait-il toujours à l'enchanter ?

— C'est l'heure des informations, annonça Larry. Tu veux que je les mette ?

Elle poussa un soupir.

— Oui, vas-y.

Au moins, ainsi, elle ne serait pas obligée de lui faire la conversation.

Mais Larry éteignit la radio.

— Bof, non, finalement. Je préfère ne pas les écouter. On risquerait d'entendre des mauvaises nouvelles qui gâcheraient la fête… C'est joli, non, tous ces drapeaux partout ? J'adore notre coin, mais bon, si nous avons encore un enfant ou deux, le quartier de papa, sa maison nous conviendront peut-être mieux.

Amanda dressa l'oreille.

— Pourquoi ? Il a l'intention de vendre ?

— Je ne sais pas. Possible.

Larry se racla la gorge. Quand il faisait cela, c'était le signe quasi infaillible qu'il s'apprêtait à livrer une information importante, et elle redoubla d'attention.

— Papa et moi, nous avons eu une discussion très sérieuse pendant que tu étais partie. Il a commencé par me poser une question bizarre ; il voulait savoir si toi et moi on s'entendait bien, si on se disputait beaucoup. Je lui ai dit que non. Bon, on a bien quelques petits désaccords, mais nous sommes tous les deux assez faciles à vivre. Surtout toi. En fin de compte, tu es quelqu'un de très agréable dans la vie quotidienne.

— Pourquoi demandait-il ça ? l'interrompit-elle.

Larry hésita.

— Je n'aurais pas dû t'en parler du tout. C'est un secret, une surprise. Il doit l'annoncer lui-même, demain ou après-demain, et il m'a demandé de garder ça pour moi.

C'était tellement typique de Larry de mal raconter son histoire et de la laisser sur sa faim ! Cachant son intense intérêt, elle déclara calmement :

— Je ne vois pas ce qu'il y a de bien confidentiel dans tout ça. Allez, raconte-moi le reste.

— Bon, d'accord, mais attention, motus. Même Norma n'est pas au courant... Alors, voilà. Tu ne vas pas le croire, mais il m'a donné l'agence, toutes ses parts de la société, ce qui fait que maintenant c'est moi le patron. Tu imagines ? s'écria Larry.

Le cœur d'Amanda se mit à battre à tout rompre. Enfin, il avait décidé de partir avec elle ! Elle retint le sourire qui frémissait sur ses lèvres.

— Je n'en revenais pas, poursuivit Larry. Je m'étais bien attendu à ce qu'un jour, quand il serait vieux, il prenne sa retraite en me laissant sa place, mais certainement pas aussi vite. Il est encore jeune. Et il me donne tout comme ça, sur un coup de tête... comme ça ! répéta-t-il en claquant des doigts. Maintenant, nous sommes riches, tous les deux. Hé ! Tu es trop étonnée pour parler ? C'est un choc, hein ?

L'exubérance de Larry la faisait frémir. Elle imaginait le vrai choc qu'il éprouverait en apprenant ce qui se cachait derrière la générosité de son père. Elle voyait comme si elle y était l'horreur se peindre sur son pauvre visage, et son cœur s'emballa en se serrant de pitié.

Très naturellement, il s'attendait à un commentaire ; elle lui demanda donc s'il s'agissait d'une décision soudaine, et quels motifs avaient poussé son père à se retirer de l'affaire.

— Je ne sais pas au juste. Moi, je trouve ça très précipité. Tu te souviens des parents canadiens de ma mère ? Eh bien, un des cousins, un veuf beaucoup plus âgé que papa, est en assez mauvaise santé. C'est un grand propriétaire qui a travaillé dur toute sa vie, et il a envie de lever un peu le pied. Alors, il s'est dit que mon père aurait peut-être envie de changement. Il lui a proposé de l'accompagner pour faire le tour du monde, et ensuite de s'occuper de la gestion de ses propriétés en Colombie-Britannique. J'en suis resté comme deux ronds de flan. Et papa aussi. C'était une proposition en or. Papa a accepté.

La route s'était mise à tanguer devant les yeux d'Amanda. Une balle de revolver ou une lame de couteau l'avait transpercée, tandis qu'une masse s'abattait sur sa tête.

— Comment ? Répète ? murmura-t-elle. Je ne t'ai pas bien entendu. Combien de temps cela doit-il durer ?

— Il s'en va pour de bon. En tout cas pour quelques années, tant que le cousin sera en vie. Je ne te cache pas que ça m'a d'abord fichu un sacré coup de penser que papa allait partir ; mais j'ai eu le temps de m'y habituer pendant quelques jours, et maintenant je trouve que c'est une idée formidable. Papa n'a jamais voyagé, il n'a fait que trimer toute sa vie. Donc, s'il en a envie, pourquoi pas ? On pourra toujours se rendre visite les uns les autres.

Amanda, prise d'un haut-le-cœur, se souvint qu'il fallait fermer les yeux pour se protéger de la lumière aveuglante de la rue.

Larry, ne s'apercevant de rien, enchaîna sans reprendre son souffle :

— Nous y voici. Regarde-moi ce pique-nique ! On peut compter sur mon père pour faire les choses comme il faut. Les gens du quartier n'en reviendront pas, cette année... On pourra dire ce qu'on voudra, mais on aurait du mal à trouver mieux que ce jardin ! Rien que les épicéas plantés par ma mère ! Elle adorait les arbres... La maison serait très jolie peinte en blanc, tu ne trouves pas ? Je sais, tu as dit que tu ne voudrais jamais vivre ici, mais tu pourrais changer d'avis... Eh, qu'est-ce qui t'arrive ?

— Rien... J'ai dû manger quelque chose qui ne passe pas.

Larry prit la dernière place de stationnement au bout de la rue, sauta de son siège et fit le tour de la voiture en courant pour ouvrir la portière d'Amanda.

— Du jus d'orange et des céréales, je ne vois pas ce qui aurait pu te... à moins que le lait n'ait été tourné ?

Elle luttait de toutes ses forces contre son malaise. Tu ne peux pas être malade ici ; tu aurais l'air d'une idiote ; tiens bon jusqu'à demain ; il n'a peut-être rien compris ; demain, tu sauras vraiment de quoi il retourne ; tiens bon !

Des gens les dépassaient sur le trottoir. Elle leva la tête en entendant le cri de Dolly qui demanda d'un air inquiet à Larry :

— Mais qu'est-ce qui arrive à Amanda ?

— Je ne sais pas, bégaya-t-il. Ça vient de la prendre. Elle a mal au cœur.

Oui, il n'a peut-être rien compris.

— Ça va mieux… Oui, oui, c'est fini.

Larry avait été trop effrayé pour la laisser s'en tirer à si bon compte.

— Tu es sûre ? C'est passé comme ça ? On devrait peut-être chercher un médecin. Il y en a deux dans la rue : le Dr Byrnes et un vieux type à la retraite, le Dr Slater ; ils vont sans doute venir chez papa.

Il ne lui manquerait plus que ça, un médecin qui lui poserait des foules de questions !

— Je t'assure que tout va bien. Ce n'était rien, lança-t-elle d'une voix maintenant bien ferme. Je suis désolée.

— Tu m'as fichu une sacrée frousse, ma chérie.

— Ah, au fait, voici mon ami Joey Bates, intervint Dolly. Moi aussi, j'ai eu tellement peur que je ne vous ai pas présentés.

Des salutations furent donc échangées. Amanda examina le visage jovial de la dernière conquête de Dolly, plombier et pompier volontaire. Il avait l'air gentil et inspirait confiance. Mais c'était tellement difficile de juger…

— C'est chez le père de Larry que nous allons, lui expliqua Dolly.

— Belle maison, commenta Joey.

— Tu es sûre que tu te sens bien ? insista Larry.

— Oui, tout à fait.

— Dans ce cas, ne restons pas là.

Le jardin se remplissait. Un flot continu d'invités franchissait le portail et se dirigeait jusqu'au bout de la pelouse où étaient dressées trois tables décorées de papier crépon rouge, blanc et bleu, chargées de rafraîchissements. Précédant Dolly et Amanda de quelques pas, Larry répondait aux questions que Joey lui posait sur la maison et sur les épicéas. Amanda tenait à peine debout.

Soudain, elle éprouva le besoin irrépressible de se confier.

— Je n'avais pas mal au cœur, Dolly. J'ai éprouvé un choc. Je ne peux pas t'en parler maintenant, parce que ça se finira peut-être bien… Est-ce que je suis présentable ?

Surprise, Dolly se tourna vers elle.

— Mais oui. Tu dois être bien contente d'avoir acheté le chemisier de lin blanc. Il te va à merveille.

— Non, je voulais parler de ma mine. Je ne suis pas trop pâle ?

— Tu es très jolie, comme d'habitude… Que se passe-t-il, Amanda ? Tu ne veux vraiment pas me le dire ?

— Je ne peux pas.

Elle balayait l'assemblée du regard ; il y avait les voisins, de jeunes enfants, des adolescents bruyants, mélangés à divers employés des agences Balsan. Larry, toujours à l'aise en société, avait déjà été happé par ses nombreuses connaissances.

Près de la véranda se tenaient les Mack et les Cole en compagnie d'Alfred Cole. Amanda aurait préféré ne pas subir leur conversation superficielle, car une personne et une seule l'intéressait vraiment, mais elle ne put s'esquiver.

— Tu as vu le buffet ? demanda Norma. Papa a commandé des sandwichs à la baguette à la boulangerie française. Il y a un grand compotier de pêches au vin et de la tourte à la glace de La Nouvelle-Orléans. C'est tout lui. Le pique-nique du 4 Juillet le plus grandiose que j'aie vu de ma vie !

Elle parlait de son père avec la même fierté que Larry, et à sa main, qui décrivait une courbe gracieuse dans les airs pour désigner les victuailles, scintillait le diamant que lui avait offert Lester. Comme il est étrange, songea Amanda, que des trois mousquetaires ce soit la moins séduisante qui ait reçu la plus belle bague de mariage. Étrange également d'avoir une pensée aussi saugrenue. Mais ce qui la préoccupait surtout, c'était son malaise persistant : les arbres tournoyaient autour d'elle dans le crépuscule.

Pour garder son équilibre, elle se retint à la balustrade de la véranda. Les autres prononçaient des mots qui se mêlaient en un bourdonnement indistinct, tandis que des images, des sons et des souvenirs envahissaient son esprit : le grincement de la balancelle sur ce même porche quand Larry lui avait demandé sa main, les fleurs blanches du bouquet de mariée que lui avait offert l'auberge, le violent orage le premier jour avec L. B., la chambre de Lane Avenue.

412

Prends le bus n° 8 et descends au coin de la rue, avant le pont.

— Ton père est là ? demanda-t-elle à Norma.

— Bien sûr. Il doit être au fond du jardin, près du buffet.

Elle les quitta, sans doute trop abruptement, ce qui risquait de les intriguer. Mais quelle importance ! L. B. parlait à un serveur qui tenait le bar à l'une des tables. D'un pas soudain raffermi, elle le rejoignit.

— Il faut que je te parle, déclara-t-elle.

— Pas ici. Pas maintenant, répondit-il avec un froncement de sourcils préoccupé.

— Si. Ici, tout de suite. Allons près de la porte de la cuisine.

En rencontrant son regard, elle crut lire la réponse à la question qu'elle ne lui avait pas encore posée.

— Est-ce que c'est vrai ? Tu vas partir pour le Canada ? Larry vient de me dire ça.

L'inquiétude marqua le visage de L. B.

— Je ne sais pas ce que t'a dit Larry…

— Il a dit que ce devait être une surprise, mais il n'a pas été capable de tenir sa langue, et ce n'est pas sa faute. Réponds-moi simplement : c'est vrai ?

Il eut l'air paniqué.

— Je ne dirais pas… Je ne voulais pas que ce soit une surprise pour toi. J'avais l'intention de t'en parler demain, pour t'expliquer, discuter avec toi… Mais pas ici, pas maintenant, répéta-t-il. Je t'en prie, Amanda !

— Je ne vois pas pourquoi tu ne peux pas me répondre. C'est une question toute simple, j'exige une réponse toute simple !

— Par pitié. Ce n'est pas si facile. Je t'en prie, Amanda, nous nous faisons trop remarquer à parler ensemble. Ce n'est pas l'endroit où discuter.

Les jambes d'Amanda se dérobaient de nouveau sous elle. Elle s'appuya à la porte de la cuisine. Le jardin tournait autour d'elle, tout redevenait irréel. Était-il possible qu'ils soient tous les deux là, dans le jardin de L. B., à se disputer ainsi ? Lui, son amour, son univers ?

— Rejoins-moi demain matin à la chambre, murmura-t-il. Et séparons-nous avant qu'on ne nous remarque.

— Tu n'as qu'une phrase à prononcer : « Je pars sans toi, Amanda, je te dis adieu. » Vas-y, ou bien alors rassure-moi en me disant que ce n'est pas vrai.

— S'il te plaît, chérie, parlons de tout ça demain !

— Non, pas demain, jeta-t-elle en tournant les talons. Ce n'est pas nécessaire. J'ai compris.

Un sanglot étouffé lui arrachait la poitrine, la déchirait d'une douleur plus terrible que celles de l'enfantement. Il fallait qu'elle se cache, n'importe où, pour essayer de se calmer hors de la vue des autres. Un groupe d'adolescents s'était réuni dans un coin du jardin, avec des boissons dans des gobelets en carton. Elle essaya de se perdre parmi eux. Mais, de là où ils se trouvaient, elle apercevait encore L. B., car il

dépassait d'une demi-tête tous ceux qui l'entouraient. Il jouait les hôtes attentionnés.

Quelle angoisse, quelle torture ! pensa-t-elle.
Il doit être dans le même état que moi... Le
contraire aurait été impossible : elle avait lu tant
de peine dans ses yeux, elle le connaissait tellement bien ! Tellement... Alors, pourquoi
avait-il fait ce choix ?

La réponse était facile : parce que, en dernière
analyse, il n'avait pu se résoudre à faire souffrir
son fils... Alors, il n'est resté que moi à sacri-
fier – moi, il peut se permettre de me faire du
mal –, et lui aussi. Il aura mal au Canada – mais
peut-être pas très longtemps. Et partout où il ira
ensuite, des femmes se jetteront à son cou, des
femmes comme cette fille près du buffet là-bas,
qui lève son joli visage vers lui. Elle ne doit pas
avoir plus de dix-sept ans...

En retournant aux tables, elle tomba sur Larry
qui avait l'air de mauvaise humeur.

— Je t'ai cherchée partout ! Tu te sens
toujours bien ?

Si je me sens bien ? Je deviens folle, oui !
pensa-t-elle en se contentant de répondre par
une autre question.

— Qui est la fille à côté de ton père ?

— Je ne connais pas son nom. C'est une
stagiaire, une gamine qui donne un coup de
main au bureau jusqu'en septembre... Mais
qu'est-ce qui t'arrive ? Ça n'a de nouveau pas
l'air d'aller !

— Ce n'est rien, rien du tout. J'ai soif. Je vais
me chercher à boire.

Le barman qui officiait derrière deux grands bols de punch lui expliqua que l'un d'eux était sans alcool, et l'autre « très alcoolisé ».

— Beaucoup de rhum et de vin rouge avec du jus de citron… Ce n'est pas pour les gamins. Un invité l'a apporté, et M. Balsan n'était pas très content. C'est lui qui m'a demandé de veiller à ce que les jeunes n'en boivent pas.

— J'ai passé l'âge de la majorité, rétorqua Amanda en se servant.

— Attendez, votre verre est trop grand, c'est vraiment très fort ! Vous allez sentir les effets en une minute.

— Ça tombe bien ! répliqua-t-elle en remplissant son verre jusqu'en haut.

Un peu d'alcool la soulagerait sans doute. Elle n'avait qu'à s'asseoir sur le banc circulaire qui entourait cet arbre, là-bas, boire à petites gorgées, et attendre de se sentir moins oppressée.

L'angoisse restait chevillée à son corps. Mais peu à peu elle fut prise d'une colère terrible, puissante, revendicatrice, telle une flamme qui la dévorait de la tête aux pieds. Incapable de bouger, elle eut conscience que montait en elle l'inévitable explosion. C'est alors que Larry surgit à ses côtés.

— Tu te conduis de façon vraiment bizarre ! attaqua-t-il. Tu n'arrêtes pas de disparaître. Presque tous nos amis sont là, et toi tu restes toute seule avec ton verre ! Et puis qu'est-ce que tu bois, d'abord ? Tu es toute rouge…

— Je bois ce que je veux, jeta-t-elle en se levant et en retournant au bol de punch. Et si je veux en reprendre, je ne vais pas me priver.

— Amanda ! Tu n'as pas l'habitude de l'alcool. Tu n'as pas bu une goutte de vin depuis Noël ! Donne-moi ce verre.

— Ne me donne pas d'ordres ! cria-t-elle. Et toi, ne t'en mêle pas non plus, ajouta-t-elle à l'intention de L. B. qui se tenait toujours près du buffet.

Il lui lança un coup d'œil horrifié pour la mettre en garde, la supplier de se calmer.

— Arrête, Amanda, murmura-t-il, si bas que sa voix était à peine audible. Ne bois pas ça, ce n'est pas pour toi.

Elle eut un nouveau sursaut de rage.

— Et de quel droit me prodiguez-vous des conseils, monsieur Balsan ? s'écria-t-elle. Occupe-toi de tes affaires. Je ne suis plus rien pour toi ! Tu m'entends ?

Elle hurlait si fort que même les invités à l'autre bout du jardin tournèrent la tête.

Outré, Larry attrapa Amanda par le bras.

— Ne parle pas à mon père sur ce ton ! Tu as perdu la tête ?

— Ton père ! railla-t-elle. Tu crois le connaître, hein ? Eh bien, pas du tout. Tu sais ce qu'il a fait ? Non, évidemment que non ! Mais moi, je vais te le dire, car je le connais, moi, M. Balsan… Oh, tu le savais, ce que tu allais me faire, hein ? Tu le savais déjà très bien, la dernière fois que nous nous sommes vus. Tu avais ton idée en tête, mais tu étais trop lâche pour me le dire en face !

Autour d'eux, quelques dizaines de curieux s'étaient immobilisés.

L. B. restait très maître de lui.

— Amanda, reprends-toi. Tu as trop bu et tu n'as pas l'habitude de l'alcool.

— Oui, j'ai un peu trop bu, mais il y a des jours où on a besoin de ça !

Sa voix était devenue si stridente que les gens dans le jardin, s'apercevant qu'un esclandre éclatait, firent peu à peu silence.

— Oui, reprit Amanda, c'est facile de quitter le pays et d'oublier ! Fuir ses responsabilités, s'en laver les mains. Tout effacer, tout l'amour – et le bébé dont je ne voulais même pas, tu y penses à ça ?

Au comble du désespoir, de la colère, elle laissait un fleuve de paroles, un torrent furieux se déverser de sa bouche. Elle avait les mains serrées, comme pour la prière, et son corps se balançait sous la force de l'émotion.

— Oui, le bébé… ton bébé, L. B. – pas le tien, Larry ! Notre Stevie… Il n'est même pas de toi, Larry ! Cela fait quatre ans que nous sommes amants, ton père et moi.

Sur ces mots, en larmes, Amanda s'effondra sur un banc.

Alors, comme il arrive devant une catastrophe, un avion qui s'écrase au sol ou une avalanche qui s'abat sur un village, l'assemblée fut prise d'une paralysie momentanée. Les spectateurs pétrifiés se lançaient des regards éperdus qui demandaient : « Ai-je bien entendu ce que j'ai cru entendre ? »

Puis Larry s'écroula. Des amis coururent le secourir et le conduire, titubant, vers un arbre sous lequel ils l'allongèrent. Norma fut emmenée à la véranda où Lester, son père Alfred, Cécile et Peter lui donnèrent du cognac et firent ce qu'ils purent pour la réconforter tout en se sentant impuissants. L. B., devenu pâle comme la mort, fut accompagné dans la maison par les deux médecins. Alors, les parents d'enfants en âge de comprendre plus ou moins ce qui venait d'être dit se dépêchèrent de les ramener chez eux, et dans la panique générale les chiens de L. B. se mirent à pousser des aboiements frénétiques. Larry, pris d'un accès de colère forcené, dut être retenu par ses amis, car il voulait se ruer dans la maison pour tuer son père. Quant à Amanda, secouée par des sanglots déchirants, elle avait été portée jusqu'à la voiture de Dolly par son ami Joey.

— On l'emmène chez moi, décida Dolly. Mon Dieu, mon Dieu, ce n'est pas croyable ! se lamenta-t-elle tout en courant ramasser une chaussure rouge tombée du pied d'Amanda.

Les derniers invités se dispersèrent lentement, en s'attardant sur le trottoir pour échanger des commentaires consternés.

— Elle a perdu la tête, je pense… Croyez-vous que cela puisse être vrai ?

— Jamais je n'aurais imaginé ça de Balsan. Un homme si bien, dans un bon quartier comme le nôtre.

— Elle était ivre morte. Une honte !

— Non, c'est tragique, pauvre petite…

— Mais Amanda ne boit jamais une goutte ! Je ne comprends pas.

— Ils se sont peut-être disputés et elle s'est mise à raconter n'importe quoi.

— Non, une histoire pareille, ça ne s'invente pas.

— Vous avez vu la pâleur de Balsan ? Et il tremblait de tous ses membres, il a presque fallu le porter jusqu'à la maison. J'espère qu'il ne va pas faire de crise cardiaque ou d'incident cérébral à cause de cette histoire.

— Heureusement, il y avait des médecins.

Sur la pelouse du jardin, il finit par ne rester que les chiens qui cherchaient des débris de nourriture dans l'herbe. Les bruits de moteur venus de la rue brisèrent le silence, puis faiblirent à mesure que les véhicules s'éloignaient. Les habitants du quartier rentraient chez eux à pied dans le crépuscule, ayant perdu toute envie de regarder le feu d'artifice. Le joyeux pique-nique s'était désagrégé.

Allongée sur une chaise longue de la véranda, Norma, après un long moment, se sentit enfin capable de prononcer quelques mots entre-coupés de crises de larmes, de soupirs et de grands silences.

— C'est un mystère… Ça ne s'explique pas… Comme l'univers, comme Dieu. À moins qu'elle n'ait tout inventé ! Oui, ce doit être ça :

pour je ne sais quelle raison démente, Amanda a menti !

— Non, intervint Cécile doucement. Je suis entrée pour parler au Dr Byrnes. Ton père a reconnu que c'était vrai.

Alors, Norma se couvrit le visage avec les mains en murmurant :

— Mon père, mon père…

Personne ne fit de commentaires.

— Lester, reprit-elle, tu te demandais ce que j'avais vu ce fameux jour. Tu te souviens, quand tu m'as trouvée dans l'auditorium de l'école…

Elle s'interrompit, incapable de poursuivre.

Cécile acheva pour elle.

— Tu as vu Amanda et ton père dans Lane Avenue, le jour où nous sommes allées à l'aéroport, au retour. Moi aussi, je les avais aperçus, Norma. Je me suis toujours demandé si tu les avais remarqués ; mais c'était une vision tellement bizarre que j'étais presque sûre de m'être trompée. C'est pourquoi je n'en ai jamais parlé.

— Ah ! C'était à cela que tu faisais allusion quand tu disais que des proches avaient trompé ta confiance, intervint Lester qui tenait une main de Norma dans les siennes.

— Oui. Mon père. Un bon père. Un homme bien, honorable ! Quand parfois ce souvenir me revenait à l'esprit, je pensais : Non, si c'est vraiment eux que j'ai vus dans Lane Avenue, ils devaient s'y trouver pour une raison innocente, en rapport avec l'agence. Et puis, je me persuadais à moitié que de toute façon ce n'était pas eux.

La lueur blafarde diffusée par une lune hâve leur donnait à tous un teint verdâtre, comme s'ils étaient malades. Mais c'est le cas, songea Cécile, ce soir nous sommes tous malades. Et elle pensa à son propre père, un homme merveilleux, encore amoureux de sa femme après tant d'années. Elle jeta un coup d'œil sur Alfred Cole dont la présence, même silencieuse, devait réconforter son fils et sa malheureuse belle-fille.

Puis elle évoqua avec une peine énorme Amanda et son adorable petit garçon. Comment son amie avait-elle pu en arriver là – laisser son esprit se pervertir ainsi ? Mais, en fait, devait-elle encore s'en étonner, elle qui rencontrait dans les services sociaux de l'hôpital tant de gens vivant des histoires aussi incroyables, de véritables cauchemars ?

— Larry ! s'écria soudain Norma en se redressant d'un coup sur sa chaise longue. Nous avons oublié Larry ! Où est-il ?

— Calme-toi, intervint Lester. Un ami l'a ramené chez lui, enfin, je veux dire à son propre domicile.

— Mais où habite-t-il ? Qui est-ce ? Je devrais être avec Larry !

— Il s'appelle Willard, si j'ai bien entendu. Un type assez petit, avec des cheveux roux.

— Ah oui, je le connais. Nous allions au collège ensemble. Jeff Willard. Il faut aller chez lui tout de suite, Lester !

— Non, reste ici, tu n'es pas en état. Moi, je vais y aller. Donne-moi l'adresse.

— Je ne sais pas où il habite, gémit-elle.

Peter se leva.

— Je m'en occupe, je trouverai... Attends-moi ici, ajouta-t-il à l'intention de Cécile. On aura peut-être besoin de ton aide là-haut si l'état de son père s'aggrave.

Après le départ de la voiture, personne n'ouvrit plus la bouche, comme si tout avait été exprimé, et seul se fit entendre le chant des grillons. Lors des événements graves, il y a finalement fort peu de choses à dire, songea Cécile. Nous le savons tous, et pourtant nous nous sentons presque toujours obligés de combler le silence avec le ronronnement rassurant de remarques inutiles. En un sens, le crissement des grillons est plus significatif que toutes nos paroles ; il nous rappelle que la vie continue. Après un désastre, elle reprend ses droits. Mais, bien sûr, ce ne serait pas très délicat de le faire remarquer à une personne en pleine crise.

En haut, il y avait de la lumière à la grande baie vitrée qui devait correspondre à la chambre de Lawrence Balsan. Les médecins se tenaient encore auprès de lui. Et, malgré ce qu'il avait fait, Cécile ressentit une immense pitié pour lui – n'éprouve-t-on pas de la compassion pour un homme qui vient d'être condamné à la prison à perpétuité, quel que soit son crime ? Car, certainement, il serait torturé à jamais par le souvenir de ses actes.

Norma se redressa une nouvelle fois sur son siège, pleine de tristesse et de colère.

— Il l'adorait ! Dès qu'il a posé les yeux sur elle, le jour où je l'ai amenée ici pour les vacances de printemps, il lui a donné son cœur. Mon frère, tellement généreux, tellement gentil ! Comment a-t-elle pu ? Je vous le demande ! Comment a-t-elle pu ? Je ne veux plus jamais la voir. Je jure que je ne la verrai plus de ma vie. C'est une traînée, cette fille ! Bien sûr, c'est aussi la faute de mon père, mais je lui en veux davantage à elle ; plus j'y pense, et plus je la trouve responsable. C'est elle qui est allée le chercher… Je vois ça d'ici.

Personne ne répondit à ce commentaire. On prenait toujours parti, songea Cécile, on attribuait les torts selon sa position. Plus elle y réfléchirait, et plus Norma, peu ou prou, ferait pencher la balance en faveur de son père. Et, en réaction, la compassion que Cécile éprouvait pour Amanda augmenta.

Un petit vent frais se leva. Le temps s'écoulait lentement. De l'intérieur de la maison, on entendit une horloge sonner l'heure. Une ambulance arriva. Des hommes en blanc se précipitèrent dans l'escalier. Peu de temps après, Peter revint et raconta son périple : Jeff Willard était sur liste rouge, si bien que, ne le trouvant pas dans l'annuaire, il avait dû aller demander son adresse au poste de police. Quand il était arrivé à son domicile, il avait appris que Jeff avait couché Larry et fait venir le médecin. Celui-ci lui avait donné un tranquillisant et devait prendre de ses nouvelles par téléphone le lendemain matin. Ensuite, Peter était passé chez Larry, avait payé Elfrieda, la nourrice, et lui avait demandé si elle pouvait rester jusqu'à ce que quelqu'un vienne prendre le relais le lendemain.

Oui, mais qui ? se demanda Cécile. Norma ? Dans son état ? Lester ne saura plus où donner de la tête… Je garderai Stevie demain au lieu d'aller à l'hôpital, décida-t-elle.

Les minutes s'écoulaient. La tension montait dans le groupe qui attendait en silence des nouvelles de la chambre du haut. Personne n'avait envie d'entrer pour demander comment allait Lawrence Balsan, et pourtant personne non plus ne songeait à partir sans être rassuré sur son sort.

Comme si elle se réveillait, Norma s'indigna.

— Un tranquillisant ! Autant mettre un cautère sur une jambe de bois. Ce sera un miracle s'il s'en remet.

Personne n'ayant le cœur de protester, Lester changea de sujet en s'adressant à Peter.

— Tu travailles beaucoup, cet été ? Moi, j'ai tout mon temps. Dans l'enseignement, on n'est pas riches, mais on a de bonnes vacances.

Et Peter saisit la perche tendue pour essayer de surmonter l'horreur de la situation.

— Je vais partir soigner mes malades – de vieilles églises, des granges, des hôtels, raconta-t-il. Ce sont un peu mes patients. Mais, pour l'instant, je ne bouge pas beaucoup de chez moi. Je travaille comme un fou, si on peut appeler travail ce qui vous passionne.

Ce sont deux garçons merveilleux, se dit Cécile, tout en se remettant à penser à l'homme qui était là-haut et à l'acte choquant qu'il avait commis.

— Ça ne sert pas à grand-chose que nous restions tous là, finit par dire Lester. Papa, tu dois aller au palais de justice tôt demain matin, tu ferais mieux de partir. Et toi, Peter, tu en as déjà beaucoup fait, à courir dans toute la ville pour retrouver Larry. Rentre donc avec Cécile. Il est près de minuit.

Mais, comme ils s'apprêtaient à monter dans leur voiture, Lester les rattrapa en courant.

— C'est fini. Il est parti. On l'allongeait sur la civière quand une attaque l'a emporté, il y a quelques minutes.

Comme il était prévisible, la nouvelle parut dans le journal du lendemain. Le terrible drame qui s'était déroulé dans la demeure des Balsan n'aurait jamais pu être passé sous silence ; mais, heureusement, le rédacteur en chef étant un ami et un client d'Alfred Cole, les faits furent minimisés autant que possible. Seule l'information brute, déjà suffisamment horrible en elle-même, fut livrée dans une brève en dernière page.

Le décès était survenu à la suite d'une hémorragie cérébrale, était-il cependant précisé, et les obsèques auraient lieu dans l'intimité.

Cécile et Peter avaient accueilli Stevie chez eux. C'était Norma qui en avait donné l'autorisation, Larry étant incapable de prendre la moindre décision. À l'enterrement, elle suivit le corbillard en voiture avec lui, en compagnie de

Lester et des deux médecins qui avaient assisté L. B. jusqu'à sa mort. Ils se regroupèrent autour de la tombe tandis qu'une prière d'amour et de pardon était prononcée. Puis ils se réunirent chez Norma et Lester, où Larry devait habiter jusqu'à ce qu'il ait retrouvé des forces.

Cécile avait téléphoné à Dolly le matin suivant le désastre, mais celle-ci lui avait appris qu'Amanda refusait de la voir.

— Elle va très mal, avait expliqué Dolly. La pauvre ! Je ne la reconnais plus. Quand elle a appris la mort de M. Balsan, elle s'est complètement effondrée. Elle devait être folle de lui. Je ne comprends pas bien. Je crois que je n'ai jamais été accro comme ça à un mec. On m'a donné un somnifère pour elle à la pharmacie. J'aurais voulu appeler un docteur, mais ils ne se déplacent que pour le gratin, et je n'arrive pas à la faire sortir de la maison pour aller à une consultation.

— Je voulais lui dire… Est-ce que vous pourriez lui dire de ma part que Peter et moi nous occupons de Stevie ? Il est chez nous avec sa nourrice, et il va bien.

— Vous avez vraiment de la classe, Cécile. Je l'ai toujours dit quand vous veniez à la boutique. Et pas snob. Amanda était d'accord avec moi, mais là, elle n'a pas du tout envie de vous voir. Elle a peur que vous ne la jugiez mal, que vous la preniez pour une sale ivrogne et…

— Je ne la prends pour rien du tout. C'est une histoire terrible et très triste, et je me doute qu'aucun d'entre nous n'en comprendra jamais la moitié. S'il vous plaît, répétez-le-lui. Vous croyez que je devrais passer chez vous, même si elle dit ne pas en avoir envie ?

— Non, pas tout de suite. Elle n'arrête pas de crier qu'elle veut qu'on la laisse tranquille. Elle n'a envie que de rester ici, de se cacher. Je la garderai tant qu'elle en aura besoin, au moins jusqu'à ce qu'elle puisse s'occuper d'elle toute seule.

— Et ensuite ?

— Je ne crois pas qu'elle y ait pensé.

— Bien… Nous devons rester en contact, Dolly. Vous avez mon numéro ? Vous m'appellerez ? Moi, en tout cas, je le ferai, quoi qu'il arrive.

— Oui, oui, bien sûr. Ah, quand on la voit et qu'on l'entend, ça fait drôlement de la peine !

— Quelle horreur, hein ? s'écria Mme Lyons lorsque Cécile lui téléphona à la boutique. J'ai accouru ce matin dès que j'ai appris la nouvelle. Je n'en croyais pas mes oreilles. Une jeune femme si charmante, si cultivée ! Et tout ça, ce n'était qu'en surface, un vernis pour couvrir la saleté en dessous ! Je n'en reviens pas que Dolly l'ait prise chez elle. Elle ne remettra plus les pieds chez moi, vous pouvez me croire !

L'indignation de Mme Lyons empoisonna l'atmosphère de la pièce encore une ou deux minutes après la fin de l'appel. Pour l'instant, les seules réactions humaines avaient été celles de Dolly et de la famille de Cécile.

Mais, à mesure que l'histoire se répandit, il y eut davantage de compassion pour Amanda... mêlée à une certaine curiosité malsaine. Qu'allait-il arriver ? se demandait-on. Y aurait-il un divorce ? Une bataille pour la garde de l'enfant ?

— Je ne sais pas comment cette pauvre famille va se sortir de cette épouvantable situation ! confia Cécile à Peter. J'ai discuté avec Lester, qui ne s'inquiète pas pour Norma : il dit qu'elle est plus forte qu'on ne le croit, et qu'elle se surprendra elle-même. Elle essaie déjà de trouver une solution pour Stevie. Mais Larry est une véritable épave – ce qui se comprend. Il ne veut plus voir ce bébé, qu'il idolâtrait à un point parfois même un peu ridicule. Il n'arrête pas de dire : « Ce n'est pas mon fils. »

Peter poussa un soupir.

— Moi aussi, je me demande ce qui va se passer. Ça ressemble un peu à une tragédie grecque.

20

— Écoute, Larry, tu es ici depuis près d'un mois, rappela Norma. Je suis franche avec toi : notre pavillon est trop petit pour que nous puissions t'héberger encore très longtemps, Lester et moi.

Ces paroles gentilles mais fermes visaient à faire réagir Larry. Mais si Norma le secouait ainsi, ce n'était pas parce que Lester se plaignait de sa présence. Bien au contraire : il rappelait sans cesse à sa femme que Larry était réellement malade. Simplement, malade ou pas, certaines décisions s'imposaient, et si Larry était incapable de les prendre, il fallait bien que quelqu'un d'autre s'en charge.

— Tu as le choix entre deux solutions : soit tu rentres chez toi, soit tu emménages dans la maison de… dans l'autre maison. Elle t'appartient, maintenant.

— Tu voudrais que j'aille là-bas ? Tu es folle ! Je l'apercevrais dans toutes les pièces dès que j'ouvrirais une porte. Ce monstre ! Et de voir les épicéas sous lesquels elle se tenait… J'entends encore sa voix. Non, plutôt y mettre le feu que d'aller vivre là-bas !

Larry avait vieilli. On disait que les cheveux pouvaient blanchir d'un coup en cas de choc, ou tomber. Ce devait être vrai, car sa calvitie était beaucoup plus prononcée, tandis que de nouvelles rides se creusaient sur son front. Il faisait pitié.

— Bon, eh bien, dans ce cas, mets-la en vente. Tu pourras vivre chez toi avec Stevie. Cile et Peter s'occupent de ton bébé depuis suffisamment longtemps. Ils ont été tout à fait merveilleux, mais ce ne sont pas ses parents.

Le regard de Larry passait à travers elle, comme si elle était transparente, ainsi que la fenêtre derrière elle, et tout ce qui l'entourait. Quand il répondit, ce fut d'une voix si faible qu'elle l'entendit à peine.

— Tu oublies que je ne suis pas son père.

— Aux yeux du monde, si. Et pour lui aussi. Tu dois penser à ça.

— Je comprends pourquoi ils… lui et elle… ils ne le gâtaient pas comme moi. C'est clair, maintenant.

— En toute justice, bien que ce soit dur de le reconnaître, il faut admettre qu'elle était une bonne mère, à sa façon, intervint Lester.

Larry sauta de son fauteuil en hurlant.

431

— « À sa façon » ! En effet, quel bel exemple pour un enfant ! Le mensonge, la tromperie, l'immoralité… Qu'elle crève !

Personne ne pouvait prétendre que ses reproches n'étaient pas justifiés. Pendant quelques minutes, un lourd silence pesa sur la pièce, jusqu'à ce que Larry reprenne la parole.

— Que se passe-t-il ? Elle n'en veut pas ?

— Qui, Amanda ?

— Oui, qui veux-tu d'autre ?

— Nous ne savons pas encore, répondit Norma. Il paraît… Cécile a entendu dire… qu'elle n'est pas encore en état d'en parler. Moi, en tout cas, je n'ai aucune intention de discuter avec elle.

— Et toi, tu ne peux pas le prendre ? Il faut bien que quelqu'un se charge de lui, et tu l'adores, ce gamin.

Lester intervint alors calmement.

— Il y a beaucoup de facteurs à considérer, Larry. Mon père recommande de ne pas oublier qu'Amanda a des droits et toi aussi. La première étape, dans un divorce, c'est l'attribution du droit de garde.

— Une femme comme elle n'a aucun droit à la garde !

— Ce sera à la justice d'en décider.

— Je refuse absolument qu'elle l'ait, vous m'entendez ?

— Mais pourquoi ? s'enquit Lester.

— Pourquoi ? Une femme comme elle ne doit pas sortir la tête haute d'une histoire pareille. C'est une question de principe !

— Mais tu dis ne pas vouloir t'occuper de lui, objecta Lester, toujours très calme.

— J'ai dit que je voulais que vous le preniez, non ?

Ils tournaient en rond. Norma et Lester échangèrent un regard et secouèrent la tête. Ce pauvre Larry n'était pas très rationnel.

— Vous pourriez peut-être me rendre un service, déclara brusquement ce dernier.

— Tout ce qui te plaira, Larry.

— J'aimerais que vous envoyiez quelqu'un chez moi pour enlever toutes les affaires qu'elle a laissées. Les vêtements, les livres, tout. Je ne veux rien voir qui lui appartienne en retournant là-bas.

— Je m'en charge dès demain.

— Et, Norma, si ce n'est pas trop te demander, est-ce que tu pourrais m'acheter un lit ? Je ne passerais qu'une dernière nuit ici si tu t'en chargeais aussi demain.

— Bien sûr. Et je ramènerai Stevie chez toi. Tu dois bien voir qu'il n'y a pas de place ici pour lui avec Elfrieda, et il a besoin d'elle parce que Lester et moi, nous travaillons toute la journée. Pour l'instant, Amanda ne peut pas le prendre, puisque, d'après Cécile, elle est en trop mauvais état pour s'en charger. Mais Elfrieda est d'accord pour vivre chez toi, donc c'est la meilleure solution, du moins pour l'instant.

Comme il ne répondait rien, elle lui rappela d'un ton un peu hésitant :

— Il n'a que seize mois, Larry, et il ne connaît pas d'autre papa que toi.

— Il faut absolument que je parle à Amanda, déclara Cécile à Dolly au téléphone. Si elle refuse toujours de me voir, serait-il au moins possible qu'elle me prenne au téléphone ? J'imagine qu'elle aimerait quand même avoir des nouvelles du bébé…

— Je lui ai transmis votre message. Elle sait que Stevie est retourné vivre avec Larry et qu'Elfrieda s'occupe de lui. Ça l'a rassurée pour l'instant. Pour l'instant, je dis bien.

Cécile commençait à perdre patience : il y avait plus de deux semaines qu'elle souhaitait informer Amanda d'un sérieux souci. Elle supplia Dolly de l'aider.

— Dites-lui que je dois lui parler à tout prix, immédiatement. Je vous en prie. J'attends en ligne qu'elle vienne au téléphone.

Quatre ou cinq minutes s'écoulèrent avant qu'une voix faible ne se fasse entendre à l'autre bout du fil.

— Je sais que tu demandes à me voir, mais je n'ai encore le courage de voir personne. Je n'y arrive pas.

— Même moi ?

— Oui, même toi. Mais je te remercie pour tout, d'avoir pris Stevie chez toi… Dis à Peter que je le remercie aussi de tout mon cœur… Vraiment, je…

Sa voix se brisa. Cécile attendit un peu, mais il lui fallait poursuivre.

— Je suis désolée de devoir t'annoncer ça, mais ils ont pris un avocat. Le cabinet d'Alfred Cole se charge de la procédure de divorce. Tu vas devoir prendre un avocat aussi, Amanda…

— Je sais. J'ai besoin de tout, d'un travail, d'un appartement pour moi et Stevie… J'ai l'impression que tout le monde me montre du doigt. Je ne peux pas retourner dans ma famille, je n'arrive déjà pas à leur expliquer pourquoi j'ai changé de numéro de téléphone. Même Lorena, avec son mari infidèle, n'a pas fait ce que j'ai fait. Je n'arrête pas de pleurer…

La voix de Dolly prit le relais.

— Vous voyez ce que je voulais dire, Cécile ? Elle ne peut plus parler, là. Essayez de les faire attendre. Demandez à ces gens d'attendre encore deux semaines avant d'entamer la procédure, pour lui laisser le temps de se remettre. Ils pourraient avoir un peu pitié. Flûte, quand même, la pauvre n'est pas une tueuse en série !

— Ton frère est dans un état grave, déclara Alfred Cole à Norma. Il a absolument besoin de suivre une psychothérapie.

— Nous avons déjà essayé de le convaincre, mais il refuse, intervint Lester. Il ne veut pas laver son linge sale en public, comme il dit. Nous, ça nous semble idiot, mais c'est son point de vue.

— Je vous suggère quelque chose : sortez-le de son environnement pendant quelques jours.

Trouvez une auberge à la campagne avec une piscine et des chemins de randonnée. Éloignez-le d'ici et des mauvais souvenirs qui le poursuivent. Même si ça ne le remonte qu'un petit peu, ce sera déjà mieux.

Norma doutait fort que Larry accepte. Elfrieda, qui naturellement savait tout ce qui s'était passé et qui, avec beaucoup d'intelligence, faisait des rapports précis sur la situation au jour le jour, lui donna raison. M. Balsan comprenait à peine ce qui arrivait autour de lui. Il passait le plus clair de son temps au lit. Il refusait de répondre au téléphone, ce qui faisait qu'on l'appelait de plus en plus rarement. Il ne mangeait presque rien. Ses vêtements commençaient à flotter. Et il avait beau vivre sous le même toit que Stevie, il remarquait à peine sa présence. En bref, il s'était retiré du monde.

Ce fut donc avec une grande surprise que Norma reçut la réponse de Larry. Il était d'accord ; cela lui ferait beaucoup de bien de rester quelques jours dans une auberge de campagne tranquille. Mais il faudrait que Lester et Norma l'accompagnent, car il ne se sentait pas la force de prendre la route seul.

Le choix de l'endroit ayant été laissé à Larry, ils partirent la dernière semaine d'août en direction du Nord et du Canada. Lester et Norma se relayèrent au volant, tandis que Larry, installé à l'arrière et silencieux, ne bougea qu'une fois quand ils s'arrêtèrent sur le bas-côté pour manger le déjeuner que Norma avait préparé.

Comme l'avait rapporté Elfrieda, il n'avala pratiquement rien, mais Norma et Lester ne firent aucun commentaire, se contentant de se jeter des coups d'œil. Avec un soupir, Norma se demanda combien de temps il resterait dans cet état de prostration.

Après avoir franchi les contreforts de la montagne, la voiture continua de monter, laissant le plein été derrière eux ; l'air fraîchissait. On voyait ici et là parmi les conifères des arbres dont les feuilles jaunissaient déjà. Vers le soir, Larry sortit de son mutisme pour leur indiquer une petite route qui semblait se perdre dans la montagne.

— Sans carte ! s'exclama Lester d'un ton joyeux. Tu as vraiment le sens de l'orientation.

— J'ai bien regardé les indications sur la brochure.

Après quelques kilomètres de montée, Larry intervint de nouveau.

— Arrêtez, c'est ici.

Ils se trouvaient devant un long chalet de rondins, entouré des fleurs de la fin d'été. Derrière s'étendait un panorama de montagnes bleu foncé dont les pics s'élevaient dans un ciel teinté des couleurs du soleil couchant.

Norma fut aussitôt sous le charme.

— Que c'est beau, Larry ! Comment as-tu découvert cet endroit ?

— Où est le lac ? demanda Lester.

— Derrière le bâtiment. Les bungalows font face à l'eau, vous allez voir.

Leurs deux petits bungalows étaient reliés par une large véranda. Au-dessous s'étendait un lac à la surface miroitante qu'aucun souffle ne ridait. Pas une feuille ne bougeait dans le ciel immobile, au-dessus des têtes de Lester et Norma qui contemplaient ce spectacle avec émerveillement.

Larry apparut à sa porte tout au bout de la véranda.

— Ça vous plaît ? lança-t-il.

— Si ça nous plaît ? s'enthousiasma Lester. C'est le paradis ! Je voudrais pouvoir dîner sans bouger de la terrasse.

— Vous aimerez la salle de restaurant. Normalement, on peut danser après, si on veut.

— Nous verrons. Mais nous sommes affamés. De combien de temps as-tu besoin pour prendre une douche et te changer ? Nous serons très rapides, Norma et moi.

— Allez-y sans moi. Je n'ai pas faim.

— Écoute, protesta Lester en le rejoignant, si tu comptes faire la grève de la faim, c'est ton affaire. Mais nous sommes venus ici ensemble, et ce serait très impoli de ne pas nous tenir compagnie pour le dîner.

— Je ne voulais pas vous blesser.

— Sans doute, mais le résultat est le même… Allez, nous serons prêts dans vingt minutes. Ça te va ?

— Si tu y tiens.

— Je n'en reviens pas que ta tactique ait marché, remarqua Norma.

— La fermeté marche souvent là où la douceur échoue. Mais pas toujours, malheureusement.

Larry entra dans la salle de restaurant correctement habillé pour le dîner, choisit des plats au menu, et avala ce qu'on lui apportait. C'était un bon début. Notre petite expédition, songea Norma, va peut-être accomplir un miracle, en fin de compte. Et, en effet, après avoir passé toute la journée sans prononcer un mot, Larry essayait à présent de faire la conversation.

— J'aime bien cet endroit. C'est rustique mais très authentique. Regardez le plafond, ce sont de vraies poutres.

— Tu crois qu'elles sont en pin ? lui demanda Lester pour l'encourager, feignant un intérêt qu'il ne ressentait probablement pas. Elles doivent peser une tonne chacune.

— Plutôt en chêne, répondit Larry. Le pin est un bois trop tendre.

Lester embraya aussitôt.

— Cela t'intéressera sûrement de visiter notre bibliothèque, à Country Day. Je m'y connais peu en architecture, bien sûr, mais il paraît que c'est une très bonne copie de manoir du XVIᵉ siècle. Passe un jour, et je te montrerai ça. Je sais que tu vois sans arrêt des maisons, dans ton métier, mais ce bâtiment sort vraiment de l'ordinaire.

Un petit espoir commençait à naître en Norma. Larry s'était mis à manger et à parler à peu près normalement. L'atmosphère de l'auberge était engageante : des jeunes couples s'amusaient, mais sans trop de vacarme ; à la table voisine, un garçon d'une dizaine d'années racontait avec enthousiasme sa journée en canoë, tandis que Larry observait un couple aux cheveux blancs pour lequel on portait un toast avec du champagne. On voyait qu'il s'efforçait d'apprécier la soirée. Il accepta même l'idée d'accompagner un jour Lester et Alfred chez les Newman pour jouer un double avec Amos ; il y était déjà allé, expliqua-t-il, et trouvait l'endroit vraiment splendide.

Mais soudain il sortit quelque chose de sa poche, qu'il leur tendit par-dessus la table en déclarant que, peut-être, cela les intéresserait.

Norma éprouva un choc. C'était une photo d'Amanda en robe blanche, un bouquet à la main, au côté d'un Larry souriant. Dans le fond, on voyait des tables autour desquelles étaient assis des inconnus, et, dans un coin, une partie de la cheminée qui leur faisait face aujourd'hui.

— Comment, Larry ! ne put-elle s'empêcher de s'exclamer. Tu as choisi cet endroit exprès ! Mais pourquoi ?

— Juste là, dans ce coin, on nous a servi notre gâteau de mariage. Il y a huit ans exactement cette semaine. J'avais besoin de revenir.

Après cette explication, il se leva de table en suffoquant et partit avec une rapide excuse.

— Laisse-le, conseilla Lester à Norma qui se dressait pour le suivre. Il a besoin d'être seul.

— Peut-être, mais si j'avais été seule, que je ne t'avais pas eu, je n'aurais jamais été capable de survivre à toute cette horreur… Même si je ne m'en sors pas de façon très brillante, ajouta-t-elle, sentant le picotement familier des larmes qui lui montaient aux yeux.

— Mais si, tu te débrouilles très bien. Très bien, répéta-t-il en lui caressant la main. Seulement, souviens-toi que c'est beaucoup plus dur pour lui que pour toi.

— Quand un enfant tourne mal, les parents disent souvent : « On ne choisit pas ses enfants. » Mais on ne choisit pas ses parents non plus. Je ne pardonnerai jamais à mon père. Jamais. Ce qu'il a fait à Larry, c'est inexcusable ! Pourtant, c'est à elle que j'en veux le plus. C'est elle la grande coupable... Je l'ai déjà dit, mais ça ne me gêne pas de le redire : c'est elle qui l'a séduit.

— Allez, choisis un dessert. Ou alors, retournons dans notre chambre.

En changeant de sujet, il lui signifiait qu'elle exagérait, et elle admit qu'il avait raison. Son père lui aurait dit : « Ne tire pas sur l'ambulance. » Quelle drôle d'expression... *Mon père*. Arriverait-elle un jour à se souvenir de lui sans avoir de mauvaises pensées ? Mais elle devait veiller à ne pas trop faire subir ses états d'âme à Lester.

— Si, prenons un dessert. Il y a du gâteau à la pêche, tu adores ça.

À neuf heures, quand ils montèrent les marches de la véranda, la fenêtre de Larry était déjà sombre. Mais quand ils allumèrent la lumière dans leur chambre, l'éclairage leur révéla que Larry était penché à la balustrade.

Lester l'interpella d'un ton brusque.

— Larry, que se passe-t-il ?

Peut-être avait-il eu la même peur que Norma. Larry semblait prêt à commettre l'irréparable. Le bord de la véranda dominait un à-pic de roches déchiquetées qui se jetaient dans les profondeurs du lac...

— Que fais-tu ?

— Rien. Je réfléchis.

Le visage qu'il tournait à présent vers eux était émacié. Comme il avait l'air âgé ! Un homme de soixante ans aurait paru plus jeune.

— Je ne peux plus croire en rien...

— Si tu acceptais de te faire aider par quelqu'un, hasarda Lester, tu aurais vite...

— Non, non, tu ne comprends pas. Personne ne peut rien pour moi. Si on n'est pas capable de se reprendre en main, de se sauver tout seul, on ne vaut pas la peine d'être sauvé.

— Mais pas du tout. D'abord, il faut que tu recommences à travailler. Le travail, c'est le seul remède éprouvé. C'est vrai, je t'assure. Trouve quelque chose, un projet nouveau et difficile. Tu es à la tête d'une grosse entreprise...

— Non, c'est l'agence de Lawrence Balsan. Je ne veux plus rien avoir à faire avec ça. Je ne supporte plus ce nom. À partir de maintenant, je vous l'ai déjà dit d'ailleurs, on m'appelle Daniel. N'oubliez pas : Dan. C'est mon second prénom. Si on m'appelle Larry, je ne répondrai pas. Je suis Daniel. Vous entendez ?

— Oui, Dan, nous entendons.

L'atmosphère était lugubre : l'obscurité, le bruissement des arbres, l'homme malade debout dans la zone brillamment éclairée par la lumière électrique. Oui, il était malade, très malade, humilié dans sa virilité, dépouillé, trompé.

— Norma, Lester, est-ce que vous savez pourquoi j'ai tenu à venir ici ? Est-ce que vous pouvez me le dire ? Parce que moi, je l'ignore. Je m'imaginais peut-être réussir à comprendre. Elle ne m'a jamais aimé ! N'ai-je pas commencé à m'en apercevoir ici, il y a huit ans, sur cette véranda, devant ce lac ? Ne le savais-je pas déjà, sans parvenir à l'admettre ? Je n'en suis pas vraiment sûr. Quand le bébé est né, j'ai été tellement heureux…

Il éclata en sanglots.

— Ça me tue de le voir comme ça, murmura Norma.

— Rentre, je vais m'occuper de lui.

Dans la chambre, elle continua de se torturer. Que faire ? J'irais jusqu'au bout du monde pour lui, se dit-elle, je ferais n'importe quoi pour le sauver. Quand maman est morte, c'est lui qui a pris sa place. Notre père était tellement occupé que c'est Larry qui m'a défendue et soutenue quand on se moquait de moi à l'école, quand on refusait de me prendre dans l'équipe de softball, quand on ne m'invitait pas aux fêtes… C'est la bonté même, et maintenant c'est lui qui a besoin de moi… Mais que faire ?

Elle se creusait la tête pour trouver le moyen de lui changer les idées et de l'aider à reprendre goût à l'existence quand Lester la rejoignit.

— Ne défais pas les valises, il veut rentrer demain matin. Notre petite expédition ne sert à rien. Mais, au moins, cela partait d'une bonne intention.

21

Dolly vivait à Cagney Falls dans une rue aux petites maisons en bois toutes identiques qui, par le passé, avaient abrité les employés des grandes propriétés. Cécile la trouva assise sur les marches extérieures ; de toute évidence, elle l'attendait.

— Elle a un peu le trac à l'idée de vous voir, Cécile. Je lui ai dit de ne pas s'en faire, mais ça n'a servi à rien.

— Nous avons perdu l'habitude. Je serais venue depuis longtemps si elle avait accepté que je lui rende visite.

— Elle ne fait rien, à part lire et se promener dans la campagne. Elle ne s'approche jamais du centre-ville, par peur de rencontrer quelqu'un qui la connaisse. Elle est paralysée par la honte. Allez-y, entrez. Elle est dans le séjour. Il n'y a personne à la maison. Ma mère et Joey et mes sœurs sont tous sortis, vous serez tranquilles.

La différence entre les gens était incroyable. Il y avait Mme Lyons, qui avait employé le mot « saleté » pour qualifier Amanda ; et puis il y avait Dolly. Mme Lyons était censée être une femme de bon ton, tandis qu'on traitait Dolly de « tête de linotte ». On pouvait vraiment se poser des questions…

Cécile entra, non sans appréhension. Après s'être embrassées, Amanda et elle s'assirent et se regardèrent presque timidement. Ce fut Amanda qui entama la conversation.

— Je ne pensais pas que tu accepterais de me toucher. J'ai fait quelque chose de très mal, d'immoral, qui me met au ban de la société.

À une déclaration aussi honnête il fallait une réponse tout aussi franche. Cécile réfléchit une seconde.

— Oui, c'est vrai. Mais je peux réprouver ce que tu as fait sans te mépriser toi. Une partie de ta personne est convaincue que tu as commis une faute. Voilà pourquoi je peux t'embrasser, et pourquoi je t'aime encore.

Amanda baissa la tête, et ses cheveux dorés, qui avaient beaucoup poussé, se répandirent sur ses épaules couvertes d'un sage corsage bleu marine. Elle avait les coudes posés sur les genoux et se tenait le menton dans les mains ; cette posture juvénile était celle qu'elle prenait si souvent, assise sur son lit d'étudiante, pour retenir les dates de ses examens d'histoire…

— Je n'ai pas seulement fait ce scandale parce que j'avais bu, avoua-t-elle sans regarder Cécile. J'ai eu un coup de folie, j'ai perdu la

tête. Je m'en rendais compte, mais j'étais incapable de m'arrêter. Maintenant, je regretterai
toute ma vie d'avoir fait tant de mal. À Larry, à
L. B., à tout le monde... Comment va Larry ?
demanda-t-elle après un silence.

La vérité s'imposait, songea Cécile.

— Il ne va pas bien du tout. Lester et Norma
l'ont emmené prendre quelques jours de
vacances en pensant que cela lui remonterait le
moral, mais ça n'a pas marché. Ils ont dû rentrer
dès le lendemain de leur départ.

Sa réponse fit relever la tête à Amanda.

— Mais est-ce qu'il arrive à s'occuper de
Stevie comme il faut ?

Cette fois, se dit Cécile, il valait sans doute
mieux éviter d'être trop directe pour la ménager
un peu.

— Stevie ne manque de rien.

Et c'était vrai : entre Norma et la nourrice, il
était tout à fait heureux.

— Stevie a Elfrieda, Norma et Larry, il va
très bien.

— Tant qu'il est avec Larry, je suis rassurée.
J'aimerais voir Larry et lui dire... lui dire
quelque chose, mais je ne sais pas quoi. (Elle
s'interrompit.) En fin de compte, la seule chose
que je pourrais lui dire, c'est que je regrette.
(Elle s'arrêta une nouvelle fois.) Je l'ai brisé.
J'ai tué son père, et je n'ai pas laissé un héritage
bien glorieux à mon enfant.

Impossible de la contredire sur ce point.
Cécile s'était doutée que la rencontre l'affecte-
rait beaucoup, mais elle n'avait pas imaginé

qu'elle la toucherait autant. Elle se remémora alors le départ de Stevie après les quelques semaines qu'il avait passées chez elle. Il serrait contre lui un cochonnet rose en peluche offert par Peter, riant pour une raison qu'elle avait oubliée. C'était un enfant très joyeux. Elle avait eu le cœur vraiment triste de le voir sans aller... et ce n'était même pas son fils !

— Je voudrais parler de Stevie à Larry, ajouta Amanda, mais je n'en ai pas le courage.

— Ne fais surtout pas ça. Quand une affaire passe en justice, les parties concernées n'ont pas le droit d'en discuter directement ; ce sont les avocats qui se chargent des tractations. Tu as choisi quelqu'un ?

— J'ai contacté un jeune homme qui vit en face d'ici, répondit Amanda avec un soupir. Il sort de la fac de droit et il ne me prendra pas trop cher. Je lui ai dit que je n'avais pas beaucoup d'argent.

Un jeune débutant face à Alfred Cole ! C'était presque du massacre. Enfin, qui sait...

— Je me sens tellement perdue, Cécile ! Je n'ai plus les idées en place. Cela veut dire que c'est Larry qui demande le divorce, pas moi ?

En effet, Amanda ne devait plus du tout avoir les idées claires, pour poser une question pareille !

— Oui, c'est lui qui te poursuit. La garde de Stevie fera partie du règlement du divorce.

Amanda pâlit, puis son visage s'enfiévra, et elle poussa un cri.

— Quoi ? Tu veux dire qu'on va me l'enlever ? C'est ça ?

— Je l'ignore, c'est le juge qui décidera du parent le mieux placé pour l'élever.

Il y eut un long silence. On aurait dit qu'une énorme main s'était resserrée sur la pièce et ses deux occupantes. Puis Amanda reprit la parole, d'une voix si faible que Cécile dut se pencher vers elle pour l'entendre.

— J'imagine que personne ne me donnera la préférence, après ce qui s'est passé.

— Je ne sais pas, répondit Cécile sincèrement. Tu es quand même la mère…

— Je n'ai plus que lui, murmura Amanda. Je l'aime tellement… Je l'ai toujours aimé, mais je… je n'arrivais pas à le montrer comme j'aurais voulu.

Elle se leva, alla jusqu'au bout de la pièce et revint vers Cécile.

— Il va falloir que je me batte. Je ne m'en sens pas vraiment capable pour l'instant, mais je le ferai.

— Bien sûr. Tu es forte.

Que lui dire d'autre ? pensa Cécile en embrassant Amanda avant de partir. Malheureusement, je ne donne pas cher de ses chances.

Quelques semaines plus tard, en ouvrant la porte de chez elle, Cécile fut accueillie par les chiens qui accouraient pour lui faire la fête. Ces deux magnifiques colleys avaient fait la fierté de L. B., d'après Norma ; mais elle n'avait pas la place chez elle pour les garder ; quant à Larry, il n'avait même pas voulu en entendre parler. Ils avaient donc été placés dans un chenil après la terrible soirée de juillet.

— C'est comme de les mettre en prison alors qu'ils n'ont rien fait, avait protesté Peter. Quelle cruauté ! Prenons-les.

Les deux chiens, très gentils, conduisirent Cécile jusqu'à l'atelier de son mari. Ils aimaient se coucher à ses pieds sous la table de travail, semblant avoir compris que c'était lui leur sauveur.

Peter avait d'ailleurs cette vocation de sauver non seulement les animaux abandonnés, mais aussi les gens. Au cours de leurs années de vie commune, Cécile avait peu à peu découvert l'étendue de sa très discrète générosité. Elle apprenait parfois ses actes de gentillesse par ceux qui en bénéficiaient, par exemple le peintre qui avait rénové leur clôture, ou la secrétaire qu'il employait à son bureau.

En l'entendant venir, il se tourna vers elle sur sa chaise pivotante et s'enquit d'Amanda d'un air inquiet.

— Je voulais retourner la voir cet après-midi, expliqua Cécile, mais Norma est passée me donner quelques nouvelles : l'associé de son beau-père a discuté plusieurs fois avec l'avocat d'Amanda. Il est clair qu'elle n'obtiendra jamais que des droits de visite restreints.

— Tu t'attendais à autre chose, vu le contexte ?

— Pas vraiment. J'espérais quand même... J'ai téléphoné chez Larry aujourd'hui pour essayer de lui parler, mais comme d'habitude il a refusé de prendre l'appareil. Elfrieda m'a dit qu'il était encore au lit. À midi, tu te rends compte.

— C'est une vraie dépression nerveuse. Je me demande ce qui va se passer.

— Je ne veux même pas y penser. Il se détourne toujours du bébé.

— Dans ce cas, il devrait renoncer à la garde, et laisser Amanda le prendre sans prolonger la bataille judiciaire. C'est clair.

— Oui, mais il rejette absolument cette éventualité. Il cherche à la punir en l'empêchant d'avoir l'enfant.

— Mais c'est sa mère ! Est-ce qu'on parle de lui interdire complètement de voir son bébé ?

— C'est ce dont le juge doit décider. La procédure promet d'être longue et difficile... Mais pourquoi a-t-elle gâché sa vie comme ça ?

Dehors, le soleil de fin d'après-midi baignait l'herbe d'une lumière dorée. Des moineaux, des geais, des cardinaux voletaient autour de la mangeoire à oiseaux.

— C'est le paradis terrestre, notre jardin, remarqua brusquement Cécile. Pauvre Amanda, elle aussi aurait pu avoir le sien !

— Jusqu'à ce qu'elle mange la pomme, chérie.

— Une pomme bien amère ! L'amour devrait toujours avoir bon goût.

451

— Je sais à quoi tu penses, remarqua Peter avec un sourire. À ce poème que tu cites toujours : *Sais-tu de combien de façons je t'aime ? Laisse-moi les compter...* Tu cherches à faire correspondre un des amours énumérés dans le poème à l'histoire d'Amanda pour lui trouver une excuse.

— C'est vrai.

— N'essaie pas, chérie. Tu n'y arriveras jamais. Il faut te faire une raison, et admettre qu'une personne bonne peut commettre un acte vraiment abominable. (Il soupira.) Retournons à nos affaires... Regarde ça. (Il lui montrait une longue feuille où des lignes de texte serrées étaient imprimées.) J'ai planché là-dessus tout l'après-midi. Je suis rentré tôt du bureau et je me suis entièrement consacré à mettre ce résumé au point. C'est une présentation synthétique du projet, une sorte de plan commenté. Un document indispensable pour les banques ; les conseillers qui examinent les dossiers aiment comprendre les choses vite et qu'on leur mâche le travail. Lis-le et donne-moi ton opinion.

Tout y était, décrit en détail : ce magnifique projet en forme de roue, avec pour moyeu l'ancienne gare transformée en centre culturel ; on se représentait les rayons aussi clairement que s'ils existaient déjà, des rues bordées d'arbres avec des pistes cyclables et des sentiers piétons sur les côtés. Des constructions basses, hôtels et résidences confortables, s'étendaient jusqu'au périmètre et laissaient place aux étendues sauvages en bordure de rivière.

Peter me montre son chef-d'œuvre avec fierté, songea Cécile, car c'est bien un chef-d'œuvre qu'a créé mon cher amour… Il y avait du génie dans cette création, et la joie que son mari en retirait la touchait au plus haut point.

— Ce doit être très étrange, quand on a peiné aussi longtemps, d'arriver au bout de sa tâche. Comme Michel-Ange quand il a terminé de peindre la chapelle Sixtine.

Peter éclata de rire.

— Eh bien ! Ma femme a une très haute opinion de moi. Je t'en prie, ne dis pas de sottises pareilles devant des témoins !

— Je te compare à lui à cause de l'ampleur du travail, de ta passion. Tu y as mis tout ton cœur.

— Là, je ne te contredirai pas. (Il regarda l'heure.) Il faut que je finisse ce soir, je reçois un client demain matin. Et toi, tu fais quoi demain ? Tu vas à l'hôpital ?

— Non, j'irai voir Amanda, j'ai peur que ces mauvaises nouvelles ne lui portent un coup terrible.

— Je crois que c'est un juste châtiment. En tout cas, je sais que ma mère le penserait. Elle aimait beaucoup Larry ; elle disait que c'était un homme en or. Et c'est vrai, Larry est quelqu'un de très bien… quel dommage…

Si Norma n'avait pas été là pour s'occuper de Stevie et pour lui donner son amour, songeait Cécile, elle aurait estimé de son devoir de révéler l'état réel de Larry à Amanda. Et pourtant, cela n'aurait sans doute servi à rien. Ses parents lui avaient rapporté qu'Alfred Cole se disait certain de l'issue du divorce : on ne retirerait jamais la garde à Larry, à moins qu'il ne devienne fou furieux. *Amanda ne peut pas avoir la garde, pas dans cette ville avec les juges que nous avons*, avait-il affirmé. Et Alfred Cole connaissait la question à fond.

Amanda réagissait avec un courage exemplaire. À l'hôpital aussi, Cécile s'était souvent émerveillée de la façon dont les gens affrontaient les situations les plus terribles, les pires nouvelles.

— Oui, reprit Amanda. C'est un juste châtiment.

— Ton avocat ne conteste pas ?

— Non. Il est très intelligent, et il a demandé conseil à des gens bien placés. Tu sais, on ne donne rien à une femme de mauvaise vie.

— Mais ta conduite a été irréprochable jusqu'à ce que…

Amanda leva la main pour l'arrêter.

— Ne te fatigue pas, Cécile. Encore merci pour tout, mais tu vas me redonner envie de pleurer… Il faut que je refasse ma vie – mieux, cette fois.

Maintenant, c'était au tour de Cécile d'avoir les larmes aux yeux. Dieu sait pourquoi, en voyant Amanda assise devant elle dans le fauteuil de Dolly, elle avait l'impression de la revoir dans son uniforme de Sundale, il y avait tellement longtemps.

— Tu sais, Cécile, si L. B. était encore en vie, il voudrait que je laisse le bébé à Larry... et je comprendrais. Perdre sa femme, son père, et ensuite son enfant... un enfant qu'on adore à ce point... ce serait trop. Et Larry a toujours été vulnérable. Tu t'en doutais ?

— Non, j'aurais plutôt pensé le contraire.

Perdre un bébé qu'on a tenu dans ses bras, pensa Cécile, ce doit être... ce doit être pire que tout, pire que pour mes jumeaux. Et elle ne put s'empêcher d'insister, de demander encore une fois si, vraiment, cela ne servirait à rien d'essayer de se battre.

— Non, cela me coûterait trop, moralement et financièrement. Et ce serait très difficile de partager la garde alors que Larry m'a prise en horreur. Stevie le sentirait... Non, une rupture franche, c'est ce qu'il y aura de plus sain pour lui.

Amanda se leva pour ouvrir la fenêtre contre laquelle un grand papillon de nuit brun se cognait frénétiquement.

— Il était prisonnier, remarqua-t-elle, je n'ai pas pu faire autrement que de le libérer. Il se sentait captif, comme moi le jour où je me suis assise sur un banc, en face de la poste, en sortant de chez le médecin qui venait de m'apprendre que j'étais enceinte. Ça te semble bête de se comparer à un papillon ? J'ai besoin de partir loin. Très loin. Peut-être qu'alors je pourrai oublier. (Un sourire triste joua sur ses lèvres, puis s'effaça.) Tu ne crois pas qu'il soit possible d'oublier tout ça, hein ?

En effet, Cécile n'y croyait pas. Certains souvenirs ne vous lâchaient jamais ; elle avait cessé de pleurer la perte de ses jumeaux, mais les oublierait-elle un jour ? Elle jeta un coup d'œil autour d'elle dans la pièce sombre, puis regarda par la fenêtre la rue endormie.

— Si tu as besoin de partir, va-t'en. Trouve du travail. Remplis-toi la tête.

— On m'a fait une proposition d'emploi que je vais accepter. Dolly a parlé de moi à une de nos clientes ; elle connaît quelqu'un en Californie qui accepte de me prendre dans sa boutique de prêt-à-porter. (Le mince sourire refit son apparition.) Il paraît que j'ai bon goût, mais ce qui est drôle, c'est que je n'ai plus la même convoitise qu'avant pour les vêtements, et depuis longtemps. Tout cela a changé à partir du moment où j'ai été avec... où j'ai été avec lui.

— Tu peux dire son nom, remarqua Cécile doucement, tu veux parler de M. Balsan ?

— Oui. À partir du moment où j'ai été avec L. B. Nous lisions les mêmes livres et nous parlions musique, et des endroits où nous irions si... si la situation était différente. Je n'ai jamais rencontré personne comme lui, sauf peut-être ton mari... Je sais ! Je sais que ce que nous avons fait était moralement inexcusable ! s'écria-t-elle avec sa crispation de mains tellement caractéristique. Si je... si nous nous étions doutés du drame que cela allait provoquer, nous aurions arrêté tout de suite. Mais j'aimerais que tu saches une chose, si jamais tu repenses à moi plus tard : nous nous aimions. Nous n'en avions pas le droit, mais nous nous aimions. Et, pour nous deux, cet amour a été très beau. Nous nous sommes aimés jusqu'au tout dernier jour. (La voix d'Amanda se brisa.) Maintenant, je comprends pourquoi il devait me quitter. C'était parce que, au bout du compte, il ne pouvait pas faire de mal à son fils. L. B. était quelqu'un de bien, de vraiment bien. Je n'arrive pas à croire qu'il est mort. Je pense à lui tous les jours, et je penserai à lui toute ma vie !

C'était tellement étonnant de trouver de la beauté, de la sincérité, dans une liaison aussi sordide…

— Et toi, Cécile, où en es-tu ? reprit Amanda.

Il était temps de mettre un terme à ces adieux désolants. Tout était joué. Après avoir répondu à quelques questions, Cécile se leva donc pour partir.

— Envoie-moi ton adresse dès que tu te seras installée, recommanda-t-elle en embrassant Amanda. Je serai toujours là, au cas où tu aurais besoin de moi.

En arrivant à la dernière marche, elle se tourna et vit Amanda qui se tenait dans l'embrasure de la porte. Son amie se détachait dans la petite rue, tranchant sur le reste comme elle l'avait toujours fait, éblouissante partout où elle se trouvait.

457

Soudain, Cécile se sentait lasse : ce matin, elle avait dû endurer le chagrin d'Amanda ; cet après-midi elle affrontait la colère de Norma. Elle avait beau chercher des sujets de conversation neutres, son amie en revenait toujours à son obsession. Même les chiens la ramenaient à ses ressentiments.

— Avant, je les aimais bien, mais maintenant je ne supporte plus de les voir. Ils étaient toujours couchés sous une table ou sous le piano dans la maison de mon... dans la maison, se corrigea-t-elle, de toute évidence incapable de prononcer le mot « père ». Je vois qu'ils n'ont pas perdu cette habitude.

Cécile jeta un coup d'œil aux deux chiens qui somnolaient. Même ces pauvres innocents éveillaient le courroux de Norma.

— Je ne comprends vraiment pas comment tu as pu supporter d'aller voir Amanda. Si je ne te connaissais pas si bien, je trouverais ça un peu... eh bien, un peu déloyal de ta part !

C'était la seconde fois que Norma faisait ce commentaire, et Cécile lui donna la même réponse.

— Mais pas du tout. Je ne pouvais pas la laisser partir comme ça, tout de même ! Réfléchis un peu.

— Je réfléchis, et ça ne me ferait ni chaud ni froid qu'elle disparaisse – enfin si, quel plaisir ! C'est une petite traînée.

— Pendant que j'étais avec elle, je me suis beaucoup souvenue du moment où elle est arrivée dans notre chambre à l'université, la petite campagnarde à la vieille valise cabossée et aux beaux cheveux bouclés.

— Je ne veux pas penser à ça. Je ne suis pas comme toi.

— Sans doute parce qu'elle ne m'a pas fait de mal, à moi.

— Non, je suis sûre que, même dans ma situation, tu réagirais différemment. Peter aussi. Vous êtes bien faits pour vous entendre, tous les deux. Parfois, je me dis que vous êtes les deux personnes les plus « admirables » que j'aie jamais rencontrées. Vous êtes tellement pleins de délicatesse que vous ne vous vengeriez même pas si on vous faisait du mal… ce qui serait parfaitement idiot !

— Tu exagères, nous ne sommes pas des saints ! Je voudrais juste t'expliquer qu'Amanda n'est pas seulement une dévergondée sans principes. C'est un être humain complexe, comme nous tous.

— Et moi, je te répète que ta gentillesse va parfois un peu trop loin. Je m'en fiche : si ce n'était pas illégal, je lui tirerais dessus, ça ne me gêne pas de le dire. Non mais, regarde ce qu'elle a fait à mon frère ! Je vais me battre pour lui et pour Stevie, et je m'occuperai d'eux tant que je vivrai. Je ferais n'importe quoi pour eux.

Quelle pugnacité ! C'est bizarre, se dit Cécile, je n'avais jamais remarqué à quel point Norma est petite. Elle est minuscule dans ce fauteuil bas, avec ses malheureuses jambes tendues devant elle. En fait, elle a dû se battre toute sa vie à cause de ses jambes. C'est ce qui lui a donné l'habitude de lutter.

— Tu veux une autre tasse de thé ? proposa Cécile. Ça te fera du bien.

Elles restèrent donc encore un moment à bavarder, choisissant des sujets moins explosifs, tel que le manuel de latin élémentaire de Norma. Cécile attendait son départ avec impatience.

Parfois, pensa-t-elle en refermant la porte sur Norma à cinq heures, il est plus facile de travailler à l'hôpital avec des personnes en détresse qu'on ne connaît pas que de dialoguer avec sa plus vieille amie.

— Tu as passé une bonne journée ? demanda Peter comme d'habitude en rentrant.

— Un peu compliquée. J'avais le cœur serré en quittant Amanda et toi aussi, tu aurais eu de la peine. Ce n'était pas une petite liaison sans importance, comme se l'imaginent la plupart des gens et comme j'avais tendance à le penser moi-même. Ils s'aimaient vraiment. Très profondément. Je sais que cela ne les excuse pas mais... Ah, et puis Norma est passée dans l'après-midi.

— Encore ?

— J'ai l'impression que ça l'aide de me voir, pour se décharger de ses problèmes. Elle n'a pas été très agréable, je peux te le dire. Bien sûr, elle se fait un sang d'encre pour Larry. Il ne met plus le nez dehors. Elle pense qu'il a honte de retourner à son bureau, et qu'il ne sait pas où aller d'autre. Il a besoin de sortir de chez lui, mais ne retrouvera goût à l'existence qu'en faisant quelque chose qui le stimule.

— Le pauvre ! Attends que je réfléchisse. Je pourrais avoir une ou deux idées... Tu sais ce que je me dis ? Tout à l'heure, je dois voir un client qui aimerait me faire restaurer un ravissant petit théâtre du côté de Watersburg. Il est aussi propriétaire d'une série de boutiques décrépites qu'il veut rénover parce que le secteur est en train de bouger. Ça pourrait convenir à Larry. C'est exactement dans ses compétences. Parles-en à Norma. Et je pense aussi à un autre projet... Dis à Norma que c'est une proposition sérieuse. Je vais trouver des idées. Pauvre Larry !

22

— Ce n'est pas croyable ce qui est arrivé à Larry, disait Norma à qui voulait l'entendre. Après la catastrophe de cet été, nous pensions qu'il allait devenir fou. Il était très très mal. Il s'enfonçait complètement. Nous étions tellement inquiets de sa terrible dépression que nous avons eu l'idée – en fait, c'est un psychologue qui nous l'a suggéré, un ami de Lester – de lui donner un plan de travail précis, quelque chose de déjà bien défini qui lui permettrait de faire aussi bien et même mieux que notre père. Et voilà. À mon avis, c'est ça qui a finalement fait le déclic : cette idée qu'il pourrait surpasser notre père qu'il déteste. Donc, comme il a toujours baigné dans l'immobilier et le milieu de la construction, j'ai concocté trois ou quatre possibilités que je lui ai présentées pour l'inciter à réfléchir, des créations de résidences, un centre commercial… de beaux projets ambitieux. Larry a toujours été doué pour trouver des marchés, réunir des investisseurs, monter des financements ; en fait, une grande partie des affaires de l'agence Balsan, ces dernières années, venaient de lui, et pas de notre père.

Maintenant, il a même transformé la pièce à vivre de chez lui en bureau. L'ordinateur y était déjà, mais il a ajouté un téléphone et un fax. De toute évidence, il est en pleine effervescence, mais il ne me dit pas à quoi il travaille si dur, et je ne le lui demande pas. Cela me suffit de le voir sourire un peu de nouveau. Il ne croyait plus à rien, je vous assure. Je n'oublierai jamais le jour – il y a à peine quelques semaines de cela – où il a repris Stevie dans ses bras. Stevie venait de descendre après sa sieste et il courait vers moi. Alors j'ai regardé Larry et je lui ai dit tout net : « Il n'a que toi au monde. Tu ne veux pas voir ça ? » Larry m'a regardée, il a fondu en larmes, et il a attrapé Stevie pour l'embrasser.

J'y passais tous les deux jours, vous savez, pour voir si Stevie allait bien. Maintenant, ce n'est plus la peine. Je ne leur rends plus visite que de temps en temps, comme dans une famille normale. À présent que Larry commence à récupérer son énergie – c'est fou, hier je l'ai même trouvé en train de creuser une citrouille pour Halloween avec Stevie –, je vais pouvoir m'occuper un peu de moi.

Oh ! À propos, quand vous le verrez, surtout souvenez-vous de l'appeler Dan. Il y tient beaucoup. Quand on commence une nouvelle vie, on a sans doute besoin d'un nouveau nom… Mais, vraiment, c'est un miracle !

23

Par une tranquille soirée d'automne juste avant l'arrivée de l'hiver, Peter et Cécile rentraient de promenade main dans la main en s'éclairant avec une torche quand ils aperçurent une voiture dans l'allée du jardin.

— Tiens, c'est la voiture de ton père ! s'exclama Peter. Il devait venir ?

— Mais non. Je me demande ce qui se passe.

— Ah, j'y suis ! Roland et Baker sont à New York cette semaine. Ils doivent conclure les derniers accords avec Bishop National, le gros établissement de crédit qui nous finance. Ton père doit être en ébullition, et il n'a pas pu attendre demain pour nous en parler.

— Alors, ça y est ? Le projet va pouvoir se réaliser ?

— Oui. Bishop National est la colonne vertébrale de l'affaire. C'est chez eux que nous obtenons le financement principal.

— J'avais l'impression que ça n'en finirait jamais.

— L'avant-projet a pris à peine quatre ans. Ce n'est pas si long quand on pense à l'envergure du chantier, à toutes les négociations nécessaires avec les propriétaires des terrains. Il y en a eu un, par exemple, qui exigeait de vendre sa propriété entière à un prix exorbitant alors que nous avions seulement besoin de deux mètres carrés chez lui. Il y a des recours en justice, la commission de protection de l'environnement, les hommes politiques locaux, les services de l'urbanisme. Quatre ans, c'est tout à fait honorable pour un tel parcours du combattant. Et moi, je ne suis que l'architecte. J'ai juste à m'asseoir tout seul devant ma planche à dessin et à réfléchir. (Il pressa la main de Cécile dans la sienne.) Je suis au bord de la folie, Cile ! Il va sans doute falloir me mettre une camisole de force quand je les verrai enlever la première pelletée de terre.

Lorsqu'ils arrivèrent à la voiture, ils virent Harriet qui les avait guettés dans l'allée. Très agitée, elle les accueillit avec un flot de paroles.

— Amos est assis sur le pas de la porte ! Il est dans tous ses états et vous attend avec impatience ! J'ai dû lui prendre le volant, ç'aurait été trop dangereux qu'il conduise.

— Mais pourquoi ? Qu'est-ce qui arrive ? s'écria Cécile.

— Entrons chez vous. Personne n'est mort, rassurez-vous. Enfin, il va vous raconter ça lui-même. Je ne voulais pas qu'il vienne ce soir. Cela aurait pu attendre demain.

— Ça suffit, Harriet ! gronda Amos, le visage écarlate, et quasiment incapable d'aligner deux mots. Ouvrez la porte, vite, dépê-chez-vous, et allons nous asseoir !

Une fois dans le salon, il resta pourtant debout et leur apprit la nouvelle en s'étranglant presque.

— Vous ne voudrez pas me croire, mais c'est on ne peut plus vrai. Écoutez ça : à sept heures et quart ce soir, Roland a appelé de New York... Ils nous ont laissés tomber ! Bishop National nous a laissés tomber. Fini, salut. Terminé !

— Je ne comprends pas, intervint Peter.

— C'est fini ! hurla Amos. Tu ne comprends pas ça ? Tu ne sais pas ce que ça veut dire ? Pas de prêt. Pas de crédit. Le projet est à l'eau.

Cécile n'avait jamais vu son père dans un tel état. Son visage avait viré au violet, et sa pomme d'Adam, toujours assez visible, semblait prête à s'éjecter de son cou.

Peter se tenait tout droit dans son fauteuil, pétrifié, tandis que Cécile et Harriet le fixaient, espérant peut-être qu'il allait trouver un argu-ment pour calmer Amos. Sourcils froncés comme s'il essayait de résoudre une énigme, il chercha à comprendre.

— Mais nous avions un accord en bonne et due forme, signé...

— Non, non, non, ce n'est pas si simple ! cria Amos avec un grand mouvement de bras qui balayait toutes les objections. Nous avions des dizaines d'accords, ça oui. Des dizaines de prêts plus petits ; mais le crédit principal, la garantie qui couvrait l'ensemble… Écoute, ni toi ni moi ne sommes juristes, et c'est très compliqué à expliquer – et je suis épuisé ! Mais, pour résumer la situation, disons que Bishop National était le toit de la maison qui nous abritait tous. Et à quoi sert une maison sans toit ?

— Ça signifie que nous ne pouvons pas réaliser le projet ? demanda Peter, toujours d'une voix calme. Toutes ces années d'attente et de travail annihilées comme ça, d'un coup ?

— De notre point de vue, oui, mais pas du leur. Eux, ils continuent : ils vont faire rénover la gare et les quartiers environnants. Ah, ça oui ! Ils continuent… seulement, pas avec nous !

— Avec qui ?

— Nous ne le savons pas. Roland a juré qu'il ne quitterait pas New York avant de l'avoir découvert. Mais quelle différence cela fait ?

Cécile eut soudain l'impression d'étouffer. On roulait sur une longue, longue route, songeait-elle, avec la certitude d'être dans la bonne direction, on avançait joyeusement, et puis soudain un mur immense se dressait devant vous, sans issue !

Elle prit le prétexte de sortir les chiens avant la nuit pour quitter le salon et aller dans le jardin. La voix de Peter résonnait encore dans ses oreilles. Était-il en train de prononcer ces mots quand elle avait quitté la pièce, ou se souvenait-elle d'une confidence plus ancienne ?

C'est le projet le plus extraordinaire auquel j'aie jamais travaillé. Je n'ai pensé qu'à ça, fait que ça pendant des années.

Il ne faut pas que je pleure, pensa-t-elle, rassemblant ses forces avant de rentrer. Amos et Harriet étaient sur le point de partir, sa mère s'excusant encore de leur intrusion.

— Nous vous avons gâché votre nuit pour rien : personne ne peut rien faire ce soir. Mais je n'ai absolument pas pu retenir ton père, Cile.

— Bon, d'accord, d'accord, je suis désolé, intervint Amos. Mais si j'apprends d'autres détails plus tard dans la soirée, voulez-vous que je vous téléphone ?

— Oui, bien entendu, répondit Peter.

Ils montèrent dans leur chambre. Cécile ne savait trop que dire, et, apparemment, Peter non plus. Comme il était trop tôt pour se coucher, ils s'installèrent chacun dans son fauteuil avec un livre. Mais, après un long moment, elle s'aperçut que, comme elle, il n'avait pas tourné de page depuis plusieurs minutes, et tenta de le rassurer.

— Chéri, c'est peut-être une terrible erreur, un malentendu... un contretemps qui s'arrangera demain. Cela arrive. Quelque chose me dit que ce n'est pas pire que ça.

— Oui, ça ne sert à rien de se poser trop de questions. Essayons de dormir.

Mais à peine avait-il fini sa phrase que le téléphone sonna. Quand il répondit, elle l'observa attentivement pour essayer de deviner les nouvelles. Son visage se figea et il pâlit. En raccrochant, deux minutes plus tard, il avait l'air en état de choc.

— Non, ce n'est pas un malentendu, Cile. Tout est fichu : l'agence immobilière Balsan emporte le marché. Larry Balsan. Ce n'est pas croyable !

Le journal consacrait son édition du lendemain à un dossier complet sur l'énorme projet qui devait transformer l'ancien terrain du chemin de fer. Dans la pénombre lugubre du petit matin, après une nuit pratiquement sans dormir, Peter et Cécile étalèrent le journal sur la table de la cuisine et, comme on prend connaissance de la mort d'un être cher qu'on a encore vu la veille, ils lurent une description qui ressemblait à s'y méprendre au plan de Peter.

Il s'agit d'un projet hautement original. Au lieu du quadrillage urbain habituel, le dessin des rues est circulaire, avec l'ancienne gare pour centre. À partir de cet axe, les rues partent comme des rayons jusqu'à la rivière vers l'ouest, et au nord vers le pont, reliant ainsi un quartier de Lane Avenue réhabilité à la ville.

Éberlués, choqués à l'extrême, ils relevèrent la tête pour se regarder. Puis, sans un mot, ils se penchèrent de nouveau sur le journal.

Alfred Cole, juriste et représentant de la société Balsan, a tenu hier une conférence de presse et présenté le projet comme étant « l'une des plus importantes conceptions architecturales jamais mises en œuvre dans la ville, peut-être même dans l'État. Cette restructuration donnera un coup de fouet au commerce, créera des emplois, et apportera une nouvelle prospérité à des quartiers jusqu'alors laissés à l'abandon. » M. Cole a également présenté « un schéma très rapide », selon ses termes, montrant la forme de roue du plan, les rues en rayon qui devraient être bordées de résidences, de magasins, et de tours d'hôtels internationaux jusqu'à la rivière en circonférence. Là, un spectaculaire casino devrait être érigé.

Bien entendu, tous les commentateurs n'étaient pas unanimes. Certains critiquaient l'aspect commercial du projet, qui risquait de rendre moins agréables les quartiers neufs, et regrettaient que l'espace naturel des marais ne soit pas gardé intact. Mais même les détracteurs reconnaissaient que la structure en cercle était un « coup de génie, un chef-d'œuvre », que l'esthétique en était « étonnante et magnifique », et qu'elle apporterait « un charme parisien à la ville ».

Les lèvres de Peter en tremblaient. Affolée, Cécile lui attrapa la main. Puis, submergée par un immense chagrin, elle posa la tête sur l'épaule de Peter et éclata en sanglots.

Après un long moment, elle se leva, s'essuya les yeux et apporta une cruche d'eau sur la table.

Ils se versèrent chacun un grand verre et le burent, avant de rester là, le regard dans le vide.

— Comment ont-ils pu avoir la même idée ? demanda-t-elle. C'est une coïncidence vraiment incroyable !

La réponse de Peter fut si dure qu'elle en sursauta.

— Tu ne sais pas lire ? C'est du vol, pur et simple. Même le vocabulaire est le mien. Tiens : *une rotonde, un axe de rotation...* On retrouve presque mot pour mot la description du musée et de la gare que je donne dans ma présentation écrite. Tu parles d'une coïncidence... Qui est venu ici ? lança-t-il brutalement en la fixant droit dans les yeux. Qui est entré dans la maison ?

— Je ne comprends pas ce que tu veux dire.

— Je veux dire que quelqu'un a pénétré dans l'atelier. Un membre de la famille Balsan a dû venir ici. Ou un de leurs amis ! Qui leur a donné mes documents ?

— Peter, je ne vois vraiment pas. Tu sais que la gâche se bloque automatiquement quand on quitte la pièce. C'est le même genre de serrure que dans les hôtels. Qui aurait pu entrer sans la clé ?

— Il faut tirer ça au clair ! Raisonne comme un détective. Quel membre de la famille Balsan fréquente cette maison ? Norma et Lester n'ont pas dîné ici ensemble depuis qu'ils s'occupent de Larry. Et Larry – Dan, pardon – n'est pas passé depuis l'été dernier. Il ne reste que Norma, quand elle vient déjeuner avec toi toute seule.

Tu as dû laisser la porte ouverte, la coincer avec l'aspirateur, je ne sais pas, et elle a fouiné dans mes affaires.

— Je ne passe pas l'aspirateur quand j'ai des invités, Peter. Non, ce n'est pas ça.

— Alors, la seule autre possibilité, c'est que tu as bavardé. Pas exprès, je le sais bien, mais sans faire attention, par étourderie.

— Tu devrais avoir honte de nous accuser ! Comment peux-tu penser que je serais assez bête et assez écervelée pour divulguer tes secrets ? Et comment peux-tu soupçonner Norma d'avoir commis un acte aussi horrible ?

— Si elle est vraiment au-dessus de tout soupçon, il ne reste que toi : tu auras laissé échapper une allusion devant quelqu'un… très innocemment, j'en suis sûr. Je ne dis pas que tu l'as fait exprès, bien sûr, mais tu en as forcément parlé. Sans cela, comment Balsan aurait-il eu vent de mon projet ?

Cécile protesta, très en colère.

— C'est un peu facile de tout mettre sur le dos de ta femme, tu ne crois pas ? Tu n'oserais jamais faire des reproches pareils à M. Baker ou à M. Roland.

— Ça ne me gênerait pas de faire des reproches à qui que ce soit, Cécile, et tu le sais très bien. Mais il se trouve que ni Baker ni Roland n'ont vu ma présentation. Même ton père n'a jamais eu sous les yeux la version définitive… Je vais l'appeler de ce pas pour lui fixer rendez-vous. Nous devons absolument discuter de tout cela.

Quand Peter revint après son coup de téléphone, il lui apprit qu'Amos était déjà en route pour venir chez eux.

— Tu ferais mieux de t'habiller, ajouta-t-il d'un ton sec avant de ressortir de la pièce.

Quelques secondes plus tard, elle entendit la porte de l'atelier se fermer en claquant.

Amos était vidé. Il écouta d'un air abattu les accusations de Peter et les protestations de Cécile, et leur fit à tous deux des remontrances d'un ton las.

— À quoi cela sert-il de se disputer ? Je regrette, Cécile, mais tous les indices te désignent. Tous ces détails n'auraient pu leur parvenir d'aucune autre façon ! Tu as trop parlé. Les femmes ne savent pas tenir leur langue. Ta mère est une bavarde. Je l'aime de tout mon cœur, mais c'est une femme, et toi aussi.

Cécile finit par abandonner, écœurée. À quoi cela servait-il d'essayer de réfuter une assertion aussi ridicule et dépassée ? Ah, les femmes parlaient trop… Eh bien, elle laisserait les hommes parler ! Elle ferma les yeux, s'enfonça dans son fauteuil et prit le parti de se taire.

— Si nous avions su ce que nous savons maintenant, se lamenta Amos, nous aurions abrégé les tractations avec Bishop National. Mais, pour des raisons de sécurité, pour éviter précisément ce qui vient d'arriver – ce qui est vraiment un peu fort ! –, nous avons voulu attendre d'avoir un document signé les engageant à continuer le projet avec nous. A priori, ce n'était pas du tout risqué. Et nous aurions eu ainsi leur garantie qu'ils nous donneraient l'argent. Qui aurait pu se méfier d'un établissement ayant pignon sur rue comme Bishop National ?

— C'était l'affaire de quelques jours, commenta Peter d'une voix blanche, et c'est comme ce poème : *Faute d'un clou, la bataille fut perdue.*

Amos soupira.

— Baker a mené son enquête dans les milieux informés. Il a dû passer la nuit pendu au téléphone. Apparemment, Balsan est parti à l'assaut de nos prêteurs locaux depuis plus d'un mois. Il a accepté de demander un peu moins d'argent et de payer un peu plus d'intérêts. J'ai comme l'impression, et Baker est d'accord avec moi, que beaucoup de ceux qui travaillaient avec les Balsan depuis trente ans avaient de la peine pour Larry. Tous ont été très heureux de l'aider à se remettre sur pied, après le scandale et la tragédie qu'il venait de vivre. D'autant que cela ne leur coûtait rien – en fait, cela leur coûtait même moins cher qu'avec nous, comme je viens de te l'expliquer.

— Et puis, renchérit Peter, il leur apportait aussi un projet « hautement original ».

— Oui, et l'appui d'Alfred Cole et de ses relations ne faisait pas de mal non plus...

Cécile sortit de sa torpeur pour lancer avec véhémence :

— Vous n'allez pas vous laisser faire sans vous battre, quand même ? Pourquoi ne les attaquez-vous pas en justice ?

Peter fit un bon.

— Ah, c'est malin, vraiment très malin ! Et sur quelle base veux-tu que nous les attaquions, alors qu'à l'évidence tu as divulgué notre secret à ta chère amie si digne de confiance ? Ton petit « mousquetaire » !

— Tu me fais tellement mal ! hurla Cécile. Tu me mets tellement en colère que je n'arrive même plus à te regarder. M'accuser, moi…

— Je ne t'accuse pas, comme tu dis. Ce n'est pas toi la criminelle. Tu n'es qu'une femme incapable de tenir sa langue. Tu n'avais pas l'intention de ruiner tous mes efforts, mais tu as…

Amos l'interrompit.

— Nous nous fatiguons pour rien, et vous me donnez encore plus mal à la tête qu'à mon arrivée… Écoutez, Alfred Cole est un ami, et il vient jouer au tennis chez moi presque tous les samedis après-midi. Je l'attends aujourd'hui. Je vais m'entretenir avec lui, entre amis, lui poser quelques questions, pour voir comment nous nous situons avant de prendre une décision.

— Attention, recommanda Peter, il est avocat. Avec tout le respect que je te dois, tu n'as pas l'habitude de ce genre de joute verbale.

— Toi non plus. Mais tu es au cœur du problème, et je voudrais que tu sois présent. Toi aussi, Cécile.

476

— J'avais bien l'intention de venir, même si on ne m'avait pas invitée ! rétorqua-t-elle.

Alfred Cole, en tenue de tennis et sa raquette sur les genoux, jeta un long regard pensif sur les pelouses et les dernières roses de la saison, qui émaillaient encore ici et là le jardin d'Amos Newman. Lorsqu'il reprit la parole, son étonnement se teintait d'une certaine irritation, sembla-t-il à Cécile.

— Je pensais être venu jouer au tennis, mais nous restons là à parler pour ne rien dire.

— Ce n'est pas du simple bavardage, protesta Amos. Il s'agit d'une affaire d'une extrême importance pour nous… (Il désigna Peter de la tête.)… comme tu dois bien le comprendre. C'est crucial !

— Je comprendrais peut-être si je savais de quoi il retourne. Comme j'ai essayé de vous l'expliquer, je ne suis que le conseiller juridique de Dan Balsan. Je ne possède pas la moindre information pouvant indiquer que la conception de ce projet n'est pas issue de son esprit.

— Savez-vous d'où vient le schéma qui est paru dans le journal ? s'enquit Peter.

— Dan me l'a donné.

— Je vous certifie qu'il s'agit de mon dessin, monsieur Cole.

— Dans ce cas, quelqu'un doit le lui avoir fourni pour lui permettre de le copier. Ou alors, il s'agit d'une coïncidence pure et simple.

— Alfred, intervint Amos, depuis combien de temps nous connaissons-nous ? Depuis le 6 juin 1944, non ? Soyons francs l'un envers l'autre : ce ne peut pas être une coïncidence, et nous le savons tous les deux.

— Nous tournons en rond, Amos… Peter, ajouta Alfred d'un ton raisonnable en se tournant vers lui, la seule autre personne ayant eu entièrement connaissance de votre travail, c'est votre femme. Elle a accès à tous vos documents. Elle, et personne d'autre. Vous l'admettez vous-même. Il en découle logiquement que c'est elle qui en a parlé – à qui ? Nous en resterons au stade des conjectures. Elle seule pourrait nous l'apprendre.

Tous les regards se tournèrent vers Cécile. Des regards insistants, scrutateurs, qui devinrent soudain si intolérables pour elle qu'elle se leva et partit dans le jardin.

Les marches de la terrasse conduisaient au chemin qu'elle avait suivi le jour de son mariage. Tout au bout, à l'endroit où l'on avait dressé l'autel et où elle allait souvent s'asseoir les après-midi d'été avec un livre, il y avait un petit coin ombragé. Arrivée là, au calme, avec les feuilles mortes qui voletaient à ses pieds et les doux souvenirs du passé, elle essaya de recouvrer sa sérénité.

Quel tumulte dans sa tête ! Elle ne les convaincrait jamais. Tous, aussi bien Alfred Cole qui était dans le camp de l'ennemi, que ceux qui étaient de son côté à elle, aboutissaient à la même conclusion : elle seule pouvait être fautive.

Même sa mère avait demandé d'un ton doux :

— Es-tu sûre de n'avoir jamais laissé échapper le moindre mot ? Je sais combien vous vous faisiez confiance, toutes les deux.

— Oui, maman, nous nous faisions confiance. Autrefois, même, nous étions trois, tu te souviens ? Et nous nous faisions confiance toutes les trois. Mais, bien sûr, nous étions très jeunes…

Quand la fureur qui rugissait dans sa tête se fut apaisée, Cécile retourna à la terrasse. Le ton avait monté pendant sa brève absence, et l'atmosphère était survoltée.

— Tu te rends compte du forfait qui a été commis, Alfred ? tonnait Amos de sa voix de basse. Un homme honnête a reçu un coup assez fort pour le mettre à terre. C'est comme si on versait de l'encre sur le chef-d'œuvre d'un peintre ! Comme si on plagiait le livre d'un écrivain ! Comme si on s'emparait de la dernière découverte d'un chercheur ! Cela arrive sans arrêt.

— Cécile est d'un naturel confiant, intervint Peter. Si elle a vraiment révélé ce qu'il aurait fallu taire, Norma n'aurait pas dû profiter de sa confidence si elle était une femme honorable. Mais j'ai l'impression qu'elle est très fine. Elle a pu manipuler Cécile. C'est la seule personne de la famille Balsan à avoir eu des contacts avec elle.

Cole se leva en criant.

— Si vous continuez à lancer ces accusations absurdes, si vous avez décidé de porter l'affaire en justice, ayez au moins la décence – puisque vous en parlez en ces termes – de poursuivre Dan Balsan lui-même. Laissez la femme de mon fils tranquille. Vous n'avez aucun droit de l'incriminer. C'est de la diffamation !

— Ne hurle pas, protesta Amos. Tu es chez moi. Respecte au moins tes hôtes.

— Tu m'as tendu un piège. Je croyais que tu m'avais invité à jouer au tennis, s'écria alors Alfred en brandissant sa raquette. Faites donc un procès, vous n'avez aucune chance de le gagner. Allez-y, allez en justice. Ridiculisez-vous. Ridiculisez cette pauvre Cécile. Vous admettez que c'est la seule personne à avoir eu accès à vos papiers. S'il y a une coupable, c'est elle. Coupable d'avoir la langue trop bien pendue. Elle a pu raconter ça à une dizaine de ses amies, pour autant qu'on sache !

Amos devint écarlate.

— Sors d'ici ! Va-t'en !

— C'est comme si c'était fait ! gronda Alfred qui était déjà debout. Et à mille kilomètres, je serai encore trop près de chez toi.

Sous le coup de la stupeur, tous se levèrent et gardèrent le silence jusqu'à ce que le bruit du véhicule d'Alfred s'éteigne au loin.

Quand on est en voiture et si malheureux qu'on est incapable de parler, la meilleure façon de combler le silence est de mettre de la musique, songea Cécile. C'était précisément ce qu'avait fait Peter. Elle comprenait mieux que personne quel deuil terrible il vivait. Ce devait être presque aussi dur que de perdre un être cher. Elle comprit également pourquoi, dès leur retour, il alla droit à son atelier en refermant la porte derrière lui.

Sans se décourager, elle tenta de rétablir le contact.

— Tu n'as rien mangé de la journée. Tu vas être malade.

— Parce que tu penses qu'en me mettant de la nourriture dans le ventre je me sentirai moins malade ?

Au moins, il n'avait pas terminé la phrase comme il l'aurait pu en ajoutant : *Malade par ta faute*. Mais ce n'était pas vrai ! Elle en était certaine, absolument certaine. Elle avait ses défauts, ses faiblesses, mais elle n'était ni étourdie ni imprudente. C'était terrible de subir une accusation aussi injuste. Oh, bien sûr, Peter finirait par lui pardonner, mais comment pourrait-il oublier ? Ce grief resterait entre eux, douleur chronique, incrustée dans leur cœur.

Des heures plus tard, Peter n'était toujours pas sorti de l'atelier. Cécile se sentait incapable de lire, de s'occuper de la maison, même de s'allonger. Le soleil, bas dans le ciel, brillait tellement qu'elle aurait aimé faire une longue promenade pour se changer les idées. Mais elle était encore trop choquée par la scène avec Alfred Cole et par la violence de la colère de

Peter pour partir loin dans la campagne. Alors elle marcha de long en large pendant un moment, comme on le fait quand la nervosité empêche le corps de se reposer. Puis elle passa de pièce en pièce, longea le couloir et sortit sur la terrasse. Elle s'arrêta devant la fenêtre de l'atelier de Peter, celle qui donnait sur la véranda, et regarda à l'intérieur pour essayer de voir ce qu'il faisait ; il était assis à la table qui lui servait à la fois de planche à dessin et de bureau. Il avait la tête posée sur les bras devant lui. Un journal ouvert avait été poussé sur le côté. Très probablement, il avait voulu lire et avait abandonné. Un sanglot de compassion silencieux monta dans la gorge de Cécile.

Mais, soudain, la sensation d'étouffement qui lui serrait la poitrine s'évanouit et elle s'immobilisa. Le soleil, le soleil doré de cette fin d'après-midi, passait sous le toit de la véranda, jetant des rayons obliques sur la fenêtre. Si elle voyait si bien la pièce et le journal, c'était à cause de cette lumière très particulière. Il lui suffisait de se pencher à peine pour distinguer les gros titres : *Un capitaine pour l'équipe de hockey de l'East Side. Augmentation des impôts, tollé général.* Puis suivait une colonne entière, sur toute la hauteur de la page, qui rendait compte d'un cambriolage. Cela aussi, elle le lisait très clairement.

Galvanisée, elle rentra en courant et alla tambouriner à la porte de l'atelier.

— Quoi encore ? demanda Peter en ouvrant.

— Donne-moi ta présentation, ton plan, vite !

— Mais qu'est-ce qui te prend ? Tu ne peux pas me laisser en paix une heure ?

Elle ne l'écouta pas et, saisissant la précieuse présentation sur la chaise où, par désespoir, il l'avait reléguée, elle mit la feuille juste sur le journal.

— Maintenant, viens avec moi dehors, sur la véranda. Je t'en prie, c'est très important !

Il la suivit de mauvaise grâce, regarda dans la direction qu'elle lui indiquait, puis se détourna.

— Et alors ?

— Mais tu ne comprends pas ! C'est de cette façon que Norma a vu ta présentation.

— Ne sois pas absurde. D'abord, elle n'est restée seule à aucun moment dans la maison. Du moins, c'est ce que tu as toujours affirmé.

— Je n'ai jamais dit que je ne l'avais pas laissée seule cinq minutes. Il m'est arrivé d'ouvrir au postier ou d'aller aux toilettes, bien sûr. Norma ne tenait pas en place. Elle marchait sans cesse de long en large, dans toute la maison. Donc un jour…

— Un jour, elle a eu l'idée comme ça de…

— Peter, laisse-moi finir. Regarde la façon dont le soleil passe sous le toit. Il pointe sur ta fenêtre comme une flèche. Bien sûr, cela n'arrive qu'à un seul moment de la journée. Il faut tomber pile sur la bonne heure et sûrement sur une certaine période de l'année. En une autre saison, à une autre heure, ce côté de la maison est dans l'ombre, et ta pièce est trop sombre pour qu'on voie à l'intérieur. Mais, là, regarde ! (Ses idées galopaient, les mots se précipitaient.) Regarde, compare ta présentation avec le journal d'hier, qui cite des extraits du projet Balsan. Norma a changé quelques mots pour différencier le style, c'est son vocabulaire : la *circonvolution*, quand toi tu avais mis la *forme circulaire*. Elle s'exprime exactement de cette façon. Pense à tout le reste. Leur schéma reproduit même celui de cette page. Il est pour ainsi dire identique, à quatre-vingt-dix pour cent.

— Très plausible ! railla Peter. Elle n'a pas hésité à prendre le risque de rester plantée là à tout recopier pendant que tu prenais ton courrier ! Ma présentation tient sur un feuillet très plein en simples interlignes avec de toutes petites marges. Norma doit écrire très vite. Je doute qu'elle ait eu la présence d'esprit de venir armée d'un appareil photo avec zoom… Non, ça ne tient pas la route.

— Peter ! Moi je sais comment elle a fait. Elle n'a pas recopié : elle a appris par cœur. Norma a une mémoire photographique.

— Tu ne vas pas essayer de me faire croire qu'elle a pu apprendre tout ça en quelques secondes.

— Si, c'est un don. Je l'ai vue se souvenir d'une page entière de manuel d'histoire, avec les dates et tous les détails, en deux minutes. À la fac, elle étonnait tout le monde. Si Amanda était là, elle pourrait te le confirmer.

Il était devenu rare que Cécile mentionne son amie. Ce prénom prenait une sonorité mélancolique, comme celle d'un carillon qui s'éteint dans le silence.

— Cile, réfléchis bien. Serais-tu prête à jurer n'avoir jamais, accidentellement…

C'était trop, elle éclata en sanglots.

— Je t'en prie, ne pleure pas ! Je ne supporte pas ça. Ne pleure pas. Je ne te reposerai plus jamais la question. C'est entendu, c'est arrivé, tu as fait une gaffe horrible, et nous n'y pouvons plus rien. Arrête de pleurer.

Le faisceau de soleil glissa derrière le coin de la maison, quittant le bureau et laissant la présentation dans l'ombre. Cécile jeta un regard sur Peter ; il était dans tous ses états, mais tâchait de se maîtriser parce qu'il l'aimait. Elle savait son hypothèse très difficile à accepter : la mémoire photographique était un phénomène connu, certes, mais très rare, et encore plus difficile à admettre dans un cas comme celui-ci, où tous les détails avaient été restitués ainsi qu'un schéma compliqué. Mais si elle ne parvenait pas à convaincre Peter, elle n'imaginait que trop bien l'avenir : par moments, malgré lui, il se laisserait envahir par ses doutes et lui en voudrait en silence. Il ferait en sorte de ne rien manifester ouvertement pour ne pas troubler la paix du ménage, mais le malaise n'en serait pas moins là. Si seulement quelqu'un pouvait lui confirmer ce qu'elle venait de lui apprendre sur Norma !

Elle réfléchit, figée par la concentration. Puis, soudain, une idée l'illumina.

— On va demander à Amanda ! Tu verras, elle aussi te le dira.

— Amanda ? Mais pourquoi ? Que vas-tu encore chercher ? Que veux-tu qu'elle me dise, bon sang ? De toute façon, elle est partie et tu n'as pas encore son adresse en Californie.

— J'espère qu'elle est encore là. J'aimerais que tu prennes l'autre téléphone pour écouter la conversation, rien de plus. Va dans l'entrée. Je te le demande très, très sérieusement. Je t'en prie. Je t'en supplie, fais ça pour moi !

En composant le numéro de Dolly, Cécile entendit le souffle embarrassé de Peter dans l'écouteur ; elle se représentait sa mine mécontente comme s'il avait été à côté d'elle.

— Amanda est en haut, elle boucle sa valise, annonça Dolly. Vous avez failli la manquer : elle prend le vol de nuit pour la Californie. Je vais la chercher…

— Tu appelles pour me redire au revoir ? s'enquit Amanda, étonnée.

— Heu, oui, mais… Enfin, non, pas exactement. Je voulais te demander un service… Tu vas croire que je suis folle, mais en fait pas du tout. C'est très important. Je sais que tu es pressée, alors je ne vais pas te faire perdre ton temps à t'expliquer ça longuement. Peter écoute sur l'autre poste parce que je voudrais qu'il t'entende répondre à certaines questions que j'ai à te poser concernant Norma.

— Ce petit jeu ne me plaît pas du tout, intervint Peter.

— Je t'en prie, Peter… Ce que je te demande est très simple, Amanda. Dis-lui juste… enfin, peux-tu nous dire ce que tu sais de Norma ? S'il y a quelque chose de particulier qui la caractérise ?

— Tu as raison : c'est vraiment une drôle de question… « Quelque chose de particulier ? » Tu veux dire ses jambes ?

— Non, non, réfléchis bien.

— Ou alors le fait qu'elle n'était pas à l'aise avec les hommes, avant ?

— Autre chose.

Il y eut un silence.

— Je ne sais pas… Elle a pas mal le sens de l'humour.

— C'est vrai. Rien d'autre ?

— J'essaie de réfléchir. Bon, elle est très intelligente.

— C'est vrai.

— Elle avait des résultats excellents à la fac.

— Pour une raison particulière ? Tu peux continuer sur cette voie ?

— Eh bien, pour commencer, elle a une mémoire photographique. Il lui suffit de regarder une page quelques petites minutes pour réciter par cœur tout ce qu'elle a lu, et elle peut recommencer avec la page suivante. Elle aurait vraiment pu participer à des jeux télévisés !

— Merci, Amanda ! C'est exactement ce que je désirais entendre. Je ne te retarderai pas plus longtemps. Bon voyage, et n'oublie pas de m'envoyer ton adresse de Californie. Je t'écrirai pour te donner des nouvelles de Stevie. Bonne chance.

La communication fut coupée par le déclic du téléphone de Peter, suivi par celui de Cécile. Quand il revint dans la pièce, elle vit à la façon dont il baissait les yeux qu'il était gêné.

— Incroyable ! murmura-t-il comme s'il se parlait à lui-même.

Ce n'était ni le moment ni l'occasion de triompher pour avoir eu raison. Cécile garda donc le silence, attendant la réaction de son mari.

— Nous te devons tous des excuses, mais surtout moi. C'est terrible d'avoir douté de toi de cette façon. De ne pas t'avoir crue... C'est grave. Une insulte à ton intelligence. Comment ai-je pu t'imaginer un seul instant capable d'avoir dévoilé un secret, même par accident ? Toi ! J'ai honte, et je suis désolé, Cile. Je suis mort de honte...

Un petit sourire triste se dessina sur les lèvres de Cécile.

— Ce n'est pas si dramatique. Mes parents m'ont bien accusée, eux aussi. (Le sourire s'effaça.) Enfin, peu importe, maintenant. La seule chose qui compte, c'est de savoir ce que nous allons faire.

— Porter plainte. Prendre un avocat. Un des meilleurs de la ville.

— S'il s'agissait de n'importe quelle autre histoire, nous irions trouver Alfred Cole. Ce n'est pas croyable, hein ?

Toujours sous le choc, ils se regardaient, figés au milieu de la pièce, lorsque le téléphone sonna.

Peter décrocha et fut aussitôt assailli par un flot de récriminations. C'était Norma.

— Je viens d'apprendre ce qui s'est passé chez les Newman. Pourquoi ces accusations, quand il ne s'agit que d'une parfaite coïncidence ? Tu le sais, Peter. Est-ce que mon pauvre frère n'a pas déjà traversé assez de tragédies pour être victime de telles calomnies ?

— Personne ne calomnie ton frère, Norma. Et je n'ai aucune envie de discuter de ça avec toi.

— Je veux vous voir.

— Non, vraiment, Norma. Je suis désolé, mais je refuse de parler, je raccroche.

Quand Peter lui eut raconté la conversation, Cécile prit une décision soudaine.

— Moi, je vais lui parler. Je vais la rappeler et lui demander de me retrouver quelque part. Ni ici ni chez elle, mais en terrain neutre, à la bibliothèque ou dans le parc.

— Vous allez vous disputer, et rien de positif n'en sortira. Tu n'arriveras à rien avec elle. Tu ne réussiras qu'à te faire du mal. Quand on est allé aussi loin qu'elle, il est impossible de rendre ce qu'on a volé, quoi qu'on dise pour vous convaincre.

— Tant pis, j'ai quand même envie d'essayer.

Norma était mal à l'aise, mal à l'aise et hostile. Elle s'agitait nerveusement sur le banc où elles s'étaient assises. De toute évidence, elle aurait aimé se lever pour fuir le regard scrutateur de Cécile qui ne la lâchait pas. C'en était risible, on aurait presque pu la plaindre pour l'épineuse situation dans laquelle elle s'était mise.

— Tu sais très bien que tu mens, Norma. Et tu sais que j'ai compris ce qui s'était passé ; tu allais et venais dans la maison, comme d'habitude, et tu as vu ce qui, je l'admets, aurait dû être mieux caché… À quoi cela sert-il de répéter tout ça ? Pourquoi ne reconnais-tu pas simplement les faits ? Nous ne vous attaquerons pas en justice. Nous sommes des gens civilisés, et nous trouverons bien une façon acceptable de régler le problème.

Mais tout en s'évertuant à la convaincre, Cécile se rendait compte que c'était peine perdue, comme Peter l'avait prédit. Il n'y avait pas de « façon acceptable » de régler la question, en dehors d'un retrait du projet pour Balsan, et cela ne serait pas envisageable tant que Norma aurait son mot à dire. Même si elle était gênée, elle restait inébranlable. Si Amanda n'avait pas quitté la ville, elle aurait pu témoigner du talent caché de Norma. Mais c'était absurde : on ne pouvait plus citer cette pauvre Amanda lors d'un procès dans cette ville. Elle aurait totalement manqué de crédibilité.

Et pourtant, Amanda ne se serait jamais conduite comme Norma, songea Cécile, car elle avait du cœur, elle. Ainsi, elle aurait très bien pu prendre son bébé en quittant Larry, mais elle ne lui avait pas fait ça.

Norma, avait envie de dire Cécile. Souviens-toi des trois mousquetaires ! Pourquoi infliges-tu cette souffrance à mon pauvre Peter et à moi ? Il a toujours été tellement gentil pour toi. Il y a à peine quelques mois, il…

Mais elle en avait déjà assez dit. La discussion n'avait que trop duré, et il était temps de partir. Donc, sans parler de se revoir ni s'embrasser, elles se séparèrent.

Souvent, pendant les jours qui suivirent, Cécile continua de remuer d'amères pensées au milieu de l'agitation générale, des réunions, des entrevues avec les conseillers juridiques, de la sonnerie incessante du téléphone. Que la vie pouvait être idiote, frustrante, aléatoire, injuste ! N'était-il pas incroyable qu'une amie aussi proche, presque une sœur comme Norma, ait pu la trahir ainsi ? Et que dire de l'étrange caprice du destin, qui avait donné un tel retentissement à la liaison d'Amanda dans la vie de Peter ?

Ce dernier l'informait très peu du déroulement des opérations. Leurs échanges étaient brefs, leurs silences tendus. Un jour, n'en pouvant plus d'inquiétude et d'impatience, Cécile craqua.

— Mais quel est le problème ? Pourquoi ce retard ? Cela semble pourtant simple. Qu'attendons-nous ? Nous avons déjà perdu deux semaines !

— C'est moins évident que tu ne le crois, répondit Peter, l'air sombre.

— Pourquoi ? Je ne comprends pas. C'est un vol. Je ne vois pas ce qu'il y a de compliqué là-dedans.

— On nous a prévenus : nos adversaires prétendront que tu parlais de mon projet à tort et à travers ; tu trouvais l'idée intéressante, et Larry en avait eu une semblable, dont Norma avait discuté avec toi. Tout cela en parfaite amitié, des échanges de points de vue. De plus, son plan diffère un peu du mien...

— Bien entendu. Elle est assez maligne pour l'avoir légèrement modifié.

Peter poussa un soupir. De toutes leurs années de vie commune, Cécile ne l'avait jamais entendu soupirer aussi souvent qu'au cours de ces dernières semaines.

— Nos avocats mettent en place une stratégie, mais cela n'avance pas vite. Et puis, même s'ils sont à peu près sûrs d'obtenir gain de cause, c'est toi qui seras le plus sous le feu des projecteurs, comme tu peux t'en douter après ce que je viens de te raconter.

— Eh bien, je suis prête, ça m'est égal !

— Tu ne sais pas ce que c'est que d'être témoin dans un procès. L'avocat de nos adversaires fera tout pour te ridiculiser. Tu es vraiment prête à ça ?

Il s'inquiétait pour son amour-propre ! Lui dont le chef-d'œuvre avait été pillé comme une ville en temps de guerre, il ne pensait qu'à elle !

— Cela m'est égal, je te dis ! s'écria-t-elle, submergée par un immense amour. Je veux me venger. Nous devons faire ce procès, nous battre. Je me battrai, moi. Retourne les voir et dis-le-leur. Dis-le aux avocats, à Roland, à mon père, à tout le monde…

Au comble de l'émotion, il la prit dans ses bras sans répondre.

Les jours passèrent. Ils étaient sur le pied de guerre depuis bientôt trois semaines, et comme Peter consacrait ses journées à organiser l'offensive, Cécile préférait rester dans l'ignorance plutôt que de l'importuner en le harcelant de questions. Il rentrait tard ; ils dînaient devant la télévision, ce qu'ils avaient rarement fait auparavant. Se doutant qu'il n'avait rien de nouveau à lui apprendre, elle lui lançait des coups d'œil angoissés en silence.

Puis un soir, quand Peter ouvrit la porte d'entrée, elle sut à son expression que, enfin, il avait quelque chose de précis à lui annoncer.

— Assieds-toi, déclara-t-il. Nous avons pris une décision : nous retirons notre plainte. Nous ne les poursuivons plus.

— Comment cela ? Je ne comprends pas.

— Tu m'as bien entendu. Les avocats, ton père, Roland et tous les autres se sont mis d'accord. C'est terminé.

Elle fut horrifiée.

— Mais pourquoi ? À cause de moi ? Parce que je risque d'être malmenée pendant le procès ?

Oui, ce devait être ça. Son mari et son père voulaient la protéger.

— Pour qui me prends-tu ? s'écria-t-elle. Pour une lâche, une petite femme délicate qui doit être ménagée ? Tu devrais avoir…

— Non. Ton père a peut-être pensé cela, mais il est d'une autre génération. Moi, je t'aurais laissée te battre, parce que je te connais, et que je sais à quel point tu es courageuse. Nous aurions fait front ensemble. Non, nous abandonnons pour une autre raison, qui n'a rien à voir avec toi : nos associés ne veulent à aucun prix s'embarquer dans un procès-fleuve. Au bout du compte, il est presque certain que nous gagnerions, mais cela coûterait une fortune, et cela les empêcherait de s'engager dans d'autres opérations profitables. Leurs nouveaux projets ne seront pas aussi grandioses que celui-ci, mais ils leur rapporteront beaucoup plus qu'un long procès. Si j'attaquais, je serais donc seul, et c'est tout à fait au-dessus de mes moyens. Donc, tu vois, Cile, il n'y a pas le choix. De leur point de vue, c'est logique ; et, à la réflexion, pour nous aussi, c'est plus raisonnable. Le jeu n'en vaut pas la chandelle. Ce serait trop long, trop difficile à supporter moralement.

Elle éclata en sanglots.

— Ton travail, ton œuvre… C'était ton bébé !

— Il arrive que les enfants meurent.

Ils échangèrent alors un long regard. Puis, soudain, un sourire plein de sagesse et de courage passa sur le visage de Peter, pareil à celui qu'il avait eu pour la soutenir à la mort des jumeaux.

— La vie reste belle, Cile. Nous étions heureux et nous nous aimions, avant tout cela. Notre bonheur va revenir… Chérie, ajouta-t-il en l'attirant à lui, viens dans mes bras.

Plus d'une fois, au cours des années qui suivirent, Norma se rendit compte que Lester lui jetait des regards pénétrants quand il arrivait que la « coïncidence » fût mentionnée. Ils auraient probablement vécu quelques moments difficiles si l'affaire avait été poursuivie, mais ni l'un ni l'autre n'aimaient les conflits. Pas plus qu'Alfred Cole, bien connu pourtant pour ses talents oratoires. C'était un sujet qu'il valait mieux éviter.

Il n'était cependant pas toujours possible d'étouffer totalement le passé. Certaines personnes bien intentionnées – ou peut-être simplement indiscrètes – avaient la manie de se jeter sur vous pour vous donner des informations censées vous passionner.

Et donc, par épisodes, Norma apprit qu'Amanda avait très bien réussi en Californie.

— Je me souviens de sa joie de vivre, avait lâché quelqu'un lors d'un dîner. Elle donnait l'impression que le monde était merveilleux. Elle était tellement vive ! Et quel courage d'accepter l'humiliation, de partir sans rechigner et de se refaire une vie… Elle s'est bien intégrée, participe à l'action bénévole à l'hôpital et à des œuvres humanitaires.

— Il paraît qu'elle est propriétaire de sa boutique de prêt-à-porter à Sacramento, rapporta quelqu'un d'autre. Elle va même ouvrir un second magasin dans la banlieue. Sa maison est absolument ravissante, m'a-t-on dit. Elle reçoit de façon somptueuse et, bien entendu, avec son charme, elle ne manque pas de soupirants.

À ce moment de la conversation, on se souvint avec grande gêne de la présence de Norma à la table, et le sujet fut aussitôt abandonné.

Avec cette beauté, ce corps parfait, cette chevelure bouclée, pensa cette dernière, on pouvait pratiquement tout vous pardonner, sans doute. Une fois, en parlant d'Amanda, Cécile avait dit que Peter comparait sa puissance de séduction à un aimant. Et même Lester, son propre mari, lui avait rapporté avec un manque de tact incroyable des rumeurs transmises par une tierce personne ; Amanda aidait beaucoup ses parents, et suscitait l'admiration générale pour son travail associatif en Californie.

Pourquoi les gens ne veulent-ils pas plutôt se souvenir qu'elle a tué mon père et presque achevé mon frère ? Non, on préfère s'extasier sur sa gentillesse, ses sourires et sa blondeur !

Par chance, la Californie étant très éloignée du Michigan, Norma ne craignait pas de la croiser dans la rue. Ce qui n'était pas le cas pour Cécile.

Au restaurant, un soir, Norma vit s'arrêter à sa table Mme Lyons, plus volubile que jamais.

— Tiens, j'ai rencontré vos amis, Cécile et Peter Mack, l'autre jour. Quel couple exquis, n'est-ce pas ? Et leurs adorables enfants ! Cela m'émerveille toujours qu'après une adoption les couples arrivent si souvent à concevoir. Et le mieux pour eux, c'est que leur petit garçon adoptif ressemble un peu à leurs deux filles. De très beaux enfants ! Vous les voyez souvent ?

— Non, jamais, répondit Norma d'un ton assez sec qu'elle ne regretta pas.

Mme Lyons haussa légèrement les sourcils.

— Tiens ! Et moi qui vous croyais très proches.

— Plus maintenant.

— Ah vraiment ? Je ne…

À cet instant, la personne qui l'accompagnait l'entraîna, devinant probablement le malaise qu'elle avait provoqué.

Oui, sans doute est-ce très dommage pour Peter, songea encore Norma. Voir filer sous son nez le fruit de son travail, cela devait faire très mal, d'autant que son projet lui aurait vraisemblablement attiré une reconnaissance d'envergure nationale. Mais il réussit très bien dans la restauration de bâtiments historiques, et ils ont des enfants, ce qui est déjà beaucoup de chance. Ils sont bien plus gâtés que la plupart des gens.

Une bonne fée a dû se pencher sur le berceau de Cécile à sa naissance. Elle a un père admirable, éprouve un amour profond et durable pour Peter et, en plus du reste, elle est assez jolie.

Cela aurait dû lui suffire. C'est bien davantage que je n'ai eu !

Pourquoi devrais-je m'en faire pour Peter et Cécile ? Elle ne m'a même pas soutenue, n'a pas défendu mon frère. Dire qu'elle a osé s'attendrir sur le sort d'Amanda !

Non, ce que j'ai fait, je l'ai fait pour Dan. Je lui ai offert un remède miracle, j'ai sauvé sa santé mentale. Ses immeubles s'élèvent dans une dizaine de villes. Ils n'ont aucune valeur esthétique, mais ils l'ont rendu assez célèbre pour que son nom soit connu dans toute la région. C'est merveilleux de le voir emmener partout Stevie. Il est tellement fier de ce beau garçon !

Les gens continuent de dire que Stevie est le portrait de son grand-père... Mais mieux vaut ne pas penser à cela. Autant songer à la fortune qui a permis à Dan de faire le bien autour de lui, surtout pour l'aide aux enfants issus de foyers déchirés. Il m'a avoué un jour que sa fortune s'élève maintenant à deux milliards de dollars. Disons qu'il a toujours été bon avec moi, et que je le lui ai bien rendu.

Mais, certains jours, tous ces souvenirs laissent un vide douloureux dans le cœur, comme une musique qui s'éteint. Je prends alors une petite photo encadrée qui est rangée sur la dernière étagère du placard, et je contemple une fois de plus avec nostalgie les trois jeunes femmes en toque et toge noires d'étudiante, réunies sur une pelouse ensoleillée.

ÉPILOGUE

— Deux milliards de dollars, conclut le narrateur. Et voilà, c'est la fin de l'histoire.

Le soir tombe. Le soleil ne forme plus qu'une ligne rubis à l'horizon, et l'Atlantique bat toujours les rochers en contrebas. Les deux vieux messieurs, qui se sont retrouvés par hasard après tant et tant d'années, se jettent un long regard.

— Alors, Amos, que penses-tu de cette version d'un crime à la Balzac ? Était-ce un véritable crime ? Après tout, elle n'a pas… pas tout à fait…

— Non, pas « tout à fait ».

— Ne pourrait-on pas envisager cela comme un acte pitoyable, simplement dicté par l'instinct de survie ?

Une expression désabusée passe sur le visage d'Amos, puis laisse place à un léger sourire. Le temps et le souvenir émoussent souvent les durs piquants de la vie. Ah, la nature humaine ! Rien n'a changé depuis la Rome antique, depuis la nuit des temps…

— C'est toujours pareil, j'imagine, Alfred : cela dépend de quel point de vue on se place. Alors, disons que c'est l'un et l'autre à la fois.

L'amour d'une mère

(Pocket n° 11666)

À 21 ans Hyacinthe a tout pour être heureuse : elle a brillamment fini l'école des beaux-arts et vient de rencontrer Gérald, un étudiant en médecine désargenté mais séduisant et promis à un bel avenir. Malgré les réticences de sa mère, Hyacinthe l'épouse et lui donne deux très beaux enfants. Très vite, elle se rend compte que Gérald la trompe. Décidée à se venger, elle est prête à commettre l'irréparable. Mais elle n'est pas au bout de ses surprises…

Il y a toujours un Pocket à découvrir

L'amour en fuite

(Pocket n° 11196)

En 1939, la famille Hartzinger doit fuir Berlin pour échapper aux nazis. Caroline, une jolie fille de dix-huit ans, et Lore, sa sœur adoptive, parviennent à se réfugier en Suisse. Walter, le grand amour de Caroline, a promis de les rejoindre bientôt. Il ne le fera pas et ne donnera jamais plus signe de vie. Quelques années plus tard, les deux sœurs se sont installées aux États-Unis. Malgré son mariage heureux et ses deux filles, Caroline n'a jamais pu oublier Walter…

Il y a toujours un Pocket à découvrir

Un siècle, une famille, une histoire

(Pocket n° 11835)

Avec pour toile de fond l'Amérique du siècle dernier, le portrait d'une famille hors du commun, dans laquelle se transmet, de génération en génération, une vocation : la médecine. Enoch Farrel est un courageux médecin de campagne, son fils Martin deviendra un brillant neurochirurgien et Claire Farrel, la fille de Martin, choisira encore une toute autre voie… Une belle histoire faite de désirs, d'émotions et de passions.

Il y a toujours un Pocket à découvrir

Impression réalisée sur Presse Offset par

CPI
Brodard & Taupin

42689 – La Flèche (Sarthe), le 09-08-2007
Dépôt légal : février 2005
Suite du premier tirage : août 2007

POCKET – 12, avenue d'Italie - 75627 Paris cedex 13

Imprimé en France